鹤 望 兰

夏坚德 著

陕西新华出版

太白文艺出版社·西安

图书在版编目（CIP）数据

鹤望兰 / 夏坚德著. -- 西安：太白文艺出版社，
2024. 3（2025. 1重印）
    ISBN 978-7-5513-2571-4

    Ⅰ. ①鹤… Ⅱ. ①夏… Ⅲ. ①长篇小说－中国－当代
Ⅳ. ①I247. 5

中国国家版本馆CIP数据核字(2024)第018235号

鹤望兰
HEWANGLAN

作　　者　　夏坚德
责任编辑　　姜　楠　张晨蕾
整体设计　　梁　涛
出版发行　　太白文艺出版社
经　　销　　新华书店
印　　刷　　三河市嵩川印刷有限公司
开　　本　　787mm×1092mm　1/16
字　　数　　310千字
印　　张　　20
版　　次　　2024年3月第1版
印　　次　　2025年1月第2次印刷
书　　号　　ISBN 978-7-5513-2571-4
定　　价　　59.80元

引 子

中华人民共和国成立已经十年。快过春节了，向红旗主任乘着吉普车，在去东南方向的路上，突然接到兵站传来妻子南三军已经进医院要分娩的消息，立刻掉转车头回淞市。1951年妻子生儿子向和平时，他正在朝鲜打仗；1954年生女儿向云雪时，孩子早产，他在组建防空军；这回生老三他再也不能错过去医院陪伴妻子的机会。向红旗想：多少战友牺牲，我为他们活下来，红色后代才是最重要的！一路上，他看到到处是运铁棍铁丝搬锅拉铁的人和车辆。四面八方都是彩旗飘飘，张贴着"鼓足干劲，力争上游，多快好省地建设社会主义"的标语口号和大炼钢铁的宣传画随处可见。

淞市第一人民医院，一个护士抱着刚刚出生的小女婴走向妇产病房，几个护士见状也围拢上来，她们看见小女婴床头上的名字"向标语"，都哧哧哧地笑，捂嘴笑，弯腰笑，散开去用手背捂着嘴笑。动荡的岁月，着急的父母，向标语这个小女孩就这样哇啦哇啦地出生在大跃进的年代。

向红旗的妻子南三军刚刚从余州调到淞市国营钟表厂担任党委书记。六十岁的张玉珠拐着小脚拎着包袱，被一辆吉普车从江南乌城古镇接来，与女儿全家团聚，真正过上了城市人的日子。

南三军是很烦躁的。她不想要这个老三，日夜加班身体太虚弱，也没有奶水。南三军的哥哥，某部副师长南义，立刻派来了老家籍奶妈南媛。南媛的奶水极好极多，每天除了喂饱孩子，还可以让南三军用抗美援朝"谁是最可爱的人"纪念杯喝上半搪瓷缸剩余的奶水。有母亲照顾，有奶妈照看女儿，向家的生活短暂地安稳安逸起来。

小脚外婆张玉珠在家里摇摇晃晃地用砂锅慢慢地炖着鸡汤，又戴着老花镜在阳台上仔仔细细地种上了一盆鹤望兰花。她拍拍手上的泥土，笑眯眯的。按老家风俗，生了男孩子要种一棵梧桐树。此树意祥，形端，质密，能招金凤凰，能打家具，能荫佑子子孙孙。生了女孩子就会在院落花盆里栽一棵鹤望兰花。据说，鹤望兰是花中四冠之一，与孤朵红掌，吊串石斛兰，酒盅状郁金香比肩，很名贵却耐活。鹤望兰又叫天堂鸟、极乐鸟，是四花冠中唯一呈飞鸟状的花朵。它的色彩不艳不娇，花香不淡不浓，形状奇特，似仙鹤独立，翘首远望，脉脉含情，又似鸟儿即刻就要抖羽振翅飞翔去自由的远方。等女孩子长大结婚，她就要抱着这盆花出嫁。待到自己的女儿出生，就要用这盆花的花籽再去栽上另一盆鹤望兰花。世世代代，花开不绝。

张玉珠回想起自己生南三军时，都不由自己做主。甚至不由父母做主。女人漂亮，会更加凄苦。

1

南三军原名叫南三郡，是江南富商南老太爷在五十岁时得的千金。南老太爷在抢来的小妾"八县盖"张玉珠分娩的那个夜晚做了一个梦，他梦见自己获得了光绪帝和慈禧太后奖赏的三个郡县，而后大笑醒来，就得知了第三个千金的诞生。

南老太爷高兴地说："栽花栽花！快去栽一盆鹤望兰。要找个大花盆啊。"于是顺着大姐南大金，二姐南小金的金字韵，南老太爷为自己最小的女儿取名为南三郡。只是取名的时候，他意外看见这个小女儿三郡并没有南家祖先遗传的大耳垂，这让他稍微愣了片刻，感觉有些遗憾。一转头用手指头撩拨着张玉珠耳垂上的耳坠说了一句话："耳垂，可是女人一生的福气。这个丫头，会有福气吗？"

三郡生来漂亮，皮肤随了母亲张玉珠，雪白雪白的。但就是耳朵没有南家人人都有的大耳垂。恰巧本家族给南老太爷看管马厩的南马夫也没有大耳垂。南老太爷就日夜疑心生了暗鬼，疑疑惑惑，最终还是将五岁的南三郡送了邻村一对没有儿女的农家夫妇收养。生下南三郡时栽种的那一大盆鹤望兰花，也被南老太爷狠狠地抛弃在院子的角落里，并没有随它的主人离开。

三郡的母亲张玉珠，从小就是父母包办的娃娃亲媳妇。因为出落得太漂亮，在娘家被十里八乡传为"八县盖"，害得她白天都不敢出门，怕被围观。"八县盖"张玉珠出嫁的那天，南老太爷的一帮骑着高头大马的富家恶少兄弟们脖子上挂着望远镜，明里说是要帮助南马夫迎新娘子办婚礼凑热闹，暗地里却是帮助南老太爷去截远近闻名的"八县盖"为小妾的。结果抢婚计划未能成功，最终没有将张玉珠揽上大白马劫走，而是将张玉珠抛飞撞在桥头立柱，滚进滔滔江水中，头破血流，生死不明。此事在十里八乡流传，成为传奇。

端午节，南老太爷来到马厩，叹了一口气，扔给南马夫一包金子，让他重新娶亲。

南马夫说："玉珠她在张村的娘家还活着呢，我还是要娶她的。"

南老太爷说："她活着？那你也重新娶，我要收她为妾了。看你是要她，还是要继续在马厩里讨生活？"在南老太爷的威逼下，南马夫想想，只能重新娶亲，才能保住在马厩的这份差事，养活家中老人。况且还有一包金子，沉甸甸的。娶美人，不是他的福气。重新结婚，去过穷人家的日子，安生。

南老太爷迎亲时，是红红火火吹吹打打的一队人马花轿，回来的却是一队垂头丧气还抬了一口棺材的颓败人马。这样一来，关于"八县盖"的传说就更加离奇。张玉珠这一次是真的香消玉殒，已经吞金而亡。张村全村老少愤慨出面，坚决要求南家把人抬回去好好安葬。

那天夜晚月光皎洁，南老太爷很不甘心。来到马厩前放棺材的地方，扒开了张玉珠的衣服，他一定要看看这个自己花了大价钱，费了一次次劲买来的"八县盖"，是不是真有那传说中神奇的童女玉身。

头发、肩膀、手指、酥胸、蜂腰、长腿，其实张玉珠最美的还是那双小巧玲珑精致无比的三寸金莲。抚摸着张玉珠白绸缎子般细腻光滑的皮肤，南老太爷哭了。他痛哭流涕，忍不住从棺材里抱出张玉珠进到柴房小屋，相拥而眠。

这一切被同样不甘心的南马夫窥视到，他从马厩里冲出来对着南老太爷就是一顿暴揍。南老太爷理屈失色，落荒而逃。南马夫对着张玉珠也痛哭流涕，这原本是他的媳妇啊！南马夫一腔愤怒地抱起张玉珠来到井边，小心翼翼地给这具"尸体"仔细冲洗。在膝盖上翻身的时候，"八县盖"嘴里嗷嗷几声，两只金耳环就先后喷飞出来，张玉珠居然睁开了眼睛。吓得南马夫趔趄后翻，魂飞魄散。

在马厩的小屋里，昏黄的马灯，照着一对青年男女。张玉珠低着头听着自己红去白来死去活来的传奇故事。她看着南马夫认真地说："那我到底是你的女人，还是他的女人？十五岁，我就已经破瓜见光，那就已经不是个有脸面的人了。我吞金，也是为你我不能一起过日子啊，你一次又一次地还救活我干什么呢？我是真的不想活了。"

南马夫说："这个世道，哪个女人不是生不如死？可她们不是都还一样地活着吗？歹活胜过好死。世世代代，一辈子，几辈子地活着，就是看着世道，护佑子孙。不死，必有后福。"

张玉珠低着头没有说话，良久，才慢慢抬起头来，对着南马夫说："凭什么男人都可以有妻有妾？我也可以有他，还可以有你。他也好，你也好，我都不是妻，都只是一个妾。"然后她又自言自语道："没有摔死淹死，没有吞金而死，老天爷要我这么活着，是为什么呀？后福？哈哈哈……这不是我想要的那个家的模样啊！"说完，张玉珠收起笑容，平静地一件一件穿好衣服，对细细高高的南马夫一仰下巴说："去，给他报个信。就说，我又活了。我就还不信了，活着有多艰难！"

"八县盖"就是传奇，传奇，传奇！从此，南老太爷就和一妻一妾平静地生活在一起。南家大老婆梅虹原来一直都没有生养，张玉珠生了女儿大金小金后，南老太爷都是瞒天过海为富甲一方的大老婆梅虹争了生育千金的名誉，让两个女儿成为大老婆的后代，还上了南家祠堂的族谱，这样她们南家大小金两姐妹就可以在祠堂的私塾里读书。而小女儿三郡出生后，南老太爷却大张旗鼓地说她就是小妾"八县盖"张玉珠的头孩子。家族有规定，妾的儿子可以入族谱进南家祠堂，而妾的女儿没有名分，不能入族谱，也不能进家族祠堂。南三郡她不能上南家族谱也就算了，还不能进南家祠堂去读书。

没有地位，南三郡只能凄凉地去到收养人家生活。可小三郡一去，邻村的那对夫妇居然一口气生了五个孩子。三郡的童年，就是帮助义父义母带孩子。长到了十一岁，南三郡很坚决地去找南老太爷，要求父亲让她回到南家祠堂私塾里读书。南老太爷看见这个漂亮的小女孩子很坚决地要求读书的模样，就很开明地欣然同意了。他说："读书没有什么不好，我可以供你读书。"

"花！我还要抱走我的那盆鹤望兰花！！！"

"天哪，那盆花，它还活着吗？你要，就抱走吧！"

"就是死了，我也要！"南三郡用草绳子结了个网，提着烂花盆走了。

但是南三郡还是不能进南家祠堂的私塾。南老太爷给了邻村义父义母一笔三郡的学费，把她送到了镇上的公立学校读书。

这时，南家已经破败。大姐南大金嫁了生意人，因为丈夫赌博酗酒，醉酒中还失手打死了儿子，大金抑郁之下得了肝炎吐血去世了。二姐南小金读了私塾后也上了公立中学，毕业时，看见满街贴着招聘军队技术兵的公告，就悄悄报名参军离家出走，从此下落不明。

南老太爷的大老婆梅虹也因为在娘家给共产党小组开会望风，被杀害在街头。小妾张玉珠只能将那盆梅虹出嫁带来的鹤望兰花，轻轻放在梅虹棺木的脚下。她一直很敬重这位梅虹大姐，不单单是她对自己的态度很和气，对自己的两个女儿视如己出，还因为她的死，让许多认识她、见过她的人声声叹息。张玉珠真不明白姐姐为什么要这样做?!

这是一盆不育女人留下的鹤望兰。女人，男人，每个人的生命，如果没有自己血脉在世间留存，该是多么令人痛惜。

泪珠一滴滴落在鹤望兰花的叶子上。

人去，花亡。

2

有一天，南老太爷忽然想起他那个喊着要读书的很漂亮的小女儿，就差人把南三郡接回到家里。但是，南三郡已经恨透了这个霸道的父亲。她每天上学路过家里，只是绕道从后门回家去看看母亲张玉珠和对自己非常好的在马厩养马的南马夫一家人，特别是细细高高有着一双明亮大眼睛的哥哥南义。

这时候，城镇上的中小学已经到处都是搞抗日演讲、抗日学潮，唱着抗日歌曲的学生，南三郡感觉读书就是最幸福的事情。四年时间，南三郡都是早去晚归，白天埋头读书，晚上回到收养的那个邻村人家，帮助义父义母带弟弟妹妹。

在南三郡十五岁的那一天，南马夫的儿子南义忽然来找她，说是日本鬼子来到江南到处烧杀抢掠，要不要和他一起上青山去打游击。南义问她："你敢不敢去？"南三郡犹豫再三，还是摇头拒绝了。

一天傍晚，南三郡正在河边洗衣服，一群日本散兵闯入村庄，她来不及上山躲避，被小鬼子逼到小桥上，只好跳水自杀了。这时，南义带着游击队打过来，日本兵闻风而逃。南义大哥划着一叶小舟在芦苇丛中找到南三郡，背到青山上。南三郡醒来后，才明白了国破家亡，读书已没有可能的现实，走投无路，毅然跟着南义大哥拿起一双盒子枪，开始了偷袭日本鬼子的游击生活。

闲暇时，情窦初开的她会不厌其烦反反复复地询问已经是第八大队大队长的南义大哥："你为什么总是对我这么好？"南义很忧郁地说："因为，我不单单是爱护你的。还因为，还因为，咱们就是一家人啊！我是你的亲哥哥。我是张玉珠母亲被抢亲落水，父亲将母亲打捞救活后出生的。"

　　啊！南三郡猛然拉过马夫儿子南义，仔仔细细左左右右地看着他的耳朵，竟然真的和自己不一样，他有一对像母亲张玉珠一样肥厚的大耳垂。她顿时后退两步，为自己的母亲羞愧不已，满面通红，一转身跑远去，再也不理南义了。

　　不久，噩耗传来，南马夫的妻子因为小脚没有及时跑出村子，被日本鬼子轮奸后掏出心，钉在大树上。南义气愤地说："今生不打尽这些侵略者，誓不回乡！"

　　南三郡庆幸自己赶上了清朝灭亡，民国社会没有再缠小脚。中国人民解放的第一步，就是男人剪辫子，女人变成自然脚。过去多少妇女因为小脚所受的不堪痛苦，罄竹难书。

　　新四军收编青山第八大队游击队后，因为识字有点文化，南三郡被编在师政治部当宣传组织干事。从抗日战争到解放战争，从新四军到八路军到解放军，南三郡都是最勇敢的共产党员。一个连鹤望兰花都难以留存的女孩儿，在这个世间还有什么可害怕的呢？她一无所有，无所畏惧。

　　渡江战役里，渡江头船需要十八名敢死队员，每个人都在胸前挂着写有姓名年龄部队番号的生死牌。十八岁的南三郡是其中最坚定的女同志。南义副政委也跟着南三郡报名上了第一船，他还是要保护好自己的这个小妹妹，以防不测。组织上派了年轻的老共产党员、团长向红旗在头船上担任指挥员。

　　南三郡看见即将出发的同志们和一心要保护自己的副政委南义，就昂首站立船头叉腰对着月亮唱起了《妇女要解放》。

　　这个小女兵，一个不被父亲承认的孩子，一个不能上南家族谱的小姑娘，她今天顶天立地，为更多像自己一样遭受命运不公对待的劳苦大众去战斗，甚至牺牲。她觉得，自己这样赴死是死得其所，重于泰山！

8

想想母亲张玉珠的遭遇、大妈妈梅虹为革命抛尸街头和姐姐大金的抑郁人生、南马夫妻子的屈辱而亡……而她自己这几年在解放军部队里，与男人一样平等，真是活值了。她是真心为新中国歌唱，为自己歌唱，为一个女人获得自尊而欢快地歌唱。壮丽！南三郡的人生注定是壮丽的。面对即将解放的新淞市，新中国，她愿意把自己的生命变成一束庆祝胜利的灿烂的烟花，绽放在黎明前的黑暗之中。临上船时，南三郡把自己的鹤望兰花籽用油纸包好打在绑腿里。如果她还活着，她就要让自己的花籽延续下去；如果她死了，那她的花儿，也会随水漂流，人亡，花灭。

二十七岁英俊的向红旗团长在渡江动员时说："咱们还不如一个小姑娘吗？"大家顿时情绪饱满地登上帆船，准备解放全中国。时间定在4月20日夜晚，一艘木帆船悄悄向对岸划去，仅二十分钟就到达对岸，接着七八艘帆船，在炮火的掩护下也到达对岸。仅一天时间，千船飞渡、万船竞发，军民同心，百万雄师过大江……

4月24日，南京总统府落降旗，国民党溃逃台湾。

新中国成立后，部队开始为适龄军人安排个人生活。经组织介绍牵线，询问二十岁的南三郡与二十九岁的团长向红旗是否愿意结为革命夫妻。部队是家，党是父母，为革命而生，为革命而死。他们都表示，坚决服从组织安排。

团副政委南义闻讯赶来祝贺，并告诉了南三郡一个消息。原来大姐南大金被南老太爷奸污后生下了儿子，大姐夫不是酒后误杀儿子，而是为了报断了他家的香火之仇。最近他又杀死了南老太爷，政府公审将他枪决了。

南三郡再一次为自己的父亲感到钻心彻骨的耻辱。但是，经过战争的洗礼，有了都有着一本本血泪家史、来自五湖四海的兄弟姐妹们，南三郡的表情很平静。她像是又听到一个别人家的故事。听完，居然向南副政委恭恭敬敬地敬了个标准的军礼。说："知道了。谢谢首长！"

结婚登记时，南三郡就改名为"南三军"。她视中国共产党和解放军为再生父母、革命大家庭，她要把那可恶的封建父亲南老太爷彻底从自己的生命与灵魂中摒弃！

那天上午，在淞市从少年长到青年的向红旗，带着从江南乡下青山上打游击长大的南三军逛街。南三军好奇地东张西望，在向红旗的推荐下，买了女人都很喜欢的一盒雪白喷香的万紫千红牌香脂，一小盒龙虎牌万金油，一小瓶碧绿的明星牌花露水。南三军说："这是不是资产阶级的香风臭气正在腐蚀我们？"向红旗说："是啊！我们不曾被敌人打倒，但是我们可能会在大城市的马路上被糖衣炮弹击垮。"南三军说："那我就不要了！"说完，很坚决地将这些东西放在柜台上，头也不回地出了商店。向红旗说："你这是何必？解放了，妇女还是要有女妆的嘛。"南三军说："我可不是妇女，我是革命军人！"

向红旗又赞许地说："你可真行，都能给老乡杨根思写战斗英雄的材料了。"南三军说："我不会啊，我只是个组织干事，就是带着摄影记者去取材料的。不过杨根思就是我们团的骄傲和光荣，他只比我小一岁，就叫我南大姐。"

向红旗说："那南大姐你也有功劳啊！"

"我有什么功劳！杨根思，他就是一个钢铁勇士，一名战斗奇人。"

"是啊！杨根思的话，也成为我们每个战士今后的誓言和座右铭：'不相信有完不成的任务，不相信有克服不了的困难，不相信有战胜不了的敌人。'我还真以为是你采访的呢。来，奖励你一下。奶油棒冰、赤豆棒冰、水果棒冰你要哪样？"

南三军茫然无措，她根本就不知道这是什么东西。向红旗就给她买了一支色彩艳丽的橘色水果棒冰。南三军含了一口，顿时冰得牙齿痛。南三军刚要摔掉棒冰，向红旗将棒冰硬塞进南三军嘴里。南三军一脸苦相。向红旗刮着她的翘鼻子说："别动！"

向红旗原名向九鱼，因为行九。全家人因为逃蝗虫灾难一路从江北奔到淞市。一路上妈妈和三个姐姐相继因饥饿疾病去世。到达淞市只剩下父亲和大姐二姐兄弟六人，以扎灯笼扎小玩耍及讨饭为生。

向九鱼九岁经人介绍进入日本纱厂当包身工，十岁进入厂夜校后，给共产党教员当地下通讯员，加入共产主义青年团，每周去三联书店看小人书，暗地里给共产党员的店主高爷送信。十八岁在高爷和教员的介绍下加入中国共产党，并参加新四军，投入抗日战争，更名为向红旗。

解放战争时期，二十四岁的向红旗便在部队担任团长，参加了许多重大战役，渡江战役后，进驻淞市。

淞市刚解放的那些日子，全城的男女老少笑容满面，欢呼跳跃，唱着歌庆祝解放。大喇叭里也歌声不断："解放区的天，是明朗的天，解放区的人民好喜欢！民主政府爱人民呀，共产党的恩情说不完……"

一天中午，在一家弄堂小吃店时，向红旗点了一碗馄饨、一盘雪菜炒肉丝、一盘马兰头末拌豆腐干丁、一盘红烧小鲫鱼和两碗米饭。吃饭间，向红旗告诉南三军，他找到了正在讨饭、已经九十岁的父亲和大姐二姐家的几个表哥，给他们买了两间房子安住下来。几个表哥都还惦记着老屋呢，他就给了一些大洋，遂他们的心愿回到江北老家继续挖盐捕鱼种地去了。

南三军说："我的家庭很简单。我没有兄弟姐妹，只有一个老母亲叫张玉珠，在乌城古镇独居。"

向红旗说："那等安定下来就请她搬来和我们一起住。"

南三军点点头，眼睛里涌出了温暖的泪水。心中似一团烈火熊熊燃烧。南三军一直在心里渴望有一个自己的家。现在，家就在面前了，终于有了！革命军队就是我的家，我丈夫就是革命军人！

向红旗又去挑了一只大闸蟹，开壳、拽腿、掰胸，蘸了辣酱、生姜老陈醋，要了两小杯五加皮黄酒，教南三军吃蟹。南三军一直眼巴巴傻傻地看着，不敢吃。她感慨地说："小时候有很长时间，我就是吃白米饭拌盐，偶尔有点猪油青辣椒梅干菜就是很好很香的了。现在——这个大红的蜘蛛，怎么吃？"

"乡巴佬！喏，吃吃看吧。"

南三军撇撇嘴说："你也不是什么地道的城里人。城里人把你们这些人叫江北猪猡！还不如我们'乡巴佬'好听呢。"

向红旗顿时语塞，用筷子在空中点点南三军："你真是越来越没大没小了！"

不久，他们举办了婚礼。

婚礼结束，新人双双入洞房。红灯笼、红窗花、绣花的雪白窗帘……红灯笼灭，窗黑。忽然，南三军大叫一声："你怎么可以尿在床上啊？"向红旗说："我没有！啊呀，是你尿的吧？怎么床单都湿了？"

红灯笼亮。

1950 年 10 月，部队接受任务抗美援朝，在兖州休整的一个夜晚，南三军连连呕吐，被急送部队医院，查出怀孕了。为了保护红色的革命后代，南三军被组织命令留下，就在部队卫生大院保胎待产。南三军从绑腿里拿出鹤望兰的花籽，放在一个方形的小玻璃瓶里，期待一个新生命的诞生。

此时，团长向红旗和南义副政委已经离开兖州，随先头部队到达沈阳，之后雄赳赳气昂昂地跨过了鸭绿江，直奔朝鲜抗美援朝。

冰天雪地里，南义副政委和许多南方兵的脚被冻伤。激烈的长津湖战役中，噩耗传来，杨根思全排壮烈牺牲。向红旗团长和南义副政委也受到炮击被埋在土坑里。向红旗全身已经被弹片炸得血肉模糊，两粒子弹从背部和大腿穿过，一只眼球被弹片炸飞……南义的脸和下巴被子弹打穿。向红旗被前线救护队送回到淞市治疗，而南义被送过鸭绿江到部队医院，伤好后又继续返回朝鲜参加战斗。

分手时，他们都是白纱布包裹着的伤员，握手告别间向红旗深情地对南义副政委说，如果有将来，等咱们都有了孩子，就做个儿女亲家吧！

南义副政委连忙说："这个不可以，你多多保重。南三军，她可不能没有你！"

向红旗不动，也不松手："不走！"就等南义一句话。

南义副政委无奈地说："好好，回国再说。等咱们志愿军打过三八线，等到胜利的那一天，我们再叙儿女亲事！"

回到祖国，向红旗才知道自己已经是一个一岁多儿子的父亲了。这让向红旗欣喜万分，感慨万千。南三军也哭了，她说："在小高岭战斗中，杨根思率部接连击退美军八次进攻，最后剩下杨根思自己抱起炸药包与二三十个敌人同归于尽！听到这个消息，我真是难受极了。"

向红旗说："现在杨根思已经被授予'朝鲜民主主义人民共和国英雄'称号和金星奖章、一级国旗勋章。"

向红旗真是感到了汹涌的幸福，如果没有儿子，南三军这个愣头青一根筋的女子，说不定也会牺牲在朝鲜战场。他决定，给自己的儿子取名向和平。

　　向红旗说："三军啊！南义这小子还在朝鲜呢，我们等他胜利归来，就催他快快结婚，等他的女儿一出生，咱们就结个战火中的红色儿女亲家，好吧？"

　　"啊！"南三军大惊失色，连连说："这个，绝对不可以！"

　　向红旗说，为什么呢？怎么就不可以呢？

　　南三军喃喃地说："如果他一直生儿子呢？如果他根本就不结婚呢？"

　　"哦？这是不可能的！"向红旗回忆说，"在朝鲜打仗时候南义副政委就发誓说了，回来就结婚！他说，娘的，老子如果都没有尝过女人的滋味，那这辈子可就真是白活了。他在战壕里都直后悔，当时为什么就没有听从组织意见，在淞市找一个妻子。"

　　南三军怒气冲天道："那是南义自己的事，你操心太多了吧！"

3

南三军感觉到了和平年代城市生活的舒适安定。三女儿向锦书的出生居然可以让军人丈夫向红旗在医院产房门外等候了。想想老二向云雪出生时，南三军还在余州市委组织部工作，阵痛发生在会场主席台，而向红旗正在组建新的防空军。已经被任命为副师长的南义派车将南三军急急送到医院，以舅舅的名义，用南三军一直精心保存在小方瓶子里的鹤望兰花籽，为外甥女向云雪在窗台上种下一盆鹤望兰花。他希望家乡的血脉遗传，他希望妹妹高兴。

向云雪出生在1954年余州阴冷的冬天，南三军在分娩时因为低血糖昏厥，感觉漫天大雪，她还在打仗……是1953年，中国人民解放军十万女兵就地解散回归社会……等她醒过来，身冷，心冷，也没有个人商量，看见窗外大朵大朵云彩雪白雪白的，女儿粉嘟嘟的，手脚细如螳螂，只有四斤半，就自己做主给女儿起名叫了云雪。希望她像云那么白，像雪花那么美。转眼大女儿向云雪在无数次的医院病危通知下战战兢兢长到三岁。对于云雪这个女儿的到来，南三军十分满意，令她万分珍惜。人生，有儿有女，才能活成一个"好"字。

这次老三出生，南义副师长听说后特意从军区赶来淞市，迎接南三军的又一个新的生命，还帮忙请来了眉清目秀的江南青山奶妈南媛。这让向红旗有点不舒服，他觉得南义老弟对妻子南三军是过于好了。向红

14

旗调侃着问："南副师长，你什么时候结婚啊？我可在等着我的儿媳妇呢。"

南义也高兴地说："我已经结了呀？没有儿媳妇了，只有可供挑选的女婿啰。"

"你和谁结的婚？"

"就是老三的这个奶妈南嫒呀！一回国我就带着部队介绍信在老家江南相亲，从孤儿院领回来这个护理员，就立马登记了。南嫒也是个战争孤儿，连个像样的名字都没有，囡囡，不像个姑娘的大名，在淞市弄堂里，有一百个囡囡。就让她跟着我姓了南，叫南嫒！嘿嘿，……她就算是支援我成立家庭了。我还从孤儿院带回来一个男孩子，叫南伟。这个孩子的父母是我原来在青山上打游击的战友，全在战争中牺牲了。我们这些活着的人，应该为他们抚养好后代，对他们的子女视如己出，让烈士们安息。"

向红旗连连点头，很佩服南义的壮举。

南义说："现在我和南嫒又有了一个儿子南宏。你小女儿吃的就是我儿子的奶水啊。"

"这怎么可以，那你儿子吃什么呀？"

"让你的女婿他弟弟呀，先从吃米糊开始爱护他的嫂子吧！哈哈哈……"

向红旗一下子感动了，说："那把她小叔子抱过来一起养吧！咱们世世代代一家人！"

南三军长长地嘘了一口气，说了一句："乱弹琴，还嫌家里人不多啊！"

向红旗非常惊讶地说："和平年代刚刚来临，你就变质了？就铁石心肠了？就没有阶级友爱战友感情了？生死誓言也不顾及了？简直思想成问题。"

南三军也已经调动到淞市国营钟表厂当党委书记，她对自己生养的这一儿一女很满足。就是老三来得不经意，每次想去打掉，可医院就是人多，医生推三阻四说要观察等待。这个老三也很皮实，在南三军肚子里长得飞快。等南三军再去医院时，国家正在号召妇女争当英雄母亲，

15

生产子女越多越好。医生就婉转地告知，打不了。这个老三可倒好，在安逸的生活、可口的伙食滋润下飙涨到八斤，出生后这个肥妞临时叫的向标语不像个女孩名字，那她叫什么名字呢？

南义曾经热心建议说："叫玉雪吧，冰清玉洁，多好听！"

但是南三军看看南义冷冷地说："还是等等，让她的父亲来起名字吧。"

向红旗主任听说南义副师长已经起了名字很高兴，连连说："可以可以，好好好，就叫她向玉雪，跟着姐姐云雪叫。"

但是他还是要象征性地征求一下南三军的意见，看看她妈妈希望她长大干什么。南三军的意见就是，南义起的名字坚决不可以用！她望着黄浦江的滔滔江水说："不要像我，既不会写文章，又不会讲话做报告，连个诗词也写不出来。"

向红旗深吸了一口气，说："真的，我也是打仗做事还行，也不会讲话做报告，更不会说英雄杨根思讲的那句'我不信'。"

向红旗在窗户前张望，看着窗外到处都是"鼓足干劲，力争上游，多快好省地建设社会主义"的标语口号，又摇摇头说："向标语用在女孩子身上真不好哈？你看那些护士都笑成什么样子了。"

南三军说："这个女孩子我要当儿子养，省得以后叫人随意欺负。"

向红旗附和地说："就是就是！不过吃米糊的人怎么也打不过吃人奶的人吧。"

"向红旗，我不会认南义这个亲家的。你给我永远地记住了，不准再提向玉雪这个名字！"

向红旗倒吸了一口冷气，皱着眉头问："那老三她就叫向锦书吧。希望这个女儿将来文采如云中锦书滚滚而来。你不知道吧，我们在朝鲜战场最渴望的就是亲人的来信。机关食堂你也吃不惯，姆妈已经来了，她会烧你们江南家乡饭，你就在家里吃饭吧。"向红旗感觉那个站在船头上的小女兵有点变了。

锦书，向锦书？好！就叫向锦书。南三军感觉这个名字很有诗意又充满亲情和英气："'云中谁寄锦书来？雁字回时，月满西楼'，名字寄托了一个人的未来，这个名字好。"

向锦书刚出生时，外婆张玉珠就从小方瓶子里倒出一堆黑色的鹤望兰花籽精心挑选，为老三向锦书在一个大花盆里种下了鹤望兰。现在它们已经发芽，在阳光充足的窗台上，伸枝展叶，郁郁葱葱，生机勃勃。外婆张玉珠喃喃自语："种瓜得瓜，种豆得豆。龙生龙，凤生凤，黄鼠狼的儿子会钻洞。"

向锦书的幼年是奶足窝暖，呵护的人也多。外婆、奶妈、父母、兄姐，还有常来常往的舅舅南义，以及偶尔过来陪伴她的南义收养的大儿子南伟哥哥。她几乎没有生什么病就长大了。

她三岁的时候，全家人在淞市一家照相馆照全家福。照相师傅不停地给向云雪拍照。张玉珠老太太不高兴了，对照相师傅说："你给小妹妹多照几张，大姑娘拍得太多了！"照相师傅象征性地给姐妹俩合照了一张，又继续拍向云雪。第二天，照相馆的大玻璃橱窗里向云雪满脸灿烂笑容的巨幅照片赫赫然展示在人来人往的大街上。取照片的时候照相师傅对南三军说："这是祖国花朵新生活的真实笑容，小姑娘太漂亮了！不收钞票。"南三军说："那怎么可以，我们从来不拿群众的一针一线！多少钱？"

部队在调动调整，向家就在不停地搬家。那时候，向锦书是没有感觉的。她学习讲话是从外婆古镇的土话到淞市话，再到粤语客家话。外婆张玉珠感觉小毛头向锦书是个语言天才，她小小年纪转变得最快。到了五岁，已经江南话、淞市话、客家话瞬息万变，真是笑死人。

从东南军区到淞市筹备防空军，再到东南空军，又调到南部空军任政治部主任，只有一只眼睛浑身弹孔的向红旗一路提拔得飞快。他那只眼睛是在淞市请了外国专家医生治疗的。虽然不能复明，但是外形美观，完全看不出来是一只假眼睛，这让向红旗依然英俊如初。战备紧张的时候，空军部队全部进入南部山区隐蔽，向家的两层小白楼，只住着两户家人——南政委和向主任。副师长南义已经到空军任师政委了。由于都在空军部队，分配住房时，两家人就喜相逢地在南部山区这座两层的小白楼住在一起了。

白白的二层楼前有十几级台阶，台阶下有座小拱桥，清凌凌的小清河哗啦啦地从桥下流过。楼后山上的瀑布叮叮咚咚落满石头潭，潭水溢出后从小溪分汊汇入小清河。满山的松树花草，蔚蓝的天空，人间仙境一般。向和平已经上了八一中学，平时住校，不常回家；向云雪也上了小学，读书成绩优异；向锦书正在幼儿园称王称霸，打遍男女幼童无敌手。老师们对她既怕又爱，女孩男相惹不起，娃娃们的父母对自家娃娃都是千叮咛万嘱咐的。这时候，南三军已经调动在阿兴县当副县长，县委老黄书记很关心南副县长的家庭生活，就劝她最好能把家人从部队搬到县上来住。这样向红旗主任也可以经常轻轻松松地回家来咱们县上看看。军民鱼水情深，多么好啊！男人，没有女人掌舵，是根本管不好家的！

南三军犹豫不决。但是，这个老三锦书接二连三发生的事儿，让南三军下定决心搬家到阿兴县了。

一是南三军在外县忙碌疏于回家，向锦书就认了邻居南媛奶妈，叫起妈妈来了。她还经常吃住在南政委家里，并且连名带姓改叫南玉雪。

邻居南政委家乱七八糟，主要因为有三个儿子，从孤儿院领养的大哥哥南伟，亲生一个小哥哥南宏，现在又添了一个小弟弟南州，遗憾的就是没有个女孩子。南媛是向锦书的奶妈，一直很亲很爱这个胖乎乎的妞儿。每次南三军从阿兴县回家，南媛就来软磨硬泡想换孩子。她喜眉笑眼地说："我们南家老大是烈士的儿子，两个亲生儿子小宏、小州，你随便挑一个好了！我们真的是很喜欢你们家老三丫头的。你两儿一女，我也两儿一女，多好啊！"

这算的是什么账！南三军看看老三向锦书也完全是一副叛徒嘴脸，真的在隔壁当起公主"南玉雪"来了。两个哥哥南伟南宏都爱她宠她，她还可以搭把手地照顾小弟弟南州喝奶，帮他洗尿布。在南义这个大家庭里，向锦书可以随便吃住横行。她可以任意把南家的黄油布伞拆解开来，做成弹弓送给南伟南宏哥儿俩，可以把南家床单剪成尿布，南家兄弟俩大喜，南义、南媛还甚是欣慰。

等向锦书回到家给外婆一说这些，外婆张玉珠肺都要气炸了："你个孙悟空的鸡脚爪，满脸乌七八糟的猪八样！南玉雪？你大南瓜吧！满地找不到是老几的姓！你不姓南，你姓向——向！侬自家找女婿，面皮是万里长城厚砖头做的吗？"

第二件事是向锦书在幼儿园趁着午睡时间溜出休息室偷吃石榴，连籽一起吃，肚子胀得拉不出屎来，急送到医院灌肠后脱险。

第三件事是幼儿园派了专门的老师看管，结果向锦书还是把烧红的煤炭当成红宝石，伸手去拿烧坏了右手掌。手上的伤还没有好利索，老师怕热带她晚上在水井边支张床睡觉，她却硬从床板缝里探进水井里去抓月亮，差点掉到井里。

第四件事是夏天夜晚纳凉听见山里有虎狼此起彼伏地在叫，向锦书问外婆张玉珠这是什么声音。外婆摇着诸葛亮的老鹰羽毛扇说，这是老虎狼群在叫它们的虎崽狼崽呢。向锦书第二天居然就单独上山说要去看看虎狼的崽崽是什么样子。结果让部队、幼儿园和家里人都为这个到处都找不着的向锦书心焦头痛。一天后，部队巡逻队才在山里的一棵大树权上发现了她。问她这一天一夜都吃什么喝什么了。向锦书说："栗子呀，核桃呀，松枝上面还有甜甜的蜂蜜呀。"

第五件事更可怕，向锦书喜欢从二楼平台向河里使劲地扔木拖鞋。一次两次三次，一天两天三天，乐此不疲。终于有一天她成功地将一只红色的花纹木拖鞋扔到了河里，就飞奔下去到河里去捞木拖鞋，结果被河水卷走。吓得小脚外婆张玉珠一屁股坐在河边拍膝仰头大哭说："我是真的管不了这个野丫头了——啦呀——啊啊啊！"还好，河水很浅，向锦书被冲到一个河水转弯处，和那只红木拖鞋一起搁浅在了河边的小石子沙滩上。

向红旗对南三军说："这个没有修理过的野女孩子，再不好好管教，长大后一定会野性爆发闯祸进监狱的呀！"

"不要乱讲，你在诅咒她呢！"但是为了这个不知道世间亲情、血缘、害怕为何物的小女儿，南三军狠狠心咬咬牙下定了决心：搬家！

但是，山里的风，河里的水，神秘的军营，打架无敌手的幼儿园，亲爱的奶妈，邻居家的南伟、南宏哥哥和可爱的小弟弟南州，还是给向锦书打上了深刻的童年的记忆。让幼年的她知道了在家庭成员中被轻视、被边缘化与在家庭里被包围在中心、被重视、被宠爱、被需要的那种种无与伦比的欢乐快活的区别……

亲生与不亲生又有什么关系呢？

4

阿兴县城晚上没有电灯。夜晚，人们洗完脚就穿上木嘎嗒板拖鞋，走在石板路上，发出此起彼伏的嘎嗒声。街巷深处挂着马灯，卖馄饨的货郎摇着小拨浪鼓在叫卖："五分一碗啊，鸡毛牙膏皮换糖咯——"向锦书经常错听成"无房一瓦！叽里咕噜汤歌……"

她家住进了挂有"客家山歌剧团"门匾的大院子里，因为门口斜对面胡同里就是阿兴县第一学校。有天晚上，南副县长带着全家去看歌剧《红珊瑚》，带姐儿俩去后台看化装，有位扮演伪军的演员递了把盒子枪做着鬼脸逗向锦书玩，向锦书突然看见画书中的坏人魔鬼，吓得放声大哭起来。南三军哈哈大笑地对老三说："你看姐姐都不害怕呀。这是演戏，是假的！"

南家老小被安排在这个旧式四进院最后面的小院子里。大大小小有四间房子，天井边有花坛，小耳门外是个晒谷场，南家的厨房在谷场边的木瓜树芭蕉树旁边。剧团演员们练功吊嗓子吃饭都在晒谷场和回廊里，清晨去吃饭要出耳门走回廊到厨房，舞棍弄枪踢腿弯腰，甚是好看好玩。向云雪已经上到三年级，而向锦书只有五六岁，正是懵懵懂懂很好玩的年纪。演员们就抓空逗着教向锦书练功练嗓子舞棍弄枪。

晚上，在排练场走戏，美工布景服装师傅们就抓向锦书小差，让她干些跑腿拿料的小活儿。向锦书非常乐意到处跑来跑去。她最喜欢看编

20

头师傅给古装戏女主角做长头发，看服装师给绸缎子衣服上缝花边和亮片。她会拿着那个小小的亮片，对着太阳或者灯光看它发出七彩的光芒，感觉很神奇！不久，小小的向锦书就和山歌剧团上上下下打成一片，心也给跑野了，幼儿园也坚决不去了。她晚上看着姐姐做作业，黎姐阿姨在擦煤油灯罩，织毛衣的外婆对着向锦书叹气说："到了秋天，你这匹野马就要套笼头了！"姐姐用铅笔头上的橡皮戳了戳她的头解释道："外婆是说，你该上小学一年级了，有学校管你了！"

这个夏天，剧团开始招演员，每个报名的人都要表演功夫，同时还要唱一首固定的山歌，这首山歌是遥水街石板调老曲，人唱多了，向锦书就记住了。最后她也要报名，把监考的钟团长逗乐了。大街上，人群中，向锦书开场小碎步抬臂甩手绢立到场地中央，用客家话比比画画地唱起来："隔远看见爱人来，心间就哗哗地开，近看又不是，千斤的石板砸下来！"结果是一片喝彩声。

钟团长哈哈大笑，对着向锦书戏说："你，被录用啦！"

第二天起，就看见小小孩向锦书在剧团的院子里出出入入，街道乡村县里关于她的传说更是五花八门。不管怎样，这个假期，向锦书真的开始随山歌剧团下乡演出，在《芦荡火种》片段里当群众逃难过场中的小演员，演《红岩》片段里卖烟的小走贩，演《大浪淘沙》片段里街头的小报童，演《洪湖赤卫队》里牵着拉二胡的爷爷敲着碟儿唱起来的小歌女……因为年纪小，她受到各个乡村古镇人们太多的捧场，让客家山歌剧团在全县的巡回演出中收获巨大。

钟团长还让一个十三岁的小武生李彩司与向锦书配合，教了她一段戏龙珠曲调的花扇秧歌对舞《喜盈门》："家有子啊，才有喜！两情相悦就不用媒引啊。哥哥心爱年轻的人，妹妹心爱年轻的人。花里花朵，花里花朵，一枝花！花里花朵，花里花朵，朵朵开！"这是每场演出的开场锣鼓戏，受到众人喝彩！十里八乡的乡亲们都赶来看看这个传奇的客家山歌剧团小演员。这已经不是家里中心的感觉了，而是万众瞩目，是众星捧月，是一种更加让美妙包裹的感觉，是在天空飘舞的感觉，向锦书乐不思蜀地沉浸其中。

南三军副县长也听说了一些向锦书出名的传说，但是只要老三她不出院子去闯祸，不让小脚外婆张玉珠焦心费劲，分管文化卫生教育的南副县长也就睁只眼闭只眼，何况剧团红红火火，真是更加阿弥陀佛。这个孩子，就让她顺风去生长吧。有上面一儿一女垫底，南三军心里是很踏实。

剧团占据的三进院里还住着一户人家。爸爸老艾是阿兴县电影院院长，妈妈龙琼三十多岁，是山歌剧团正当年的著名旦角儿，在山歌剧《洪湖赤卫队》里扮演女主角韩英，在《红岩》里扮演江姐。龙琼见到分管文化卫生教育的女副县长南三军，就立刻到向家，说她今天一定要拜南三军为干妈。

漂亮美丽的女人其实也相互喜欢！龙琼很漂亮，白白的鹅蛋脸，水灵灵的桃花眼，红艳艳的樱桃小嘴。小风吹过，浑身飘香花散，惊似天仙。龙琼的笑容非常妖娆，摧枯拉朽。山歌剧团的展示墙，满街的山歌剧团的演出海报，都是这个女人的宣传照。她身段窈窕，面容俊俏，声音绵软，如仙女下凡。南三军很喜欢她，暗地里收藏了好几张龙琼的剧照在家里的相册中，也压了两张她扮演韩英叉腰挥手、扮演江姐甩围巾慷慨赴刑场就义的剧照在自己办公桌的玻璃板下，这也寄托了她的英雄情结，难忘战争年代。

南三军也很美丽，浑身有一股子英姿飒爽的劲。圆盘脸，蛾眉，翘鼻，花瓣厚唇，又大又圆的杏核眼目光柔和而坚毅，她来到县上就受到大家喜爱，县里人都众星捧月般拥戴她这个从战火中走来的传奇女子。加上她虽是大户人家出身，但在苦难中的磨砺，在战火中的洗礼，让她有种天然去雕饰的落落大方。龙琼的拜见，让南三军有了孔雀拜凤凰的感觉。她一点头，龙琼的女儿艾策策就成了向锦书另一个最亲近的小姐姐。艾策策其实只比向锦书大三岁，与向云雪同年级，龙琼是坚决不想让宝贝女儿策策再碰戏，走演员道路了。只想让她好好学习，闲了可以去爸爸的电影院里玩，或者看看新电影。

小姐姐艾策策很羡慕向锦书的自由自在，就经常来邀请向锦书去电影院帮助工作人员收票，看新上映的电影。

这让向锦书非常高兴。看电影真好！她更喜欢在门口收票挡人放人。这是一种权力的感觉，很优越的感觉。她和策策太矮，都勾脚坐在门口的护栏杆上面，居高临下很威严地对着进场看电影的人们问话。

"票！"

"票！票！"

"你的票呢？"

"没有票？那就请你出去！"

这非常好玩。这可不是小孩子们过家家，是真的在工作！或者叫干活儿，做事儿！

向锦书很喜欢看电影院大厅挂着的那些电影明星的黑白大照片。策策说："这是周恩来总理让全国电影院挂起来的二十二位人民艺术家，大电影明星。"策策一个一个地指给她："这是秦怡，演《女篮5号》里的林洁；这是演《护士日记》的王丹凤；这是于蓝，在《烈火中永生》中演江姐；这是谢芳，在《青春之歌》中演林道静。上官云珠，演《一江春水向东流》中的何文艳；田华，演《白毛女》中的白毛女；赵丹，演《烈火中永生》中的许云峰；王心刚，演《秘密图纸》中的保卫部干事。孙道临，现在最红的男主角，你爸爸就很像他的！他爱人是淞市越剧团王文娟，越剧著名旦角，演林黛玉的。孙道临和袁霞演《永不消逝的电波》，可好看了。金迪、李亚林，演了《我们村里的年轻人》。张瑞芳，演的《李双双》，和仲星火一起演的，啊！真是笑死人了……于洋，《大浪淘沙》的主角。崔嵬，最厉害了！不仅是演员，《红旗谱》《小兵张嘎》《青春之歌》，他还是导演。祝希娟，《红色娘子军》里的吴琼花，王心刚演党代表，为她指路的那个人……"

向锦书更喜欢看大厅里贴的花花绿绿的电影广告画。她不识字，策策就告诉她《渔光曲》《柳堡的故事》《刘三姐》《白毛女》《秘密图纸》《红珊瑚》《甲午风云》《党的女儿》《大李小李和老李》《五朵金花》《古刹钟声》《小兵张嘎》《战火中的青春》……

策策指着一幅宣传画说："这个是《战火中的青春》，讲的是一个女扮男装参军的故事，有点像古代的花木兰。但是她不是替父去从军的，而是民兵小队长高山为了杀敌报仇参加解放军的故事。女兵是王苏娅演的。她的脸太方了，不好看！对吗？可是脸不方又演不好男角色了。对吗？她也就那双眼睛还可以。黑黑的，又圆又大，好看。后来解放了，高山穿回女儿装，就和她的连长结婚了。喏，这就是那个连长，庞学勤演她丈夫啰。好看不好看？"

"什么是丈夫？"向锦书不明白地问。

不到十岁的艾策策不仅让才六岁的向锦书体会了高高在上的感觉，也知道了电影世界里的众多明星、人民艺术家、电影故事，学会了鉴别男男女女好看不好看的面孔，特别是向锦书还第一次明白了"丈夫"这个名词。

策策说："你不知道丈夫是什么吗？丈夫是每个女的长大后都会有的一个亲人呀。就像于蓝有蓝天野，王文娟有孙道临，我妈妈有我爸爸，你妈妈有你爸爸一样！"

"为什么一定要有丈夫？"向锦书更不明白了。

艾策策一听这话，先是将眼睛瞪成满月，随即弯成半月，月牙，然后哧哧哧地弯腰蹲下捂着嘴巴大笑起来，说："没有丈夫，女的就不会有小孩的！"

啊！向锦书顿时张大嘴巴，睁圆了细长的眼睛。

5

阿兴县第一小学校也带有初中部，由寺庙改建而成。学校大门口有很开阔的操场，南边因为一条河流而筑起很高的石坝护城墙。石坝中有县城古老的东门，有出入县城的石板街道。操场西边是高高的白墙，白墙前有座简易的舞台，舞台上靠墙的地方是一根旗杆。北边就是宽阔的三层长条石台阶，高大的红门旁有一棵非常粗壮高耸云天的老樟树，树干被一米宽石板围护。树上挂着一口大铜钟，一根粗粗的麻绳系了个大疙瘩，便于抓握，荡钟。

清晨小学生来得早了的时候，天还麻麻亮，雾气未散，学校大红门也没有打开。许多学生就举着马灯坐在石台子上，趴在大树下的石板上或背课文，或温习功课，或赶作业。远远望去，好像一群蜜蜂在晨雾中嗡嗡叫，又好像是萤火虫在聚集闪烁。

等学校大红门打开，钟声铛铛响起，各年级同学就迅速按班在操场排好队，唱国歌，升五星红旗。少先队员都要敬少先队礼；没有戴红领巾的同学只能端直站立，仰望红旗，等待大队辅导员发出稍息解散的口令。

让向锦书最不可思议的是，为什么学校的旗手是哥哥向和平，他怎么没有戴红领巾？护旗手是戴了红领巾的姐姐和另一名女同学。向锦书傻傻地站在一年级小学生的队伍里很是着急。她感觉学校是不是还不知道哥哥向和平是有两个妹妹的，是根本不需要外人来护旗的，我就可以的呀！

队伍稍息解散之后，向锦书很快找到主持升旗仪式的大队辅导员老师，急急地去倾诉自己的焦虑。大队辅导员老师低头听完，仰头爆笑起来。他招招手叫来向锦书的班主任邓老师，说："你给她解释一下吧，我还有事儿。"

邓老师牙齿的两颗门牙很暴露，有点像吃着红萝卜的小白兔嘴巴，门牙趴在下嘴唇上观风景。她满头括号毛发乱茇着还在笑，真难看！邓老师烫着最时髦的卷发，听完辅导员的交代，就拉起向锦书的小手说："来！跟我来！"

向锦书跟在邓老师身后，看着她扭着裹在绿色黑花朵旗袍下的巨蟒一样的腰，来到大门厅里面镶着玻璃的展示窗前说："你看啊！这是小学部的优等生展览。"

她指指里面整整齐齐的一个作业本说："这就是你姐姐向云雪的作业，写得好看不好看？这旁边是你姐姐转来学校后上学期参加各门考试门门都是 100 分的试卷。"

"这边，"她又转身说，"你到这边来看！"

"这边是初中部的，有你哥哥的成绩，还有其他同学的考试试卷。门门也都是 100 分。今后，你就是一年级的小学生啦！初中部、共青团员，英俊的、五官端正的少年，三好学生，才可以当旗手！"

所以，邓老师把头摇得像个逗婴儿注意的拨浪鼓一样，又将脸转向对面玻璃窗加重语气："你要像你姐姐学习，门门考试 100 分，还要德智体美音劳全面发展，你才有可能当护旗手！这些，你是否可以做到?"说完，又补充一句："当护旗手的女生，还要漂亮、端正。"

没有回音，向锦书傻掉了。

"从长相上看，你可一点也不像你的哥哥和姐姐，他们那么细白，眼睛那么大，你是他们的亲妹妹吗？你皮肤是粗黄的，眼睛像两颗小黑豆。"邓老师这下把头发摇摇来摇摇去，成了爆米花一般的成堆问号。然后，长长地吐了一口气，拍拍向锦书的小肩膀说："好好学习吧，向锦书！我祝你天天向上！不明白，都可以来问我。你妈妈可管着我们呢!"然后，一扭腰，让黑黑粗粗的大象腿在旗袍的衩口间一闪一闪地，走了。

争取加入少先队，考试门门 100 分，还要漂亮端正，向锦书感觉这真是她的三座大山。

一学期很快结束了。向锦书的语文考试 76 分，算术 91 分，体育 100 分，画画 100 分，音乐 100 分，劳动是优秀。她的评语里还有两条致命的缺点，一是坐不住，东摇西晃；二是写字听写太慢，东张西望，不专心。

哎呀，算了吧! 当不了护旗手了。

心灰意冷的向锦书开始逃课。她翻过城墙，来到河边的茭白地里帮助老奶奶大妈大婶子收茭白，去鸭棚子边上帮助老大爷捡鸭蛋，跳上河边的大船等待开船，坐在船头迎着徐徐小风，在大河里来来回回地穿梭。偶尔有人认出她是山歌剧团的小演员。她就感觉比护旗手还要骄傲。

有一次，一个收了茭白的大娘在小城东门背着两只箩筐在卖木薯干。向锦书感觉很好玩，就坐在旁边帮助她吆喝。临走大娘给了她一分钱，她欣喜若狂地奔到县人委要告诉妈妈。她爬上树，又从树上跳到县人委的高墙上，看见妈妈在一间开着许多窗户的房间里呆呆地坐着，妈妈一转头也看见了她，但是马上继续发呆，就再也不看她了。

她很失望，开始在县人委的果园里摘葡萄，摘杧果，摘木瓜，还有龙眼。她借了一个箩筐，把摘的果子拿到东城门里蹲下叫卖。获得了几角钱，她买了一副九分钱的小扑克牌，一块橡皮，一个精致的橘红色皮的小笔记本，回家去了。

晚上，邓老师为了向锦书逃课的事情来家访。母亲南三军只是听她不停地在那里唠叨来唠叨去，外婆在低头织毛衣，黎姐阿姨躲在门外边靠墙听屋里的动静，哥哥姐姐在认真做作业，只有向锦书站着，等待一场不可避免的教训。

没有，什么也没有。妈妈听完只是笑了笑。等邓老师走了以后，妈妈就站起来回房间睡觉去了。外婆也像什么事情都没有发生，继续忙碌着。哥哥姐姐更是作业多压力大，妹妹小屁孩干了什么，他们根本没有兴趣听。

　　以后，向锦书开始肆无忌惮地逃课。去街上小人书摊帮助摊主收钱发书，去电影院看新电影，跟着策策的阿婆学习用塑料丝编织小鹿、金鱼、桃花、梅花……去街道的缝纫铺子拉门外绳子上晒的棉被当风扇，哗啦哗啦的，上下一搋，棉被就在空中前后扇出风来。拉快了风大，拉慢了风小……拉累了，拿着图钉去街上埋在尘土里，看那些赤脚的人踩在上面疼痛趔趄好笑的样子。有一天，她被路人发现，奔逃中被石头砸中，头破血流。晚上，那家人才知道是把副县长的幺女砸伤了，来家里连连道歉。南三军还是笑眯眯地听着这家人的倾诉道歉，并没有批评向锦书。结果，到了期末，向锦书的学习成绩还是保持在中游水平。

　　过了一段时间，南江遭遇特大台风，洪水淹没了整个阿兴县城。向锦书还是感觉很好玩。因为，她和外婆、姐姐都被放进洗澡的木盆里，由男人们推着送往县城最高处的电影院。看着满城的木桶坐着老人小人在水里漂浮，她想起了小人书《岳飞传》里和母亲坐在大瓮中从洪水中逃生的婴儿岳飞，想起了小人书《西游记》里无数装着婴儿的鹅笼在天空中飘荡的比丘国……

　　在洪水中，女副县长南三军三天两夜没休息，低血糖加之日夜泡在水里，在指挥抗洪时昏倒了，还患上了急性肾炎和肝炎。这时的向锦书在厨房里剁甘蔗不小心将左手的大拇指、食指、中指，三个手指头剁去了半截。向红旗闻讯，飞速将妻子和小女儿送到淞市长征军队医院抢救治疗。

　　在医院里，向锦书听说体温表里的水银很好玩。就每天打碎，用瓶子装起来。没事儿的时候就溜上五层楼的房顶，将晒在房顶女儿墙上的病房枕头统统推下楼去。向锦书正在地上滚玩着水银，房顶上忽然跑上来三个护士医生将她提起来就往楼下拽。她闯祸了！原来有几个枕头是湿的，很重，飞下楼时将大楼三层和二层的两三扇打开的窗户砸裂，连玻璃带朽坏的木头框掉下楼去。只是还好午休时间楼下没有人。

　　"如果有人怎么办？砸死了人怎么办？"在办公室里，有位大夫对着向锦书拍着桌子怒吼道。

　　"不是楼下没有人吗？谁死了吗？"忽然南三军走进办公室，拉起向锦书的右手说："看把我的孩子吓成什么样儿了！"然后，就揉揉向锦书乱蓬蓬的头发说："走！回病房去。"

"可是，她还玩水银呢，不怕中毒吗？"大夫还在愤怒地告状。

"哦，是吗？水银呢？"南三军低下头问向锦书。向锦书用那只没有受伤的右手指指天花板。

大夫说："在楼顶，我已经叫人扫掉处理了！"

南三军扬扬眉毛说："那就好。"

母女俩手拉着手。可是向锦书感觉就是没有心连心，她不明白为什么妈妈对自己所有错误都似乎充耳不闻，视而不见。她想引起妈妈注意自己做的几件大事情，妈妈也是轻描淡写，不太在意。现在自己差点就没有了左手三根重要的指头，现在还包着白白厚厚的纱布。可是，妈妈都没有心疼过。她知道今天自己错了，闯了大祸。她在想，如果是哥哥，如果是姐姐，那她一定会扑上去狠狠严厉批评的，还会用报纸卷成筒敲击他们的头和肩膀。而那种恨铁不成钢的场景，从来就没有降临在自己的身上。

妈妈这是要放弃我了吗？回到病房，向锦书放声大哭起来。可是，南三军又开始躺在病床上看报纸了，并不理会斩断了三根手指疼痛难忍也不曾流泪的小女儿，为什么会在这无风无雨又无浪无灾的时候，这样突然莫名其妙鬼哭狼嚎地痛哭流涕，为什么呀？

有一种疾病是亲人给的，它比肉体的伤害更加残酷无情。没有打是亲骂是爱的柔情，这种和平的冷淡，它会像一把看不见的利剑，活活将这对母女亲亲的血缘关系斩断，让她们淡远，变成最亲近的陌生人，变成家里的外人。从此，彼此再没有依恋，心门焊死，各自终老都再也没有了心灵的通道。

这一年向锦书七岁，童心泯灭，童年生活过早地结束了。岂不知，她的母亲南三军的童年结束得比她更早。当她五岁被父亲南老太爷送给外人的那一刻，南三军可不仅仅是童心泯灭，而是心房陡然黑灯瞎火，没有了生活的希望和前进的方向。

现在南三军她看报，也不真是铁了心肠。她是非常相信自己和向红旗的强大基因，她也相信每个人都会长成令自己向往满意的那个样子。

谁管过九岁的向红旗？谁又管过生下来就被怀疑并遭亲人狠手抛弃的自己？有前面一儿一女保底，这个老三你又何必去盲目管教呢？野生野长也是爱！她如果真的像向红旗说的那样再下去就要进监狱了，那也是她自己的人生经历。父母奈何？随她哭去吧，哭成一个与众不同的女孩子。

6

向红旗在 1964 年转业了。进行三线建设，西北局需要大批干部。大批转业军人、大学生、专业对口人员迅速分配到地方。南义已经被部队派往军队政治学院进修后再分配，只是去向还不明确。

中华人民共和国刚刚成立时，首批转业军人就是女兵。部队十万女兵们除医院大夫、文工团负责人和职务很高的留用，其余一律穿着部队的旧军装，背着草绿色的背包，奔向新的战场。像蒲公英的种子，随着和平的春风，飞向祖国的各个地方。她们是和平年代的革命红色播种机，在人民群众中间扎根、发芽、开花、结果。

离开军队，五十岁的向红旗心里虽然难过，但是也没有十万女兵们的震惊与眼泪。转业地方官升一级，行政八级算是正厅局高级干部，四百元工资。南三军提拔为行政十二级干部正处实职县团级，二百元工资。夫妻带着组织调令，义无反顾，带着祖孙三代登上三辆军车，从南江市出发，奔向西北局机关所在地西京市。

艾策策和她的妈妈龙琼来送行。她们的痛哭，让南三军和向锦书特别难过。在台风骤起大水涌进阿兴县城，大批难民躲进电影院避难时，老艾忙前忙后累得吐血而牺牲了。现在，艾策策没有了爸爸，又失去了和自己最要好的玩伴向锦书，同龄人的哀伤让向云雪快步跑过去拉住艾策策说："到了西京，我会给你写信的！写很多！！天天写！！！"

"我会给你写信。告诉你我们那里的情况！"向云雪平时不贪玩，也不太结交朋友，但是毕竟与艾策策同年级，年纪相仿，就有了比向锦书更深的交流，这让艾策策欣慰许多。

艾策策说："西京那边是不是全是冰雪和黄沙，就像《昆仑山上一棵草》那样荒凉？是不是女人稀缺，像《冰山上的来客》那样冰天雪地，人烟稀少？"

艾策策、向云雪，这两个年纪相仿却从未亲近的小朋友，过去总是远远打量着、审视着对方，自尊心让她们都不肯让步。如今，一个在失去父亲，一个在前途茫茫的时候，忽然间就心灵火花迸放，很亲近很自然地握住了对方的手。她们彼此轻轻地摇着，彼此都有眼泪涌出，彼此都有相见恨晚的感觉。她们在握手中在泪河里默契地达成了一个约定；在心里，深刻亲密地烙下了对方的模样，决心从此互不相忘。

向锦书小小的心里，深深地叹了一口气。人可真不是天天亲密地在一起就会生死与共的。在一起时远远地相望，分别时紧紧地相握，那才是真情永远。她转身就把艾策策忘了。就像在山里的新营房，小白楼的邻居奶妈南阿姨，还有那几个帅气豪放的哥哥、可爱的小弟弟。人生曾相遇，离去就忘记。猴子掰玉米，掰一个又丢一个。

龙琼紧紧拥抱住干妈南三军说："您别忘了我！我有空就会带着策策去西京看望您的！我会给您写信的！"

南三军说："老艾是为了群众，为了支持我的工作牺牲的。本想好好照顾你和策策，现在却要走了。你也保重，有好的机会，我会帮助你的！一定，一定！"

南三军接过龙琼用两元人民币买的带着嫩叶的龙眼、一筐杧果、一捆甘蔗、几串木瓜。龙琼说："都不值钱，两分钱一斤，你们可以在路上慢慢吃。以后，在西北大概真是吃不着了。甘蔗、木瓜可以存放得久一些，到了西京还可以分给邻居们。以后鞭长莫及，南方的亲戚统统帮不上什么忙，凡事都是要靠邻居了。干妈，您保重！回南江阿兴出差就回来转转。"

从阿兴到了南江市区，三辆卡车上的向家人只做了一天短暂的停留。

向红旗的工资和这些年的积蓄，让他有底气地来到南江海关外汇商店。他干脆利索地购买了一辆英国全钢的名牌蓝翎自行车，一部德国名牌徕卡照相机，一只欧米伽男式手表，一只小罗马女式坤表，一瓶法国香水，一只梅花牌男士大字手表，一套精致的木刻刀。

前三样都是给自己买的，革命半生，解甲归田，总不能一无所有。等到了地方，四壁空空，还不让人给看扁了呀！坤表香水送给乡巴佬老婆南三军。梅花大字手表送给家庭功勋丈母娘张玉珠，小脚的她带三个孩子真不容易。年岁毕竟不饶人，老眼昏花，手表上字大一点她老人家才能看准时间。木刻刀是买给木讷胆小腼腆内向话很少，不是拆闹钟，就是拆玩具飞机，要么就是埋头看书的宝贝儿子向和平的。还有一些钱，他去了百货商场童装柜台买了红绿两件女孩子穿的开襟细羊毛衣，两件黄绿色、胸前抽丝挑着大朵白线花的府绸麻纱连衣裙，给两个宝贝女儿。

钱花光了，礼物也买全了，出发！

路过南江新华书店，南三军直喊停车，跑下车去书店里面买了许多中外名著、现代文学小说和中国四大名著的小人书。她说："小说我和老大看。小人书让姊妹俩看！"向红旗跟进去要付账。南三军说："我也每个月有二百元嘞！乡下人有钱呢。你看你还想买什么书？我给你付账好不啦？"城里人向红旗只好陪着南三军逛书店，随手买了一些家庭常见病用药书籍和中国家常食用烹饪、生活小常识、编织毛衣、钩花边、毛笔字帖等书籍，准备思想也在业余时间里彻底转业。

真正再见了，南方！

向红旗对大家说，还有三天三夜的路程要走呢。

军用三辆大卡车，开始向西京出发。途经长江，一行人登上岳阳楼上观风景，向红旗为孩子们放声朗读范仲淹的《岳阳楼记》——先天下之忧而忧，后天下之乐而乐！又说："我们革命军人、共产党员，你们革命后代，都要做这样的人。"

到达武汉长江大桥上，全家合影留念。向红旗指着滚滚江水说："这是长江，长江在南方，现在我们往西北走，我们可以看见黄河，但是再也喝不上长江水啦！"

卡车在武汉长江边开上了摆渡的大轮船，慢悠悠的，旁边居然还有一列一列的火车在过江。那时候，武汉长江大桥早已经通火车汽车，他们坐轮渡是为了纪念1957年以前过江的艰难。毛主席有诗词立在桥头上：一桥飞架南北，天堑变通途！

向红旗和南三军拉着向锦书的小手在甲板上踱步，任江风猛烈地吹拂。南三军扶着栏杆轻声唱起歌来。这是向锦书第一次听见妈妈唱歌："我住长江头，君住长江尾。日日思君不见君，共饮长江水。此水几时休，此恨何时已。只愿君心似我心，定不负相思意。我住长江头，君住长江尾。日日思君不见君，共饮长江水。此水几时休，此恨何时已。只愿君心似我心，定不负相思意。"向红旗摸摸向锦书的头，低头问小女儿："好听吗？这首歌叫《我住长江头》。我们都要记住长江！"向红旗脑海闪过渡江第一船上，他们为了祖国慷慨赴死时，南三军唱歌的情景……

二十年岁月飞渡！长江远矣，只见飞沙漫天孤烟直，滚滚黄河落日圆。

在途中住宿的夜晚，外婆张玉珠说全家人应该吃点水果了。向锦书和姐姐向云雪就在哥哥向和平的带领下，爬上大卡车去取龙眼、杧果。

姐姐向云雪胆小，在车下急得直跺脚，说："我也想上去！我也想上去！"可是平时文静的向云雪就是从哪里也爬不上卡车。向锦书从轮子上爬，从后翻板上爬，从司机楼踏板上爬，但种种示范之下向云雪就是爬不上去。

"哎呀，你能吃到就行了，还上来干什么?!"哥哥向和平对这个学习很好，生活很笨拙的大妹妹一下子就没有了信心。小妹妹终于可以给姐姐做榜样，她感到很得意，决心帮助姐姐完成心愿。她说："这样啊，我和哥哥把后面的挡板打开，你就很容易从后面爬上来了。我们俩在两边开后挡板的卡钩，你在底下接住挡板啊！"

大哥小妹一边一个齐声喊道："一、二、三，放！"

只听咣当一声，举着双手接挡板的向云雪被飞下来的沉重挡板，一下子拍进卡车底部，不见了。

过了很久，才有巨大哭声从卡车前轮子那儿传出来。哥哥向和平吓得赶紧钻进去，拖出了向云雪，小妹妹向锦书赶紧在外面接应。

向云雪满脸满头都有血。哥哥抱住大妹妹，要小妹妹快去找爸爸妈妈。

向锦书飞奔回到招待所，一群大人向卡车飞奔。

第二天，姐姐向云雪头上包着白纱布，鼓着被拍肿的鼻子和翻开的厚嘴唇，还有已经多处骨折的双手，在司机楼座位上被外婆张玉珠心疼地搂在怀里。这个肢体很不协调的伤病员从白纱布缝露出的大大的漂亮眼睛里，充满了怨气。一双细细长腿很舒服地占着司机楼座位的空地，一副神圣不可侵犯的样子。这让向锦书搓着双手站在卡车司机楼侧面不知所措。

本来三辆卡车的司机楼是向红旗、外婆、向锦书坐一辆车；南三军、哥哥、姐姐坐一辆；随车后勤团长和政治部，人事部部长坐一辆。现在看来哥哥在司机楼里是坐不成了。哥哥被向红旗一顿呵斥，一挥手指指卡车车厢，对哥哥的惩罚就是让他孤独地坐在敞篷车厢有帆布盖着的家具的缝隙里。这样，向锦书就要和爸爸妈妈坐另一辆卡车了。

夜里在医院为姐姐包扎后，哥哥向和平遭到了向红旗一顿臭骂和毒打。小妹妹并没有人理会，她还小嘛。现在哥哥向和平孤独地爬上卡车车厢。向锦书心里难受也跟着哥哥爬了上去。她仿佛是对着空气在恳求说："我要陪伴哥哥！"外婆张玉珠不阻止，向红旗和南三军也根本不理会。

在卡车车厢的好处就是可以放开肚皮吃东西，吃各种水果。哥哥向和平并没有在毒打中出卖小妹妹，向锦书就在车上不断用行动感激感恩着为自己顶罪受过的哥哥。

从此后，这对大小兄妹结成了家庭中的死党同盟。他们在以后的一段家庭道路中，非常默契地在心里都将那个学习很优异、动作太笨太迟缓的小妖精，从兄妹战线上狠狠地踢了出去。

人生需要亲密的亲人和朋友，依靠他们，你才能渐渐离开父母。即使是像猴子掰苞谷，你最后收获的亲朋并不是这段那段路上的人，但是在某个时刻，他们就是你心神的定力与温暖。失去艾策策，得到向和平，向锦书这颗小豌豆，心灵再一次撕裂，愈合，浴火重生了。

7

从潼关进入秦西省。走过关南，到达西京市中心标志性古老建筑钟鼓楼时，已是华灯初上。西北局后勤部接待办主任已经迎候在钟鼓楼大街东南角的人民服装店门口。

向锦书以为已经到了西京的新家。三辆车的人见到西北局接待办的主任就都下车到钟鼓楼回民街吃晚饭。向锦书说："哇！爸爸妈妈，哥哥姐姐，外婆，你们看！这么多好看的高楼大房子啊！"西北局接待办主任说："这些古迹都是文物。可不是住人的。"

向锦书第一次吃到了醪糟鸡蛋汤、柿子饼、酱卤烧鸡……味道浓重。在江南，都是些清淡口味儿的皮蛋瘦肉粥、元宵、白斩鸡。爸爸、哥哥和外婆，以及司机、随行人员都在用很大的海碗，吃一种叫"羊肉泡馍"的饭。接待办的主任还端来十几笼精巧的贾儿牛肉小汤包子，一咬一口汤水，很香。妈妈南三军根本不能吃羊肉，一闻就吐，只能和姐妹俩一起喝醪糟鸡蛋汤，吃柿子饼、酱卤烧鸡。

吃完饭，卡车继续向南开。向锦书回到了司机楼里，窝在爸爸的怀里睡着了。

等她再醒来的时候，他们家已经住进了一排平房。这个被叫作"西北局二宿舍"的苏式建筑大院子蓝色门牌上写着——德善寺东街5号。大院子很像一个"吕"字，将前院和后院用中楼和树木划分开来。

二宿舍的大院子里有前后花园、大礼堂、公共澡堂和食堂，有东三层楼、西三层楼、中四层楼，都是红瓦尖顶，夜里有红五星在楼顶上闪烁，让人想起《列宁在一九一八》里的楼房。大人们在议论，都说这个院子足足有一百亩地。

向锦书家住的这排平房被大院人俗称为"西平房"。它对应的是东边的两排东平房，也对应着一大片麦田后面的北四间小平房。麦田南边是很洋气的两层小北楼，后花园在小北楼前。但是整体来看，这个后花园还是比大院子大门里的大喷水池花园小了许多。它是很别致的，用雪松围了一层，像个天然屏障，然后冬青树又矮下来一层，再里面就有丁香树、桃树、樱桃树、桂花树、桑树、花椒树又高起来一层，中间由玫瑰、牡丹、海棠、月季、蔷薇以及芙蓉树穿插在中间，夜里，小花园里有一盏梅花灯在花丛中央照亮，这个小花园四季如春，不同季节有不同颜色的鲜花绽放，香气飘荡……

向家的所有东西都放在一间大房子里。向锦书和外婆、姐姐住在一个有里外间的房子里，爸爸妈妈住在隔壁一个有里外间的房子里。哥哥单独住了一间。再就是厨房，大客厅。站在外边的水池旁，向锦书看见西平房一共有八个门，住着五户人家。向家是三个门，从头数是第三户人家。前边有两户，后面有两户，向家夹在中间。

也就是在这个夏天，在解放军政治学院进修的南义被通知就地转业安置，也来到需要大批干部的西北局工作了。向锦书又看见了南义爸爸、南媛奶妈和两个哥哥南伟、南宏，小弟弟南州，真是开心死了。他们一家就住在大片的麦地后面的北四间小平房里。

南义和南三军都要通过局组织部重新分配工作。组织部艾部长有好几天都没来，南义就被留在组织部复转科里临时帮忙，南三军只能回家等待。几天后，南义回来就讲了一件事，说这个艾部长的妻子正在家做饭，只是感觉有点累了，就找了个小凳子想坐下来喘一口气，仿佛是在打瞌睡。再去叫时，已经去世，留下一个上初中一年级的儿子艾苹果，一个年近八十岁的老母亲，生活顿时抓瞎。因为事发突然，艾部长都不知道今后的生活该怎么办了。后事还是他帮助办理的呢！

艾部长家的事办完后，南三军在家等消息想着这件事儿，也想着自己的事儿，就和南义商量，能不能让龙琼母女过来看看，帮助料理一下家务。如果以后两人投缘，不是皆大欢喜吗？

过了一段时间，南义再见到艾部长时讲到龙琼同样的不幸遭遇。艾部长看了照片同意后，南三军一封长信就把龙琼母女接到西京，让龙琼先到艾家照顾艾部长一家老小的生活。艾策策就先住进了南义家里，当起了南媛的干女儿。这个晚来的女儿，让南家不胜欢喜。半年后，艾部长就同意结婚，龙琼也说可以。这下子，艾策策连姓都不用改，两家人就合并成一家，家也从西北局机关后面那个伤心地搬出来，住进了二宿舍全是红木地板的小北楼。龙琼母女和老艾住在二楼一个里外间里，老艾那位山西籍的老母亲和儿子艾苹果住在一楼的一间屋子里。

所有人都重新分配了工作。南义留在组织部，南三军不想和向红旗一个单位，但是她的干部十二级又选择余地不多。组织部就拿出三个单位的相应级别岗位让她选择，也让龙琼选择。这三个单位是：秦西省歌舞剧院，西京市第三保育院，秦西省体育运动委员会。

是去剧团，还是给小孩子们当个娃娃头？南三军皱着眉头想了想，就选择了最后这个什么体育运动委员会的单位了。

龙琼选择了西京市第三保育院的工作。她们母女来到西京时，南义特意去火车站接站。他让吉普车在钟鼓楼转了一圈，问她们："好看不好看？"

艾策策问："这个钟鼓楼可以住人吗？"

南义和龙琼对视一下就笑起来。南义说："这是文物古迹，只能参观，不能住人家的。"转到大街街口人民服装店门口时，南义告诉她们："这里是西京第一个亮起电灯的地方。"

龙琼奇怪了："为什么会是这里？"

南义讲道："在民国战乱的时候，这里是西京最大的妓院。国民警备区司令为了能看清楚妓女的面孔，就用小马达发电，亮起了第一盏电灯。"

艾策策忽然说："为什么现在就没有了妓女？如果我是一个像李香君、陈圆圆那样的艺伎，我就住在这个钟鼓楼上面，让万人瞩目！"

南义和龙琼都吓了一跳。

南义赶紧继续说："还是这个地方，在唐朝却是香火最旺的寺院。玄奘西行归来，唐太宗就是在这里迎接玄奘的。那一天，万人空巷，举城欢庆。"

　　异乡逢故知。就别提有多高兴了！

　　南义有了女儿，艾部长有了新娘，龙琼娘儿俩也有了依靠和亲人。南三军有了哥哥，向锦书又有哥哥们和弟弟；艾策策终于不用写信就可以尽情地拉住向云雪的手，在同一个学校同年级学习了。外婆张玉珠也有了新结识的艾老妈妈，可以讲讲小脚女人的知心话。只有向红旗还是那么深沉，向和平还是那么文气内向。所有的熟人都聚集在二宿舍后院的小空间里。

　　西平房与西楼中间是一片四棵一行十二棵一排的水蜜桃树林，西平房后面是一排很高很高的围墙，围墙里种植着笔直的白杨树和大叶法国梧桐树。公共的水池就在向家门前，有三棵枫树为水池遮阳挡雨。每天清晨，都有各种小鸟在树林里歌唱，各种鸟雀立在高高的墙头、白杨树、梧桐树上，叽叽喳喳地乱叫，成群的鸽子从大片麦田上空飞掠而过。

8

新学校叫西京第一保育小学。据说是延安时期马背上的摇篮，就在距离木寨商业区不远的地方，从二宿舍步行也就十分钟路程。

上学的第一天是看校史。原来延安时期马背摇篮的小学校的少先队红领巾与今天的完全不同，后三角上有一颗醒目的黄五星。金灿灿的，非常好看！马背摇篮在过黄河时，所有的小学生都在帮助老师和幼儿班的孩子们，他们都穿着八路军的军装，完全是一群八路军小小战士。唯一不同的就是胸前没有标记，只有胸前鲜艳的红领巾。原来，这所学校是从宝塔山下一路随父辈从战火纷飞的年代走过来的。墙上有红色的大标语——我们是共产主义接班人，时刻准备着！

看完校史，向锦书被一位戴着红领巾的伯伯带到一个青砖到顶，有着四扇枣红大窗户的教室——二年级甲班。女老师很年轻，像只大花蝴蝶扑过来，一手一个牵起向锦书和另一位新转来的同学一起向大家介绍道："这是咱们班从南江市和西疆天山转来的新同学，她叫向锦书，她叫黎霞。大家欢迎！"然后，指定位置落座。

全体起立！忽然就有一个戴着白边眼镜的小女生来到黑板前，开始指挥课前唱歌。她起了歌曲定了调子唱起来："我有一个黎霞——预备起！"

全班同学一起高唱起来："我有一个黎霞，一个美好的黎霞……等我长大了，要把……要把……"向锦书很高兴，感觉这个学校这个班级完全与阿兴小学不同。他们很尊重新来的同学，还编好了好听的歌曲欢迎她们。她想：下一首歌，就该唱我了吧？

但是没有。全班的确唱了第二首歌曲，但没有一句是唱她的。戴白框眼镜的小女生又起了一首歌："红领巾呀，红又红……预备起！"全班同学就一起高唱起来："红领巾呀，红又红，红又红。革命烈士的热血染红了它呀，染红了它！"

向锦书又耐心地等了几天，还是没有唱她的歌。不是唱《草原英雄小姐妹》，就是唱《歌唱二小放牛郎》……很漫长的歌曲，很焦急的等待。这让向锦书万分失望，还有些痛苦，感觉很不舒服了！怎么我就不是新同学了呢？我向锦书很不美好吗?! 后来她还去问过白框眼镜女班长。女班长说，什么黎霞？是我有一个理想！懂吗？是你长大后的目标。

向锦书坐在第二排，黎霞坐在最后一排。她看不见黎霞的表情，就朝后面东张西望。这是一堂数学课。老师正在教月份天数。老师说："这位女同学，你扭来扭去找什么呢？你起来，把这个口诀给同学们读一遍。"

向锦书看见黑板上写的口诀，就用浓重的客家话朗诵起来："一三五七八十腊，三十一天永不差，其余都是三十天，唯有二月二十八。"口诀并没念错，但是同学们笑成了一团，有前仰后合的，拍桌子的，弯腰捂肚子的。原来南江市的客家话读起口诀来，很像唱歌不说，所有的字音都不一样。一读妖，二读尼，三读桑，四读喜，五读恩，六读露，七读恰，八读拔，九读狗，十读瞎。这些读音就让北方长大的孩子们听起来很奇怪，以为她在搞怪出洋相。老师听着听着也不由自主地笑起来，还笑出了眼泪。向锦书不高兴了。不唱我的歌也就算了，笑什么笑？阿兴全县人都是这样讲话的啰。

不久，向锦书就发现班上的小团体，基本是以语音集结起来的。比如，西北局子弟、部队子弟和大中专学校机关的子女都说普通话，骄傲是各有各的骄傲，但是普通话让他们容易相通。菜农们的乡村孩子和商场的孩子们大都操着浓重的北方秦腔口音，它们更容易亲近，讲话好像在说相声。只会讲南方方言的向锦书很孤独，她基本就不讲话了，讲了别人听不懂，她也懒得解释。只是夏天炎热的下午，每当老师看见同学们懒洋洋的没有精神，就会叫第二排的她站起来读段课文，让同学大笑一顿精神了，才开讲正课。这让向锦书很生气。她后来就站起来不讲话，什么课文也不读！只是歪着头，看着窗外的树枝。学习成绩自然也是一落再落，基本都是在及格线上苦苦挣扎着。

日子似乎没有什么趣味了，只有向和平与南伟大哥的一些琢磨使向锦书快乐。向和平和南伟忽然对做鸟笼子有了兴趣，他们要求小妹向锦书去大街上给他们捡路人扔在地上的冰棍棒。南伟骑着向家爸爸的蓝翎自行车，在大街上张望，看见地上的冰棍棒就用眼神和下巴指点，让向锦书去捡。看见有人在吃冰棍，就紧紧跟踪，等待抛弃冰棍棒的那一刻。捡回来的冰棍棒他们用脸盆加了碱水洗干净，向和平负责用砂纸打磨成能用的零件。然后，又去垃圾堆里寻找废弃的竹编扫帚，抽出粗细一致的扫帚篾，截断为六寸，然后隔一小指宽画个小点，用烧红的铁丝穿眼，还不能穿透。他们三个人一起协作，漂亮的小鸟笼就做成了。下来就是捉麻雀，给箩筐支根筷子，拴上绳子，在箩筐下面的地上撒些小米。麻雀进来了一拉，总有扣住的。向锦书和南伟大哥哥把装有麻雀的笼子挂在水池子旁的枫树枝上，笼里的小鸟叽叽喳喳、蹦蹦跳跳，欢实的小鸟和笼子都是他们兄妹的共同战果。学习哪有这个好玩！向锦书开始跟在两个哥哥的屁股后面，用子弹壳做大炮；把垃圾堆里废弃的风箱拆了，改造成崭新的风箱送给外婆，送给平房最后那家搭了灶台的西北人家。

周末才从省体委回来一次的南三军看见向锦书的成绩单吓了一跳，这个孩子是怎么回事？她难道就不是学习的料吗？！这时候，向和平像是被俄语难倒了，整天背，还是记不住。就是记住了，舌头也卷不起来，发不出长长的颤抖音。只有向云雪，成绩依然门门100分，还在学校担任了广播员。她的普通话是怎么回事儿？每次南三军问及原因，向锦书就说是口音改不过来。"都是从南江市过来，怎么你就讲不了普通话，姐姐就成了广播员？"南三军质问道。向锦书并不知道向云雪天天下午都在听儿童广播小喇叭节目，跟着小叮当学习讲话。"你也没有哥哥学外国话俄语的困扰，讲什么理由呢?"南三军又问。向锦书只能在妈妈面前低下头，不讲话。

面对三个孩子，南三军想了一想，说:"老三学习学不好，那你可以跟着外婆学做家务。做做饭，洗洗碗，洗洗衣服被子床单，扫扫地。帮助哥哥去拉煤，到粮站买粮，去菜市场买买菜，换换面条。晚上可以教外婆识字、记账。今后家里每月的生活费，我交给外婆，但是由你支付。云雪就专心学习，哥哥和小妹要相互帮助。"

说归说，去首都出差开全国第二届人民新兴运动会的时候，南三军还是带着向锦书去了。等回到西京，向锦书已经一口京腔。外婆张玉珠欣喜地说:"侬个小妹妹讲起话来，蛮像皇家的言语咪! 真是干脆好听的啰!"

向和平、艾苹果与南宏，还有那位烈士儿子南伟大哥一夜之间变成了红卫兵。他们要去大串联了! 这是他们的秘密，他们要偷偷溜走，走遍祖国大好山河，去天安门接受毛主席的接见。

他们与向锦书密谋，向和平要求向锦书接受一个任务，要她帮助他们去借一些全国粮票和现金来。向锦书异常兴奋地说，你们等着。几天后，二十斤全国粮票和三十五元现金到手。向锦书向毛主席保证，绝对要为他们守住秘密。永不当叛徒。

儿子们丢了，大人应该着急，但是南三军、南媛和龙琼不着急。向锦书去各家各户家里借东西，是抵押了家里的照相机和自行车的，那些大人们借是借了，但是东西不敢要，就来向家南家艾家告诉妈妈们。南三军让母亲张玉珠看看让向锦书掌管的那些家里的粮票和零花钱是不是也少了。再一打听，全二宿舍大院子里的半大毛头小子、丫头片子都离家出走大串联去了。据说，全国各地都有红卫兵接待站，他们相信，儿子们总会回来的，就像他们年轻的时候奔出家门一样。

9

大串联出走前，向和平与南伟商量，还是要先教会向锦书骑自行车，这样他们才放心。哥哥向和平说："向锦书，你不会骑自行车，就什么事情也做不了，还会浪费时间。"

"那我就学！"向锦书开始在院子里的花园转圈学骑自行车。哥哥向和平、南伟就在后面一边一个死死用双手压着，教着，着急了还时不时挥拳打几下向锦书。外婆张玉珠在枫树的阴凉处，坐在藤椅上，摇着诸葛亮的老鹰羽毛扇欣赏。时不时还突发奇想地要求外孙子也教教自己。向和平已经满头大汗，让外婆不要再添乱。外婆解释说："我小脚走路很不方便，可是骑上自行车，脚都是一样的呀！"

这边向锦书的脚还是坐上座子就够不着踏脚板，脚在脚踏板上就怎么也坐不到座子上。几番折腾，南伟让她想想杂技团的小丑蹬车，让她创造了一种不坐车座的蹬车方法。向和平哥哥也认为可行。几圈下来，向锦书的车技流畅起来，向和平也松了一口气，后来干脆松了手。向锦书一连摔了几跤，胳膊膝盖磕破流着血，这让南伟非常不忍，连连呼叫，仿佛比自己流血还疼。可是外婆和哥哥都视而不见。他们认为这个小妹妹就是一个橡胶做的皮蛋，砍断了三根手指头都不哭，这点小伤又奈何得了她？果然，向锦书跑到水池子里洗洗腿，把裤子挽起来，又上车歪歪扭扭地练。不几天，向锦书就可以流星一般地骑着自行车上路了。

以后，向锦书的日子就是这样度过的：清晨起来，先扫院子。然后洗脸刷牙；吃过早饭，就提上篮子骑上自行车去木寨市场买些凭票证供应的豆制品、肉蛋禽类；放下菜篮子，背上书包去学校。在课外活动时间里快速完成作业，跑步回家；打开蜂窝煤炉子，掏出炉灰，坐上一满壶凉水，再飞快地骑上自行车去一公里以外的轧面厂换面条。外婆张玉珠做饭时，给她打打下手，洗菜、切菜，然后等姐姐放学回来，一起提着垃圾筐去前院大门口高高的垃圾台倒垃圾。饭后，向锦书洗碗，洗全家人要换洗的衣服。晚上，外婆和向锦书一起对账、算账、记账，数零钱。姐姐向云雪在做作业，哥哥向和平在背俄语。没有事儿的时候，向锦书会向外婆要求学习绣花、织毛衣、钩花边……如果外婆不愿意，她就会去南义舅舅家找南伟、南宏、南州，到龙琼阿姨家找艾策策和艾苹果玩。

到了哥哥向和平也看不惯向云雪的小姐样子时，他就会命令大妹妹干些轻松的家务活儿。比如，去大食堂打饭，在家里洗碗、扫地，擦桌子、倒垃圾。但是向云雪都很不高兴，经常会和妹妹向锦书要小聪明。比如，放学回家放下书包，向云雪会说："小锦，你过来！你看这个买饭和洗碗你挑选一个吧。"

向锦书喜欢外面热闹，就说："我打饭！"

等吃完了饭，向云雪又会对妹妹说："洗碗、倒垃圾，你挑选一样吧。"

向锦书就选倒垃圾。洗碗没有人看见，但是倒垃圾从后院到前院，一路走，一路都有赞许的目光和表扬她的话。这都是家里得不到的阳光、雨露和鲜花啊！她坚决选择倒垃圾！

可是等向锦书飞奔倒完垃圾回到家，脏碗还是摆在那里。外婆张玉珠说："你姐姐讲她今天在学校有很重要的活动要准备，也不知道是广播站，还是腰鼓队、合唱队，我记不清楚啦！"

向锦书也无话可说，只能接着洗碗。

以后，向云雪再对向锦书说，"你是倒尿盆，还是扫院子，你挑选吧！"

向锦书就会说，"都让我来！"她决心把家务大包大揽下来，做个学习不拿100分，但是家务活儿要样样让家里人满意的好孩子！向锦书感觉，得100分的孩子多了去了，但是这个大院子里那么多个孩子，还没有哪个孩子可以把家务活儿做好的！她要做那个"独一个"。

但是，让向锦书自己也没有想到的是，她的学习成绩也在努力做家务中一路上坡，开始在90分、80分之间徘徊了。姐姐背的课文诗歌或者古文，哥哥在背的俄语，家家户户的摆设、聊天，木寨市场上的买卖交流，早上时间来不及要插队，饭做不好去外面买，星期天去煤场去粮站，都打开了向锦书的想象力，思考能力超过这个年龄段的孩子。快速运动，努力理解，身体更好，脑子更好用了。

她开始在爸爸妈妈的书架上寻找烹饪书籍，在大院子里面寻找来自五湖四海的特色饭食。她向西平房第一户人家学习炒辣菜、做红烧肉，向第二家学牛肉拉面，后面两家学京味炸酱面、油酥饼、包饺子；学习烙秦西省特色的锅盔、打搅团。艾奶奶的薄纸煎饼，龙琼阿姨的蒸豆腐丸子、红烧鱼、清蒸带鱼、梅菜扣肉、腌酸菜、泡菜，外婆的淮扬菜，向锦书越做越好，可以给妈妈爸爸过生日做家宴了。这让南三军大吃一惊，感觉这个孩子就是个粗使丫头的命。这让她想起自己的童年，难道她是在遗传自己吗？这样的遗传也没有什么不好。南三军开始对向锦书有了怜惜的目光。

爸爸向红旗逗向锦书说："你长大想干什么呀？"

向锦书说："厨师，理发师！"

向锦书才八岁，她也想和姐姐向云雪、艾策策一起玩。但是她们不带她，总是躲着她，还说，她们已经和她不一样了。原来她们的友谊还有一些年纪的秘密——例假，这是她们俩共同的拥有。

在南三军努力工作不在家的时候，十二岁的向云雪有一天突然捂着屁股由艾策策陪同从学校往艾家跑。向云雪穿着的雪白裤子里在流血。艾策策叫她不要怕。她一路说，这很正常，你的肚子没有烂，也没有破。

艾策策十一岁就来了例假，老练得很。她帮助向云雪换洗，帮助她换上自己崭新的例假带，垫上卫生纸，并安抚着向云雪恍恍惚惚的情绪。艾策策说："女孩子来例假就是可以生孩子了，咱们就是大人了。听我妈妈说，每一个女人的肚子里都有一个红气球，小小的，薄薄的。每个月你如果不想要小孩，这个气球就很生气，它会自杀爆破，这就是今天你的例假。流血了，那就是红气球生气爆炸啦！"

"可是我并没有想到要不要啊，它凭什么生气，还自我爆炸？"向云雪不明白。

艾策策开始笑，甚至还仰天大笑起来。艾策策说："没有男的碰你，你的红气球会自爆。但是，有男的亲过你，和你上一张床睡了觉，你的红气球就会一个月又一月地合并起来，例假也不来了。它在你的肚子里变成一个大大的红气球。十个月后，一个你的小孩子就生出来了！你就成为妈妈啦！"

"噢——"向云雪长长地出了一口气。她非常感谢艾策策，如果没有艾策策，她今天如何是好？

这些秘密，向锦书怎么会知道呢？姐姐们就是要在花园里，在整个大院子和小妹妹周旋，总是想摆脱她这个还很不懂事的小屁孩。

向锦书找不到姐姐们的行踪，她想出了一个办法，可以把后院看得清清楚楚。向锦书爬上小北楼房顶，抱住红五星的铁杆子，往最后面的麦地和玉米地里瞭望，啊！一览无余。她看见两个小姐姐在麦地里清理出一块地方，在玩过家家。

如果再找不到，她就爬上大院最高的中楼顶，在四堵女儿墙的墙角，俯视桃树林，俯视大礼堂前后和食堂、东平房前后，四个角看完基本又是一览无余。有一次，她看见这两个"妖精"在小花园里走猫步。她看来看去，没有看明白她们在干什么。好像是过家家，又像是在演戏。

回到家里吃饭。她问姐姐向云雪："你刚才去了哪里？"

姐姐很骄傲地说："我和策策演《霓虹灯下的哨兵》。我演林媛媛，她演曲曼丽。唉，可惜春妮没有人演，还有连长、赵大大，都没有人演。我们玩起来不过瘾。"

向锦书说："我可以演呀！艾苹果可以演赵大大，南宏可以演连长。"

那两个"妖精"对视了一下，就说："那你去叫他们来啊，咱们就可以一起演了。"

"一起"，这是一个成功。有了第一次，就有第二次。所有的人都演得很投入，他们约定再来。以后每看完一部电影，就玩一次电影再现。《秘密图纸》《冰山上的来客》《阿娜尔罕》《大李小李和老李》《女篮 5 号》《孙悟空大闹天宫》《农奴》《列宁在一九一八》《羊城暗哨》……

玩着玩着，向锦书就明白了。好角色主角都是她们两个"妖精"先挑，她和艾苹果、南宏都是配角。等玩到了《烈火中永生》，向锦书在夜色里暗暗下定决心，要当主角。

10

　　终于等到这次演《烈火中永生》，艾策策是导演和灯光。她摆出大导演的架势，大略讲了一下需要准备的东西，指定由向锦书去好好准备一下，艾苹果协助。特别是皮鞭子、绳子、积木、辣椒水和竹签。向锦书急忙说："这些简单，苹果大哥，你就不必动劳了。"

　　一切准备就绪，艾策策指挥官似的双手紧握手电筒，登上凳子居高临下，上下一挥手电筒说："拷问开始！"艾策策的两支手电筒就是一明一暗的追光。暗的一个对着"徐鹏飞"，明的一个对着"江姐"。南宏扮演的徐鹏飞立即进入角色，手握一根树枝当皮鞭，头尾卷在一起指着"江姐"问道："说出你们组织的名单吧。""江姐"当然是向云雪。

　　"我们组织的名单，是我们组织的秘密，你休想得到！""江姐"浩然正气，昂头挺胸。

　　"那你难道不怕我的刑罚吗？"

　　"哼！共产党员死都不怕，还怕你们的刑具？！这些只能吓倒甫志高一类的胆小鬼！""江姐"铁骨铮铮。

　　"好！来人呐。""徐鹏飞"朝后一招手，向锦书和艾苹果两人一个箭步来到上司面前，立正待命。

　　"徐鹏飞"说："给我上老虎凳，灌辣椒水，钉竹签，看看是她的嘴硬，还是我的刑罚硬！"

　　"是！"向锦书得令后兴奋得浑身发抖。示意艾苹果先用跳绳将

“江姐”捆在靠背椅子和长条木凳子上，向锦书开始用积木垫“江姐”的脚后跟。

“呸！你这个不齿于人类的狗屎堆！人民的败类！敌人的走狗！”“江姐”怒目圆睁，瞪着艾苹果和向锦书，一句一句地用慷慨陈词，向他们两个狗屎堆败类喷射。然后一甩头，对着假装的窗外明月高歌：“到明天，全国解放，红日高照……”

向锦书垫着积木，心中一阵委屈，都是爹生娘养的孩子，凭什么总是让你们把“生的伟大，死的光荣”的英雄人物演尽呢？就说这位“江姐”吧，自己的亲姐姐，从来都不爱护妹妹，照顾妹妹。一个劲地自己快乐，都把白毛女、真真假假的古兰丹姆、梅姨、白骨精……演尽了。和外人艾策策一起欺负自己的亲妹妹，让自己演结巴壳子厨师、穆仁智、小神仙、猪八戒、偷椒贼……这一次！今天，此刻，我要让你个㞞骨头知道，共产党员并不好当！

“啊！”“江姐”在叫。“嗷嗷！”向锦书开始猛加了几块积木，“江姐”开始龇牙。

“真实，非常真实。”艾策策连连叫好。

“徐鹏飞”跟进：“说不说？你——”啪，空中一记响鞭，响彻夜空。

“我不会说！任你把皮鞭举得高高。人，怎么能低下高贵的头？只有胆小鬼才乞求自由。我不会从你们开启的狗洞子里爬出。一人倒下，还会有千万个人站起来。捣毁你们封建的腐朽王朝！共产党万岁！！新中国万岁！！！”

“给我钉竹签！让她清醒清醒！”“徐鹏飞”气急败坏，声嘶力竭。

向锦书闻声扑上去，用蘸笔尖狠狠扎进“江姐”的指甲缝里。艾苹果将脸盆里的凉水从“江姐”头上浇了下去。

“啊！”“江姐”一声惨叫。

“说吧，”“徐鹏飞”一脚蹬在凳子上，手里甩着皮鞭说，“你这是何苦呢？”“徐鹏飞”以为“江姐”还在戏中。

“不！”“江姐”大叫，直摇头，汗泪双流。

“那就别怪我不客气了！”“徐鹏飞”咬牙切齿。

向锦书干脆把真的辣椒水从向云雪张开的嘴巴里灌了进去，大家顿时愣住了，怎么还假戏真做了呢？

"啊——我不玩了！啊——啊——""江姐"大怒，又哭又叫又蹬腿，连喊带叫边挣扎边说："我的手啊流血了！呸呸呸，我的嘴巴啊！你们没看见我的衣服也湿了吗?!"

"是吗？流血啦?""徐鹏飞"南宏很同情"江姐"向云雪，开始瞪向锦书这个打手，还用手指关节狠狠敲了一下艾苹果的后脑勺。

向锦书很不以为然地说："要当共产党员就要坚强，要不然就当打手算了。"

"好!"向云雪一定要报此仇。她说，"我来当打手，让她当江姐!"

但是，南宏、艾苹果都不玩了。艾策策说："算了吧！今天就到这里，解散!"

姐妹俩回家后，向云雪受到父亲的责骂。父亲骂她的理由就是姐姐没有姐姐的样子，手破衣服湿，呛到辣椒水，活该！玩得没轻没重，你怪谁？换了，洗去！自己找红药水涂上。

西平房第一家的女主人在电影厂工作，有一天家里来了位导演，他看上了向锦书到别人家里来玩时的大方劲，就邀请她去参加电影《梨花扇别》的拍摄。炎热的天气，向锦书钻出演冬天的摄影棚，出去买了一根冰棍又钻回去。忽然，导演大叫："停！谁在吃冰棍?"副导演气愤地开始寻找，一把将向锦书提起来扔出了摄影棚。然后让她快点把红棉袄和古代的红色绣花鞋脱下来。向锦书很狼狈地顶着烈日，光着脚从大雁塔走回到二宿舍西平房的家里。

在学校，老师把向锦书叫到教导处，说要她参加一个考试，是为国家培养外交官的考试，因为她的南方话很适合学习英语。参加这个考试其实是初选，只有近百人能进入中选。烈士的孩子优先，南义收养的南伟哥哥，艾部长家的艾策策、艾苹果，向家姐妹花都在中选名单里。内容就是很简单的读课文，看远处的几样东西，跑步、上树，在墙上快走，垒子弹壳，女生要在翘臀后放上一小碗水，还有一些笑、哭、难过、发呆的几个表情。进入终选人就不多了。但是，艾策策、艾苹果、南伟、向锦书还在其中。不久，全校就传说，只有四男一女被录取了。

但是，向锦书并没有接到通知书。艾苹果和南伟的通知书来了，他们去了外国语学校进行封闭学习，每周只可以回家一次。女孩子都很好奇那个女生是谁？艾苹果说："那个女生并没有去外国语学校报到啊，不知道是谁。"

"是不是艾策策？你们家不可以去两个人的啊！"向锦书好奇得很。

艾苹果说："我问过南伟大哥，他说不知道！"

南三军忽然对向锦书很好很关心起来，让她每天下午去秦西省业余体育学校练习体操。向锦书在阿兴县山歌剧团练过功，练起体操得心应手，进步飞快，很快就可以上高低杠和平衡木了。这让南三军继见识了向锦书厨艺之后又大吃一惊。

就在这时候，南义和南三军家同时出事了。南义不知道怎么闹的，居然和龙琼搞男女关系，官职连降三级，下放回到江南青山重型机械加工厂后勤科当科员。艾部长与龙琼离婚，小北楼的楼上留给她们母女一间房子。

因为南三军隐瞒亲属关系，向红旗也受到牵连，组织要深入调查。原来，南三军的二姐南小金从台湾回到大陆被抓了。据交代她回来后，还和南三军见了一面，其实是和母亲张玉珠见了一面。给老太太了一块梅花牌手表。但是这个关系在南三军的档案里根本没有。二姐来和母亲见面，南三军也没有向组织汇报。虽然根据南三军的汇报，她是当面义正词严地与二姐断绝了姐妹关系的，并没有接受那块梅花手表。但是没有证人。那块梅花手表倒是个赫赫然戴在张玉珠手腕上的铁证。更要命的就是向红旗的态度，他说他根本不认识，也从来都没听说过没见过这个南小金！那块梅花手表是他在离开南江时自己在海关花了大价钱买给丈母娘张玉珠的。

在没有调查清楚前，谁也不会相信他的任何说辞。向红旗、南三军被分别关押。

向红旗和南三军握手告别。

向红旗说："我相信组织！"

南三军说："我相信党！"

他们相约坚持到底，一定要等待会合那一天。

11

向红旗和南三军被停职了，接受组织调查，等待调查结果。停职原因就是怀疑他们和台湾派来的"黑高参"接过头，梅花手表来路不明。在停职期间，暂停两人工资，只发放全家人的生活费，每人每月十元钱。外婆和三个孩子，每月四十元。向红旗是抽烟的，南三军爱吃水果。外婆张玉珠就按时每月到取生活费的时候，就给他们带些烟和水果。向和平不愿去，向云雪害怕去，那只有向锦书脸皮厚，年纪小，办事牢靠。她要去领取生活费，给妈妈爸爸送些换洗衣服和咸菜、水果、烟。

第一次去，把向锦书气坏了！衣物被门卫乱抖乱抓。橘子和香蕉被剥了皮，大前门香烟被掐断、撕碎……说是怕夹带东西。到了下一次，向锦书带着小板凳、菜篮子，拿出大瓶咸菜，倒在一个大碗里，用勺子先舀了一口吃下去，然后把勺子交给站岗的门卫，让他们检查，再把咸菜重新装进瓶子。再从篮子里拿出了几张白纸，让门卫反复检查，折叠成方盒子。然后把带来的橘子、香蕉分别剥开，让门卫看清楚，放在大盒子里面。又取出报纸铺在地上，拿出一个小型土制卷烟器，这是哥哥向和平和南伟大哥的发明。她把大前门香烟拆开，将烟丝散在小盒子里，开始安安静静地坐在小凳子上为爸爸向红旗卷烟卷，一根根小小的烟卷在向锦书灵巧的小手中神奇诞生。她把卷好的一根根香烟码齐摆放在小纸盒子里面，然后起身，叠报纸。再趴在桌子上，用最好看的刚毅的仿宋字签名，领取全家一个月四十元的生活费。

只有九岁的小女孩，她的镇定自若，不卑不亢，有条不紊，有礼有节，让所有遇见她的人动容、怜惜和佩服。渐渐地他们对向锦书网开一面了。

不久，向锦书甚至可以站在小板凳上分别看望爸爸、妈妈。爸爸妈妈对她说的最多的一句话就是："一定要相信组织，相信党，相信爸爸妈妈。事情总会水落石出。我们绝不会自杀当逃兵，让外婆放心！让哥哥姐姐听外婆的话。你一定要坚强。"

生活与历史重叠，烈火中的永生绝不是电影和儿戏。坚强对每一个人都很重要，无论是大人，还是小孩。向锦书感觉到父母已经把自己当成了大人，当成了男孩子，当成了一个战壕里心连心的战友。

外婆张玉珠和向家姐妹被南马夫深深地惦记担心，他垂垂老矣，还是千叮咛万嘱咐，催促着儿子南义，一定要将她们速速接到江南青山重型机械厂来。向和平十八岁，在西京火车站前广场毛主席塑像前手握红宝书照了一张相，就响应学校号召报名下乡插队当知青去了。收到照片，外婆张玉珠和南义都哭了。他们与南马夫三人在朝阳的大房子里说了一夜的话。

向锦书也躺在大床上默默流泪。爸爸妈妈就留下两个"谁是最可爱的人"的抗美援朝纪念搪瓷缸，一个在哥哥手里，一个让向锦书带着，给他们留个纪念。她在迷迷糊糊中又仿佛听见妈妈在武汉大船的甲板上歌唱："我住长江头，君住长江尾。日日思君不见君，共饮长江水。此水几时休，此恨何时已。只愿君心似我心，定不负相思意。我住长江头，君住长江尾。日日思君不见君，共饮长江水。此水几时休，此恨何时已。只愿君心似我心，定不负相思意。"

南义一家就一大一小两间房子，一间朝阳大房子给了姐妹俩和外婆住，一间小的南家老少三代人挤着住。那个烈士的孩子南伟已经被国家保送上了南江海军学院读书，并加入了共产党。这些革命烈士的后代，国家没有忘记，会照顾他们直到大学毕业后参加工作。从西京西北局军管处寄来的伙食费，南义全家一分钱也不动，全部给姐妹俩在工厂食堂买成了饭票，生怕影响她们成长发育。

向锦书不太懂什么是男女作风错误，但是她感觉，南义和南媛还是那种亲人一般的又一对父亲母亲。南马夫对外婆张玉珠是真的很好。他们俩经常在阳台上并肩坐着晒太阳，手握着手，并不说话，呆呆地看着阳台上的两盆颜色不同的鹤望兰花，脸上洋溢着很温柔很惬意的笑容。人在活，花在开，就是最好的人生。他们一起看到了新世界。张玉珠对南马夫救她于十五岁的那个夜晚，心怀感激。老南马夫总是咳嗽，要不停地起身去厕所吐痰，外婆张玉珠就为他准备了一只带盖子的大白搪瓷缸子，里面加些清水，放在他手边方便吐痰用，又准备了一块大丝巾叠捏在手里，让他吐完后擦嘴。

过了两年，向红旗的问题还没有解决，梅花手表问题是澄清了。可是调查中没有人能证明他不认识南小金。在淄市地下党送信的高爷对向红旗的历史证明至关重要，口子是松了许多。但是，无论有问题还是没有问题的，要在统一部署下，先全部迁移到秦北的干校里去集中学习、整顿、开荒、劳动，再分配工作。

南三军的问题严重一些，对组织隐瞒社会关系，是欺骗组织。干脆先下放农村边劳动改造边继续调查。

在江南青山与南义一家告别的时候，向锦书看见外婆张玉珠在二楼的阳台上用永远都捏在手里的那条长丝巾抹眼泪。大概人年纪大了，就怕以后再也见不着面了。向锦书仰起头，眼泪还是落了下来。不单单是为了外婆，还有奶妈南媛，舅舅南义，哥哥南宏和弟弟南州，这是多么善良的一家亲人。

回家搬家办手续的南三军坐在高高的建筑工地土堆上，抱着肩膀痛哭起来。她不是怕农村，怕劳动，怕夫妻分离，怕带不了孩子。她说她害怕自己有一天不再是中国共产党党员了。

看来，南三军也有很脆弱的时候。向锦书远远望着那个曾经像一棵老青松一般的母亲深深地叹了一口气。这一刻，向锦书长大了，她真的变成了大人，她的少年时代彻底地过去了。

向锦书先去秦西省体委干部下放迁移办公室领回来各种证明和介绍信，又详细询问工作人员她们家去的那个地方是个什么情况。

　　你家去的地方是古阳县神牛村，缺水！严重缺水。那里在古阳县北塬顶上，十八丈深才能见到水。你留这么长的粗辫子，看来是没有水可以好好洗干净了。

　　一丈等于三米，三乘十八是五十四米。向锦书在心里计算了一下，那就是百米跑道一半那么深的井了。头发算什么？向锦书回到家里用两根皮筋在辫子根上扎紧，干脆利索地用剪刀立刻剪掉了两根长辫子。然后去废品站，把两根辫子卖了四元钱。用四元钱买了十个柳条筐子，一串拉回了家，开始整理家里的所有东西。南三军还在哭，向云雪就是个只学习不食人间烟火的木头呆子，在生活和大难面前，姐姐也不像个姐姐，坐在一堆杂物之间拨拉着月琴，唱着那首《铁道游击队》主题歌："西边的太阳快要落山了，微山湖上静悄悄……"向锦书感觉向云雪就是一个废人。

　　东西整理完，向锦书匆匆到公共大澡堂子洗了个透澡。第二天，拿着户口本、购物证、粮本去区派出所办理了迁移户口手续。派出所民警问她："没有大人来，你能做主吗？"

　　向锦书说："我能。"

　　准备出发时，姐姐向云雪没有走成。她被她的女班主任蓝老师接到了家里。班主任蓝老师对南三军说："向云雪马上面临初中毕业，等上了高中再转学去那边的学校住校，不是更好吗？我一定会照顾好她的！老南，你放心吧。"

　　在整理家里东西的时候，向锦书在一个废弃的箱子里发现了那张粉红纸上烫金的录取通知书。通知书上写着："向锦书同学：你好！祝贺你被我院录取为附中小英语（三）班学生。请于9月1日上午9点，按时到京城外国语学院附中报到。特此敬礼！"

　　"啊！原来那个女生是我呀。唉——"向锦书叹了一口气。生活的变化总是比计划快。如果那时去了，现在学校都停课了，也会回来的。艾苹果不是也回来了吗？妈妈南三军总得要有人陪。

　　秦西省体校的曾勇教练也来送行。他说，你真是可惜了！别忘了练功！练功最起码还可以健身益寿。向锦书淘气地登上曾教练的膝盖，抓住他的手，在他托举的双手上来了一个笔直的倒立。这是他们每次上课前的见面礼。以后……当然，再也不会，没有以后。人与人有各种方法交流，她与曾勇教练之间几乎没有语言，就是动作，动作就是他们师徒之间最特殊、最明白、最亲近的语言。广播里在唱："一颗红星头上戴，革命红旗挂两边，红旗指处乌云散……"

挥手，挥手。告别了。向锦书噌地跳上了大卡车。戴着火车头棉帽子，坐在柳条筐上微笑着挥动双手，向着所有的送行人说："再见！再见啦！"

一路上，西京市巍峨的古城墙，就像一枚纪念章，忽远忽近，卡车进入南城墙门，又在钟鼓楼悠悠地转了三圈，便一路向西，出了玉祥门，奔向一个叫"古阳"的地方。

12

在古阳县坡集镇火车站广场有个欢迎仪式。二十多位下放干部，每人都领到一只坡集镇烧鸡。

黄土飞尘向北一路翻卷了七八里地，先在立元公社等待办理分配手续。人们就围成一圈开始吃午饭。许多干部蹲不下去，就吃不好饭。饭菜不错，四菜一汤。红薯块扣条子肉、黄瓜片炒鸡蛋、凉拌红萝卜丝、凉拌苜蓿菜，每人两个红高粱面白面相间的花卷，一盆旗花面。

有人接着带路，又一路黄尘滚滚，卡车就在一片村落前的一个大场院停下来，一堵土墙用白石灰刷着大大的三个字——神牛村。

大队长丁希水在村头极粗的一棵大槐树下吆喝指挥着，他轻巧地跳上碾盘，披着黑棉袄，举着烟袋锅子，双手在空中挥舞，忙着叫看热闹的人们来帮助卸车。

老南啊！丁大队长拉着南三军的衣袖走到一边人稀处，用烟锅指指一个没有门的房子说："你们就先住在这里。旁边是育头牸的饲养室。你们娘儿俩要打个水，也好叫人帮忙；缺柴火，就去饲养室拾上些，方便！你家后院子里住着村里管教的地富反坏右和几个知识青年娃娃们。当然，你和他们是要区分开来的。县上、公社也都和我打了招呼，你是老革命，打过仗的，流过血的！这和我们流过汗的人可太不一样了。要不是有嫌疑，听说你的官是要同县长平起平坐的。等你的问题一搞清楚，还是要回城里去工作的。所以，在我这里，你尽可以放心，我不为难你。不说了啊！我会好好照顾你的！如果没有问题，你就慢慢安置。"

四个庄稼汉抬来了两扇大门板。南三军心中有了温暖，她迈过防老鼠和小偷抬门用的高门槛，走进这个新家环视起来。这个新家，看上去是一个大队场院夏收秋收给看场子人们歇息用的简易房。炕是好的，灶台是好的，就是屋顶没有一般住家户的席顶棚。数一数，还有三十六个椽瓦间可以看见天空的大小不一的窟窿。凛冽的西北风正在屋里流窜过堂，呼呼啦啦飞舞着，不当这里是屋子。大门安上以后，风小多了。

　　南三军拿出部队野营的速度开始打扫炕上的尘土。向锦书跑了出去，一会儿带回来一个英俊的青年人，他担着两桶水，一只桶上面漂着一个葫芦瓢。然后青年人把一块土坷垃拍碎在灶台上，用葫芦瓢舀了水，浇在土坷垃上，用泥水把灶台抹了一遍，灶台变得崭新、光亮。

　　"你多大了？叫什么呀？"青年人不说话，只用手指比画了"十六"这个数字。

　　向锦书告诉妈妈："他是个哑巴，就在隔壁饲养室里喂牛。"

　　哑巴连连点头，笑容很可爱。抹完灶台，转身走了。

　　南三军说："我连他叫什么也无从知道。"正说着，哑巴青年又拎着根树枝进来了，他在地上的土灰里写下"丁土改"三个大字。

　　"三十六个洞现在是一定要堵住的。"南三军说，"不然咱们俩今天会被冻坏的！"向锦书跑出去又跑回来，开始把一沓旧报纸拿出来，揉搓团成大大小小的纸团。不一会儿，哑巴丁土改扛着一个梯子进来。他麻利地登上梯子，将能看见天空的窟窿一一塞严实，然后在锅里打糨糊。他把炕边用画报挂历纸糊上，窗户用细白纸糊上，向锦书又用红纸剪几朵窗花贴上去，一个家模样就出来了。

　　晚上，哑巴丁土改抱来柴火，帮助母女俩把炕烧热。丁希水大队长扛来些玉米面、玉米糁、杂面粉和十几个鸡蛋，一盏用墨水瓶做的土油灯，并告诉她们，小卖铺有零碎百货、点心和煤油，可以去买。

　　南三军给丁希水大队长五元人民币。丁大队长说："太多了，太多了。这些也就不到四元，给个四元就够够的咧。这多出来的一元钱，我万说都不能要！"他边说着边从里面的口袋里拿出一个手绢包，把五元放进去，抽出一张一元钱交给南三军，紧紧肩上的黑棉袄说："走咧噢，明儿见！"

　　向锦书跑出去来到村里的小卖铺。一群孩子举着火把、麦草，围着她欢乐地转圈圈。她不知道这些孩子们是在干什么。

小卖铺的阿姨说："这是驱邪！都说怕你家给村子里带来邪气。我们这个村子，过去是一贯道主持，迷信得很！虽然现在破四旧了，可是村子里的老人还是会为孩子们着想。烧一烧，热闹！红火！也没有什么坏处。对吧？"

孩子们一路跟随向锦书回家。火红的光倒是照亮了陌生的路。进了家门，她听见孩子们还在欢声雀跃，正围着她们的新家驱邪。

南三军问："他们在干什么？"

"村里来了陌生人家，孩子们特别高兴。"小卖铺的阿姨说，"这是对新人的祝福！"

向锦书只有十一岁，但是她感觉自己的心已经很老很老了。为了让妈妈南三军宽心，她仿佛一下子变成了大人。

她开始做饭、拉风箱，仿佛天生就会。鸡蛋打花，杂面打糊。用一根筷子在大碗边上拨鱼，鸡蛋沿锅边滑下去，一人一碗又从家里的咸菜瓶子里舀出一勺梅干菜，还有那只烧鸡，不错的晚饭啦。南三军夸赞说："你可真行！"

这个夜晚，哑巴丁土改还来送过一小块三角形的青砖土茶。

炕上还是很温暖的。有几只老鼠来光顾过，把南三军的嘴巴咬破了皮，吓得向锦书赶紧把嘴巴捂起来睡觉。

第二天，大队长丁希水又来了，带着一干人来给她家糊席顶棚。门口有些精壮劳力在绑草绳子，开始打围墙。原来土墙是三根四米长的椽子从墙根土沟里起步，然后夯实地基，用碎麦草、碎头发和着黄土，硬将黄土砸实，三根三根往上移动，由厚到薄，三米封顶。一个上午，院子的土墙就打好了。

向锦书看看稀罕，就开始搞家里面的建设。她从饲养室搬来一些胡基，用报纸包好，在墙边做书架。一米宽两边对称将五块胡基摞起来，搭上密密的树棍，再用硬纸板铺好，再往上垒一层，五层后用一块长木板搭在上面加盖子。找出一块白布，钩了花边，在白布下角缝上几朵小红花。书架两边再用白纸贴一下。这个土书架，还很洋气。摆在一进家门的右墙边，很好看！

一群村妇小孩子围在门里门外看热闹，赞道："看这城里娃娃手巧的呀!"

有人接说:"手巧也不顶个啥!谁敢要这妮娃子嘛。"

"娃呀!你是几岁咧?"有多事人好打听。

向锦书说:"十一岁都过了。"

"啊呀妈呀,她都十一岁晃过咧!咱这七八岁就定娃娃亲,她可太大咧呀!"

"太大了?!"向锦书感觉很好笑。我才十一岁,怎么就太大了?她心中一下子不服气起来。她小心地问那一群大娘大婶子:"都是一个村儿的乡亲了,那你们教教我,我可该怎么办呢?"

乡亲们很可爱,真的就不把她当外人看了,开始给向锦书认真地出主意。

"你可以找那些当过兵,见过世面,回来就批判父母包办坚决要悔婚的人。"

"那种人没有信誉,还丢父母的脸面,使不得!"有人不同意,还要为向锦书的将来负责任,坚决地说:"人品很重要!失信的人,人品不成!"

"啊,还有知识青年。"

"嗯嗯嗯,还有五保户里的孤老头子和孤儿!"

"隔壁的哑巴丁土改大个六七岁,也可以!"

"可惜娃娃就是家事不明确,谁也吃不准。将来说不清楚是福还是祸咧!"

"哎呀!这女子心疼得就像《英雄儿女》里的王芳!可惜了咧。"

天哪!从小以为自己就是个共产主义接班人,还差一点成为国家外交官。怎么十一岁来到这个神牛村,怎么就被这一群大娘老婶子打到十八层地狱,还嫁不出去了?向锦书有些发蒙。

向锦书站起来,看见远远的饲养室前哑巴丁土改在阳光下冲着她咧嘴微笑。向锦书瞥了他一眼,进屋去了。

13

你还是要上学的！但是不行，跑遍附近公社的戴帽中学，都很讲政治。学校都很警惕，生怕阶级敌人钻空子，将小破坏分子埋藏在自己的革命阵地上。向锦书被妈妈带去了几所学校，均遭到拒绝。

向锦书没有办法，开始白天和村子里的大娘大妈大婶子在大桂树下的碾子旁边学习女红，纳鞋底子、纳袜垫子；天凉了就去一个会集点的人家，坐在炕上纺棉花线，剪鞋样子，绣枕头花、门帘子花，剪窗花，编织各种花色的宽窄腰带……许多花样都拓变形了，向锦书就重新画一画。做鞋子，从打袼褙开始，到做鞋底，纳各种的花样……向锦书都是一学就会，一做就是人人稀罕地叫好。

"看娃娃巧的！要不是你妈的问题，要不是你年纪太大，方圆提亲的人怕要把你家门槛踢断了！"有人说。

向锦书笑笑，低头干活儿。想想母亲南三军正在积极改造，五十多岁还在"深挖洞，广积粮，不称霸"呢。能陪着妈妈，很好了！

有时候，在场院的大树碾子旁，她会远远望着坡下面的一户人家。大家说，这户人家是个五保户。父亲眼睛看不清楚，母亲生儿子时大出血死了。现在，那个正在扫院子的少年，就是儿子。他家没有钱定娃娃亲。儿子跟着老大（父亲），过着没气息的生活，心慌得很呢！

向锦书脑子里闪过一个念头，大不了我去他家过活。起码不至于没气息，活得心慌吧。

可是你还真没有想到，有好事者去多嘴，被老汉一棍子打了出来。还恨恨地骂了一句话："你在辱没谁家的先人呢?！你给我，滚滚滚！滚远些！"人都跑远了，一根棍子还在后面的土坡上翻着跟头。

这个话一传回来，把向锦书给气坏了。

晚上，妈妈还要去立元公社汇报每天的改造情况。向锦书就坐在碾子上向很远的地平线上张望。每每有一个火柴头大的人影，她就开始盼望，希望那个小火柴一下走近，变成妈妈。但是，更多个夜深时候，她都是失望地来到饲养室，躺在饲料上睡。哑巴会照常给她送一床被子，让她安心，别害怕。

她还是很警惕，还是有些害怕。睡不着的时候，那些不回家的半大小伙子、爱热闹的老头子们围在一起煮粗制的青砖土茶，搞一些兑了水的浑白酒，喝着，聊着村子外面的世界。那些在四面八方当过兵的人，讲海军军舰上的逸事，讲海岛，讲大海、海鲜，讲长江，讲水果，讲各地的小吃和那里的女人……他们讲坐飞机的感觉、坐小汽车的感觉、坐火车的感觉，讲大城市，讲南江、讲首都、讲西京、讲四川，讲外面世界的山和水，还有滚滚黄河……他们讲得很骄傲，因为他们是男人。他们说，是男人就可以走遍天下。可是，在十一岁小女孩子向锦书的世界里，他们讲的许多地方许多人许多东西她都已经走过、见过、吃过、感觉过了。

快要过年的时候，大队里死了一头老牛。大队就给村里人分肉吃，每家都有。大队里的一个知青回来了。他很奇怪地从屋后面跑过来，想看看神牛村这家多出来的院子和这户城里来的母女。

南三军看见这个知青很高兴，眼神里也透露着满心的喜欢。知青就坐在门槛上回答着南三军的许多问话。看着小小的向锦书站在小板凳上，在案板前面包着牛肉饺子。一个一个，摆放得很漂亮。

原来他是神牛村里的知青，叫郭新民，是阳凌农业大学一位教授的儿子。他的生日居然与向和平是同年同月同天。这次他回来并不是专门来领牛肉的，而是听说快要推荐大学生了，他爸爸妈妈催他快点回村来争取一下的。他这次回来还带了二百元钱，想改善神牛村里的喝水问

63

题。乡亲们用水方便了，就会让他上大学的。但是，二百元肯定不够。

"那要多少钱才能够呢？"南三军问小郭。

"五百多元吧。打一口深井，再搞一台抽水机，就可以了！"

想上大学是好事儿！南三军想起自己小时候渴望上学的事情。想起现在向锦书还是上不了中学的情况，就慢慢悠悠地说："我帮你吧。"

原来，南三军的问题调查得基本有了眉目。南小金是自己从台湾回来的，主要是因为丈夫在大陆，她找丈夫来了。本想送块手表央求南三军接济她一下，但是被南三军拒绝了。还说要在报纸上公开宣布，与她断绝一切关系！梅花手表的问题也查清了。向红旗说的哪一天在什么地方买的梅花手表，在南江海关商家也查到了底联。南三军的工资刚刚补发下来，工作安排呢，还要有一段时间。

今天，南三军的心情很好。所以她说："小郭呀，我可以帮助你补齐余款！"

知青郭新民走的那天，已经是春天了。他来到土屋里找南三军说了许多感谢的话。向云雪也从西京市回来参加县上的高中考试，说是全国学校都要正常上课了。古阳县坡集镇中学的两个重点高中班在全县招一百名学生。

郭新民二十岁，向云雪十六岁，他们俩年纪相当，话也就多了。郭新民说，我这次是被推荐要去京城读外国语学院的，语种是法语。向锦书一惊，想起了自己那张京城外国语大学附中的录取通知书，就问妈妈怎么回事？妈妈说："我不知道啊！国家需要你，我们为什么会不让你去呢？"这时，向云雪哈哈大笑说："是我藏起来的！你这个害我的人，把我手扎流血，你休想远走高飞！"

"几点了？"向锦书转向郭新民问道。向锦书不想理会向云雪这个狐狸精，反正这件事儿都已经过去了。郭新民哥哥非常同情地拉着向锦书的小手来到院子里，说："来，我告诉你怎么看时间。"他蹲下去，在地上画了一个十字，用一根小棍子在十字中心竖立起来。他说："你看，太阳是从南面照过来，北为12，南为6，西为9，正东为3，你看看现在是几点？"

郭新民走了。向云雪毫无悬念地也住校在古阳县坡集镇中学重点班读高中。他们互换了地址，相约要经常通信，多多联络，当然是学习交流。向锦书也很顺利地在贵平县与古阳县交界，远远可以望见唐贵妃杨玉环墓碑的地方，上了一所普通的公社级中学——常宁中学。

这个学校的校长很开明，叫王尊彦，学校有一个叫顾章霖的右派老师，是从清华大学下放来的。王尊彦校长对南三军说："知识是公共的，没有好坏对错。如果你们去年找我，我也会让这个孩子上学的！现在的弥补，就是让孩子住校，请顾章霖老师赶快给她补一下，赶上原来的年级。"

顾章霖是南方人，他依然有着南方人的特点。温和，优雅。他爱人尤茶出身于福建的一个中医世家，清华医学系学生。顾章霖出事后，尤茶毕业跟随他来到西京市，在西京红十字会医院当骨科医生，是权威专家。尤茶每周都会从西京市来看他。夫妻恩爱，相信对方，任狂风暴雨，坚贞不渝。

顾章霖带着向锦书学习数学、物理、化学，还带着她进入实验室做化学和物理实验。看见向锦书总是吃开水泡杂面馒头就咸菜，到了周末，他会邀请她一起来吃元宵、烧米线、煮年糕、炒米粉……南方的日子就又回来了。

但是秦西方言向锦书还是听不懂的。学习几何，那个回乡教师小侯老师，会在讲台上跳来跳去说："你看，这是一个椎体。我削去中间，你们看这是一个什么体？"

同学们齐刷刷唱歌似的拖着长音说："知——不——道——"

"怎么知不道？！一个三角儿，一个梯形！眼窝子瞎实咧，得是？你们再飞（说），这是嗦（啥）？"

"三——角——形，梯——形——嗦。"

说什么呢？

上语文课。学习杜牧《清明》："清明时节雨纷纷，路上行人欲断魂。借问酒家何处有，牧童遥指杏花村。"老师解释道："这奏（就）是清明时节啊那个雨唰唰地哈（下），路上行人一满沧（淋）湿塌（坏）了，想寻个酒家喝一哈（下），问咧（了）个碎尕（小娃）一指说，你端走，在吾达（那里）呢。"

14

常宁中学女生很少。古阳县农村女娃定亲很早，她们注定是别人家的人，家长就不愿意多花钱。能坚持上中学的女生，不是家长开明，就是女娃坚定。所以她们学习刻苦，成绩优异，而且目标是惊人的一致，那就是蹚开一条血路、汗路、眼泪路，冲出农村。苏水桥、李苞苞、王果子，是学校里冬天一片黑夏天一片白的土布衣服中凤毛麟角的色彩。

苏水桥常常捏着长辫子说："我一定要上大学！要去城里当个与男人平起平坐的女人。"

李苞苞不这样想，她总是跑到萝卜村火车站旁边的空军军事飞机场那条公路与跑道之间的闸口岗楼边，提着要卖给工厂家属区工人鸡蛋的篮子，甩着一条红格子的布手绢在辫子上绕圈，又在裤子口袋里，把手绢放进去，抽出来，扭扭捏捏地用身体和话语去撩拨那些站岗的战士。但是，回来后李苞苞就会憧憬地对要好的同学说："总有一天，他们中间的一个人会带我去陌生的远方，开始我的新生活。我不要在一个地方过活，和那些本土人一道搅和锅台，世世代代。近亲娃娃，都是瓜瓜。"读书闲来李苞苞飞针走线，绣着她心里的未来。

王果子娇小玲珑，长相俊俏，常在常宁公社剧团演戏。公社剧团的演员都是业余的，召之即来，挥之即去。王果子认为，没有文化的人戏唱不好，如果学习再不好，那条条道路慢说是去罗马，就是出县都是死胡同，走不通。所以王果子唱戏很投入，上学也很专心。每天早上在学校操场一角，练功背书吊嗓子三不误。人也是本领超强，众星捧月，自带人气，走路自带风。心气旺，很骄傲，来来去去像在台上，看老师一板一眼像亮相，对同学搭话妙趣横生像在说戏词儿。你问她的将来去哪里？她眨眨大眼睛，跷起兰花指，指着天上说："在月亮宫殿——里——哇——"只是向锦书看见王果子演戏时，却基本不是举红灯痛说革命家史的李奶奶，就是阻挡来到芦苇荡养伤的同志们回前线的沙奶奶。要么就是人不够的十八棵青松里的之一。最好也是《林海雪原》里没有台词的女卫生员。但是王果子心态好。她说："再不咋，还是有白面馍条子肉扯面吃的。配角也是个角儿嘛！人前路，到底要比人后路宽阔得多。细土路田埂上，再别睁着红眼说城里人柏油大路人稀稠高低胖瘦咧！再说，就羞先人咧。"向锦书转学来常宁中学，就有了"四凤竞飞"这么一说。

向锦书爱去封死了窗户的图书室看书，喜欢上树、上墙，偷摸些新鲜水果补充维生素。每次把检讨书写得生动搞笑，一次次在班里教导处过不了关。每周班上表现好的学生名字都被写在前面黑板右上角表彰，每周表现差的学生名字都是在后黑板的左下角公示。连着几周向锦书都是后黑板榜上有名。她就生气了，找了一支黄油漆毛笔，把自己的名字牢牢固定在后面黑板上，决心把坏人当到底，同学们都很感激她。打起乒乓球，女生就是啦啦队，男生们就会召唤向锦书，结果男生都是她的手下败将。头巾、绣花枕套、黑布鞋、腌辣子、腌红萝卜丁、煮鸡蛋、石头馍……她是欣然接受，大快朵颐。

才上了一年学，苏水桥走了，招工去了国营棉纺厂，在赵梦桃小组，成了大工厂的工人，与组员们一起工作。虽然没有上大学，但是告别农业户口了，这是完成梦想的一个跳台。苏水桥告别，就是请女生"四凤"到家里吃搅团。新磨的玉米面，打一桶凉凉的井水，用油饼筛子将糨糊般的熟玉米糊筛成漏鱼，在自家的菜地掐一把鲜菠菜，用柿子醋泡了捣碎的蒜末，用棉花籽油泼香新轧的干辣子面儿，用锅后小瓮瓮的浆水菜一浇。太香了！

苏水桥在工厂入党，成为团支部书记，进入团校学习，后来到省委组织部工作。她与秦西省委宣传部一个英俊高大的干事结了婚，生了一个女儿，生活很幸福。

李苞苞也走了。空军某师飞行团长在路过批评站岗的小兵时，三言两语与李苞苞对上眼，结婚后把她带到白雪皑皑的东北。苞苞来信说，她家可以看见莫斯科克里姆林宫红场房顶上闪闪的红星。三十年后向锦书作为中国作家代表团的一员去俄罗斯交流，想起当年李苞苞的话。但是那时候她并不懂，还很真诚地给李苞苞写回信说，那你距离安放列宁同志水晶棺的红场就不远了呀！

走得最好的还是王果子。她毕业回乡后，被贫下中农举双手推荐上了大学。灿烂的太阳照在她身上，她终于走在大城市的柏油大路上了。王果子去了北京大学法学系。临走，向锦书、王果子手牵着手，在校园的小国光苹果树下立誓。王果子说："我将来要找个志同道合的男人做丈夫。"向锦书说："那我就找个同学做丈夫。"她们拉钩，分吃了一个脆脆的青苹果。向锦书问："你不去月宫当嫦娥了？"王果子大笑道："当嫦娥会遇见猪八戒，被他糟蹋，那才是一辈子的恨呢！"

多少年后，王果子和南伟在北京天安门喝大碗茶时相遇。因为都是大学生，又因为南伟是向锦书的儿时玩伴。"你认向锦书？"王果子万分惊讶。他们居然就结婚了。

送走了女同学们。黑泱泱一片男生里，只有向锦书一点红唇。她有一次在语文课上站起来用普通话朗读高尔基的散文《海燕》。语文老师让同学们都要向向锦书学习讲普通话，克服让外地人听不懂的方言俗语。当向锦书读到："在苍茫的大海上，狂风卷集着乌云……"时，居然潸然泪下。一起流泪的，还有许多平时就像木头桩子一般穿着粗布衣服的男生，还有从四川城里下放来的高校语文老师。

向锦书好像开了窍，学习成绩飞速向上。她还担任了常宁中学的首席小提琴手，顾章霖就是最好的导师。他说，你就把一首曲子拉精了就好。每当去全县和外校巡回演出，向锦书的小提琴独奏《北风吹》与清一色男生一起演出的舞蹈《要学那泰山顶上一青松》，不是全县文艺会演的第一名，就是第二名。《要学那泰山顶上一青松》是最受欢迎的集体京剧舞蹈节目。词是这样唱的：

要学那——

泰山顶上啊，一青松那啊。

要学那，

泰山顶上一青松，

挺然屹立傲苍穹。

八千里风暴吹不倒，

九千个雷霆也难轰。

——哐采，噫哐，噫哐哐！

烈日喷炎晒不死，

严寒冰雪郁郁葱葱。

那青松，逢灾受难，经磨历劫，

伤痕累累，瘢迹重重，

更显得，枝如铁，干如铜，

蓬勃旺盛，倔强峥嵘。

崇高品德人称颂，

俺十八个伤病员。

——哐采，噫哐，噫哐哐！

要成为十八棵青松！

因为京剧舞蹈《要学那泰山顶上一青松》，最后向锦书这棵小青松要先打三个侧手翻出场，然后在台前原地五个小翻，最后一跳在人群空倒立再翻身拉手踏上一个个人的双肩，被众“青松”托举在最高顶尖上，手掌朝天一翻，一个咣当啷当亮相，傲立舞台上。那个定格，就会势不可当地迎来一片掌声和喝彩声。《要学那泰山顶上一青松》的唱词也成了古阳全县中学生的流行唱词。

去古阳县坡集镇中学演出，向云雪很惊讶妹妹的表演天赋。她从来都没有注意过这个皮猴一样的妹妹。向云雪的民族月琴自然比不过西洋小提琴。她们女子柔弱的群舞腰鼓更比不上众星捧月的一棵倔强的小青松。

向云雪给艾策策写信说："向锦书变了，变得神了吧唧的！她的那个公社中学根本没有女生，她就成了仙呀！"

古阳县剧团团长找到向锦书说，你可以来我们剧团。工龄就从今天算起，工资二十八元，粮票三十一斤。

向锦书回家对南三军说："我要去县剧团工作，我不要上学了。"

南三军大吃一惊，劝阻道："慢说咱们家的问题已经解决，就是没有解决，我也不会让你去唱戏的！你去秦北问问你爸爸，看看他是不是同意你去！"

15

到了暑假，南宏、艾策策也从江南青山和西京市来古阳县神牛村看望南阿姨，以及好朋友向云雪、向锦书。他们带来了梅干菜、笋干、年糕、米粉、全国粮票、挂面。向和平、艾苹果也从各自插队的农村带回来柿子干、核桃、毛栗子、芝麻香油。他们相约，带些家乡和农村的土特产去秦北青盆湾干校看望一下向红旗和艾部长伯伯，给他们换换衣服，洗洗被褥，聊聊家常。

他们从古阳县坡集镇买了两只烧鸡，上火车到达西京市。这一夜哥哥们商量就住在解放路的珍珠泉浴池。这样既可以反复把身上的肮脏一洗了之，衣服裤子也可以用热水把虱子烫一烫，再搭到浴池的热锅炉上烤干，不耽误第二天穿。

第二天，他们买了一些蛋糕、栗子羹、巧克力、大白兔奶糖、红糖白糖，一大早就上路去了西京火车站。火车站的包子不要粮票，贵一分钱。一路上有包子，有烧鸡，他们开始打扑克，一会儿就到了金铜城。金铜城是个煤城，黑乎乎的，灰尘飞扬。下了火车，坐上去秦北的长途公共汽车。夕阳西下，他们来到延安，站在滚滚黄河水边，仰望宝塔山。

向云雪放声高唱："黄河之滨，集合着一群中华民族优秀的子孙……"艾苹果高声朗诵起初一时的课文，著名诗人贺敬之的《回延安》："心口呀莫要这么厉害地跳，灰尘呀莫把我眼睛挡住了……手抓黄土我不放，紧紧儿贴在心窝上。几回回梦里回延安，双手搂定宝塔山。千声万声呼唤你——母亲延安就在这里！"

在延河大桥上，兄弟姐妹们六个人一起照了一张宝塔山的纪念合影。女的坐在桥栏上，男的都站着。真是青春无敌，太好看的一张照片。他们走到一家羊杂饭店，点了一盘酱羊仔骨头，一盘三丝煎饼，每人一大碗荞面羊血饸饹。跑堂的小二见来了一群半大小子和半大女子食客，甚是高兴，扬一扬肩膀上的白肚子手巾就叫道："来咧——！六位。要甚，言传——？好咧！六尻子三垛，三碎碗，饸——饹——！煎饼子——羊骨头——！"

向锦书奇怪地问："什么是六尻子三垛三碎碗？"

店小二哈哈哈大笑起来："你看我的饸饹床子，是不是要用屁股坐着来轧？这一轧就是一碗饸饹。你们小伙子要的是大碗，我们这达就叫'垛碗'，大的意思。你们这些碎女子胃口小，就是碎碗碗。不管大碗还是小碗都是一尻子一碗。只是饸饹床子里的面团放的有多有少！"

席间，店小二还唱了一段子信天游《走西口》，很是助兴。他们没有舍得再吃另一只烧鸡，要带给亲人艾部长和向红旗。

去长途公共汽车站打听。去秦北青盆湾的汽车每天只有一趟，都是早上八点出发。中间可以随时停车，南泥湾是必停之站；然后为了老干部，秦北青盆湾是一站；再下去就是壶口瀑布了。许多人都是冲着南泥湾和壶口瀑布去的。车站说，明天的票已经卖完了，你们可以买后天的票。

几个人看看烧鸡，决定，夜行秦北青盆湾！不就是几十里路程嘛！

一打听，秦北的老乡说，那是翻山的路程，如果沿公路走，就是一百八十公里。

小伙子们买了地图，拿着向和平土制的指南针，决定翻山越岭去秦北青盆湾！

秦北的老乡说："哎呀！娃娃家呀。这山上可是狼多还有蛇，危险呐！"

串过联，下过乡，还在大山沟里插队。小伙子们折了几根树棍问妹妹们怕不怕？有哥哥们壮胆，她们感觉很刺激，都说："不怕！"

他们就整理好行装，手电筒买了六支，分开用，向着秦北青盆湾出发。一路上，南宏讲三五九旅的故事，照顾着艾策策。向和平一路调整方向，艾苹果唱着《三十里铺》，讲了这个歌曲后面四妹子王凤英的故事，接着又讲了《东方红》的故事，还把原曲和现在的歌曲对照着唱了一遍。无论是故事还是歌曲，他似乎都是只有一位听众——向云雪。手电筒明晃晃地照在山涧的树林，远处的公路，哗啦啦的溪水……歌声笑声，青春的热血，让这帮子年轻人天不怕，地不怕。他们唱："天不怕来地不怕，就怕老师到我家……"最后是南宏背着睡着的艾策策，艾苹果背着没有睡着但是真走不动了的向云雪。只有向和平拉着小妹向锦书，继续前行。天麻麻亮的时候，他们看见了秦北青盆湾的大铁门和山坡上一排排的土窑洞。

啊！嗷嗷嗷……他们欢呼雀跃，向窑洞的方向飞奔而去。

向红旗在放一群老牛。他每天要把老牛赶在河边草地肥美的地方。向锦书告诉爸爸："我们在神牛村的家，也在饲养室旁边。那张录取通知书找到了，是姐姐藏起来的。"

向红旗安慰小女儿说："人的一生，自有老天安排。你只要问心无愧，有吃有喝，就应该快快乐乐地过好每一天。福气自来，祸从哀生。如果你一直在城里，又怎么会知道井有那么深，吃水那么难？牛可以像我养牛这样放养，也可以像哑巴养牛那样圈养。我如果不来秦北青盆湾，你们又怎么会为了一只烧鸡要给亲人吃，就翻山越岭，来到这里？你看山丹丹花，你吃野生的白色小杏儿，多好玩啊！这里的山，这里的水，你回想一下，咱们家在南江山里那个新营房，南方的山水和北方山水，多么不一样！过几天，让哥哥们带你去看看壶口瀑布，看看音乐厅的黄河，和现实的黄河有什么不一样。再看看滚滚黄河，和咱们来西京市的时候，你妈妈唱的那首《我住长江头》的歌，有什么不一样？平和的长江波浪宽，千军万马咆哮的黄河，它们的方向始终都没有变！一路向东，千回百转，奔腾到海不复归。一个人读书是向过去学习，一个人走在天地间是向大自然学习。读万卷书，走万里路，最后你还要向自己学习。"向红旗让向锦书不住地给草地撒盐，老牛们就原地舔来舔去，不会走远。向锦书不太明白，这师古师天师地好懂，师自己？不明白。向红旗就笑。笑完铺了雨衣在坡地上晒太阳，一副很享受的样子。

艾部长在种瓜果蔬菜，生活让他变得更加平和。看见龙琼把自己没人管的儿子艾苹果带得很好，他十分欣慰。艾苹果又细细讲了奶奶去世，龙琼阿姨如何陪他回老家山西安葬的过程，艾部长对艾策策也变得很亲切，就在地里种的西瓜、甜瓜、黄瓜、丝瓜、洋葱、豆角、辣椒、茄子、西红柿中间，一会儿拍拍这个，一会儿拍拍那个。看见成熟的，就叫丫头们快来采摘，吃得她们满身汁液。又在瓜地旁边的水库里抓了青蛙和鲜鱼烤着吃。艾部长说，这几年头疼老是睡不着觉。向和平就拿出针灸包，给艾部长扎银针，足三里，神门，三阴交，百会穴……一天后，艾部长高兴地说："今天我真的睡着了！"向和平说："这是我在农村向赤脚医生学的，为了防止自己生病。这次出远门，就带在身上备用。"

到了学习时间，老干部们一会儿盘腿坐在窑洞前，高声朗读；一会儿又跳忠字舞，权当锻炼身体。三个丫头来了，也带来几个新舞蹈《抬头望见北斗星》《我们心中的红太阳》《沂蒙颂》……大家很高兴，青盆湾干校的工作人员就要求她们按时来教老干部跳新舞。每到转圈的时候，向红旗都会忘记前后，向锦书急得拉住爸爸的袖子，带着他转。艾部长明明可以转清楚，但是为了让几个丫头围着自己转，就故意乱转，还有一次居然刹不住脚跑下坡去了，引得全体老干部大笑不止。

到了晚上，艾部长会和向红旗还有几个叔叔一起下军棋，把山里砍回来的树，解成板材做家具。向和平和向锦书给爸爸做了个精巧的书架，向锦书还用白府绸布做了一个镂空的盖布，在布角上绣了三朵鹤望兰花和两枝松针。她对爸爸向红旗说："现在，咱们家五口人，三个地方，如果我再去县剧团工作，咱们家就是五口人，四个地方了！我多么希望咱们一家能团圆啊！"

向红旗说："心在一起最重要！心里有，你会活得很温暖。不在一起又怎么样呢？你想去古阳县剧团我也不反对。但是如果是让你再回到西京市读高中，或者到古阳县剧团，这两样，你选哪个？你妈妈就要回西京市重新工作了。

74

为向红旗、老艾部长洗了衣服洗了被褥，艾策策、向云雪、向锦书姐妹三人就在河边给两个爸爸和哥哥们跳《洗衣舞》，艾苹果就是个文艺青年，扮演连长很合适。艾策策就是小卓嘎！娇憨，淘气，活泼。

　　他们临走那天来到壶口瀑布，拍了几张骑驴赶驴，穿着八路军军服的照片。高唱《我们村的年轻人》歌曲，一会儿左手一指，一会儿右手一指。也不知道哪一座是太行山，哪一座是吕梁山。艾苹果说："延安保卫战的卧牛山战斗就在这里，你们看这是遗址碑。他读，秦西省第七批文物保护单位……杏子沟延安市金塔区麻洞川乡青盆湾村。哈哈，哈！我还以为不远是愚公移山地呢。我要指点江山，激扬文字，粪土当年万户侯。子子孙孙挖下去，永无穷尽！"

　　艾策策撇撇嘴，对着向苹果说："还真不知道他要和谁子子孙孙呢！"就拉起向云雪，转身说："咱们走，回去给妈妈写信去！"

　　回到古阳县神牛村，向锦书对着正在为自己十四岁生日煮两个荷包蛋的南三军说，古阳县剧团我决定不去了，我要回西京市继续读书，读高中，去看更大的世界。不断进取，向自己学习！"

　　南三军的眼睛停在江南老家待客和过生日都必须要吃的、被称作"子汤"的两只圆圆的甜甜的荷包蛋上，满脸喜悦。

　　落满尘土的窗台上，向锦书的那盆鹤望兰花正开得光彩艳丽。

16

南三军调回西京市，在秦西省体育局担任群众体育处处长，工资补发了不少。向锦书终于回西京市城南中学读高中。艾策策到银鸡大山里，向云雪到一马平川的秦中白菜心地区，她们高中毕业都下乡插队去了。临走，向云雪对向锦书恨恨地说："这下子，咱们家都归你了。"

"家，怎么就都归我了？"向锦书盯着姐姐，感觉真是莫名其妙。

爸爸向红旗那里也传来好消息。老向同志终于被组织调查清楚，他不认识南小金，手表事件纯属巧合，高老出具证明，证明向红旗少年时期就在淞市为党做秘密工作。向红旗从青盆湾出来重新工作，在秦西省物资储备局当党委书记，补发了七八千元工资。向锦书和妈妈南三军也有了像样的家。搬进省政府机关家属院一幢单元楼三层四居室。那时候，全国的紧俏物资、商品都要凭票凭证购买，像自行车、电视机、摩托车、汽车、钢筋……这下无论故旧、亲戚、朋友，远近个人，还是扯不上的单位，都蜂拥到向锦书家里做客，那些人带着礼物，川流不息，络绎不绝，尤其是晚间。这时，向锦书就骑着自行车到秦西省体育局群体处妈妈的办公室做作业，找妈妈办公室的打字员胡小蝶去聊天。她特别喜欢听胡小蝶的传奇经历。一个二十岁，一个十四岁，她们结下了深厚情谊。

胡小蝶出生在西京市城西大街庙后亭的小巷胡同里。家庭几辈人都是烟酒小商户。胡小蝶的童年里，有些事儿是让她终身难忘的。

童年的胡小蝶看着自己的妈妈总在劳碌辛苦地从早到晚地干活儿。妈妈说，女人的一生就是干家务活儿的一生。你不干，没有好日子过。

胡小蝶看着母亲，并不觉得她的日子过得有多么好。倒是奶奶不干活，穿着华贵鲜亮，整天搂着哥哥数钱。每天几遍十几遍地数。数钱的时候，奶奶会对哥哥讲数钱的道理。奶奶说："孙子呀，这些钱都是为你数的。"

这时，哥哥会茫然地望望妹妹胡小蝶，提醒奶奶："那要给妹妹分些。"奶奶说："妹妹的钱出嫁后在你妹夫那里。"看到小蝶往他们这边看，就呵斥道："小蝶，小间谍。看什么？去，跟你妈学家务去。别以为女娃子在学校学习拔尖就嫁得好。"

以后，胡小蝶屁股后面跟上来三个小妹妹。奶奶数落妈妈更是没完没了："真是没用的东西！净生些去夫家数钱的苗苗！"哥哥在奶奶的怀里更加金贵，这让胡小蝶难过，那个夫家在哪里藏着，看不见，也摸不着，不知道有没有钱让她来数。她不想长大后像妈妈那样干家务活，天天从一早忙到半夜。也不想像奶奶那样花花绿绿穿着，说些尖酸刻薄的话，只会数钱。三个妹妹还小，整天哭哭啼啼在她屁股后面追着她拉着她的衣服，好像这样就心安了，安全了。家中的女人们，实在让十三岁以前的胡小蝶没有榜样。我可怎么活下去呢？我会活成什么样呢？胡小蝶的童年，备受熬煎，很困惑，难释怀。

没有办法。颇烦的家务就是胡小蝶的童年课。她的童年，没有钢琴小提琴黑管，没有画笔书法素描，没有五线谱歌声音乐舞蹈……妈妈说："那些不打粮食的虚活儿，学会了你只会坐吃山空，踩在云里做梦。只有家务学好了，可以让你结婚后踏实地在夫家过上好日子。"

胡小蝶有时候也会问妈妈，那我的夫君在哪里？妈妈会忽然停下手中的活儿，望着女儿笑眯眯地说："学会所有家务，总有一天，他会来找你的！"

胡小蝶从早到晚，跟随在妈妈的身后帮前帮后，忙里忙外，照顾着妹妹们的吃喝、缝洗、睡觉……九岁，妈妈开始让胡小蝶记生活采购流水账，一周还要总结一次，一记就是四年。十三岁，四个本子，整整齐齐,记录着胡小蝶童年时一家人的艰难生计。在这一点上,向锦书和胡小蝶是共通的,她们有说不完的话题。

学校组织射击比赛,细如绿豆芽的胡小蝶参加了。她的人生在一堂体育课上发生突然的变化。这堂体育课就是练习射击。同学们议论说,这个五十米三十发步枪卧式射击是很难的。女体育老师让全班集体盲射一遍,胡小蝶最后一名。

但是女体育老师告诉她:"人,是可以训练的。从今天起,胡小蝶,你跟我学。我告诉你,冠军不是天才,是有人领着走了一条正确的路。天才,都是训练出来的。胡小蝶你垒子弹壳可以垒到十三颗像烟囱一样笔直不倒,别人五颗就垮掉散落,这说明你有与众不同的稳定的心理素质,但是你还是要通过训练,来证明你的心理素质的确稳定,永远稳定,具备射击运动员的素质,经得起四季温差,风吹雨打,雷打不动。做到撼山易,撼你很难。你行吗?"

女体育老师并没有让胡小蝶握枪,只教她运气。让气在身体里游走:"你感觉这股气的流动。从脚尖开始,走到头顶去。你试一试,认真去试。"

胆小而认真的胡小蝶努力去运气,感觉气,发动气。上课,洗脚,走路……都要运气。运气干什么呢?女体育老师说,心气平和,稳住不动,再瞄准,10环就有了!射击,表面是纹丝不动的,但是身体里是有气流在运动的,帮助你平复下来、安静下来,坚如磐石,雷打不动,固如坚冰。只让手指慢慢扣动扳机,果断一扣,直指靶心。

在半年后比赛的前一天,胡小蝶真急了,我还没握枪呢,冠军就是运气吗?她去找女体育老师,哭了!

哎呀,女体育老师很抱歉地说:"我还真忘了。来来来,握住枪,三点一线。要知道,枪都是有误差的。你打枪时,还要灵活调整。冠军是不是你,那要看你的造化。运气好,动作好,调整好,你就能成功!"

结果上场比赛,第一射,8.5环,偏左下。监射员将一张小靶纸放在胡小蝶左胳膊面前,把一粒空弹壳放在圆心左下方8.5环处。胡小蝶再瞄准就在小圆点右上调整移了一根头发丝的距离。

9环,靠右上了。司靶员摇旗报数。监射员又将一空弹壳放在小靶纸圆心右上方。运气，三点一线，调整。以后，胡小蝶就是 10 环，10环，10 环……十发子弹射出去，97.5 环。一个射击冠军诞生了。

射击冠军！胡小蝶享受到了第一名的喜悦。这个喜悦不是来自奖状，而是来自同学们的眼神，是同学们看你的那种惊讶、欣喜、赞许的眼神。胡小蝶感觉，当冠军真好！天、地、街道、同学、老师、家里的每个亲人都变得比以前可爱了很多很多！

十三岁，带着冠军喜悦的胡小蝶小学毕业，升到西京市城西中学。

17

　　西京城西中学不举行射击比赛,最多的是田径、篮球、乒乓球比赛。不试你怎么知道自己行不行? 有过射击训练和冠军体验的胡小蝶鼓起勇气对着高大的体育老师王峻岭说:"王老师,田径队、篮球队、乒乓球队,我都要参加!"

　　"你会什么运动?"

　　"射击。全校第一,全市射击冠军!"

　　"射击? 那是静态运动。像围棋、象棋、国际象棋都是静态运动。我问你的是动态运动你会什么? 踢打拍的运动,跑跳投的运动,游滑登的运动……你会哪样?"

　　中学体育老师王峻岭盯住这个薄纸板样小女生的眼睛。其实,王峻岭很傲慢,他心中的世界和体育视野里只有男生,他在铸造一群钢铁般的少年男子汉,像一个父亲在打造亲儿子那样。他对女生的感觉全部都是麻烦。王峻岭在等待,如果没有回响,他就会打发这个小女生走人。

　　胡小蝶眼睛黑白分明,一片茫然。这个体育老师王峻岭很严肃,满脸冰霜冷雪。他睃了胡小蝶一眼就画了句号说:"你没有,是吧? 那你真不行! 一个运动员,没有运动基础是不行的。就是有了运动基础,没有运动天赋也是不行的。你都十三岁了,最基本的,跑过吗,快不快? 跳过吗,高不高? 投过吗,远不远? 你看看,你都没有! 更别说有技术含量的集体运动项目了，那就别拿石头熬蜡了。河水不是油，海水也不是油，你不是一块干体育的材料，再练，也浪费时间！好好学习吧。"

"没有什么天才！所有冠军都是训练出来的，是有人领着走了一条正确的路。"细如绿豆芽的胡小蝶突然说了一句在小学射击训练时女体育老师让她铭刻于心的话。

王峻岭愣住了。最让王峻岭不明白的就是她是怎么走进他的王国院子的？胡小蝶只低下头看着地上的黑蚂蚁，用光脚穿的旧黑布鞋跐着水泥地边的泥土一字一句地说："王老师，田径、篮球、乒乓球，我都要参加！"

王峻岭，二十八岁，身高一米七六，串脸胡须，浓眉细眼，高鼻梁，四方阔嘴，是西京市闻名遐迩的中学体育篮球教师。他以闪电般的后卫超人、耍杂技般的玩篮球技术和组织调动能力入选过国家青年队，但是最终还是因为个头太矮惨遭淘汰。他毕业于首都体育大学中专篮球学校，母亲在西京市城西中学退休后，王峻岭就由校长邀请在校担任体育教师。

他工作时，刚满十八岁。因为年龄与学生相仿，他从不与女生来往，以免说不清楚。他的脸，总是板着；目光，从不斜视。十年里，王峻岭带过三届五六批中学高中男篮队伍。他的球员，不是被部队大学大工厂挑走，就是被市队省队国家队选走，这让王峻岭很有威名。许多外校学生为了能在他的麾下打球找出路，纷纷找人托关系转学来到城西中学。城西中学除了升学率高，更因为这支男子篮球队而名扬全市。王峻岭因此在学校里拥有一间内外间的大平房。平房前有个大院子，水泥地，有水龙头，并用铁条扎了栏杆围起来。学校篮球队的那些男队员们就在院子里与王老师聊天、冲澡、烤肉、煮菜豆腐汤喝。那是个很专业的被学校同学们羡慕、感觉神秘无限的场所——进入王峻岭老师的院子是一种资格，从那里出入的净是学校的硬汉型男和田径篮球的未来新星。

胡小蝶进入体育老师王峻岭的水泥大院子真是奇迹。四周的铁栏杆，门是碰锁，她怎么进来的呢？胡小蝶没有得到预期的回答，很难过地从铁栏杆侧身一闪出去后王峻岭才明白，这女生身体薄如纸板，铁栏杆对她根本没有作用。窄窄的缝隙，对她就是来去自由的光明大道。

胡小蝶侧身一闪脚后跟一跷从铁栏杆跨出院子，王峻岭看见了一个削薄如刀的运动天才的跟腱。那跟腱告诉他，这孩子不仅身轻如燕，而且具有超人的速度！

你，回来！王峻岭没有想到他的这一声召唤，是自我突破，是王者归来的奇缘，是自己前程转折的重要命令。天才？王俊岭经验多执教老到，慧眼识珠。带上秒表，他要去测试自己的眼光。

100米，最能考验运动员。起跑，冲刺！12秒！王峻岭看着秒表眼睛凝固了。速度，是所有体育项目的灵魂。他激动地看着胡小蝶，这个女生，无疑就是天才！

体育老师王峻岭破例收了个女弟子，这消息让市城西中学炸开了锅。胡小蝶顿时成为学校的风云人物。校女篮队成立，王峻岭对胡小蝶的训练更加严格。

胡小蝶没有让王峻岭失望。从100米，200米，400米，800米，跑到1500米；从学校冠军，一直跑到区中学生运动会冠军，市中学生运动会冠军，省中学生运动会冠军。胡小蝶的初中就这样没有悬念地一路破纪录。甚至还破了西京市中学生标枪的纪录。无论是天才型单项，还是技巧型集体项目，胡小蝶无不一一验证着，她都行。

终于，部队，工厂，企业，国家田径队都来选人了。胡小蝶，顺利入选，还要去首都，有可能代表中国去参加国际比赛。

天哪，万人瞩目。市城西中学女篮队，王峻岭老师，校花胡小蝶通过媒体名扬全省。

但是，她走不了。

秦西省体育工作大队来学校调档案。她将提前结束中学课程，参加工作，胡小蝶的体育生涯开始了。

18

胡小蝶的运气太好了，十四岁就领到工资。虽然只有二十九元八角，但是国家大工厂学徒工才十八元，部队战士津贴只有九元。二十九元八角接近三十元，她可以数自己的钱了！而且忽然之间还有运动衣裤白球鞋，还可以吃运动员营养灶，天天顿顿都有肉有鱼虾有菜有猪蹄蛋糕牛奶黄油和各种时令水果……

胡小蝶遇见王峻岭是她的幸运，那么她遇见的另一位教练卢佩云就是她的福气。

卢佩云是个小鼻子、小眼睛、细眉，身材高挑的优雅女人。她毕业于淞市医学院，学的运动学科。大学期间因为运动会短跑屡屡夺冠，被部队空调当了专业运动员。参加过全国第一届田径比赛，获得过几个全国女子 100 米和 200 米冠军。后来因为转练七项全能遭遇伤病。丈夫是西京市一所军医大学的外科医生，她转业就来到秦西省体工大队任田径教练，生下一双儿女。

卢佩云见到胡小蝶的第一件事儿就是去医务室给她看牙齿。卢佩云说，体育就是对身体的教育，身体的入口是嘴，很重要，嘴的关键是牙齿。牙齿还是人精神身体的门脸，一定要搞好它。

与卢佩云初次见面，她说的这第一通话不是关于跑步而是关于牙齿，这让胡小蝶非常惊讶。跑步可能会与许多东西有关，但是万万没有想到的是牙齿，这是身体的关键所在。

经检查，胡小蝶的牙齿并不好。医生说："过早劳动加上营养不良，你的牙齿发育不好。加上在孩童时用药不当，导致牙齿色素沉着，为四环素牙。一张嘴，前后上下错落不齐，灰黢黢的。"

医生边检查边说，这让胡小蝶心中非常不安。胡小蝶抬头看看新教练卢佩云，窗外的阳光正好照在她洁白如米一样整齐的牙齿上，她既优雅，又善良，好看极了。

卢佩云认真地听着医生的检查唠叨，只按了按胡小蝶的肩头。没有想到，半年后胡小蝶的牙齿就变得整齐光洁雪白雪白的。

卢佩云看到结果很高兴，对胡小蝶说："女孩子就要明眸皓齿，才健康漂亮。"

卢佩云要求胡小蝶跟着体操队晨练，拔筋踢腿下腰翻空翻；跟三铁队员练原地爆发力。最残酷的是卢佩云一直让胡小蝶趴着睡觉，大腿下还垫个枕头，腰上系着武术队表演用的宽板带。作为教练员，卢佩云最注意的是少年胡小蝶的身体发育。十四岁，一切都还来得及！例假晚来腿会长，来早了腰会长。短跑不能腿长身子短，也不能腰吊腿短，例假要来得适中。十二岁早，十六岁晚。卢佩云希望胡小蝶的例假能控制在十五岁来最佳。但是胡小蝶像个小男孩，一直不来例假。胡小蝶一家兄弟姐妹都长得很高，全是粗桶腰，只有胡小蝶麻秆纤薄，身高一米六八，仰头直背翘臀细腰。

卢佩云吸取自己膝盖受伤的教训，对胡小蝶从肌肉力量练起，有效地保护了她还稚嫩的骨骼，以后运动量上来，可避免伤病。每天晚上卢佩云还要给胡小蝶开小灶，三颗红枣，五只煮鸡爪，八粒生花生，一勺甘蔗黄糖。卢佩云说吃了补血，补胶原蛋白，对筋骨和皮肤好。卢佩云还说，最好的短跑运动员就是一道闪电，希望你这道闪电拥有蝴蝶飞舞般的美丽。接下来的魔鬼训练才是百米短跑的起跑爆发力的窍门，身体协调运动的合理性动作矫正，像起跑啦、摆臂啦、向后蹬踏、步伐大小、快慢节奏、腾空高低幅度等等。

在卢佩云的训练下，胡小蝶也很争气，运动成绩大幅度提高。胡小蝶在全省全国的田径赛和全运会比赛，一出场跑起来就是第一名，100

米，200米，400米她都能稳稳夺冠。

秦西省体工大队的领导就非常感慨地说，你们看看胡小蝶，一个小姑娘，只吃一碗饭，就能拿回来三个冠军。我们养了那么多人的篮球队、足球队、排球队，为什么成绩就总是那么挣扎？那么落后？胡小蝶为什么就能成为省上出赛的金牌专业户？大家就说，其实选苗子很重要！领导问来问去，打听来打听去，才知道城西中学有位体育教师叫王峻岭，是他发现了胡小蝶。领导说，短跑是一切体育项目的基础。调来！为了给全省各个项目培养出更多的好苗子，王峻岭就空中飞人般地调进秦西省田径运动队，当上了基础训练教练，工资提升不少，身份实至名归。

十六岁的胡小蝶感恩启蒙老师王峻岭，二十八岁的王峻岭也很感谢自己的学生胡小蝶。一来二去，师生总是上操下操形影不离。他是她的第一个异性朋友，她也是他的第一个异性朋友。他们感觉生活甜蜜，真是太美好了！他们有决心，把世界短跑的纪录踩在脚下。

好花不常开，好景不常在。美好的生活仅仅两年，当胡小蝶的百米运动成绩达到11秒7已经全国无敌准备出国参赛的时候，世界没有被他们踩在脚下，"文化大革命"开始了。要揭开体育界独立王国的盖子的口号标语如同巨浪打来。他们被时代踢出梦想，拍在沙滩上，被打得落花流水。

军管会成立，工宣队进驻监督，秦西省体工大队人员去向名单一夜之间出笼，张贴在食堂的圆拱门旁边。干部，举家下放到农村去；技术人员，原则上哪里来哪里去；教练员和老队员到工厂，年纪小的运动员重返学校。如果两口子去向不一，可协商决定。

王峻岭的名字，在去国营机械厂的名单里。而胡小蝶的名字，列在体育精英重点保护的名单里。重点保护名单，是国家文物级别的待遇。只有乒乓球，体操，田径，射击，跳伞等这些省内有可能走向世界强项的二十名十八岁以下的少年精英苗子，才拥有国家体育总局上报国务院批准的保护特权。

这不是生离死别，但是绝对是晴天霹雳。王峻岭和胡小蝶的心里都知道，从此他们将各自天涯，人生陌路。一夜的依偎，一夜的拥抱，一夜的缠缠绵绵，一夜的挥泪如雨……王峻岭揪完了自己的头发也坚决不动才十六岁胡小蝶的最后防线。

胡小蝶绝望地说："王老师，王老师，王峻岭，我不要当精英，我不要跑步，我不要当什么冠军，我就要和你一起去机械厂当普通工人。咱们分不开的，不能分开啊！"

第二天早上，在宿舍门口，胡小蝶看见双眼血红手握着红枣花生鸡爪子黄甘蔗糖的卢佩云教练。胡小蝶无语，低下头去，眼泪滚滚而落。

卢佩云说："一个女孩子，男女之间要有距离。你才十六岁，路还长，遇见的好人会有许多。等那时你回头再看王峻岭，就是小土墩，连山坡都不是！"

出事了！散乱的环境里，体操女队一个十四岁的小队员在苹果园里被小偷强奸生了个男孩，被退回家。胡小蝶吓得够呛。去家里看望她。那家大人说："我们就把这孩子当弟弟养。"小队员更绝，她说："等我三十四岁像教练们这么大年纪时，我儿子都二十岁，顶天立地了！"胡小蝶再去看望这个小队员，这家人已经搬走，没有任何消息，无影无踪。

胡小蝶走到人生第二个十字路口。被军管的省体育工作大队一夜解散，名单去向公布一周后，每天清晨都有几十辆军车聚集在省体育场大门口。大幅的标语上写着"我们都有一双手，不在城里吃闲饭。"8点一到，喇叭声声，在毛主席语录歌曲、革命进行曲、八大样板戏的乐曲声中，一卡车一卡车载着曾经辉煌全省的体育管理干部、技术人员、教练员、老运动员、小运动员们……奔赴四面八方。沙尘滚滚，黄土飞扬。

19

　　南三军回到秦西省体育局群众体育处工作时，国家正全面落实政策建立健全机构，开展工作，机关很需要专业人才来补充。年轻人都下乡去了，大学还没有恢复招生。南三军处长想起了业务荒废的储存队员胡小蝶，她还年轻，二十岁，就找来当打字员。胡小蝶的经历简单，人生点拨她的就那么几个人：小学女体育老师、王峻岭、卢佩云，现在是南三军。胡小蝶怀着感激之心，和老领导女儿向锦书就很自然地亲热起来。

　　上高中后，向锦书患了关节炎，看过中医西医都不行，她看到《参考消息》上一篇文章叫《生命在于运动》，于是就想用运动锻炼治疗。论跑步，胡小蝶还真是向锦书的好师傅。跑步也要练习弯腰下背劈叉，中长跑不要领先，只要跟上第一名就行，也节省体力，最后冲刺夺冠。结果向锦书真是受教，学校开运动会，她获得 800 米、1500 米赛跑冠军。

　　忽然有一天，胡小蝶说她要结婚了，需要一辆 26 红色的女式自行车陪嫁。男方是现任秦西省委组织部铁部长的大儿子铁六一，是省体育局一把手做的介绍人。胡小蝶说，我不喜欢他，但领导做媒不答应不好。

　　"铁六一，长相好吗?"向锦书问。

胡小蝶拿出一张120照相机照的黑白风景照片。照片上一个男青年穿着军装，在北京天安门前抬头挺胸看着前方。人看不太清楚，但是够挺拔，也绝对不帅不清秀。向锦书拿自己哥哥向和平和同年龄的南伟大哥在心里与照片上的铁六一做着对比后，只能勉强对着胡小蝶说："挺好的呀，革命军人！他在北京工作吗？"

"不是。他比我大五岁，二十七了。刚刚转业到秦西省房地局工作，又推荐上了秦西师范大学。今年暑假毕业，哪来哪去，是大学带工资代培生，毕业后回省房地局工作。"

回到家向锦书把胡小蝶想要女式自行车购买券的事告诉母亲南三军。南三军说，什么票不票的，明天就去你爸爸单位，把那辆给你新买的红色自行车送给她，算随礼吧。你先骑那辆蓝翎旧车子。

等胡小蝶结婚那天，向锦书终于见到了胡小蝶的那位铁六一同志。太不般配了！铁六一甚至有些丑，嘴和眉毛有些歪。年纪轻轻怎么头发还稀疏了。二十七岁的人仿佛奔四了。两人站在一起，远远望过去，个头还算是凑合般配。但是走近一看，就是鲜花与牛粪。

胡小蝶说："铁六一的脸是在部队拉物资遭遇车祸受伤落下的。"胡小蝶的口气里满是对英雄的敬意和尊重。

向锦书读高中时，就下了一个决心：要当个德智体美乐全面发展的五好学生，要加入共青团。家里的政治问题解决了，再不会有政审问题困扰自己。三个月，向锦书就听了七八堂中国共产党马克思主义教育党课，班上第一批讨论，团支书和组织委员就介绍向锦书加入了共青团。接着担任年级板报组组长。她经常周末去学校看看全年级八个班的板报情况，指指点点，像个总编。因为经常与外校打比赛，她每天早上坚持打会儿篮球，很快，身背6号球服的向锦书就成为强有力的后卫，担任了学校女篮队长。她们战绩非凡，常常凯旋。她的关节炎也不治而愈，身高也拔节抽穗一样飞蹿了一个拳头。仅仅一学期她就从第二排一下子调到最后一排，一米六变成一米六九了。她还为班上排练节目《要学那泰山顶上一青松》，十七个男生身穿八路军服装舞蹈，向锦书最后又是跟头小翻跃上人群最顶端，一个亮相。其他班级都是女生舞蹈，男生舞蹈很稀奇。结果是大获好评，全校轰动。都知道向锦书会打篮球，没有想到她还有翻跟头的硬功夫。

这时候，向锦书才感受到当一个好学生明星般的待遇。清晨打篮球，各年级的男生女生都围在球场边。你走过学校的任何一条路，都会有人对着你微笑搭讪。政治老师看考卷名字是向锦书，就说，不给她优秀给谁优秀？物理老师会在考试前重点辅导，高年级的男生会千回百转托人送来情书……这种众星捧月般的氛围，让向锦书升腾起一股自豪与自信。

最惊讶的还是母亲南三军。她已经习惯了学校对向锦书最差生的反馈，突然向锦书拿回来许多奖状，开家长会时班主任老师又大肆表扬向锦书，南三军感觉向锦书这个孩子的上下起伏也实在是太厉害了吧。

当然，相信儿子女儿，是南三军一贯的作风。她经历过枪林弹雨，血雨腥风，自己的孩子自然不会差。她心里惊讶归惊讶，对孩子教育的观点还是，放养！坏，是你的前程；好，也是你的前程。南三军只对革命工作有兴趣，对孩子特别是老三她根本不上心。在那个大跃进年代根本不想要她，可她偏偏来了。而且身体强壮，不给你添一丁点麻烦。眨眼亭亭玉立，现在还楚楚动人。向锦书在青春期的风湿性关节炎，南三军也带她去过几个医院治疗过。后来怎么痊愈的，她当母亲的也不太清楚。

向锦书感觉中学的音乐老师郝玫瑰更像她的母亲，甚至比母亲更亲近。郝玫瑰老师发现向锦书在变声，每天用一枚生鸡蛋打在玻璃缸子里，用开水冲好，加冰糖给她喝，确保嗓子顺利变音。

高中毕业，面临上山下乡。按政策，向锦书可以留城。街道办事处给向锦书一个名额，是西京市西城国营化工厂。坐在街道办事处的会议室里，向锦书意外看见高中同桌王友芳，一个近郊菜农的孩子。城西国营化工厂名单里，居然也有他。

走出街道办，王友方对向锦书兴奋地说了实话："我家有七个孩子，哥哥姐姐都在乡下吃农业粮。父母整天梦想着能让孩子们变成商品粮户口，变成城里人。我是老七，就早早过继给了无儿无女在研究所工作的大伯。作为独子，可以免下乡，现在我还可以在城里工作，达成父母心愿。现在又能和你在一起，真是很幸福啊！"

叛徒！逃避！作假！向锦书对这个往昔的同桌充满鄙视。父母可以背叛，艰苦可以逃避，人生可以作假！这样的人，又有多大出息？还和我在一起？幸福？呸呸呸！千千万万知识青年奔赴农村，下乡有什么可怕?！广阔天地大有作为！到农村去，到祖国最需要的地方去，应该不会错。我怎么就是你的幸福啦？真正有点可笑。

向锦书改了主意，坚决报名到农村去改天换地。南三军想想自己十几岁就上了青山参加游击队，吃糠咽菜打鬼子抗日，天天举着一双盒子枪不觉得苦，还很欢乐，就同意了向锦书的人生决定。南三军说："本来你十八岁已经工作，可以拿工资养活你自己。现在下乡，没有工资怎么办，反正我是不再养活你了，你自己在农村好自为之。"

那个冬天，下着大雪。向锦书带着胡小蝶送给的十斤三新棉被，被学校敲锣打鼓身披红花地送下乡去了。

这一天，西京市一万四千多名应届毕业生奔赴农村安家落户。在关渭地区朝荔县城，一辆卡车一辆公共汽车带着点了名的七十二名知青和他们的行李，奔向黄土塬下的迪村公社。然后逐个下放在沿途的各个大队和站点上。

有个男知青的姐姐一直在汽车里抽泣，一路上紧拉着那个男知青的手，一双大眼睛哭得肿成面包。许多知青父母轮番上前劝说，像是劝对方，又像是劝自己。有女知青回来，小声传说那人不是男知青的姐姐而是他的母亲，那个男知青叫王西京。

向锦书就过去看，感觉母子俩的模样和年纪都不太像。男知青长得细眉细眼，皮肤较黑，很瘦很高，冻得缩着长脖子，高高的鼻子一直在吸溜嘴唇上的清鼻涕。那母亲大脸盘，大眼睛，身材圆墩墩的。倒像姐弟俩。

向锦书没有人送，手里握着胡小蝶在临上卡车前塞给她的三个玻璃瓶子，一瓶是红辣椒油拌红萝卜榨菜丁，一瓶是香油酱油拌豆腐干，一瓶是白花花的猪油。胡小蝶说："这点小意思，到农村就是最好的东西！我下乡支过农，有经验。"

向锦书等十名知青，六女四男，被分配在最偏远的公社淤灌站。每天的任务是查水道、清渠、补渠、放水。冬天要清理渠里的冻泥，等到春灌，保证水渠畅通。

他们到了淤灌站的第二天就下水渠铲泥清淤。冰天雪地，向锦书穿着白色的回力篮球鞋，一跳进水渠顿时冰面炸裂，稀泥糊糊灌满了鞋子。铲泥是个力气活儿。刚开始老站员们只干活不说话，光看着他们城里娃们怎么出洋相。后来才认真教了铲泥的小窍门，拿铁锨借着膝盖当支点，起泥底让冻冰淤泥和水渠分离，然后在冻泥里切小豆腐块，借着渗下来的水朝渠岸一甩，泥块儿一滑就轻快地飞抛上渠外的土地上。这样干，当然不累，还很好玩。以后，向锦书就把在水渠里铲泥清淤叫铲飞豆腐运动。

淤灌站下面的七里地是迪村公社的新型农业试验站，也有二十五个知青在那里和回乡知识青年们一起搞农田科学实验，什么深翻土地治盐碱地，用蜂蜜腌制红枣、大黄杏、红青李子，编麻绳，轧饸饹，培育公本玉米、母本玉米，饲养种鸡种狗种猪种牛种羊等。听说，那里的知青们常常偷吃玉米种子，偷喝羊奶牛奶，杀鸡炖肉煮鸡蛋。在解冻的黄河渭河里捞鱼，捞上游冲下来的柴火树木和漂浮的各种动物。然后就在河边支口大锅，舀一桶黄泥水撒一把盐澄清后，将捞到的能吃的放进去煮，很像煮火锅，大吃大喝，猛吃猛咥。这让没有一分钱的向锦书心生向往，于是约上几个知青星夜去和试验站的知青联谊联谊，打打牙祭。

试验站的知青们也很热情，毕竟天下知青是一家，再陌生，一个城市来的不是邻居也是街坊。其他东西也没有，就在后院鸡窝里摸了几枚鸡蛋，生磕着让他们吸溜。试验站的知青们还问，感觉出来了没？这可都是种鸡蛋，有的还是双黄蛋，三黄蛋，就是双胞胎，三胞胎啊！这是苏村公社的未来计划。枣树下柿子树下李子树下黄花菜地里放养些种鸡，再高价卖出去，很大收入呢！一想到吃了公社的未来财富，还有一吸两命三命的自私，向锦书就开始恶心自己。

明晃晃的月亮照在夜晚的土路上，早秋的风，舒适清爽。试验站的知青送了一车无烟钢煤以示友好，煤里还藏着十几个公本长玉米。再见的时候，试验站的知青说，别客气！你们是水爷，种麦子的时候，多给我们放几分钟水，就非常感谢了。

原来如此，公吃公啊！同在一个城市的感觉如云烟，天下知青是一家的感觉也很幼稚，都被这句交换言辞打翻落地，吹散了。在骨子里，向锦书受父母教育，还是公私分明的。母亲南三军是绝不让女儿从她的办公室顺走一纸一笔一瓶墨水的。她会说，我们给公家，天经地义。我们拿公家，那叫贪污，叫浪费，都是极大的犯罪！

20

　　淤灌站安排人员多是公社回乡知青和复员军人中的年轻人。打篮球是每天下午收工后的运动，这群年轻人打得热火朝天，往往还要挑灯夜战。美中不足的是，篮球场地极不标准，篮板就是两棵树上各钉上一个洋铁桶圈，篮球刚刚可以从铁桶圈里放进去，球必须挑高垂直缓慢下来才可以勉强滑进去。这种篮球打起来对技术要求很高，往往一夜激战都一球难进。除非你高高跃起，双手砸进去，那只有高个子才可以做到。

　　这项篮球运动对于高中曾经是城南中学女子篮球队队长的向锦书来说，可谓得心应手。但是她只是偶尔露露峥嵘，从中场就起步开始三步上篮，如同三级跳远，然后飞向洋铁桶圈，轻挑高送，让篮球顺顺溜溜地跳入篮筐口。如果在后场发球，她轻轻一甩球就到了前场篮下。一旦带球过人，可以左右连甩三人不在话下，脚下闪挪如泥鳅，背后顶滚转身跳投，连跃起来也因为基础好，可以在空中停留片刻定格，自如地挥手翻腕，中指对着铁桶圈吸气一抖，篮球就径直在空中垂直落下，像鸡蛋一样爽滑听话乖乖轻轻滑入篮筐。

　　篮球场上的向锦书，像 6 月渭河上游发大水冲下来的流鱼一样滑溜难以防住。这引起村头巷尾人们的惊叹，就为向锦书冠以"黄花鱼"的绰号。加上她本来就是超级后卫天才，篮球一沾手眼睛就像探照灯一样扫射全场挥斥方遒，俨然是全队的协调组织调度。向锦书一上场，男女混搭，前锋中锋配合默契，因此向锦书在哪边哪边就赢，球场气氛异常活跃热闹，把淤灌站周围村子里所有爱好篮球的年轻人都吸引了过来。篮球运动，星星野火，在公社范围内形成燎原之势。关于"黄花鱼"的传说，也是越传越神。

博得欢呼、喝彩后的向锦书就不打篮球了，多是嘻嘻哈哈在场外做观众，当啦啦队员。闻讯者好奇来战，盛情邀请"黄花鱼"。向锦书就很无奈地说："不能打，会饿的。"向锦书一再推托说："怕打得太欢实了，晚上会饿得睡不着觉。"

"饿了，就去小卖部买东西吃呀！其他知青不是都去买的吗？你不会呀？"

向锦书只能实话实说："我和他们不一样。我没有钱！我妈妈是从不给钱的。"

奇迹发生了。四面八方来看打球的人都不再空手。煮鸡蛋、烤红薯、蒸玉米、蒸土豆，甚至还有酱牛肉、酱驴肉、馍馍……苹果、桃李、鲜柿子、柿子饼……花样繁多。他们来了会拎着这些吃食问三问四，还会像叫亲人一样呼唤："黄花鱼——黄花鱼——，谁是黄花鱼？"这都是给"黄花鱼"吃的！当然不能给错了人。

有本领在身，你就可以吃四方。向锦书也不客气，吃了东西，立马开打。胯下传球，背后送球，声东击西，只打得对方频频换人，还是落花流水。

事情愈演愈烈。乡下文体生活太稀缺了，乡亲们送来请"黄花鱼"打篮球的吃食已经可以供知青灶集体享用了，甚至连清晨担水也免了去井台。为了篮球活动，每天又有人自告奋勇愿意来义务担水，淤灌站又添了两个大瓮。来打球的人也可以喝到开水茶水了。那个挑水的村民对向锦书说："我担水不为别的，就你摆谱的时候，给我一个面子就对咧。"

"噢——能成。"向锦书下次再打球，就一口拒绝，谁说都不行，送的吃食也不要了！直到那个担水村民出面说："锦书——你打嘛，这么些人候你着呢！"

向锦书马上会说："呃，你让我打？"

"嗯！"担水村民连连点头，在胸前抄着双手用胳膊肘推着锦书。

向锦书说："好！看在你的面子上，我打！"

担水村民脸上顿时放出光芒。

有一天，来打球的人们遇到下暴雨，担水的村民就小声地问向锦书："哎，哎，'黄花鱼'，你会唱歌不？"

向锦书笑笑说："如果你明天给我们担两桶白面，我还会唱八个戏呢！"

"莫麻达！明天我给你送。你唱，唱完扯碗宽面吃！"

民间处处藏龙卧虎，你都不知道那些娴熟地道的板胡师傅是从村庄的哪里冒出来的。向锦书一通呀呀呀咦咦咦亮嗓之后，随着小板声打着边鼓点，开始走一段秦腔《三滴血》里娇滴滴的花旦名曲《虎口缘》，再走了一段婉转的眉户二人合唱《梁秋燕》里的《情投意合》片段。向锦书可以和任何一个村民合作……他们唱得情真意切：

    合：   那一天那呀那一天，相亲相爱多呀多喜欢。

    春生：咱二人竞赛闹生产，

    秋燕：看谁落后谁占了先，

    春生：我给咱争取个劳动英雄，

    秋燕：我给咱争取个模范团员，

    春生：互助组农闲了把脚赶，

    秋燕：家中事我给咱来照看。

    春生：我挣下银钱交你管，

    秋燕：我缝下新衣给你穿。

    春生：地里的犁耧、耙耱我包揽，

    秋燕：棉花的摘锄、打掐我承担。

    春生：小叫驴拉耧得喔胡打欢，

    秋燕：我给你拉耧把驴牵。

    合：   劳动能把世事变，小生产变成了大庄园。

    春生：到那时遍地是机器轰轰……满地转。

    合：   有汽车，有医院，常洗澡把新衣换，里边还有电影院，有学校娃娃把书念，合作社买啥真方便，东西又好又省钱。

春生：到庄外，你在看，铺天盖地的好庄田，枣儿红得真耀眼。

秋燕：西瓜梨瓜香又甜，

春生：石榴咧开大红嘴，

秋燕：苹果大得赛冰盘，

春生：梨儿黄，皮儿薄，

秋燕：葡萄结的吊串串。

合：　生活幸福又美满，劳动光芒万万年，哎嗨嗨……哟……咱夫妻喜欢喜欢真喜欢。

这是最受欢迎的。这简直就是知青与农民的大融合，是城里人和乡下人的没有隔阂。"黄花鱼"的名气，随即在公社十里十六村、农机站、粮库、试验站，良种站传开。

"供品"开始升级。绣花袜垫布鞋都是拓着向锦书地上脚印做的，香油、土布、生鸡蛋、黄花菜、干红枣、花生、棉花……源源不断，都说是送给"黄花鱼"的。

到了傍晚，篮球的那一波浪潮过去了。满坡上水渠边的各村男女老少，都来听"黄花鱼"唱歌唱戏，看"黄花鱼"是如何与当地人情投意合地唱眉户《梁秋燕》的，更好奇是想看看这姑娘到底长得啥模样。别人再唱什么李铁梅的《都有一颗红亮的心》、小常宝的《只盼着深山出太阳》那是根本结束不了的，乡亲们不答应，必须听到向锦书唱完《梁秋燕》才散去。

"黄花鱼"在没有钱的乡下过着这么滋润快乐自由富足的生活，她对乡亲们点到的老戏、革命样板戏和电影插曲、流行歌曲基本上是有求必应。担水人就是主持人，他不到，不开张。任你拍掌，敲地，呼啦海叫，担水人一来，全场肃静。

人的本领，应该附体在你的身体里，无论走到哪里，只要入乡随俗，人们喜爱，你就饿不着，冻不着，心里还会很温暖，很幸福。不久，迪村公社书记何应平点名，向锦书被抽调到在公社广播站开始在有线广播上播音了。

向锦书的播音很奇特，一句方言，一句普通话，全公社的男女老少无论清晨还是头晌后晌，都喜欢圪蹴在自家门前的电匣子下面，线绳子一拽，听听"黄花鱼"播音："迪村人民广播电台，现在开始今天的广播。迭春（迪村）日明（人民）广播站，今儿个开始言传。抓革命促生产，大干快干往上干！抓革命促生产，克里马擦得劲干……"

知青们爱听，乡亲们更爱听。晚上书记何应平会兴致勃勃在院子里招些大院子里的人们来唱戏，二人对唱，基本是书记何应平和各站部门领导们与向锦书对阵。

冬天农闲，兴修水利。全公社组织各村青壮劳力都要到县上的黄河水利工地大坝上劳动。各公社都有自己的广播阵地，迪村人民广播站很快名扬工地，成为全县的宣传红旗广播标兵。戏要唱的，唱的都是革命样板戏；篮球也是要打的，各公社的篮球比赛从来没有消停，"黄花鱼"在朝荔全县水利工地上不仅广播得好，篮球技术更是获得众人交口称赞。

地区要举办篮球联赛，县里女篮队缺少好队员，向锦书被选中，在与朝荔县委机关队的一场比赛中，向锦书的基本功和实战临场发挥顿时脱颖而出，已经是朝荔县委副书记还兼任迪村公社书记的何应平发话，让向锦书担当起队长重任，成为主力后卫，是朝荔县女篮队的灵魂人物。

磨合，训练，出击，比赛，总是胜利。为了补充体力，朝荔县对篮球队员是保证顿顿有肉吃的。到了开饭，地席开张。所谓地席，就是在灶房外面的土地上，人们围成一个圆圈，中间摆着饭菜，十个队员围蹲一圈吃饭。每顿都是六菜一盆细玉米糁稀饭。六菜天天换，唯一不换的是朝荔特产红烧酱汁冰糖肘子，管够吃的白面馍馍。

向锦书很高兴！吃得也欢实。四个馒头用一根筷子串起来，一碗玉米糁糁稀饭。那时候，有几道菜让向锦书终生难忘：香油凉拌豆腐干片，盐拌青辣椒丁，大蒜酱柿子醋拌新鲜黄花菜，肥肥的条子肉蒸碗下面大油泡涨的红薯块，芹菜炒红薯粗粉条，莲花白炒肉片，还有那散伙饭是用猪油油渣拌韭菜馅的饺子。

少年业余时间所有锻炼的血汗没有白流。篮球赛结束，临走还领到朝荔县上发的二十斤全国粮票和二百元补助费。向锦书感觉，原来文艺体育都是可以换取好生活的一种生存能力，一种本领。

21

从朝荔县上打篮球回来，向锦书向迪村公社书记何应平要求回到淤灌站去。书记何应平说，淤灌站和试验站都撤销了。迪村公社成立了制作生理盐水的药厂和蜜枣杏干罐头厂，你看想去哪里？

向锦书突然厌倦了被人抬举的日子，她怀念安心宁静，怀念自由自在，怀念无人理睬。那些所有的馈赠，都要用代价和耐心来换取。你接受，需要勇气；你拒绝，同样需要勇气。去乡办工厂？我来下乡，要进工厂在西京市就可以进国营大工厂，何必要来农村进乡办小工厂？

书记何应平问："那你去咱们公社中学教书，怎么样？"

"不去！"向锦书很坚决地说："下乡就是下乡。我想干农活儿，到大田里去学庄稼活路，这才是下乡插队。另外，你们以后少叫我'黄花鱼'。我有名字，叫我向锦书！"

在公社这个地盘上，书记何应平的脸色就是村村队队干部的脸色，只有这个不知天高地厚的女知青，打了球，唱了戏，给个广播就蹬鼻子上脸，有点本事就毛边棱角地胡乱咧咧，不把自己当外人。城里人就是欠拾掇，年轻的城里小知识分子学生更是要好好修理，狠狠敲打。

公社书记何应平干干地笑起来说："好好好，你下乡去，一竿子插到小队里去。"

向锦书去了最偏远的怀村三队，住在一位焦姓的老寡妇家里。这个怀村很大，有八个小队，这里房子是根据朝向按辈分住。基本是根据日头照耀，晚辈住阴面西晒的北房或者住西房，长辈住向阳的南屋或者东屋。焦妈妈的家，大门进来厅间左面放着一架陈旧的落满灰尘的织布机，右面是张矮小的方桌，可以吃饭，也可以让来客闲坐。两间东西屋子门对门。后院是菜园子，猪棚鸡舍，土厕所。焦妈妈坚持让向锦书住东屋，自己搬到西屋去忍受夏天的西晒和冬天阴冷的风头。

秦西省中部地区雨水少，房子都是一边盖。房顶看上去是西一撇东一捺，不是人字，而像八字。

东屋里很黑。大炕占了屋子的一半，床头的大板柜里装着被子枕头。炕上一个小格子窗户里外都贴着白纸。窗户下面一张小炕桌，上面摆着一盏崭新的有玻璃罩子的煤油灯。窗台上放着一个沾满灰尘用墨水瓶子自制的小油灯。焦妈妈说，这里常常停电。屋子大梁上垂直吊着一个二十五瓦的灯泡。青砖地面扫得干干净净。门槛较高，为了防老鼠虫子进来。蓝底白花的棉布门帘子落在门的三分之二处，很好看。

向锦书拉着焦妈妈粗糙的手说："你是长辈，怎么好让我住在东屋你住在西屋呢？"

焦妈妈说："你是贵人，是金贵的人。我心疼你，稀罕你得很！别说住东屋，我就想把你供起来！你在匣子里广播的时候，我就稀罕上你咧。你的声音，真真地让人心疼。"向锦书抬头看见大门里面的门框上，有一个木质方盒子的有线广播，一根绳子上下一拉就是开关。

新的生活，就有新的安排。焦妈妈的两个儿子结婚后分了家，就住在两边的院子里。老大家有一女两儿子，老二刚刚结婚还没有孩子。两边的院子媳妇儿都常常过来串门，闲时焦妈妈也会左右串门去帮助老大老二做些家事。

朝荔县盛产棉花，家家都有纺车，焦妈妈其实也就四十来岁。天天嗡嗡嗡地纺棉线。向锦书很好奇，也开始学习，不久就能熟练掌握要领，纺出来的线很匀称。两家媳妇儿看向锦书好学，也就甘为老师，把焦妈妈放弃的织布机也拾掇出来，开始教向锦书网线、染线、穿梭、织布……没有两个月，孔雀蓝加白线黄线的第一批布织出来了，全村轰动。家家效仿这个花色，一传十，十传百。不久，黄红白的土布也织出来了，白蓝格的土布也织出来了。向锦书最喜欢白蓝格的素雅花色，做夏天的衣服很清爽。这些都是过去村里人没有做出来过的颜色搭配。

向锦书还很有兴致地学习纳十字绣花袜垫儿，学习做布鞋，绣花儿……改造绣花底纸的图案，让久传失真的图案变得活灵活现。少年时期在神牛村学习女红的生活又回来了。

她还向村中妇女学习做饭，擀面条、蒸馍，轧饸饹、摊饼子、烙锅盔，还学会了湲浆水、洗灶台……

一旦学会家中的活路，向锦书就放弃了。她的兴趣来到了地里。工分从每天八个工分开始，摘棉花第一名、锄地第一名，拦水浇地整夜没有过差错，散粪均匀……最后马木生队长来到地里就直吼，你们怎么干的？都跟上锦书的样儿走！向锦书的工分也变成了九分，达到妇女劳力的最高限。

向锦书开始向乡村的男人们中间张望。小队长马木生是个精干人，他每天早上披着件黑棉袄，到村头土坡上的大槐树下，打罢钟就圪蹴着抽上一锅烟叶子，等着上工的人来了派活。男人的大活他派，妇女半大小子的杂碎活路会计派。听向锦书说想来干男人的活，马木生就哈哈哈大笑起来。他跷起右脚尖在鞋底上磕下烟灰说："能成！那你就来试活试活。"

正月十五元宵节一过，青壮劳力就得两个男人一车，或两女一男一车，拉架子车往大田麦地里送肥，土地里有油水了，新年麦子才能有指望。这在农活中绝对是一个体力活，但是向锦书跑得很欢实，一天十八车肥往返高坡麦地，还总是比别人完工得早。马木生队长见状就会大骂其他人，还不胜一个城里的女娃娃，羞先人呢你们！

春天来了，向锦书在菜地里拉着牛站在木耙子上面学习耙地、耧地，学习种各种菜的技巧。

夏天学习割麦子，到了抢收的大场上学习看风向，扫场，扬麦，上垛，装仓，送公粮……

秋天收秋种了麦子就要打机井，向锦书基本是坐在压杆上喊号子。彻夜的灯火，嘹亮的嗓音，欢乐的性格，感染着全村的年轻人。马木生队长经常想，这个女娃咋这么能行？

冬天，她和队上的青壮男人们一起去华山脚下用架子车拉石头固渠，别人一车都是两个男人，或者两女一男，向锦书只和一个男知青王西京就可以拉一千八百斤石头还不掉队。为了节约时间，拉石头的人会星夜兼程，睡在工地等天亮抢先拉到好石头。男人们会像企鹅一样睡成一圈把妇女们围在中间抵御呼啸的刺骨寒风。王西京很自然就睡在向锦书身边。

冬天农闲，村里在城里揽了个活，给学校盖门楼子。村上的两个大工匠过去会带着两个小工去干活。而有了向锦书与他们在公社学校干活的经验，两个大工匠就只想带一个向锦书。四个人分钱，当然不如三个人划算。况且还要回来给村里交钱。向锦书搬砖—担水—浸砖—抛砖，有条有理，节奏分明。她抛的砖刚好在大工砌好转身的时候，一块砖飞上来很舒服地刚好定格在大工可以一把抓住的位置。左一抛，右一抛，大工休息的时候，向锦书就去搬砖，从不停歇。工期总是快速完成。质量第一，速度第一，工分就来得非常如意。

所以，年底，向锦书的工分总是在全村人的全票认可下被评为十分的强劳。她也成为远近村子闻名的好劳力壮劳力。向锦书不再是"黄花鱼"，她有了新的绰号"小伙子"。

到了1977年，高考开始了。第二年向锦书在农村已满三年，一考即中，北京师范大学中文系。乡亲们都说要送她一样东西。大队书记马寿山在支部会议上一言九鼎，委员们也没有异议，全票通过。群众都选举她为优秀知青，名单一路送上去，路路亮绿灯。她从公社代表，成为朝荔县代表，要到秦西省里去做报告。公社何应平书记俨然一个火眼金睛的好伯乐，亲自陪同，派车送向锦书去县上去省里开会。但是在县上开完会以后向锦书不去了。她说："何书记，我不去省上了，我都要上大学了，再当先进不妥，还是让别人去吧。另外，我也不想入党，好像我在追求名利。"

大队马寿山书记很严肃地说："锦书同志，上大学也就是三四年的事。共产党员是一生一世一辈子的事。在中国，你走到哪里，也走不出共产党的天下。共产主义事业，就是要靠你这样的好后代来接班。你接了，就是断了那些好打虚幌子人的路。"向锦书觉得马书记说得有道理，就递交了入党申请书。不久，在马寿山书记介绍下，向锦书加入了中国共产党。

向红旗和南三军知道了向锦书入党的消息，比听到她要去北京上大学还要高兴。这些枪林弹雨中冲杀出来的人知道，他们的后代，在党的培养下，不会向新中国索取，只会再次牺牲自己，捍卫国家来之不易的胜利成果。

马木生小队长让会计快快算账，结果向锦书的工分折算吓了他一大跳。向锦书要领走三百六十斤的纯小麦，或者折合成人民币四十元，这可是国营大工厂工人一个月的工资。向锦书领到粮后，把这些粮食用拖拉机拉到阳凌国家农业基地换回一百株德国优良品种黑李子苗，写了一张字条，交给小队长马木生。字条说："马队长及乡亲们好！怀村人给我的东西已经够多了。这些黑李子苗冬天栽上，三年后会结出高产出口品质的果实。这就算我给咱们村男女老少的礼物吧！谢谢你们培养了我，那么爱护我，甚至宽容我无休止的任性。别说再见，我永远都是怀村人。向锦书敬上。"

向锦书回到迪村公社办完手续，真正走了。她离开怀村什么也没有拿，那床胡小蝶送的十斤三新被子还干干净净地叠在东屋的炕上，留给了焦妈妈。

走过渭河，走过四十里土路，天上开始下雨。从县城的火车站上了火车后，向锦书对检票的中年女列车员实话实说，我是知青，今天没有钱，我要回西京去。

女列车员看看浑身湿漉漉的向锦书对她说："你跟我来！"向锦书坐在列车员的卧铺休息车厢。原来，女列车员也有下乡的弟弟妹妹，她动了恻隐之心。

向锦书就这样湿漉漉地顺利回到西京市。从此，她不再惧怕任何艰难困苦。

22

1977 年 12 月的大学招生为耽误的老三届开路，每个班同学的年龄都很悬殊。有十九岁的应届高中生，有拖儿带女三十五岁已经工作或者下乡插队的年轻人。谈恋爱、结婚，学校基本根据实际情况不太管。1978 年考上大学的向锦书性格很招男同学喜爱，但是这匹野马谁也降不住。那些高谈阔论的人，向锦书讨厌；那些没有自知之明的人，更让向锦书厌恶。拉锯扯锯了一些人后，向锦书厌倦了，把恋爱放在一边，开始专心读书。

向锦书考上大学，让已经离休的南三军很开心，她每次来北京都要给女儿带好吃的。有同学问南三军："阿姨，您又给女儿带好吃的啊！"南三军会说："我这是关心大学生，给四个现代化做贡献呢！"搞得同学们很惊讶，向锦书也很难堪。南三军不是装的，她是由衷的。只是同学们来自五湖四海、各个阶层，这番话听上去很官话，像个马列主义老太太。

放寒暑假，向锦书回到西京市，南三军会物色一堆西京市的对象来让向锦书认识。什么战友的儿子，人托人认识的大学在读研究生等等。向锦书火冒三丈，感觉自己成了大学生就成了家中货架上的好商品，任人挑选，见面。有个公派海外的人陌生得很，但是寄来的信如资料一般厚。万语千言，千言万语，都在说什么？向锦书很奇怪，我认识你吗？

还有个上了国家重点大学的，今天来，明天来。来了就是家政服务员似的当着搬运工，既买蜂窝煤又买粮食蔬菜。每个寒假暑假回到西京，向锦书的固定节目就是与陌生人见面相亲，不是在公园散步，就是在城墙上观风景，要么就是在池塘边钓鱼。更可笑的是有一个南三军非常满意的"三高"青年——高学历，高知家庭，高工资。第一次见到向锦书就邀请周末去见他的父母及七大姑八大姨，还没有留下联系方式，在骑自行车过十字路口的时候，他竟然闯红灯，径直吹着"我们都是飞行军"的口哨仰着头疾驰而去。

我很需要这些吗？向锦书回家就沉默了，也不太与父母说话。一进自己房间，就把门反锁住，防止他们进来询问东西南北。

有一天，在迪村插队的几个知青聚会，那个瘦瘦高高的王西京喝醉了。他说的醉话被知青们之后传为笑话。因为他说，他将来想娶向锦书为妻。

王西京从来就没有进入过向锦书的视野。这个话才让她慢慢回忆起这个人。下乡那天，就是他的妈妈哭哭啼啼被大家认为是姐姐在为弟弟伤心；试验站夜晚偷鸡蛋就是他打着手电筒带的路；去公社打篮球打到县上他们是一路同行的；有一次，知青们游泳渡河偷西瓜，像个黄泥汤人回来的向锦书里里外外换上了他的衣裤。后来听说知青转场他去了迪村公社制药厂，一场意外蒸馏水锅炉爆炸伤了脸，他回家养伤一年，后来就当兵到部队去了，兵种是炮兵，还去老山前线打过仗，火线入党。转业后，在火车站广场当交通警察。

酒醒后，王西京很后悔自己的酒后失言。马上与领导交涉申请，离开了繁华热闹的火车站广场，去东郊博物馆人烟稀少沙土飞扬的十字路口当交通警察。他怕再见到向锦书，无颜面。知青们却传说王西京不见了，之后谁也没有在火车站再见过王西京，这让向锦书感觉很奇怪。

向锦书约了艾策策去王西京住的家属院。一进院门，迎面就在自行车保管站遇到了王西京和他的妈妈。王西京并不以为母亲看自行车就怎么样不好，还很自然地接待了她们。并一直在帮助妈妈取牌子，擦自行车，帮助来人取车，收费，整理，确保自行车整整齐齐。来人对他们母子都很客气，称他妈妈为"雒嫂"。有人还放些水果，蔬菜。收的费用，每辆也就是二分钱。

艾策策说，这家人可真够穷困的。

但是，经过两度农村生活的向锦书不在乎，她居然可以默默帮助王西京母子擦车子，整理自行车。她不觉得穷困有什么低矮落差，她相信，劳动可以创造一切，勤劳总值得敬佩的。

下过乡，打过仗，是党员，又有一米八三的身高，有固定工作。向锦书决心嫁给王西京，要把他的颜面从知青们中间拾回来。在一次去纺织城参观的路上，向锦书忽然在汽车上看见了博物馆十字路口上高大帅气的王西京正在威风规范地指挥车辆。她立刻跳下公共汽车，快步走到路口的岗台前。他们在远处相互对视着。下岗后，王西京给向锦书买了一个肉夹馍，倒了一杯开水。晚上，他们在古老的明代城墙边的细雨蒙蒙中订下终身。

周末，向锦书和艾策策一起去王西京家吃饭。两个大搪瓷盆装着凉拌菜和白水煮的拆骨羊肉，一簸箕馒头，放在一张炕桌样的小方桌上。

同去的艾策策以闺密的口气建议说，锦书，你绝不能嫁给这个人。他家太穷了，两张光板大床，连一个柜子一张写字台都没有，太不配你。

婚姻生活，其实就是平地起高楼。对象不是找来的，而是你是否找到了自己。向锦书渴望独立的空间，渴望有支配个人生活的自由，她感觉羁绊约束比贫穷更加让人痛苦。王西京对向锦书说："你和我结婚很可能会要饭的。"

向锦书笑了，说："起码你的服装是国家发的，节约布票不用买布。吃饭有食堂，工资总是有的。怎么会要饭呢？有我，你要饭都会笑出声来。"

他们在西京皇城中心人民街三巷里租了一间小平房，一床一桌一柜子。尽管厕所是在巷口的公共厕所，倒垃圾还要走出三巷口，走出人民街，转到荣辉巷的公共垃圾台。但是，那种不再被父母监督，自由自在的感觉真好。他们彻底脱离了大人们唠唠叨叨的无休止的教导和约束。

向红旗和南三军都不同意这门婚事，还差点气得背过气去，宣布婚礼娘家人全部不参加。陪嫁就是一辆骑旧的英国蓝翎牌自行车。当向锦书自己打开门要走出家的时候，向红旗对向锦书说："老三，以后这个娘家就没有你的床了！你要好自为之。"

结婚的宴席十桌。娘家的四张喜桌是空的，只有胡小蝶和艾策策两个人参加。向锦书连一件出嫁的红衣服都没有，深蓝布底白碎花的中式棉袄是向锦书最女性化的衣服。一条红绒围巾，黑呢子喇叭裤，坡跟包边黑布鞋。盘起的头发上卡着艾策策在黑发卡上用红毛线团起来的两朵红绒花。

婚后，王西京感觉向锦书嫁给自己是受了委屈的。就想旅游一趟补偿一下。公公王承运一听小两口要去旅游，就说："好哇！外国人都来咱这看帝陵，你们就去帝陵去旅游旅游吧！给，十元钱，够不够？"婆婆雒窗花说："十元，太少了。"

向锦书大笑起来说："十元去帝陵，足够啦！"

他们骑着蓝翎自行车，换着带人，去了帝陵、玉清池，登上黎山，在山亭休息。看博宠妃一笑的座座烽火台。自主的婚姻，很自由。

向锦书在最后一学期做毕业论文时怀孕了。毕业实习全班要去外地调研考察，向锦书没有去，专心写论文，论文题目是《论诗歌重叠性的作用》。她很规律地吃饭，去北京图书馆查阅资料，中午在户外晒太阳，傍晚边在公园散步边思考论文。论文写得非常流畅，从《诗经》里的歌谣，到唐代众杰群雄的或婉约或豪放的诗歌；从宋代简朴简约的词到清朝的小说巅峰《红楼梦》里的诗，以及民国白话诗歌的崛起；从红色革命诗歌的宣传引导性，到外国同时期各国诗歌反映的国家共命运……她在笔端证明着诗歌是文学皇冠上熠熠发光的明珠。在论文答辩会上，她用大量诗歌引经据典，特别是萧华的《长征组歌》，贺敬之的《回延安》，鲍狄埃的《国际歌》……耳目一新的讲解，让在座的老师和同学们一起站起来为她精彩的毕业论文论述鼓掌。

毕业分配，向锦书为了王西京只想回到秦西省。分配名单里面有一个去秦西省体育空间杂志社的编辑名额，怀孕的向锦书如愿被分配到秦西省体育局。

殊途同归。母亲南三军已经离休，曾经的打字员胡小蝶当上人事处副处长，她和铁六一的儿子铁毛毛已经七岁，上了小学。卢佩云教练在机关做着保健工作，也到各处室帮帮忙。

她们姐妹终于在工作中重逢，可见人间之大，世界之小。她们第一次见面就是胡小蝶副处长千里迢迢进京来学校领人。姐妹相见，异地遇故知，双手紧握，四脚乱跳，大笑拥抱。处长不像处长，学生也不像学生。

向锦书刚到体育空间杂志社工作，党支部就成立了。她被选为党支部组织委员。三个月后的春天，儿子王一十出世。

向锦书想起和王西京插队时，大家都才十八岁。他身材庱高，脸很黑，常年戴着一顶小白帽防土，与人讲话没开口就脸红，一副腼腆可笑的样子。要不是那年春节，迪村公社知青好友大聚会，警察王西京同志一扫当年羞涩，豪放地与大家喝酒敬酒。结果喝遍全体无敌手，那天他像个英雄一样引人注目。不知谁问道，你有对象吗？他骄傲地点点头，猛然拉起侧耳倾听的向锦书当众宣布，我将来要娶她为妻！那时向锦书还不知道自己将来的生活是什么样子呢。

向锦书将这份从天而降的信息报告父母向红旗南三军，他们当头就给了向锦书一瓢凉水："一口浓重的方言，又没有大学文凭，你靠他什么？"姐姐向云雪也在一旁敲边鼓："瞧瞧你俩名字还真像一家人呢。一个具象，一个抽象。就是一座北方城市里贴着一幅南方标语，相得益彰。"

名字怎么了？地域怎么了？向锦书在心里嘟嚷着去找王西京。他母亲雏窗花正因椎间盘突出卧床牵引。一位医生正准备给病人在腰部拔火罐，王西京便顾不上向锦书，连忙和弟弟王安京一起为母亲抬身体。他们那么自然，那么亲切。当医生点火时，王西京又一次次俯下身去问母亲："疼不疼？烫不烫？"

这一幕真是令人感动。向锦书不要表面起点很高的家庭，也不要找对象仿佛是在收集全世界赞赏的语言。向锦书决定：嫁给王西京！

有一天，向锦书问他为啥叫王西京？他眨眨细细的眼睛很认真地告诉向锦书，他其实原来叫王安德，因为出生在秦北安德县。母亲雏窗花跟着父亲王承运随军来到西京后，觉得这座城市又大又好，于是就改了名字。

"那你家搬到北京，你是不是就要改名叫王北京?"向锦书戏谑说："如果你再出国去了伦敦或者爪哇岛，你是否还要叫王伦敦、王爪哇呀?"

王西京笑弯了腰。向锦书不笑："我总算明白咱俩的名字不像一家人的根本原因了。无论从南到北，由上至下，我向锦书都没有因环境变迁而更改名字。你知道我父母在名字上给我的教育是什么吗?"

"什么呀?"王西京漫不经心，含笑而视。

"是从一而终，坚定不移；是金鸡独立，举世无双。而你知道你父母在名字上给予你的是什么样的教育吗?"

"是什么?"王西京惊诧地努力将细眼大睁，洗耳恭听。"就是喜新厌旧，见异思迁。"向锦书将拳头举起来在王西京眼前一挥说："嫁给你真是太危险了!"

"行啦，别闹了!"王西京用大手一把握住向锦书的小拳头，像抓住一个苹果似的装进了大衣口袋。

南三军感觉向锦书在婚姻问题上很失败，小女儿这么好的条件，怎么就下嫁了马路橛子?南三军她是忘了自己在古阳县神牛村曾经发愁女儿连农民五保户都嫁不出去的往事了，向锦书可没有忘记。那是人在少年初次面对婚姻话题时，最刻骨铭心的教育。

23

　　一天，王西京回到家里痛哭起来。原来，王西京在工作中发生了一件事情。他在工作时，将右腿跨在三轮巡逻摩托车的副斗里，在当街与人聊天被西京市公安局流动督察队拍照，停职检查，还撤销了刚刚提拔的小队长职务。

　　向锦书劝他别哭了，还问："那单位现在让你干什么呢？"

　　"每天朝九晚五，在中队驻地操场上，给群众新买的自行车砸钢印。"

　　"那你就好好地认真地去砸钢印呗。又不用早出晚归地出警，工资也不少一分钱，何乐而不为？哭什么？难道你还是很愿意早上5点起床去报到，11点回来，再下午3点去报到，晚上11点回来？你愿意，我还不愿意呢！犯错误好！犯错误可以朝九晚五，咱们就可以常常见面了。"

　　"再说了，摆弄自行车也是你妈妈教给你的老本行嘛。你知道吗？我第一次去你家遇见你和妈妈摆的非常整齐干净的自行车，都吓了一大跳呢！原来自行车可以这样规整，亮丽。为人民服务原来可以这样地全心全意，完全彻底！那一刻，我就喜欢上你和你的妈妈了！小队长是个什么玩意儿？又没有正式的任命书。你啊，是一个将来可以当公安局局长的人！我相信你。"

王西京开始神清气爽高高兴兴迎着太阳上班去，每天又对着晚霞快快乐乐地回家来。白天工作时，王西京牢记母亲教导，摆好每一辆车，在下雨时要给自行车座罩上塑料袋，就像爱护自己的"二八"自行车一样。那些放在交警中队来砸钢印的自行车，在太阳光下，陪着他，看着他，整整齐齐，闪闪发光。

王西京的认真工作，谁会看不见呢？一个人的素质，不是在顺利的时候发现，而是在逆境中的严肃认真中体现。王西京的人生转机就在这个下午发生了。

市公安局政治部主任来找交警中队长借调个人到人事处帮帮忙。有四十个违纪警察要被开除离开警察队伍，调查，谈话，是个政策性很强的工作，加上又有几位老同志马上退休，政治部主任就想在基层找个人来帮帮忙，如果表现好，就可以留用在人事处。

而中队长刚好不在，偌大的大院就只有一个廋廋高高的小警察在抄抄写写，忙忙碌碌，给崭新的自行车砸钢印。自行车摆得太整齐了，很像天安门前整齐划一接受检阅的方阵。砸过的，没有砸过的。群众来取自行车，这个小警察都是笑眯眯的，接过自行车钥匙，热情地打开车锁推过去，还从座下取出棉纱擦一擦，群众的笑容灿烂如花。政治部主任就想，他怎么会这样快乐呢？

反正也没有事儿，政治部主任就踱步过去。小警察立刻站起来问："您取车子吗？"

"不是！我要等个人。"

小警察就跑步去给他搬来一个小板凳，倒了一杯水，让他坐在自己身边。

主任问小警察："为什么会派你在这里干这个呀？"

"噢，我犯错误了！我在大街上太随随便便，违反了警风警纪，影响了公安形象，小队长也给撤了，正在这里反省呢。"小警察的笑容很可爱，细眯眯的眼睛里没有一丝不高兴。

"那你就没有情绪吗？"

"没有！这样挺好的。我刚刚结婚，不用早起晚归，也不用吃土吃灰尘，都是工作嘛，在哪里都一样，钱又不少一分。"

"那你的自行车怎么摆得这么整齐？"

"我妈妈就是在家属院里看自行车的。妈妈说，自行车是每一家的大家具，要爱护好，才对得起人家对咱们的信任。"

政治部主任看见小伙子登记簿上的楷体钢笔字写得很漂亮，就问："这字你是和谁学的？"

小警察笑笑说："可能是爸爸遗传的吧？我其实在学校学习很烂的，属于坏学生一类。"

等中队长回来后，大步迎上前来叫了声："啊呀，大主任！"小警察王西京才吓了一大跳。

命运就是这样神奇而又莫名其妙，王西京突然就被重新分配了工作，还由交通民警调到西京市公安局心脏部门——政治部，在最重要的人事处担任起调配干事的工作。

在王西京去报到的那天，向锦书兴奋地打电话找王西京问情况。她很高兴！他终于可以一直朝九晚五了。

总机问："你说的这个王西京他是哪个部门的呀？"

向锦书说："不太清楚。"

于是总机给她转到干部处打听，待向锦书报上大名，对方说："哎呀，这个名字在我们局就有五六个呢。"向锦书的心顿时沉落。

"这样吧！"对方很热情地建议道，"你讲讲这个王西京的体貌特征，我或许能帮助你。"

"噢，算了。"向锦书好扫兴，谁愿意找丈夫也如同寻罪犯一样，还要向警方提供什么体貌特征。

回到家向锦书要求王西京更名。王西京却淡淡地说，叫什么名字都无所谓，只要日子平安就行啦！

《西京晚报》有天在《钟鼓楼下》栏目中，刊登出两则表扬民警王西京的小稿。一则是《路见歹徒英勇搏斗光荣负伤》，另一则是《扶老携幼助人为乐在世雷锋》。这两个王西京都不是他，向锦书知道那只不过就是公安局里的那五六分之二。但街坊邻里亲戚朋友和编辑部里的同事们可不知道，纷纷向向锦书祝贺。一连数天，向锦书都是在"不是

112

他!""不是他!"的解释中度过的。

二姨南小金见到报纸后还来信对南三军语重心长地说:"小妹,由此看来小王还真是个好孩子,当年你们做父母的不同意这门亲事,事实证明是错的。如果他真的负伤,可要好好休养,以免后患。"

时隔不久,全城内外张贴出画红叉死刑犯王西京国庆节前要枪决的告示。一时间又是来探望又是来电话,解释与摆手又要不停不断。有让向锦书一刀两断的,有劝向锦书向前看的,还有想给她做新媒的……日日夜夜,夜夜日日,忙乱得真让向锦书哭笑不得。这日子还平安得了吗?

儿子出生时,王西京乐得手舞足蹈,翻遍词典为儿子起名字,但向锦书都不同意。

"那孩子叫什么呢?"王西京问道。

"王一十!"向锦书早想好了。向锦书希望儿子简单,靠自己独有简单而平凡的名字在世间顶天立地。儿子以一当十,三笔写一个名,十全十美。

王一十四岁那年的大年三十,又是王西京值年夜班。团圆日三缺一,家里还有什么气氛?沉闷中,向锦书给孩子讲故事,教他写爸爸妈妈的名字。儿子王一十学会后就闹着要出去看爆竹彩炮,要乘公共大汽车去找爸爸。

向锦书无奈抱他出门去乘坐公共汽车。春节的古城之夜,五彩斑斓,灯光璀璨,真美啊!向锦书和儿子王一十轮换从公共汽车起点到终点,再从终点到起点,在无人乘坐的公共汽车上惬意欣赏中,坐遍全城东西南北。

儿子王一十特别高兴,他很惊讶怎么到处都是爸爸各种各样精彩艳丽的名字。他对着那些红红绿绿、大大小小、忽明忽暗的霓虹灯,一惊一乍,又呼又笑,又拍手,指东点西。

在没有爸爸陪伴的节日夜晚,突然意外地让孩子每时每刻都感到了爸爸的存在,向锦书很开心。"妈妈呀!——"儿子忽然仰起头问向锦书:"为什么只看见爸爸的名字,怎么没有你的名字和我的名字呢?"

向锦书心中喷笑,侧视窗外掠过的满目"西京",告诉儿子:"没有妈妈的名字，没有你的名字，是因为咱们在休息，爸爸还在上班啊！只有上班的人，才有彩色带灯光的工作值日牌呢。就像你们幼儿园奖励给你们的小红花一样。"

王一十欢快地说："大人的小红花，真漂亮啊！我要快快长大。"

24

女人结婚后最难相处的人就是婆婆公公。向锦书的婆婆雏窗花、公公王承运却给了向锦书大地一般的宽厚与温暖,将她的心彻底融化到家人的大海绵里。没事儿闲聊,无话不说。婆婆讲,女儿是别人家的,儿媳妇才是自己家的,这是秦北宝德老家祖祖辈辈的老话。向锦书感觉这个老话非常温暖。

来到婆家无拘无束,向锦书才知道婆婆雏窗花还是个烈士后代。雏窗花的大伯雏应起1934年参加革命,是绥德县苏维埃政府仲裁部长,相当于现在的县法院院长。在雏应起指挥的1938年正月红军大部队东渡黄河北上抗日的船上,雏窗花的父亲雏应忠光荣牺牲了。因雏应忠是前锋,是东渡黄河第一船的掌舵艄公头,日军的子弹射在雏应忠的胸腔,雏应忠流血而亡。县志里记录下雏应忠是高大魁伟的黑脸汉子,笑起来有一口很白的牙齿。

那次东渡时间虽然紧迫,能干的大伯雏应起还是带领村民在不到四十天的时间里建造了八艘柳木大木船,每船可以承载三十多人。还组织四十里以内大小村庄的村民家家户户磨面碾米给红军准备干粮,组织三十名路线熟悉的精干男青年给红军带路,并确定在河西枣林坪镇南面的沟口村日夜抢渡黄河。他们顶着枪林弹雨,用了七天七夜的时间,八艘大木船不停摆渡,送走几千红军,让红军顺利地渡过汹涌的黄河激流,到达山西。

那个时代，你是烈士之后又怎么样？女儿，你总归是别人家的媳妇。雏窗花从小帮助母亲里里外外地干活也是吃不上一根白面条的。安德人认为，媳妇是自家人，女儿是别人家人。雏窗花能看到白面条，却吃不到白面条，她能尝到白面条的滋味，都来自家中的哥哥。她的哥哥雏子华便是后来竖起"敢为天下先"丰碑，建设起安德千狮大桥的县委雏书记。

每次母亲给哥哥捞下面条，哥哥都会给雏窗花使个眼色，然后偷偷跑到窑外面母亲看不到的地方去，挑几根给妹妹吃。有一回，哥哥又在窑背上偷偷给妹妹吃面条，走过来一个八路军小战士，他看到兄妹俩分享面条的这一幕，感慨地说："你们老百姓把最好的精细粮食都给了我们部队，自己却没有白面吃，真是好群众啊。等全国解放了，你们就可以天天吃上猪肉炖粉条就白馍了。"

雏窗花睁着水灵灵的大眼睛赶紧问："那女儿家也可以吃吗？"

瘦瘦的小战士看了只有十岁左右的雏窗花一眼，立即从挎包里掏出一个雪白的馒头说："小妹妹，你现在就可以吃到！咱们解放区，男女平等。"

嫁个什么人呢？在红色家庭的影响下，十岁、聪明能干的雏窗花就被已参加革命的哥哥雏子华送到安德师专烧开水。那时的姑娘家家，人人都有硬任务，闲暇时间要赶做军鞋支援八路军抗日。雏窗花做的鞋很特别，鞋底子是平纳底，底子上有鼓起来的麦颗花纹，麦颗花纹形成四个具有爱情宣言性质的大字：革命，跟你。鞋面上还左右各一地绣着一粒很小很小的红豆豆。这是一个记号，十岁的雏窗花想，等我长大了，我一定要嫁给一个八路军战士，当个光荣的革命军属。如果有缘分，他就穿上我做的鞋，来找我吧！

1938年刚过完年，黄河上冻，就有消息传来，日本鬼子要在黄河冻实后，进犯延安解放区。沿河老百姓齐心合力保卫解放区，河边村庄的乡亲们都被动员起来，捞河柴、割野草，抱麦秆、高粱秸、砍树，架柴……寒冷的冬天，人心却是万般温暖。

黑夜里，沿河都是忙碌的人影。眼看着黄河河心就要被冻实，军民协力，雏应起一声号令，火把即刻点亮了黄河两岸。八路军枪响炮轰，火光冲天，冰消雪融，浪涛翻卷，黄河两岸的火龙通天飞舞，映红了安德县沿河的夜空，宛若民众不是在战斗，而是在过一个军民同心的狂欢节。

那是雏窗花一生中观看到的最美的夜景！黄河两岸的火龙在夜间大地上飞奔。人头攒动，火龙狂舞，八路军战士在火光之间跑动，火光一闪，她忽然看见了一颗红豆。

雏窗花大喊一声："我的军鞋！我的军鞋！"

一张英俊的小脸转向了她，看着她。他就是给她人生第一个白馒头的那个细细瘦瘦的娃娃兵。这是一位年龄比她大不了几岁的少年八路。雏窗花急忙追过去拉住他。

雏窗花说："你穿的鞋是我做的！我做的！"

八路军小战士笑了，他举起拳头说："革命！"

雏窗花说："跟你！"

黄河岸边的细沙土滩上印满了他的脚印——革命！跟你！

日本鬼子想从冰上过黄河的美梦，被安德军民齐心合力的黄河火龙击得粉碎。但是，少女雏窗花的爱情之火却被那一夜冲天的火光点着了，燃烧着，再也扑不灭了。

雏窗花开始四处寻找她的红豆哥哥，那个曾给过她一个白面馒馍英俊的八路军小战士。不用费劲，她就在县城北边的安德八路军警备司令部门口发现了她的红豆哥哥。一打听，他叫王承运，是警卫排的战士。他整天腰板挺直，目不斜视，日夜轮班为首长站岗呢。

从此后，王承运这个名字，就像一团火燃烧在少女雏窗花的心坎上。警卫排最多的事情就是跟随领导，为领导站岗。每次王承运站岗的时候，雏窗花就睁着一双水灵灵的大眼睛，穿上最鲜艳的红红绿绿的衣服，远远地坐在崖畔上瞭望着小战士。仿佛永远都看不够他那全神贯注挺胸抬头的姿态，望不尽他挺拔如小白杨的模样。

恋爱中的雏窗花也不耽误做军鞋的时光，还时不时唱唱信天游、小曲儿什么的，最爱唱的还是那首《沙梁梁上站个俏妹妹》：

沙梁梁上站了个俏妹妹，

惹的那个喜鹊满呀么满树飞。

白格生生脸脸，

柳呀么柳梢眉，

双了辫辫一（了那个）甩，

扭呀么扭嘴嘴。

哟嗬嗬！

啊毛眼眼望断黄呀么黄河水，

爱你恨你几回回，几呀么几回回。

黄土坡坡站了个傻妹妹，

爱的那个后生不呀么不想回。

黄（了）沙（了）飞大漠，

一呀么一块被，

死死活活不分离，

不呀么不分离。

哟嗬嗬！

啊毛眼眼望断黄呀么黄河水，

爱你恨你几回回，几呀么几回回。

啊毛眼眼望断黄呀么黄河水，

哎呀我的那个小妹妹

咱们两个一搭搭里回

哎呀我的那个小妹妹

咱们两个一搭搭里回

　　王承运远远看见她，天天听见她唱的信天游，权当是看见了天边的红霞，心里美滋滋的。但是面孔还是那么严肃认真，身体像雕像一样纹丝不动。他是革命战士，他要站好岗。

　　时间一长，王承运下岗后也会跑去看看雏窗花。他会背靠大树轻轻拉住雏窗花的手，唱唱信天游。王承运唱起《沙梁梁上站个俏妹妹》，当然更加有魅力。王承运有时还从衣服兜里掏出些驴肉、红薯、土豆、花生、白馍馍……自己舍不得吃，省下来都送给雏窗花。他总是定定地看着雏窗花吃，让她慢慢吃。这个时候，王承运就会一脸自己很能行的幸福模样。雏窗花也是心花怒放的。那时候，王承运和雏窗花唱得最多的就是《三十里铺》，那是当年老区最为流行的信天游。雏窗花觉得，这里面的歌词就是为她和她的红豆小哥哥王承运写的。

1948年3月，毛主席下令再次挥师东进战略大转移，从堡川渡口东渡过黄河去，解放全中国！黄河岸边站满了乡里乡亲，他们去送八路军。半夜里，雏窗花挎着蓝花花布的小包袱问大伯雏应起："大伯，大伯，你看到我的红豆豆鞋了吗?"

大伯雏应起不懂侄女这是什么意思，雏窗花又因羞涩不好意思直说，就硬挤上雏应起他们渡河的羊皮筏子，拽着粗麻绳钻在羊皮筏子下面，冒险过了黄河，去跟随她的红豆小哥哥王承运了。这就是秦北安德的女娃子，认准了相好的亲哥哥，我就千里万里地跟随你到天涯海角，吃啥苦也不怕，受啥罪也不气馁。认准了一颗心爱的红豆：革命！跟你！

雏应起看见了羊皮筏子下面的侄女，只说了一声，拉紧紧的！我送你咧！苍天有眼也落泪。河边乡亲们唱起信天游《叫声哥哥你带我走》：

　　我为你备好钱粮的褡斗

　　我为你牵来灵性的牲口

　　我为你打开吱呀的后门

　　我为你点亮漫天的星斗，漫天的星斗

　　你带我躲过村口那黄狗

　　你带我走过十八年忧愁

　　你带我去赶长长的夜路

　　你带我去看东边的日头，东边的日头

　　我和你今年咱们俩是兄妹

我和你明年睡一个炕头

不管丢脸，不怕羞

叫声哥哥你带我走

叫声哥哥你带我走

4月4日，部队到达西柏坡。整顿，学习，练兵……雏窗花风餐露宿地跟着。她知道部队有纪律，也不敢闪面。她逢村讨饭，帮人打零工，仔仔细细打探部队行踪。

1949年3月25日，解放军和平进驻北平。

10月1日，中华人民共和国正式成立了！中国人民当家做了主人。王承运跟随部队开拔来到西京市驻守中国的大西北，雏窗花也终于熬到了能与王承运正式结婚的好时光。她甚至把娃娃们的名字都想好了。老大叫安德，老二叫北京，老三叫西京。生活不就是这么走过来的吗？名字，就是纪念，纪念她的婚姻生活历程。

可是，结婚以后任王承运、雏窗花怎么折腾，雏窗花也怀不了孕。王承运急了就会说说怪话。他对雏窗花说，这铁杵也该磨成根绣花针了吧，你的皮就没有磨出茧子来？

雏窗花不好意思起来，她也不愿意，她也想要娃呀，可是这娃就是不来。谁也不知道问题到底出在哪里。雏窗花很生自己的气，倔倔巴巴地收拾起蓝花花小包袱要回秦北安德老家去。雏窗花说，我总不能耽误你老王家的香火。女人不生娃，那就是个石头！石头怎么会起茧子？举着你的棒槌，和别人磨绣花针去吧！我不能行，我走！

王承运是左拦右挡，也没能挡住这个要面子的秦北倔女子。他只能好言相劝地说：窗花呀，那你可就一定要回到咱姐姐王玉川家去。嫁鸡随鸡，嫁狗随狗，你可是我王家的媳妇儿呢。

120

25

等雏窗花回到安德黑家洼姐姐王玉川的家里，一把鼻涕，一把眼泪地喊冤叫屈地哭诉完。在王承运姐姐王玉川的仔细盘问下，才恍然明白过去生活不好，没有营养，身子弱孩子不易坐胎。

王玉川拿了收藏的一筐子红枣一袋小米说："妹子，咱们老家的红枣小米最补养女人的身子了。你拿上多吃些，带回去，补补血气！还有这些鸡蛋你也带上！吃好，才能养好。"晚上，王玉川做了一大锅的羊肉汤，不断给雏窗花舀着吃，让她喝，好像是给王家未来的孙子喂牛奶。

回到黑家洼的雏窗花白面、炼乳、红枣、小米、鸡蛋、羊汤地顿顿补着，身体渐渐强壮起来。等雏窗花再次回到西京王承运的身边，两个人再续幸福，不久便怀上了孩子，雏窗花终于铁树开花。娃娃叫王安德显然很土，西京这座城市又大又好，而且真正的好生活不就是图个平平安安吗？于是大儿子王西京，小儿子王安京相继出生，一家子和乐融融。

虽然身在西京，雏窗花却怎么也忘不了安德黑家洼老家。她觉着，再好再大的城市，也没有老家好！那里有窑洞冬暖夏凉，那里有树林树影婆娑，那里有自己苦难的童年与辛酸的少年生活，那里更有自己激情飞扬的青春以及战火中诞生的出生入死的爱情。王西京，王安京，就是一个异地生活的念想。雏窗花心说：人们唱《三十里铺》只知道王凤英是四妹子原型，却不知道那个时代，秦北有多少四妹子，站在窑垴崖畔上，想着，望着，盼着她的情郎三哥哥。

姑姑王玉川也常从秦北下来到西京弟弟王承运家串门。亲戚们走动把家的气氛搞得很热闹。向锦书感觉姑姑真是她见过的最美丽的女人啊！但是知道了玉川姑姑一生的经历，向锦书彻底只有敬佩的分儿了。

玉川姑姑一辈子生了十个娃，前七个是男娃，后三个是女娃。那七个男娃可个个赛吕布，高大威猛；那三个女孩可个个赛过貂蝉，美貌如花。乡里人啊，本没什么气质，天然的美貌却是谁也无法剥夺的。老八女子富贵大气，老九女子苗条秀气，老十女子机灵俊俏……按常理，生了这么多娃，八十岁的玉川姑姑该肌肤黧黑皱纹满面，可玉川姑姑却有着八十岁女人难得一见的好看：一头银子般的白发，一张白净的面庞，一副挺直的腰板。每每玉川姑姑走过安德街道，大人小孩总爱和她打招呼，而她则眯着眼先看一下人，而后便微笑起来，眼角的皱纹这时便像两朵盛放的菊花。

玉川姑姑还是安德城闻名的要强人。童年时玉川姑姑的母亲因难产而死，父亲重娶，后妈容不得玉川姑姑，便将十一岁的玉川姑姑许给一家八岁的男孩当童养媳。玉川姑姑十五岁了，眼看与小男孩圆房的日子就要到了，男孩家派玉川姑姑去城里的大马厩租三辆大马车来拉参加送亲的亲戚邻居，在结婚的那日用。玉川姑姑正在选车，却见一骑着高头大马胸前挂着望远镜的青年进了马厩，正痴痴地望着她。这一发现，让玉川姑姑的脸上开满了桃花。玉川姑姑心慌意乱地放下马车定金后匆匆离去。

那青年一边目送玉川姑姑走远，一边向伙计打听这面若桃花的女子是谁。这一见钟情改变了玉川姑姑一生的命运，因那少爷是安德郝家银庄的大少爷郝恭亮。郝家银庄家大业大势力也大，在安德城是数一数二的名门望族。这天晚上，郝大公子乘着爱的火焰，敲开了小男孩的家门，他用一把银票解除了玉川姑姑与小男孩的童养媳婚约。没过几日，郝大少爷就将玉川姑姑娶进家门。结婚后，二人情甜如蜜，形影不离。郝大少爷走哪都带着玉川姑姑，即使到南方上大学，也带着玉川姑姑随行。后来郝大少爷要去海外留洋，玉川姑姑又生养下好几个孩子，拖家带口的实在不方便一起出国，郝大少爷才将玉川姑姑留在家乡。可玉川姑姑不习惯郝家大户人家规矩太多的生活，不久就返回家乡黑家洼去过日子了。

　　玉川姑姑之所以没有跟郝恭亮出国，还有一个重要的原因是放心不下她那个只有十几岁的孤儿弟弟王承运。母亲因生弟弟难产而死，她这个大他十二岁的姐姐便承担了母亲的责任。王承运是玉川姑姑唯一的亲人，也是王家唯一的血脉，更是她活着的一个重要精神支柱。如果他有事情要找人商量，她不在，让弟弟他去找谁呢？

　　好日子不长久，不久七七事变爆发，民不聊生，国将不国。热血青年郝恭亮很快回国，他加入军队，保家卫国，成为国民党部队里的一名高级技术官员。解放前夕，国民党溃败逃离大陆奔台湾，郝恭亮怎么也放心不下依然在老家盼自己归来的玉川和十个娃娃，就此脱下军装，回到秦北安德黑家洼。原本想全家人从此可以在一起，过上平淡幸福的平民生活，谁知在"反右"运动中，郝恭亮的身份遭受质疑，成为最早被批斗游街的靶子，他被五花大绑地按在安德县桥头，站在高凳上批斗，不慎跌落而亡。

　　在批斗会现场，玉川姑姑牵着一只健壮的奶羊站在丈夫郝恭亮尸体面前说，恭亮哥，我知道，你就是放心不下我和这些娃娃们。你的心肠，有老天爷照着咧。你郝家这十个娃娃，我王玉川一定养大他们！你好生放宽心地上路。我不会失言失信于你。等我老了，就去寻你。咱还一搭里过生活！

　　当时玉川姑姑也就三十多岁，她没有掉一滴眼泪，定定地站在那里，平静地与已经命丧黄泉的郝恭亮在那里拉话。虽然没多少文化，聪明的玉川姑姑却知道，在那样的形势下，作为家属，是不能掉泪的。如果掉了眼泪，很有可能受牵连。她不能出任何问题，也不能随着她的恭亮哥一起离开人世，她未来的路还长，她还有个弟弟王承运需要她，她还有十个孩子需要养大。

　　她夫亡不落泪的要强故事，就此成为安德城的一个传奇。整整五十年过去了，玉川姑姑没有再嫁人，她一直在老家黑家洼的地里劳作，头发高束，腰板挺直，更没有什么风流传言。她用辛勤的劳作换取田地的产出与几只羊的奶水，并用这稀薄的回馈养活了十个健健康康的儿女，令人尊敬。

2007 年一个冬日的早上，八十四岁的玉川姑姑躺在安德窑洞里的炕上，轻轻地说了句："恭亮哥，我来寻你呀。"说完便双目紧合，悄然仙逝。

玉川姑姑去得安然而超脱。

26

　　向锦书在体育空间杂志社上班后，胡小蝶有了想法：向锦书年轻，有家庭背景，下过乡，上过北京的大学，又是中共党员，有团的工作经验，又有写作能力；而自己是运动员出身，年纪不可以改变，上大学又是谈何容易。

　　在体育空间杂志社，向锦书认真熟悉编辑业务，日夜辛辛苦苦地带着儿子王一十的三年里，胡小蝶上了中央广播电视大学。1982年，国家实行开放式教育，中央广播电视大学开放了现代汉语、经济管理和理工科类课程，面向全国在职工作人员招生。秦西省体育局领导开大会说："四个现代化需要有知识的人来完成，希望在职的年轻人积极报名参加。考上电视大学的同志可以全脱产学习，三年学费全部报销。"胡小蝶感谢上苍给予的这次上大学还可以领工资的大好机会，积极报名参加辅导班，最终以560分的高分被市广播电视大学录取。人事处是一个很红火很重要的位置，胡小蝶不能放弃。她没有全脱产，只是半天去学校参加面授，其他时间自学，晚上继续上面授课。1985年，胡小蝶以优异的成绩毕业并被提升为人事处处长。

　　胡小蝶当上人事处处长的第一件事，就是在办公室选调政务秘书的时候，推荐了向锦书。政务秘书要政治觉悟高，笔杆子要硬，共产党员是一个硬杠杠。向锦书是大学生，她的报告文学《为冠军干杯》刚刚获得全国报告文学大奖。她又在《秦西体育报》担任执行主编，在预测全国运动会时，将秦西运动员获得八块金牌数预测得非常准。她还在参与接待国家体育总局领导，在记录领导讲话时表现了速记方面的天赋。在全国农民运动会上避开记者们的围追堵截，机智地在一位中学体育教师那里，约谈采访到了人们非常关注的一位犯过错误已被弃用的乒乓球名将。向锦书在采访的文章中说："一个人的错误不可更改，但是他的乒乓球技术是不应该被封杀的！"当时的秦西省委老书记看到这篇文章后在报纸上批示："让他的技术为我省所用。"名将的到来，让秦西省三年后连续冒出两名全国少年冠军。为此，秦西省体育局党组决定，给年轻的向锦书编辑升级加薪，但是这个名额下到体育空间杂志社，那些老编辑们争风哄抢，闹得乌烟瘴气，根本不能实施，结果还是把这个名额干脆给浪费掉退回人事处了。

这事传到向锦书这里，向锦书却笑笑说："可以理解那些老同志，他们养家糊口不容易。这些事情都是一个编辑记者该做的，有奖励我会干，没有奖励，我也会做。有领导肯定你的采访，把这个决策做出来，并做得很成功，我的心情还是很高兴的！"

向锦书做的这些事情群众和领导都看在眼里，在全系统党代会换届时，向锦书作为基层党代表参加了这个重要的会议。这就是组织上对她的肯定，也是一种荣誉和嘉奖。

要在全系统里选调办公室政务秘书，胡小蝶也不单单是喜欢少年时的闺密向锦书这么简单。按选拔要求，年龄要在三十岁以下，模样还要周正，二十八岁的向锦书的确很合适。唯一让领导有些为难的就是性别。如果是个男的，就是最佳人选了。在全系统又趸摸了几遍，还是向锦书条件最好。党组会上研究人员变动，向锦书进入省体育局核心人员的视野。分管办公室工作的副局长宗雄指定一位处长去谈话，人事处最后负责办理调动手续。

胡小蝶处长的好心好意并没有得到理解。当她代表组织找向锦书谈话时，向锦书断然拒绝。向锦书不想来机关，只想当编辑记者。

向锦书结婚生完孩子以后有了一个心愿，就是不能让自己成为家庭妇女。生完孩子的向锦书忽然瘦了下来。满意的家庭生活，业务的绝对拔尖，让她从里到外都充满着自信，容光焕发。采访所到之处，人见人爱。这一下激发了她女性深处的虚荣心，她很想当一个才女，重新体会一下众星捧月的感觉。到机关当政务秘书？为领导写文章？为他人作嫁衣？干默默无闻的千头万绪的工作，当人人可以使用的万金油？去给大大小小领导们抬轿子？有着很强业务能力的向锦书不愿意！再说，秘书在领导眼皮子底下工作，缺少自由度。更何况体育空间杂志社刚刚盖了一栋家属楼，主编答应分配向锦书一套两室一厅的房子。

这是 1990 年 9 月，北京召开第十一届亚洲运动会。机关挑个人不容易，调人也要讲究工作方法。一把手老黎局长说，先让向锦书来当秦西省观摩团的工作人员，看看她写的东西，实际与人交往能力怎么样。

体育比赛是一个金字塔。塔尖是奥运会四年一次，塔次层是世界杯四年一届，塔三层是世界单项锦标赛，塔四层是亚洲运动会。之后是全国运动会、省运会、青少年运动会。运动员要一赛一赛淘汰。

当惯了编辑记者的向锦书，听说可以去北京看亚洲运动会，当然高兴！不用采访，没有硬任务，就是看看场馆，到处参观，了解国际化体育运动的发展，真是太爽了！

第一次和主管女副省长、省政府副秘书长、共青团省委书记一起活动。到哪里都还真不是领导优先，而是女士优先。女副省长每次又很客气，总是让向锦书前面走。吃饭时，女副省长又总是很怜惜地对向锦书说："不要每顿饭总是喝汤。没有体力怎么行？来，吃个鸡蛋！你真是太瘦了！"

向锦书正在一心一意减肥，一个鸡蛋滚到碗里来，她都要恨死了！于是一到吃饭就尽量不与领导一桌。这让所有人对她印象反而很好。多少年轻人，为了进步，拼命找机会往领导跟前凑。其实，领导更多的是省略眼前，看着那些绕着领导走的人。不管多远，只要在他们的视野里，都会被发现，被注意，被重用。

到了晚上，他们不是去游乐场，就是去北京的歌舞厅里跳舞唱歌。20 世纪 90 年代初卡拉 OK 非常时兴，首都各大歌舞厅都是北京人接待外地人最佳去处。那天夜晚，去的歌舞厅名字很凶，叫"大鳄鱼"。所有"大鳄鱼"歌舞厅的服务生都戴着大鳄鱼有机玻璃头冠，在灯光下闪闪烁烁。他们足踏滑轮，脊背挺直，一手背后，一手端盘，姿态洒脱，态度谦恭地为顾客们服务。

这次是北京代表团作为东道主接待秦西代表团一行人。服务员为向锦书送来了一个巨大的冰激凌香蕉船，又要向锦书点一首歌，向锦书很犹豫。带队的省体育局副局长宗雄就鼓励她，别怕别怕！你上去展示一下咱们秦西人的风采。向锦书就登上"大鳄鱼"歌舞厅闪亮的小歌台，点唱了一首三毛作词的流行歌曲《橄榄树》，宗雄副局长就在昏暗中耀眼地咔嚓咔嚓东拍西照着相片。北京团和秦西团的人都拼命为她鼓掌。当然，向锦书的嗓音也是很动人的。听众都问，这是哪个歌手在唱？秦西团就有人说，是邓丽君在唱啊！

回到西京市，照片洗出来后仔细一看——有戴着"大鳄鱼"头冠的漂亮女服务生在向锦书身边端着巨大豪华的冰激凌"香蕉船"，远处还有一个精明严峻的男人在全神贯注地看向锦书唱歌。他鼻子很尖，面前是一小杯最普通的双色蛋黄巧克力球状冰激凌，冰激凌上斜插着一柄小小红纸伞。向锦书那天穿的是一身雪白的运动衣裤，内穿黑条纹海魂圆领衫。长发弯弯，曲曲卷卷，小小的瓜子脸干净而青春，狭长细细的丹凤眼很平静专注地凝视远方正在那里目中无人地陶醉歌唱：

> 不要问我从哪里来，
> 我的故乡在远方。
> 为什么流浪，
> 流浪远方　流浪……
> 为了梦中的橄榄树……

宗雄副局长就对向锦书说："这是专门为你洗的照片，我照得好吧？"

"好！很好！"

的确，向锦书喜欢这张很青春时尚的照片，就把它压在了办公桌的玻璃板下面。因为它记录着在祖国首都北京第十一届亚运会时，那么一个奢侈温馨的夜晚。还有向锦书专注平静的青春表情和那首流行且清纯抒情的《橄榄树》。那首《橄榄树》的曲调刹那间就被头发有些灰白却很友善的宗雄副局长咔嚓定了格，成为这张照片永远的背景音乐。向锦书无论什么时候看见它，那首曾经流传很广的清纯曲调《橄榄树》就会徐徐袅袅地从照片上飘扬起来，在向锦书心头回荡：“为什么流浪，流浪远方，流浪……为了梦中的橄榄树……”

向锦书每次见到宗雄副局长都会说：“你照的照片，真是非常好!”

回到秦西省体育局，调动向锦书的工作已经是必须的了。因为在北京，省政府副秘书长说了话，想与体育局协商调动向锦书去新成立的秦西省科技厅办公室工作。省体育局老黎局长是用了两个工作人员替换，才压下了上级调动向锦书的念头。

过去，胡小蝶处长说不通向锦书。分管人事处工作的副局长宗雄就亲自出马。他来到体育空间杂志社给向锦书做思想工作。

宗雄说：“机关的管理工作要有许多人来做，不像编辑部，你可以单打独斗就出成绩。这很像体育项目中的集体竞赛与个人竞赛。现在秦西省体育局缺少一个政务秘书，你是不二人选。你不来，谁来?! 明天就来人事处办理手续，办完后就到办公室报到。一个共产党员要时刻听从组织安排，而不是按个人意愿选择组织。《体育空间》杂志是体育局的对外窗口，你是《秦西体育报》的执行主编，经研究，这个内部刊物要改成《体育情况》内刊。如果你是个男同志也许更合适一些。但是，现在还没有合适的人选，只能是你了。明天，胡处长在人事处等你。你还有什么困难和要求，都可以告诉我，组织会帮助你解决好的。”

其实，在北京，向锦书思想上已经对体育管理的行政工作有了全新的认识。在北京，无论场馆，无论入场券，还是体育美术雕塑艺术展览，都让向锦书非常震撼! 原来，体育文化是这么有感染力的事情，体育是这么有凝聚力的事情! 任何专业，都要在行政管理的统一指挥下实现。行政工作不再是万金油而是一个可以撬动世界的支点。

但向锦书想自己还在租房子住，儿子王一十马上要进幼儿园，在市中心人民街那间房子与南郊这里的省体育局机关距离还是太远了。局机关隔壁就是全秦西省最好的从延安迁来的红色马背摇篮的西京市第一保育院。于是向锦书说：“我希望有间自己的房子，可以便于新的工作。

如果我不来，体育空间杂志社的家属楼，我是可以分到四层那间二室一厅的单元房的。"

宗雄副局长笑了，说："一切都可以努力解决！现在没有单元房，但是以后一定会有的！"

房子分配下来，其实很旧，就是局机关后院田径场边七孔窑洞旁那三间平房中的一间，只有二十平方米。对面有一小间四平方米的厨房和一小间八平方米的柴房。不过再差也是公家的房子，不用再交房租了！这是属于自己的第一个寒舍。经过了两次农村的锻炼，什么房子还能难住向锦书？有独立的空间，有深爱自己的丈夫，还有儿子王一十，就足够了！

王西京和年轻的警察弟兄们，把这几间屋子收拾得像模像样。他们用白石灰刷墙，用绿油漆刷了一米五高的墙裙，用芦苇和泥糊了顶棚，再用白纸糊一层，最后在水泥地上铺上了隔潮的绿色地毯。门口有脚垫子，大门上面的玻璃小窗还安上了双向换气扇。前窗户和后窗户都装上了防蚊虫苍蝇的铁纱窗。

八平方米柴房收拾成了一间书房，只是没有铺地毯。一排书架，一张桌子，一张小床，屋子就满了。房顶太薄了，他们铺了几层麦秸，又铺上塑料防雨布，再压上牛毛毡，小屋子也好了。

有一天，下了大雨，屋顶漏了。王西京就穿着大背心大裤衩爬上房顶压牛毛毡。大风一吹，王西京的军用大裤衩就漏了光。向锦书在底下拼命喊："你把裤脚扎起来！下面人可以看见你的秘密武器啦。"王西京连声应道："好！好！好！"就把大裤衩子顺边系了两个大疙瘩。很搞笑地在房顶上忙碌。生活虽是很艰苦，欢笑却有很多。

平房的公共厕所是一半露天一半有屋檐的，分为男五坑女三坑。向锦书从来都没有见过这样杂草丛生的厕所。女厕所的三个坑在一人高的草丛里，有三条羊肠小道通向那里。蹲坑的两边，有两块红砖头。收拾完自己家，向锦书就去厕所视察，女厕所已经熟悉，她就在男厕所外大喊了一声："有人吗？"

"有！"

"那你快点！"

"啊！你要干什么?"

"我要进来了!"

"噢!"里面一下子蹿出一个人来,迅速跑掉了。

进入男厕所,同样一人高的蒿草,五条羊肠小道,五个坑一边一块红砖。

向锦书回到家里,先进入男厕所,用铁锨铲除蒿草,一片红砖地就露了出来。她再用清水和扫把刷洗坑台,原来是非常细密光滑的水泥地。她把泥砖扔出厕所,又用加了敌敌畏的水冲洗茅坑,把矮矮的房顶蜘蛛网扫净,换了新的电灯泡。清理完男厕所,接着女厕所也都焕然一新。门外的垃圾,被向锦书一家一户非常坚决地喊出男人们用架子车一车子一车子地拉走。窑洞里、平房里一共四十多户人家,分属省属系统的二十多个单位。但是,向锦书是局机关办公室新来的政务秘书,心脏单位,他们的领导都归办公室协调,年纪虽轻,但是她的那个做法和态度,让人敬畏,大家都没有敢再说什么。进入厕所后更是眼前一亮,满身清爽,满心欢喜。

向锦书家离厕所最近,她就把打扫厕所当家务来干,打扫男厕所就是王西京的固定家务事。两个月以后,向锦书就在家家户户门口钉了钉子。在钉子上挂了"今日打扫厕所"的木板值日牌,然后走进四十户人家询问上厕所的感受。大家当然是众口一词地夸奖着向锦书。

向锦书问:"我是来听你表扬的吗?"

众人尴尬无言了。

向锦书说:"你上厕所,我来打扫卫生,你的心里过意得去啊?"

"真的,你很辛苦!你很像雷锋,你就是活着的雷锋!"

"那你可不可以也学习学习雷锋啊?"

"当然。"

"那好,请你家今后注意门口的值日牌,按照你自己家打扫卫生的标准,按时打扫好公共厕所。"

南伟好像一直都没有走出向锦书的心灵情感世界。一切与南伟有关并长相类似的人,都会让向锦书有莫名的好感。刚一结婚。战友特别喜

131

欢聚会。南宏来了，他居然是王西京的战友，还关系很好，他不是南伟的亲兄弟，但两人却长得极像，工作是分配在一个部属电子科学研究所当采购员。南宏大眼睛，大高个，笑眯眯的。他好像从来都没有对王西京提及过他是向锦书的发小，大家都在，人很多，向锦书也没必要挑明童年那些拖鼻涕耍赖的过往，已经结婚的女人，向锦书和南宏他们只是礼貌地碰碰酒杯。

其实每个人的眼睛里是有一条路的，这条路里有电，同类电会瞬间接通，功率会越来越强大。情感对于每一个人，考验都是终身的。在你想结婚的这段时间，挑选来的人未必就是最合适最好最牢靠的。人在一路走，一路看，你会几度相遇故人新人，情感动摇。

大学剩下最后一个学期，南宏怎么就忽然转学来到班上，这真是奇迹。他总约向锦书，说要复习功课，其实就是没话找话。南宏还是很帅的，很招女生眼球，班里那些都处在适婚年龄的女同学，围着南宏，约会他的人挺多。向锦书已经结婚，就逃避着这些没头没脑的蜂儿蝶儿们，只专心读书。转眼大家就毕业了，一拍几散，就千里万里，四面八方了。

毕业后，改革开放，孔雀东南飞，南宏去了南方深圳打拼。每年春节回来的时候就按时来战友王西京家拜年。带的都是高级家电用品，录音机、空调、冰箱、电视机……好像那都不是钱，是大风随便刮来的。南宏说凭借曾经在电子研究所跑业务的关系，开始做家电二道贩子的生意，只吃差价就很肥了。偶尔他还会买些香港深圳蛇口的衣服送给他们夫妻。

一年初一来算是偶然，连着两年初一来算是什么？等到第三年初一就让人有些惊讶了。春节回来后的南宏基本不回家，都是住在五星级酒店里，邀请朋友一起过。春节里，南宏会让王西京他们一起支上腿子打打麻将，带他们全家和朋友们去西餐厅吃豪华大餐。打发孤独的时光，享受高级的生活。遇到假期，还会请王西京、向锦书他们全家和朋友们去广州，去深圳，去海南，去珠海玩一玩。乘坐大轮船，将大把的钞票玩得像是一堆堆纸片那样随意。等孤独的艾策策见到南宏——都是发小很熟悉，又都是单位的小人物，南宏还有在南方各地经商的各种话题，孤男寡女，女靓男帅，他们一见面就迅速打得火热谈起恋爱来了。王西京和向锦书急忙退避三舍，可是不久他们就又分开了。南宏迅速回南方结婚了，这真正是非常莫名其妙。南宏与王西京、向锦书的走动也因此淡远了。

问艾策策，艾策策说，"就是都感觉很不合适！没有兴致"，就不愿意再谈这个话题。

有很长一段时间，艾策策都在看中医。向锦书一再追问她到底是什么病，艾策策又情绪低沉地说，根本没有病，只是在调养身体，安慰心灵。

27

艾策策哭了。这一天，她再也克制不住忍了十年的泪水。泪水从那双漂亮的桃花眼里不断地流淌在她苍白的鹅蛋脸上，像冲破了河堤的河滩水，肆意奔流，怎么止也止不住。说起来，艾策策泪水奔流的这个闸口，是被顾章霖所长办理退休报账清单盖章子拉开的。

顾章霖所长六十岁一过，就很积极很快乐地开始办理退休手续。研究所新任女所长侯宇从海外归来，是顾章霖培养的接班人，对老所长很尊敬，也很客气，几次挽留老所长让他不要急着走。侯宇睁着清澈的小杏核眼睛反复真诚地说："顾所长，您再帮帮我，您再散发些余热。"可是顾章霖所长不愿意，只说："侯宇，你别太客气。我不能把你对我的客气当成福气，影响你的新工作。"于是，顾章霖所长的退休手续，在他自己的努力下迅速办理。他轻快地两步一个台阶楼上楼下地跑着办手续，一个一个处室盖章，和大家依依惜别。

艾策策是财务科副科长，老所长办退休手续就要来财务科清账，同时将工资转移到离退休老干办公室。顾章霖所长的财务账目很清楚很干净，手续办理得很快，财务科盖个章子就结束了。顾章霖所长清癯的脸上挂着欣慰的笑容拿着单子兴高采烈地出门而去，艾策策的泪水滴滴答答止不住地流。

下班铃声一响，大家都走出办公大楼。艾策策擦擦止不住的眼泪，红着眼睛，走到花园里在石凳子上坐下来，继续哭泣……

远处有高音喇叭在播放《问情》："山川载不动太多悲哀，岁月经不起太长的等待。春花最爱向风中摇摆，黄沙偏要将痴和怨掩埋。一世的聪明情愿糊涂，一生的遭遇向谁诉？爱到不能爱，聚到终须散，繁华过后成一梦啊，海水永不干，天也望不穿，红尘一笑和你共徘徊。"

艾策策根本不能再听女歌手缠缠绵绵或低沉或高亢的歌声，特别是配合那些歌词"一生的遭遇向谁诉？爱到不能爱，聚到终须散，繁华过后成一梦啊"，每一句都会生生地刺穿艾策策的心。

艾策策的生活从二十一岁见到省科技所的顾章霖所长就注定了要一生独居孤处了。她说她喜欢这样的，喜欢同事口中流传的这位淞市籍儒雅的男人。传说，顾章霖所长会为了夫人尤茶每天早上端水洗漱做丰富有营养的早餐，为夫人尤茶裙子上掉了一粒纽扣骑车子跑遍整个古城的小巷细碎摊点，为了晚上看电视夫人尤茶吃的一口水果，精细造型，像艺术品一样喂到夫人的口中。周末，他们夫妇不是去郊外拍照，就是去高级茶社咖啡室喝咖啡喝茶……这些艾策策当然享受不到。她更喜欢顾章霖所长不干涉他人，在他身边工作，让人感到自由自在，秀安逸、很舒服，他待人很慈爱，永远笑眯眯地欣赏你的工作表现。父亲虽然已经去世，但是起码，这位慈眉善目的顾章霖所长还在身边。

艾策策在小学中学高中一直是班上名列前茅的好学生。她是同学们公认最应该上大学的人。高中毕业，艾策策的前途和所有同学一样，都只有一条路——到农村去，到广阔的天地里去下乡锤炼红心。下乡两年后，1977年是个上大学的好机会，可童年亲身经历父亲去世，母亲龙琼又离婚，家里的生活一直很艰难。虽然妈妈龙琼一直劝策策一定要去参加高考，但是艾策策坚决不去。她说："我考试就是要考给爸爸看的，他早已经去世了，我上不上大学也就那么一回事儿。我要快快地工作，来补贴咱们的生活和家用。"

在农村最后一年春节，艾策策因为帮助大队算账分红晚走，不料一场大风雪封了山。她只能在巴渝公社小坝村的炕头上由村里的大队老书记马安泰陪着聊天，过大年三十。马安泰多是聊着自己年轻时当海军的事情，很是怀念那些年的好时光和与他朝夕相处的战友们。聊着聊着，艾策策就看着油灯捻子上的灯花睡着了。再醒来，老马书记正满脸沧桑，戴着老花镜，眯着昏花的眼睛，在昏黄的油灯下面一针一线地补着她那床被头上脱线的长毛巾。策策感觉老书记马安泰此刻慈爱得就像她遥远的电影院艾院长爸爸。艾策策翻身扑上去，趴在马安泰老书记的腿上，用细细软软的胳膊紧紧环抱老书记瘦骨嶙峋的肩膀。不料，老书记马安泰怔了一下，马上一抖推开她厉声呵斥道："娃娃呀，这可万万使不得！丧德是要遭报应的，子孙后代不得安生呢！"

老书记马安泰这句话就像千斤铁锤，砸得艾策策眼冒金星，万分羞愧，想钻地缝。艾策策没来得及解释，老书记这时已经披衣下炕，拉门而去，卷走一屋的热气。

开春不久，艾策策就被选为优秀知青代表，全村老少都为她投了票，她成为小队里大队里公社里榜上有名的优秀知识青年，还到市上省里去开表彰会，十里八乡到处都在宣传表彰她们小队知青组的先进事迹。艾策策在首批招工中，非常顺利地来到秦西省一家科研所机关当上财务室出纳员。艾策策从心里非常感激老书记马安泰。但是，临到走了，她都没有走到老书记马安泰面前去，当面向他表示感激。

再见！永远！

策策永远也不想回来。说到底，从炕头遭受的一抖一推，艾策策到离开巴渝公社小坝村，一直是用眼睛余光张望着老书记马安泰的。离开时，艾策策远远回头向群山中越来越小的小坝村告别，频频挥手，在泪眼模糊中向自己心底万分敬重的老书记马安泰告别。那个身影，瘦瘦高高，肩膀披着棉袄，手里摇着黑黢黢的铜嘴烟袋锅……变成小蚂蚁般的人影。

在新单位上班的第一天，秦西省科技所顾章霖所长抱着一个小白石子铺底，一群热带孔雀鱼在细水草小假山中穿梭游弋的鱼缸放在财务室的柜台上面。

鲜艳的小鱼儿，它们是那么活泼，红红黄黄，黑黑白白，蓝蓝绿绿，金银闪亮。省科技所顾章霖所长居然满面春风地用英语与她说话："Hello! Good morning! （你好啊？早上好！）Welcome to your arrival!（谢谢你的到来）！"

接着他用儒雅的南方口音介绍说:"这缸鱼叫孔雀尾,也叫彩虹鱼、百万鱼、库比鱼,是一种常见的热带观赏鱼,很好养,有十个品种。这里我给你放的是礼服孔雀和金银孔雀两种,因为它们颜色艳丽,纯度高。"

艾策策抬起头笑了,问候道:"顾所长您好!"再看看小鱼儿们,真的都是一水儿的体形修长,色彩斑斓,像穿着晚礼服的英国贵妇一样,雍容华贵。

策策心想,上大学又怎么样?有人会如此礼貌地问候我吗?会有这样一缸鲜活美丽的小鱼儿和如此有文化的新生活在迎接你吗?并且还会谢谢你的到来吗?!

艾策策把小小的财务办公室布置成女性味道十足的空间。自父亲去世,艾部长又和妈妈龙琼离婚,她一直生活得郁郁寡欢。后来,有了巴渝公社小坝村大队老书记马安泰的关照,有了科技所顾章霖所长的出现,艾策策空落的心开始安宁。

艾策策总是把工作做到最好,要让对她有着满满关爱的顾章霖所长放心,就像以前她一切都要做给爸爸看一样。仿佛父亲天天坐着看她的沙发被搬来放在她工作台的身后,她在办公室柜台上金鱼缸旁边的花盆里种了绿萝和耐旱的多肉植物,春夏秋冬,郁郁葱葱。财务室变得生机勃勃,青春盎然。

二十一岁的艾策策,笑意依然自然地流淌在花瓣一样滋润饱满的嘴唇上,唇纹深厚,丰富细致。单位的男男女女老老少少都乐意到财务室里,多坐一会儿。他们有许多话题,时尚流行、社会传闻、家长里短,等等,但话题常常终结于艾策策的对象。那些人怀揣着不同的动机,养眼的、享受的,刺探的、拉线的,自己也想偷嘴解馋的……把艾策策的心境搞得冷冷热热,好好坏坏,有时还很绝望。

每个女孩自幼都有对未来的美梦。可艾策策的女孩美梦与陆陆续续道听途说一些与顾章霖所长家室的流言有关。人们说,顾章霖所长他那在古城著名的红十字会医院皮肤科的大夫老婆是福建人,幼年在福建外国教会学堂长大,说着一口流利的纯正英语。后来又考上淞市的一所大学,夫妻二人是同学,育有一儿一女,如今都出国留学了。

艾策策的女孩梦想，就是能找一个像年轻时顾章霖所长这样有知识的丈夫。晚上有烛光晚餐，夫妻两人一起在厨房给用黄油煎得金黄的比目鱼宽片衬上生菜淋上蚝油，用叉卷吃着西红柿豆腐丁空心面条，喝着时令的水果汁、红酒，听他拉一曲小提琴，或者弹钢琴，用高昂优美的美声唱歌剧《卡门》片段"爱情像一只自由的小鸟……"然后抱起沙发上的她，去卫生间洒满花瓣儿的浴缸里洗双人浴，在渐渐一点一点变暗的调节灯光下，任他在她的额头上亲吻，喃喃细语"亲爱的"……清早起来，由丈夫细心照顾她洗漱、用餐。一杯咖啡用过，一口清水漱毕，转移梳妆台描眉画眼点朱唇。穿着丝绸的睡衣裙，伸个懒腰，拉开窗帘看看天气，再钻进衣帽间鞋柜前上下左右熟练搭配出行装束。一辆鲜红的"24"型永久牌自行车已经用金鸡牌蜡油擦得锃亮，她回眸招手，飞身上车，就翩翩汇合在大门外法国梧桐树下上班的人流中。昂着头，扭着腰肢，过往的人都在回头看她……而她是个经得起人们欣赏的自信的美女。

最最让人难忘的事儿，就是顾章霖所长去公安东门派出所出示单位证明把她取保领回单位。那次是艾策策参与了集体跳贴面舞，彻夜喝酒，酩酊大醉，被人举报进了派出所。那时正在严打，性质很严重，如果单位不证明你的清白，就会进拘留所，甚至被判刑。

艾策策记得，顾章霖所长来签字时，东门派出所民警用很严肃的口气对顾章霖所长说："你们单位这个小女同志可是有同性恋倾向的。我们在审查中，半夜就有个摩托车女因扰民被扭送到派出所。这女人承认是艾策策的女伴儿。"民警狠狠盯了艾策策一眼，又说："你们单位一定要严加管理管教！"这真是天大的冤枉！但是面对公安警察，艾策策只好闭嘴，百口莫辩。

这件事，在用自行车带艾策策回来的路上，顾章霖所长只字未问，以后在单位也没有对人讲起此事。以后，连艾策策自己都恍惚觉得，自己可能根本就没有进过派出所。

别人都说艾策策漂亮，可是漂亮的她连自己都不知道该嫁个什么样的男人才能安生。也许艾策策自己觉得，要嫁就嫁给阿兴县城电影院艾爸爸、小坝村老书记马安泰，或者就是现在单位里顾章霖所长他们这样只为你做而嘴上不说的人。如果这类人没有，就索性任性一把，让岁月日夜经年地将自己随风飘逝而去算了。

漂亮精致的艾策策从二十一岁到三十一岁，就一直这样做梦。在梦中酗酒，自斟自饮，屡梦屡醉不能够清醒。同龄人上完了本科、研究生，甚至是博士生的课程，她也修炼了一场虚幻的爱情课。说到底，顾章霖所长，毕竟是别人家的老公。年轻漂亮的艾策策只能天天看着镜花水月中的顾章霖所长，真是像是看见了心里的黄连苦胆，很苦很苦。但那时总是还可以看见，而今后呢？艾策策想起，从今后再也看不见那个心仪的、关照她的身影了，那我怎么活？泪水，此刻就是她对生活手足无措无奈的紧张和慌神，恣意流淌。

这时候，顾章霖所长办完所有的退休手续，走出办公大楼，走进鲜花盛开的花园，走向单位家属院回家的方向，忽然就遇见了在石椅子上哭得死去活来伤心欲绝的艾策策。

出什么事了，顾章霖老所长走过去摇摇艾策策的肩膀。连连问她："你出什么事了，这么伤心？"没想到艾策策一把就死死抓住顾章霖的衣服，重重扑在他的怀里，把十年的悲痛都倒豆子般地倾诉了出来。

艾策策趴在顾章霖所长的肩头悲悲凄凄地哽咽道："你要退休，走了，那我可怎么活？我真想和你一起走，一起退休，和你一起去天涯海角，陪你白头到老！"

这真是一个惊天的秘密！顾章霖所长也是从第一眼就喜欢上这个漂亮机智的小女孩儿。特别是她记账的阿拉伯数字写得特别清秀，很舒服，很好看，个个都像有生命力的小蝌蚪。那个年代，能写出好字的人不少，但是能写出好看的阿拉伯数字的人并不多。

她，小小的，巧巧的，乖乖的。从一进办公室就一手抹布一手扫帚，每天把花儿侍弄得万紫千红，芬芳淡雅；把个鱼缸清理得透明水净，让"孔雀"的后代子孙成群。对于报账人的啰里啰唆，她也很有耐心，每张整齐划一，每月账目清楚，每年账本成册，清清爽爽，一目了然。

到了春节联欢晚会，这个大伙公认的漂亮的小女孩儿会一直看着他哀情地唱一首流行曲《潇洒走一回》："天地悠悠，过客匆匆，潮起又潮落；恩恩怨怨，生死白头，几人能看透？红尘呀滚滚，痴痴呀情深，聚散终有时，留一半清醒，留一半醉，至少梦里有你追随。我拿青春赌明天，你用真情换此生。岁月不知人间多少的忧伤，何不潇洒走一回……"一会儿又对着他深情款款地唱着电影红楼梦里的插曲《枉凝眉》："一个是阆苑仙葩，一个是美玉无瑕，若说没奇缘，今生偏又遇着他。若说有奇缘，如何心事终虚化。啊……啊……一个枉自嗟呀，一个空劳牵挂。一个是水中月，一个是镜中花。想眼中能有多少泪珠儿，怎经得秋流到冬尽，春流到夏……啊……啊……"

    但是，顾章霖所长只是把她作为自己女儿一般关爱，听到艾策策的哭诉，吓了一跳。接下来的日子里，他不断开导艾策策，并把她带到自己家里，与夫人尤茶像对自己女儿一样开导她，终于使艾策策从这段感情中走了出来。

28

又晃了几年，艾策策想：自己应该嫁人了。

研究所里的水电工人韩路，东山人，家住在西京市东纺织城，父母都是纺织工人。那一带盛行河南话。韩路高大威猛，沉默寡言，苦不堪言的生活折磨得他少年老成，年龄不到三十五岁，但是看上去仿佛快要四十岁了。来去无声的韩路，说一口地道的东山话，间或也说几句河南话，就是不会说普通话。

艾策策年轻漂亮，在她的环境中，所有未婚已婚年轻中年壮年的男人对她人前人后都有些许言语动作，大大小小的挑逗进犯。只有这个水电工韩路，从来都是只为工作而来，一来就是埋头工作。连看都不看艾策策一眼，仿佛仙女般的艾策策根本就不存在。你冬天给他倒开水，夏天递汽水，放在他眼前，他完成工作就走了，开水汽水依然还在那里原封未动。问上几句话，一会儿像东山快书，一会儿像豫剧《朝阳沟》里的对话，让人忍俊不禁，光想笑。听人讲，韩路也是个离过婚的人。艾策策就问具体为什么，没有人说得清楚，可能是知道了也不愿说。

这一天，办公室暖气片漏水。艾策策一个电话，后勤科就把韩路派来了。艾策策感觉这个不说话不看她的男人眼里心里怎么会没有她？

上高山难，下坡很容易，策策决定单刀直入。她款款走到正蹲在暖气片跟前的大汉韩路跟前，干脆直白地说："韩路，咱们俩结婚吧？"

韩路惊讶地抬起头看向她。但是，他并没有慌张，也没有反对，只用河南话说了一句："那恁（你）跟着我，是来要饭咧，还是喝西北风咧？"

策策说："都行啊！我三十八岁，你三十五岁，女大三抱金砖，合适！你看行吧。"

韩路站起来说："不诓我？那中！明天我骑自行车来接你。"

后勤科长看到韩路和艾策策的结婚证，吃惊归吃惊，但想想都是本单位双职工，大龄青年也不容易，就请示新所长侯宇。侯宇沉吟了一会儿，就签了字说，这样也很好！后勤科就破例给这对大龄男女分了间一层的一室一厅小房子。

他们没有大操大办，只在机关食堂举行了个仪式。他们邀请了顾章霖夫妇，但是他们没有来，来的都是科研所机关单位几位同事和新邻居们，热闹一下就回家了。

此时正是夏天，一层楼下窗外的树木花草，滋生着蚊子苍蝇，还藏有老鼠。韩路是个大老粗，能把媳妇空手娶回家，他是太高兴了！再喝点酒，酩酊大醉，东倒西歪，回到家困极。稀软得倒头就呼呼大睡，只剩下孤孤独独的艾策策和汗臭脚臭酒臭……

越睡不着，蚊子就越叫得响。艾策策又趴在枕头上流下了眼泪，她感觉这次结婚，是自己彻底孤立了自己。许多婚姻看似结婚成了家，不如说是领个证与世界彻底隔绝。婚姻就像一把利剑，斩断了一切世俗的眼光，让艾策策独自去面对简单的生活。

在沉闷的日子里，艾策策才知道了韩路二十五岁离婚的真正原因。说起来，韩路就根本没有结过婚。韩路是家中老大，他下面还有五六个弟弟妹妹。女方家也是同在一家纺织工厂家属院住的近邻家的穷孩子。因为韩路高大威猛，沉默寡言，对弟弟妹妹爱护，女方家就来提亲。有女人爱儿子，韩家就同意了这门亲事。在议论结婚这件事的过程中，女方不断索要彩礼家具，韩家一直为了儿子隐忍将就。在迎亲的路上，女方家认为这是最后一次索要钱财的机会，就把新娘子停放在半路上，放出话说，不拿出三百元钱，新娘子就不过去了。韩路再也忍不住胸中怒火，他一把脱下西装，说，甭过来了！这个新娘子我不要了！时间一点

142

点过去，到了太阳西下，这场婚姻就真的僵了，散了。那时候，三百元可以摆十五桌饭，可以做一套很齐整的新家具。韩路想，难道我结婚要弟弟妹妹喝西北风吗？我宁愿打光棍。三个月后，女方的认错也拗不过这头犟骡子，两人就好说好散去民政局办了离婚手续。

天上掉下来个艾策策，韩路从心里非常感激和爱这个冰雪聪明又漂亮的小天使般的洋太太。他全心全意要过好这个日子，但是艾策策对他很冷淡，上街也从不挽着他的胳膊。

西京市第一座世纪金冠大酒店在城东落成，那是当时西京市的第一家五星级涉外酒店。韩路就不明白，这个大酒店与他家有什么关系。可是艾策策听说后就一定要去看看高级宾馆是什么样子。于是韩路骑着自行车，后座上带着策策就去了。艾策策花枝招展大大方方地走了进去，坐在大堂的沙发上观西洋景。韩路则蹲在五星级金冠大酒店对面的墙根抽烟，一支又一支，等到太阳落下，艾策策才一步一回头舍不得地走出了旋转大门。坐在自行车后面，艾策策喃喃地说："大宾馆，真好！五星级，真好！像水晶宫殿，真好！"

艾策策漂亮，就喜欢照相。韩路就努力学习摄影技术，用个傻瓜相机把艾策策照得似出水芙蓉、牡丹花盛开，家里墙上玻璃板下面到处都是艾策策各种姿势的彩色照片。

做饭，艾策策只吃米饭和粥，做菜也很精细，两个辣椒一个鸡蛋，三朵菜花，五角钱绿豆芽，两块红烧兔肉和狗肉。或者半个洋葱切块，半个土豆切片，半个红萝卜切丝，一根黄瓜拍片，半把小青菜，一根芹菜。韩路以为艾策策节约。艾策策说："不是！我就吃这么多。"

艾策策爱穿好看精致且时尚的衣服。韩路在艾策策的指点下去外文书店买日本时尚书籍里的裁衣图纸，照图纸裁剪了在缝纫机上做。搞得外面的人都纷纷上门来定活儿了。为了生活，韩路可以日夜加班，二十五元做一件呢子大衣或者西服。

儿子韩小树出生在策策四十三岁那年。几年后，这个内向、孤僻、协调性很差、无言的孩子经常把艾策策为了熏屋子气味的檀香、玫瑰香全部折断成寸节，把艾策策喜爱的镂花洁白的台布桌布用剪刀剪成碎片条絮，把花瓶里的鲜花折成无头茎，把锅碗瓢盆里放上肮脏的树枝泥巴，还会把胳膊咬得稀烂出血。

艾策策从来不说儿子，她感觉自己已经很对不起他，不想再让无辜的孩子更不幸。可是医生说，这孩子渴望母爱，希望得到母亲的注意。这让策策伤感，她对丈夫最初选择的感情注定了这一切。哀伤，只能在血液里伴随到老。

家里的早饭吃得很简单，基本是街边解决。包子、油条、豆浆、鸡蛋。或者胡辣汤、水盆、油圈、馍饼夹菜。父子俩上街边一蹲，小桌子旁一凑合，匆匆忙忙。艾策策则拎着自己的早点，伴奏带似的催促他们俩"快点儿快点儿"。然后一家人分道扬镳。韩路骑车子带着儿子去学校，艾策策蹬着高跟鞋步行去东门外的城墙公园跳一会儿广场舞，再到单位坐下来，慢慢吃早点，打扫卫生，喂鱼儿，浇花儿。

家里的电炉子上永远蹲着个黑黢黢粗糙的大砂锅，里面春夏秋冬不断炖着红烧兔子肉和红烧狗肉。科研所一直在用狗和兔子的脑子做着科学实验，后勤中心就负责处理这些脑子坏掉死掉的兔皮狗皮和兔肉狗肉。韩路人缘一向不错，科长副科长就都很关照他。韩路也一直是接到兔肉狗肉就感谢这个感谢那个的像个吃到了稀罕巧克力的孩子。韩路下了班总是欢天喜地、喜形于色地拎着血糊哩啦的肉团，回到家里，一边眉飞色舞地讲述，一边勤劳辛苦地洗涮，随便切割几下就甩进黑黢黢的大砂锅里。让房间很小的家里永远飘荡着一种荤腥肉香。

韩路这种占小便宜的喜悦和这种永远不变的荤腥味道，会让艾策策的内心痛苦不堪，厌恶不堪。她经常想起顾章霖家的紫砂小汽锅，它是那么秀气，那么清爽，那是他们家专门炖老母鸡用的。汤，很清；味道，很鲜。老太太尤茶大姐总是眯起好看的杏核眼耐心认真地介绍说，老母鸡一定要用蒸馏水炖着好吃，小公鸡一定要红烧的方式烧起来好吃，这是科学。可是现在，韩路这个大老粗，一年四季不分，公母老少不分地炖兔子炖狗肉。一个家和一个家吃食的差距，怎么就这么大？其实说起来，只不过一肉二主食三水果四蔬菜。你给韩路解说，他会说你矫情，装啥大尾巴狼咧。肉夹馍，大碗捞面，吸溜吸溜喝着稀饭，边走边大口啃馒头。你说你也多吃点蔬菜水果吧？韩路他会说："中，老伴儿，你给我炒盘干饼来！菜你吃。水果，给孩子吃！"艾策策这话天天

144

说，说起来就是费劲，实施起来，更是像翻越万水千山一样难。

家里的夜晚说起来还算是热闹的。韩路有借不完的录像带磁带，在打打杀杀、黄色风流、悬疑破案中辗转。儿子韩小树总是沉默寡言，坐在地毯上折纸鹤、五星豆、心结花、做作业。艾策策一直是一边塞着耳机听流行音乐，一边织着家人要穿的毛活儿。三个人，三条心路，条条都不能顺畅通达。

久而久之，艾策策想离开家去透透气。学历、证书的确压人，从副科长到科长位置，她就差了一个会计证和大学学历。在这个很绝望的时候，艾策策意外她遇见了一个人。一个她小学三年级以前，初中以后很要好的闺密向锦书。

向锦书听说了艾策策和顾章霖的故事就哈哈哈地大笑。最后向锦书告诉艾策策说，顾章霖可是我的初中老师，学习的启蒙恩师啊！你怎么可以觊觎他啊！人生没有底线啊！

29

　　向锦书，已经是窈窕又气质优雅的成熟女人。在西京市上高中时，已经各项绝优，体育很好，是学校板报组长和女篮队队长，每年田径比赛，她总是能拿几个冠军。板报很会创新，粉笔字写得大气、清秀，是全校老师同学关注焦点中的焦点。高中毕业后下乡，大家传说她 1978年考到了北京师范大学中文系，毕业后当过十年体育记者，获了不少新闻奖文学奖，人脉了得。到了该结婚年龄，找到一位秦北安德汉，结婚，生了一个儿子。儿子三岁上幼儿园，她与众多人角逐竞争，以第八名的成绩，考上全国著名的女帅杂志社，当起兼职拿大钱的《女帅》杂志策划和《民俗》专栏撰稿人兼编辑。

　　向锦书说："唉，我妈妈可能希望我能尽早回到她身边吧。可是一回来，结婚不如她的意，住得虽然近，心却远了。哎呀，我还奇怪呢，你怎么就和所有的人都绝交了呢？"

　　艾策策惨笑。

　　向锦书在参加女帅杂志社考试中是女扮男装上位的，所以关于她考试的段子很多。其中一说，有位全国著名的作家笔名叫"小群大"的先生面试时问她："听说你有体育采访经历。我想问你，为什么篮球、排球、足球这些大球项目比体操、射击、游泳、跳水项目看的人多，是因为三大球比赛更热闹，更狂野?"

向锦书说："这是集体和个体的关系。团队作战，难些;个人作战，相对容易。就像你的名字，从小到大是入群，入群后又要从大到小，是强调大群体中的每个人还要有所长，有所精。每个人都非常强了，这个大群体才能厉害。小群讲究体积扩大，大群讲究个人精小，反反正正读来很有意味儿。"

大家风范的"小群大"有些坐不住了。他用这个名字其实是个笑话。那时候他写了一部长篇小说《残缺时代》，遭到社会热议和批评，祖国形势一片大好，怎么是残缺时代?他也被送到海边渔村去看大好形势，躬身自省，体验生活。几位好朋友千里迢迢来看他，大家喝了一些酒，就一边打牌一边挖坑瞎找原因，三找两不找就讲起笔名吉利不吉利的问题。"小群大"过去叫肖极懈。"你肖极懈，消极些，怎么行呢!消极，还写残缺时代?你得好好换名字，脱胎换骨!"

肖极懈说："那我就叫'小群大'。"你还真别说，这个小群大的笔名从此给大作家肖极懈带来了好运。他后来的长篇小说作品基本奔民俗而去了。中国博大精深的民俗文化，取之不尽用之不竭，他的《花馍馍》《民歌唱给瓜妹子听》《扭秧歌》就一个跟头一个跟头地翻起身来……翻到今天，居然有年轻人这样在解读自己的名字。大作家"小群大"想笑，又不能，招考是严肃的场合。再看着这个瘦瘦弱弱清清秀秀讲话女里女气的男孩子，他低头在向锦书名字后面写了一个"绝优"。

大作家一言九鼎，向锦书板上钉钉，录用。

录用后又是一片哗然，向锦书变成一个令人惊艳的女编辑来上班，流言蜚语让大作家"小群大"也大吃一惊。随之为其书写序，称她为奇人——一个时时刻刻给你送来惊讶的奇怪女人。

而艾策策是西京市中学三好学生，是校文艺队主力演员，能唱能跳能编导，也是学校同学非常引人注目的"娇"点，下乡后还是优秀知青。

西京市中学的"骄娇"二焦点——向锦书和艾策策，她们是一个夏天的夜晚在艺术路老九家烤肉摊相遇的。

"来瓶冰峰汽水!"一个熟悉的声音穿越人头向艾策策韩路韩小树

一家人这边飘过来。举目望去，一条长胳膊在空中摇摆，象牙色的纤纤秀指如优雅的玉兰花瓣在灯光中摇曳。

"向——锦——书!"艾策策情不自禁一声尖叫，蹦起身来扑过去。

听到这声尖叫。人们抬头，人群中"升"起来一个窈窕淑女，她眯着最具东方特色的一双狭长丹凤眼四处张望。向锦书的丹凤眼，眼尾很长，略微上挑，黑白分明，气质威仪而高贵，神圣不可侵犯。那一头美丽的长发从清秀的瓜子脸上滑下，瀑布一样飘荡在细细的一束腰间；无袖棉布蕾丝边黑衫松松地系在白底黑碎花的长裙里。待她一转身看见了艾策策，就一下子兴奋地也尖叫起来："啊——啊——艾策策!"她俩张开双臂相互扑了过去，原地蹦蹦跳跳地紧紧拥抱在了一起。

美女见美女，真是高兴! 羊肉串是吃不成了。向锦书分别对着韩路和韩小树说："借一下你的爱人、你的妈妈。她，今天属于我! 好吗?"隔了不远商住区门前有家佛家茶屋——普缘茶坊。茶坊青竹围墙，原木阁楼，炭火烫的牌匾，茶是自己冲泡的，饭食全素。这种原始古朴的风格，香灯摇曳，烁烁袅袅非常适合这对老朋友发小闺密欢聚畅谈。

二十年的辛酸，艾策策终于有人可以尽情倾诉。倒出的真是一腔苦水，人生的无限叹息。向锦书说，策策，别的咱们就不说了，我可以帮助你的，等你拿到会计证，去一个新单位工作! 你现在不是正在西京市交通大学参加第三期会计证考试培训吗? 你就按正常的学习程序走，到时候拿会计证就是了。你就是考零分，我也要让你60分过关! 可你别真的上交白卷啊。一定要写满。有多少就写多少，越多越好。

不久，艾策策真的以89分顺利过关，拿到了红彤彤烫金字的会计证。艾策策非常非常感谢向锦书。可是向锦书说："我没有帮你。这是你的真实成绩啊! 你过去可能就是太自卑太不自信了。所以，一考试总是心里有障碍，心虚不托底，没有过关。人，一旦自信，就会变成超人。你还是你，但是已不一样了。"

艾策策很为自己感到惊讶，很为在向锦书的暗示下自己取得的成绩惊讶。她要求丈夫韩路一定要为向锦书做一身像法国皮尔·卡丹简约线条那样的浅绿色大衣，以便迎合向锦书喜欢裙子的嗜好。

向锦书也模特般将韩路制作的呢子大衣穿成古城西京最时髦的一道

亮丽的风景。所有看见这件大衣的人都要忍不回头看，还要忍不住打探："请问，你这件好看的大衣是在哪里买的？"

"噢，这衣服哦？"向锦书总会骄傲地仰起头，拉拉带束腰的呢子大衣说："是在巴黎啊。"

这让羡慕询问的人很绝望，在国内还可以想想办法，巴黎？这就让人找不到方向够不着北了。

艾策策问向锦书："你为什么要这么说？难道你不愿意给韩路做做广告宣传，给我们增加一点收入？""不是，不是的。"向锦书嘻嘻哈哈地说："我追求绝版，喜欢独美。"

忽然秦西省杂技团来人邀请向锦书去写杂技剧本。原来是《女帅》请来的那位名人"小群大"肖极懒向人家推介的她。这个任务是要写剧情分幕。剧团开始还是很怀疑向锦书的，因为从来就没有听说过她这个人啊。

到杂技团那天，向锦书远远看见秦西省杂技团的大门。门口的人对着一位路过的老妇人问："您是向老师吗？"向锦书感觉好笑，就快步上前自我介绍道："她不是！我是！"

"不好意思啊！那咱们就先看看演出和我们的绝活儿，好吗？"

"好的！"在现场，向锦书跷起二郎腿，对给自己倒茶的联系人点点头，就开始看大小杂技演员们蹦来蹦去的各种特长。思绪就回到了童年的阿兴县山歌剧团。

秦西省杂技团里其实原先就有一个故事原型，只是他们自己表述欠缺。杂技团演员们为向锦书表演绝活儿，在她眼前晃来晃去，向锦书就一边看，一边在本子上写写画画，看看停停，认认真真地想来想去，结果就出来了。她站起身对接待自己的联系人说："可以了！"

联系人就很担心地反反复复地问向锦书："向老师，您真的看懂了？"

向锦书说："我回去给你写个剧本和分幕吧！"她茶水也没有喝，也不要车送。向锦书说："真的不用客气。我要自己慢慢走一走。"

回到家，向锦书打开电脑一通噼里啪啦就完成了。一个传真过去，省杂技团大吃一惊，喜出望外。

六幕乐舞杂技剧《汉唐百戏》

序：时空飞天划过天际，遗落下一块金色的纱幔，唤醒了一位千年沉睡的先秦古优——欢乐丑俑，让一张奇特永恒的笑脸生动起来。

第一幕：魔法惊秦。雷鸣电闪，天旋地转，受到惊吓的欢乐丑俑"咕咚"掉进千年的兵马俑坑。兵俑复活，群力角阵，丑俑惊奇地发现：自己突然产生了一种神力与魔法。只要他挥动双手，居然就能轻易指挥调动千军万马。（秦皇兵马俑阵：男子技巧造型、武术器械对练。）

第二幕：汉乐仙宫。"北方有佳人，遗世而独立。一顾倾人城，再顾倾人国。宁不知倾国与倾城，佳人难再得。"笙管乐舞，大汉皇帝和皇后、宫娥倾心观看七人柔术，阿拉伯魔法师点亮神灯，从宝石箱里把投胎转世的先秦古优——"欢乐丑俑"变成了汉代的"俳优"。（注：俳优伎艺，曾在两汉社会中得到了各个阶层不同年龄段人们的喜爱。其社会地位低下，人员构成非侏儒化，将调笑、歌舞、杂技汇为一体的演出特点，对中国古代说唱艺术和戏曲发展都产生了极深刻的影响。汉代俳优既是先秦古优的继承，又在社会地位、人员构成、表演技艺等方面与先秦"古优"有所区别。盛世太平舞：女子七人柔术、盘上琵琶舞、魔术、空竹。）

第三幕：比翼神鸟。日月穿梭，从汉乐宫变成了玉清池，欢乐丑俑又从汉代的"俳优"转世到唐代成为"太监"。玉清池云烟如梦，贵妃坐莲池沐浴，水珠成花飞耀星斗，千姿娇态百媚生情。大唐皇帝为贵妃轻轻披上轻纱浴衣，爱意裹蜜，七夕盟誓："在天愿作比翼鸟，在地愿为连理枝。"（千古爱情传说：双人舞、绸吊。）

第四幕：市井百戏。百家姓，百家灯，百家艺。长安元宵灯节，百姓们戴着面具，打着灯笼祈福，杂技艺人们会聚京城，表演杂技，好一幅太平盛世百戏市井图的欢乐景象。（百戏市井图：耍坛子、顶大缸、舞狮、举石锁、吐火、蹬人、走丸、杂耍、高椅三人顶、花盘，还有硬气功——银枪刺喉、睡钉板、开顽石、老鼠娶亲抖双杠。）

第五幕：古塔禅宗。风雨中，欢乐丑俑流浪京城街头，推开了古寺的大门……佛经咏诵，木鱼声声，袅袅香烟难以锁住小和尚的童心。一声磬钟一个跟头，一个跟头一道转世；经筒在空旋，进入辉煌圣境。

（佛堂古刹境地：蹬人、钻桶、大排椅。）

第六幕：梦幻飞天。漫漫丝路，传说着飞天的梦幻，天地之间演绎着古老杂技的美妙传奇。欢乐的老年丑俑顶着他的"百戏"灯笼，穿过千年梦幻，先秦古优—两汉俳优—盛唐太监，历经人间几世轮回，在弟子们的拥戴下，乘上古老华丽的铜车马，开始了从京城到罗马的万里征程：欢乐杂技，魔幻世界，笑脸永恒。（飞天梦永恒：立绸、芭蕾顶技、钻圈、彩俑舞阵、顶灯。）

这是秦西省杂技团为第九届全省文化艺术节准备的参赛节目。向锦书的迅速交稿，让赢得时间的秦西省杂技团上上下下皆大欢喜。都说，"小大群"推介的人就是好。他们给了向锦书三倍的稿酬，并请她审查节目单和宣传广告画。

这些宣传画，在向锦书梦中与童年的电影院的宣传画重叠飞舞，如梦似幻。

30

等孩子韩小树上小学，已经四十九岁的艾策策仍然是副科长，艾策策就想办理停薪留职手续，她不想再在这样没有意思的单位干下去了。

她想起那天晚上在普缘茶坊再见到向锦书时，她说过"别的咱们就不说了，我可以帮助你的，等你拿到会计证，去个新单位工作"。艾策策想，现在会计证已经拿到了，不管向锦书会不会给自己找工作，自己有没有工作，反正就是不想干了。

侯宇所长摘下老花镜，眯着和善的小杏核眼睛，反复看看艾策策的停薪留职申请书问："你不是才拿到会计证吗？你，业务那么好，升实职我不敢说有没有希望，但是升虚职今后也是很有希望的。反正待遇都一样嘛。"

艾策策看看这位头发已经灰白的老姑娘，十几年连自己也没有提升起来还压了一干干部进步的海归派所长侯宇，就坚决地摇摇头。心想，实职怎么样？虚职又怎么样？还不是一点点钱，用完了自己全部人生的好时光。

侯宇所长也就不再劝说，很干脆地签了字。递还申请书时侯宇所长语气是冷冷的："你现在可以去人事科办停薪留职手续了。"

人事科履行公事地给她交代："停薪，还会有很少的基本工资，仅够基本生活费。职位，我们会一直给你保留，交够三金一险。不过别忘了，五十五岁，你还要回来正式办理一下退休手续的。"

人生总是要不断去下定决心的，就像当年自己选择与韩路结婚一样，她又斩断了自己本来还算很安逸的工作和生活的路。一个下过乡的人，有一点钱，就不再有"害怕"二字。况且艾策策在生活在工作上，已经历经千辛万苦，现在她就是想去社会上看一看。还有什么事儿可以难倒她?!

办完停薪留职手续的艾策策，走在回家的路上，感觉天蓝，风轻，全身解放。走出办公大楼，她又路过了那个小花园，她看看依然还在的石凳，想起十几年前自己幼稚的眼泪与抽泣。那时候真是年轻，她正在渴望一个有文化又可靠坚实的肩膀，渴望过一把贵妇人般的高级优雅的生活，渴望有一个世外桃源样女王做主的家……但是当肩膀、生活、家都拥有了时候，你才发现，原来你还是一个人。

人生，你步步走过去，其实就是孤旅，独行。身外的热热闹闹都与你的内心相距甚远。

家里，很安静。艾策策现在完全可以睡到自然醒。洗洗漱漱，收拾屋子，打扫卫生……慢慢地在小厨房奶锅里熬着皮蛋瘦肉粥，打一个鸡蛋，和一点面烙一个小饼子，再打开六必居酱笋丝，一小块白豆腐乳，开始吃早点。一边吃一边看着窗外匆匆行走的人们。再喝一杯老街咖啡，读读琼瑶小说，听听音乐，焚一炷香……起初，艾策策觉得这种生活很惬意，可时间久了，感觉心里很空，一切都变得无趣味了。看看传呼 BB 机，她想起向锦书。

向锦书问："什么事啊? 我过来可是带着工作来的。人在你身边，心不一定在哦。你欢迎吗?"

艾策策说："当然欢迎!"

"那我可是要吃饭的哦。"

"当然，我来做!"

一阵风，向锦书就旋进家里来了。

艾策策就问向锦书："你还记得对我的承诺吗?"

"什么承诺?"

"给我找工作呀? 我现在已经停薪留职了。你那天在普缘茶坊里对我说，你可以帮助我的。等拿到会计证，就可以帮我去个新单位工作呀？"

"可以，可以！每月六百元。"

交易达成，两人皆大欢喜。向锦书趴在桌子上工作，她在一个八开的固定格式纸上用尺子和红蓝铅笔画一幅杂志版面。她说："没办法，美编画得不中意，说不明白，我就给他画个草图。正画着呢，你急急地呼叫我，那就下午再给他啰。"

中午，策策给向锦书包饺子，是豆腐猪肉豆角馅儿的，没有放盐，只放了白糖和蚝油。艾策策说："豆角馅儿不像其他馅儿容易煮熟，一剁碎又太面，没有嚼头。"向锦书吃了说："这是我这辈子吃到的最好吃的饺子。味道清淡，馅子香脆，喝完面汤后，真是舒服。给你介绍工作？噢，噢噢——没问题。"

"什么岗位每月六百元？"

"就是这两个工作岗位你看你能不能接受。前台接待，干不干？厕所保洁，干不干？"向锦书说，"这个前台和厕所保洁，就是我们女帅杂志社的前台和公共厕所。杂志社总找不到好的前台和保洁员，也不知道我们社长吴一钊到底要什么样的人，总是不满意。吴一钊社长他自己就在门口的整装大镜子上贴了告示。告示上就一句话：'你认识谁愿意来前台门迎和厕所做保洁工作，就请撕了我，来人事部商谈。'如果你来，我就去撕了它。"

"六百元呢！你去撕了吧。前台厕所，都无所谓，只要钱是真的就行！"艾策策很轻描淡写，从容淡定。

下午向锦书回到杂志社，一进门就把贴在整装大镜子上的告示撕了下来，拎到人事部告知："我有个朋友愿意来咱们前台。"

人事部问："男的女的？多大年龄？"

"女的。四十多岁。模样，气质，身材，都很赢人，堪称完美。"

"前台？那她是不是年龄太大了一些？四十多岁都奔五十的人了，还怎么完美？我们希望的是初中、高中、中专的毕业生。门槛这么低，就是因为年龄。前台，这是咱们的门面。最好是那种小荷才露尖尖角水灵灵的女孩子或者细细高高清纯的小帅哥。你看看今天中午在茶水间吃

154

饭，摄影师都说咱们的杂志封面，十四岁正好鸡蛋白的面孔，无懈可击。而上一期上了一个十六岁的女孩子照片都已经经不起印刷机放大，会有皱纹。清理厕所当保洁员就不同了。三十一岁最好，四十一岁也行，五十一岁身体好都可以。如果她同意，那就让她明天来和吴一钊社长见见面，到我们这里注个册，准备上岗吧。"

正是秋天，一个细雨蒙蒙的上午，艾策策就穿了件杏黄色的蝙蝠袖短腰毛衣，围了一条紫色麻纱围巾，配上棕色格子呢喇叭裙，半勒的靴子，撑了一把透明的雨伞，来到女帅杂志社面见吴一钊。

上楼的时候，有人一路小跑上楼很急，连连说："让一让。看你像个仙女，气质又像民间艺术家。请让一让。"艾策策在楼梯上向右连忙一让，环顾左右，并没有别人。那么，这一句接着一句的，仙女、艺术家，就是在说我了？这个女帅杂志社好奇怪，广告、人说的话，都像在天空中的细雨一样，自由、随意。

社长吴一钊是位秦北人，操有一腔浓重的带鼻音的地方口音。但是他与艾策策的谈话很是绅士客气。他一见艾策策就说："四十多岁？做甚四十多？不像的嘛！说三十岁还差不多！我看你像个仙女儿，气质又像民间艺术家。我很欣赏你这样敢于承担打扫厕所卫生工作的人。我很欣赏啊！你是甚嘛学历？"

策策脸有点红了，想起刚才那位叫自己让一让的人居然就是吴社长，她小声地回答说："我只是高中毕业，夜大自学，有个毕业证，是个大专学历，其实，也没有什么用处。"

吴一钊说："我们女帅杂志社最最喜欢'五大'毕业生咧。我们这搭儿用人，特别是编辑，就用电大、业大、职大、函大、夜大这些毕业生。采用稿子，就专门用那些没有名气年轻人的稿子。他们身上有股子不甘落后的闯劲！我们杂志可以让年轻人一夜成名的嘛！已经有名气的人，有的开始吃老本儿，走下坡路了！对不对？人要超越自己很难的！吃别人嚼过的馍馍，也是很乏味，没甚嘛意思的。

"可是'五大'生、无名小卒，他们都不甘心！不甘心这才是最高学历。不甘心，就会有想法。有想法，就会有冲劲！一飞冲天。你看，咱们工农红军八路军战士基本没有甚嘛文化，没有那些外国军事院校、黄埔军校正规军事学校毕业证，不是也夺取了人民当家做主人的伟大胜利吗？为什么？在"文革"中说让邓小平永世不得翻身。结果，他老人家不是又出山主持中国政坛了吗？还在深圳考察期间，画了一个圈儿，中国经济的春天不就来了吗？大学生游行还要打一条标语：'小平您好！'

"人有一点长处就够了。每个人都有短处，那短处咱就不管咧，忽视就对咧嘛。

"厕所也有文化，也有春天，它是一个展示你的舞台，希望你在这里表演你的成功！今天我把话搁在这里，只要是有利于厕所文化和春天的建议，我都会支持你的！杂志社其他东西不多，钱，还是足够的！我祝你好运！你也说一说你的决心吧。"

听社长啰里啰唆说了这么多，艾策策不由得举起手掌捂了一下嘴，扑哧一下笑了。她感觉这个很有名的女帅杂志社社长吴一钊很亲切，就像电影《列宁在一九一八》里列宁同志对着群众演讲，挥手指方向，很有气势，滔滔不绝，感人肺腑。

她想，我来挣钱就是挣钱，打发时间就是打发时间，一个厕所怎么就变成舞台了？艾策策她倒是想起自己初到顾章霖家，厕所里有六七个四方粉红淡绿杏黄雪白的小毛巾干干净净地折成小卷卷放在一个竹编的托盘上。尤茶看见艾策策两只杏核眼中露出疑惑的目光，曾骄傲地拍拍毛巾小卷卷们对她说过的话：

"哦，这是洗完手用来擦手的，每天晚上统统洗一遍，上蒸锅消消毒，用盐水泡泡，第二天再用。

"厨房和卫生间是最检验女主人勤快眼光层次水平的试金石。打理得干净不干净是一回事儿，打理得有没有道理，有没有品位，那就是另一回事儿了。"

艾策策就很认真地回答社长说："谢谢你，吴一钊社长！我也认为，厕所的确是最最检验人的地方。建议肯定会有的，有您的支持，我一定好好干。尽量让咱们的厕所能体现女帅杂志社的风格文化，造就一个美好春天的角落。"

"那很好！很好！"

156

艾策策没有想到自己刚刚离开单位来到社会，因为找到一个打扫厕所的工作，会如此欣喜认真，还下了保证。你给我一个支点平台，我就会给你们一个春天的世界。

　　艾策策在回家的路上下定了决心。

　　艾策策的生活，在这个秋天里，就因为一个厕所工作，尽管雨还是雨，天还是天，一切都变得明亮起来。

31

　　说是一个单位了，其实向锦书和艾策策见面很少。《女帅》的编辑们并不按时上班，向锦书兼职更是在时间差中交了稿子、编好稿子就行了。艾策策不行，艾策策要按时上下班。她的到来，让卫生间里散发着淡淡的香气，满眼绿草绿萝绿藤，玻璃镜子墙下放着一个鱼缸，鱼儿在里面摇头摆腹地游弋。洗手台上，用小竹盘托起小山一样一个个擦手用的洁白小毛巾卷卷，擦完后可以扔在另一个空白的竹盘里……艾策策就坐在水房门口，一小时清理打扫一次。没事的时候，她就到杂志社的图书室里去借时尚杂志来看，看完整整齐齐还回去。

　　艾策策开始以笔名"蜗牛"在《女帅·看人间》专栏投稿。她的女性散文是与众不同的，是欢乐的，幽默的，风轻云淡，不食人间烟火似的。艾策策喜欢写点小随笔，但只有她在夜深人静时写出的日记，是真实的，忧伤的。她总喜欢回到过往岁月里去看一看，她喜欢一切废弃的东西，废钢笔、废窑洞、废车场、废船场、废厂房……她会静静地对着这些被遗弃的地方、被遗弃的物品，看很久很久。有人问她，你在看啥？她说，也没看啥，就是去看看。一个保洁员，你说她在看啥？

　　在夏天的夜里，艾策策会去木寨市场旁边省军区大院子外面散步。会进入原来的二宿舍里面东看西看，回来写的散文都是时代赞歌、莺歌燕舞、风花雪月、歌舞升平。但是夜里，艾策策会对着心给自己写

日记:

　　每次重回大院二宿舍故里——德善寺东街5号，就很失落，很刺痛，触景生情，物是人非。那些儿时的花园已经扭曲，崛起的大厦高楼不管不顾地破坏了原来大院子的风水和美感。大院已经成为地方机关杂乱无章的家属院，原来的小院子都成为新宠的府邸。里面应该住着时代英雄，可现在出出入入的看上去都是些商界万元户。

　　发小们聚会，常常是百感交集。每个人都在讲述着自己家庭的悲惨遭遇，大同小异却有着非同寻常的亲切感，共同的倾诉可以化解心底的郁结。所有的合影，已经面目全非，再到熟悉的院子里漫步，那些曾经炫目的东西中楼、东平房、小北楼、西平房、北四平房……成为我们的凭吊场，只能缅怀。夜幕降临，木寨街头满大街小巷的热串串、羊肉味儿，伴随着年轻人中年人壮年人的游游转转，弥漫着麻醉神经的风情风骚。

　　这已经是一座文人笔下内分泌失调的废都，被新的开发带来一切的紊乱，像个永无休止的建筑工地，又像个任性孩子在学习走路看看世界，东拉西扯，不管不顾。无论你是否情愿，老祖宗留下来的古城清风猎场，如今都无可奈何地让位给滚滚而来的商业大潮，铺天盖地的塑料袋。孩子们人之初看见认识的不是山水田园，而是林林总总正在建筑一座又一座高楼的塔吊，这真是：叶公寒烟月笼纱，南郊星野遍酒家，醉女不知兴国事，麦霸梦吼赢彩花。

　　这里是破碎的、幽怨的、哀伤的，多少女伴儿伴随着破碎幽怨哀伤跟着不幸走四方，那些古典悲怆的贵族之美，在岁月无情的荡涤中褪色，苦涩、漂泊、衰败、没落……都化作底色留在我们人生的画布上、活生生托着我们的未来，化作云雨轻风。我们聚会，我们追思，我们的花园永远失去了。无论留守的，还是远去的，那个大院在我们心里面不仅仅是永不褪色的伊甸园，也是一块非常沉重当终身祭奠的历史石碑！

在秦北的青盆湾，冬初深秋，艾策策她很喜欢去迎雪踏风。她又会在日记里对着自己深深沉沉哀哀凄凄地写着挖肺刺肝的心言：

> 这几层满目疮痍空无一人的废窑洞，将我的记忆带回到三十四年前——这里在"文革"前后20世纪70年代一直是秦西省委、秦西省政府的干校。干校，是一个非常时代的产物，因为它于我有了一个组合家庭几分几合的故事。

> 三十四年前的一幕一幕那么值得深思，值得回味，值得一个人独处深院，触景生情。深情在睫，孤意在眉。我低眉凝望眼前的荒芜，走过败落的院子，抵达那个让人性失真的年代。那里有我无限想象的良辰美景，也有我父亲母亲的生活轨迹，清泪流淌，月黑风高。

> 如今千帆过尽，一笑而过，父母也走完了他们的沧桑人生。今天我又站在当年窑洞那被称作家的门口，那些泪滴的温度，足以烙下心底的图腾。回首处，早已风烟俱净。我只能抱着今天铭记，望尽衰微，与岁月，守口如瓶。

那时候，一切都是灰的，都是湿的，都是看不见远方的。艾策策的日记带着泪滴涂抹的痕迹，那是新中国成立后有过的辉煌和曾经的黑暗岁月，带给一个小姑娘烟雨少年多少欢乐和无助无奈的悲伤。

"蜗牛"的散文在民间传诵。偶尔她也给一些无名小卒的散文集写序。序，都写得灵动、幽默、真诚。别人来打问，艾策策总是拒绝说出真名。她说，她只愿意在女帅杂志社办公区安安静静地打扫厕所。

艾策策说："这是一个平台，这是真真切切的六百元生活费用。写东西是在天上飞，太不踏实了。只有打扫厕所，可以让你感觉是脚踏实地在安稳地向前走着，是全新的生活。"

国庆节的几天假一过，女帅杂志社的厕所焕然一新。新厕所不分男女，原来中间的墙拆了，左右两排你选择进去插上插销即可。这样解决了过去男女蹲位分配不均还浪费空间的问题。中间有间玻璃小白屋，很

160

雅致。

新厕所让人感觉是细雨蒙蒙雾气氤氲的场所。走进去就是湿润。这让每天在干燥的西京市环境里奔跑不停的《女帅》编辑记者发行行政工作人员，都在这里得到湿润空气的滋补。天花板全是绿叶绿萝绿藤，各色油纸花伞，墙壁是乳白色玻璃面在不断地流淌着水线。

新厕所全部换成宽板原木颜色的坐便，后面是一道不断地哗哗翻滚的溪流小河淌水。人坐在舒适的坐便上面大解小溺，左隔板上有大中小三层书架，可以分放八开、十六开、三十二开的书刊，书架上有个感应小电棒。右隔板上有个篮筐，放有手纸，湿巾，板上钉有三个很结实的挂钩，下面是一个扶手，可以助力你轻松站起来。面前的门板向前推进了一米，解决以往在坐便器上弯腰擦拭时就要头碰门板的问题。终端是污水处理器，水可以按时循环冲刷不浪费。

最可爱的是两排便厕中间的圆柱形玻璃小白屋，这是艾策策的休息间，很像童话世界的小小宫殿。半圆固定的桌子，半圆固定的软凳子。侧面瘦长条的门是推拉式的，出入门有个一步台阶，上去进门可读书，下来出门即可打扫卫生。顶层有个小风扇，周边一圈三个日光小棒灯，很柔和，也很亮。艾策策面对大门坐在透明的玻璃屋里面低头专心地看书写字。绿色的网状纱帘在里面挡着，让外面人看艾策策影影绰绰模模糊糊，她看外面倒是清清楚楚真真切切。

外面有个宽大的洗手间，顶头的两个三角，利用起来是个封闭的透明玻璃抽烟区；两边座位，可容三个人聊天闲坐，中间是一个古香古色的铸铁香炉，香炉里是粗粗的沙粒。每隔一个小时，艾策策会来清理掉沙粒上的烟头烟灰糖纸和细碎垃圾。

水池上长长的玻璃镜子下面向上抬了一点儿，鱼儿的玻璃缸空间就大了一些。竹编上的小毛巾厚实了一点，仔细看是名牌毛巾。那些色泽纯正的粉红、淡绿、天蓝、浅黄、雪白五个一组五颜六色很养眼的名牌毛巾一角绣着《女帅》杂志金黄色红红火焰漂亮的 LOGO（标识）。你敢说在这样的环境里洗个手不是如幻觉动漫或是自然的美？艾策策的心智在创造的无限空间中疯长着，仿佛所有的过往都是深厚肥料给泥土的铺垫与滋养。

如果向锦书来如厕，她俩总是要到吸烟室里小坐一下的。和顾章霖的相处，让艾策策的英语水平突飞猛进。坐在小玻璃吸烟室里，向锦书很高兴。因为大家和吴一钊社长都说她推荐了一个很优秀的人。向锦书顺手拿了一条天蓝色的小毛巾说："亏你想得出来！洗个手，擦个手，你至于搞得那么浪漫？"

　　艾策策笑了，她说："我就是在购买什么样小毛巾时的突发奇想。没有真正的意思。吴一钊社长说，一流的杂志要配一流水准的东西，我就开个玩笑，谁知道他真的同意了呢。我在这个文化环境浓厚的地方哪敢班门弄斧讲文化呀，这无异于是找死，对吗？"

　　艾策策问向锦书："你不去北上广，也不出国，多可惜！"

　　向锦书说："出国干什么？中国这么好玩儿，秦西省又这么多小吃，我才舍不得去远方呢。一个人心里恓惶，才去远方胡屎乱转呢。这里是一个点，立足好它，你就可以走遍四面八方。上得皇宫，下得茅屋。"

　　向锦书问艾策策最近在看什么书？艾策策就推开抽烟室的双扇折叠门，一溜小跑去小圆玻璃门里取了一本《莎士比亚诗选》。让向锦书翻到 *You say that you love rain*《你说你喜欢雨》开始请她用英文读读原文。

　　向锦书说，这正是我的最喜爱，你听着啊：

　　　　You say that you love rain

　　　　But you open your umbrella when it rains

　　　　You say that you love the sun

　　　　But you find a shadow spot when the sun shines

　　　　You say that you love the wind

　　　　But you close your windows when wind blows

　　　　This is why I am afraid

　　　　You say that you love me too

　　艾策策拍手说："不错，不错，真好听呀！"向锦书希望艾策策能用中文翻译出来。艾策策说那我试试：

162

你说你喜欢雨，

下雨的时候你却撑开了伞；

你说你喜欢阳光，

但当阳光播洒的时候，

你却躲在阴凉之地；

你说你喜欢风，

但清风扑面的时候，你却关上了窗户。

你说你爱我，

我怕你对我也是如此的烦忧之爱。

向锦书说，就拿这首诗来说吧，没有一个国家可以像我们中文这样词汇丰富。在大学里有同学这样翻译它，说是文艺版：

你说烟雨微茫，兰亭远望；

后来轻揽婆娑，深遮霓裳。

你说春光烂漫，绿袖红香；

后来内掩西楼，静立卿旁。

你说软风轻拂，醉卧思量；

后来紧掩门窗，漫帐成殇。

你说情丝柔肠，如何相忘；

我却眼波微转，兀自成霜。

还有远古《诗经》版：

子言慕雨，启伞避之。

子言好阳，寻荫拒之。

子言喜风，阖户离之。

子言偕老，吾所畏之。

《离骚》版：

> 君乐雨兮启伞枝，
> 君乐昼兮林蔽日，
> 君乐风兮栏帐起，
> 君乐吾兮吾心噬。

五言诗版：

> 恋雨偏打伞，爱阳却遮凉。
> 风来掩窗扉，叶公惊龙王。
> 片言只语短，相思缱绻长。
> 郎君说爱我，不敢细思量。

七言绝句版：

> 恋雨却怕绣衣湿，喜日偏向树下倚。
> 欲风总把绮窗关，叫奴如何心付伊。

七律压轴版：

> 江南三月雨微茫，罗伞轻撑细细香。
> 日送微醺如梦寐，身依浓翠趁荫凉。
> 忽闻风籁转朱阁，轻蹙蛾眉锁碧窗。
> 一片相思君莫解，锦池只恐散鸳鸯。

向锦书说，最好玩的是地方方言版。我在大学，南方同学以吴侬软语为一派编这首诗。我们北方同学因为春节晚会郭达的《卖大米》，就以秦语秦腔来编这首诗。特别好玩儿，你听着啊，吴语版是这样的：

164

侬刚欢喜落雨，落雨了么搞布洋塞；

欢喜塔漾么，又谱捏色；

欢喜西剥风么，又要丫起来；

侬刚欢喜唔么，搓色唔霉头。

而我的秦语秦腔版是这样的：

哎呀额滴个吮当，你说雨淋日塌嫽扎咧，咋可打着洋伞？

你最喜暖暖可做啥寻个荫处避暑圪蹴下咧？

你说风最嫽风最爽，咋又却到屋呢，让我怕怕地很。

你咋一说要爱额，就叫人心里陡然一战，恓恓惶惶。

　　那天，我在学校对同学们说："为什么这首诗要翻译成'你说你喜欢雨'呢？要我翻译，就是'叶公好龙'。我不知道这世界上是否还有第二种语言能像汉语这样，拥有如此美丽的韵律。当我们不假思索地跟随着别人疯狂地学习英、韩、日、法……语言的时候，谁能偶尔停下脚步，回过头来欣赏一下咱们自己最有魅力的本土文化？也能偶尔静下心来品茗玩味一下汉语带给我们的不一样的感动呢？"

　　艾策策说："钢铁闺密，你讲得真好！特别爱我中华！特别长我华人骨气。"

　　艾策策想起在学校，向锦书也是个"玩"学习的主。她总是以要考60分为标准。考试卷一发下来，她先计算每一题的分数，然后按分数解题。要正确，要刚好60分。有一次考了67分，她就说，这次失败了！又有一次，考了62分，她才表示满意。临到毕业，老师跟她谈话，说这最后的成绩是要进入档案的，希望她能认真对待。她答应老师好好考，结果就考了100分。向锦书说，分数特别没有意思！学习要好玩，才有意思。

　　因为厕所和以"蜗牛"为笔名的随性，还有以废弃为主题的散文写作，女帅杂志社的同人对艾策策都颇有好感。吴一钊社长也是大会小会表扬艾策策这种真正的"女帅"创造时代新生活的精神。不经意间，

165

他发现艾策策还拥有国家颁发的会计证。不久，艾策策就调进财务室，她的财务特长得以发挥。她开始对《女帅》杂志这七八年的账目进行了一次彻底整理。

账目这种东西，一般不可为外人知底。清理账目，规整到可以面对审计，这是一门技术。艾策策的财务业务能力是省级单位二十年的历练，自然很懂。过往的每月、每年，她都整理得清清楚楚，规整得像模像样。在上交账目归档的时候，吴一钊社长说要好好奖励她。

她笑问："你怎么奖励？"

吴一钊社长说："就这次工作，奖励十万元人民币。"

艾策策摇头，表示不要。

吴一钊社长又说："那在豪华社区给你买一套四室两厅的住房。"

艾策策笑了，她开始和吴一钊社长公开讲条件："你说的房子可以不要，但是，我要《女帅》杂志你们共同拥有的那十分之一股份，加入我进去。"

原来，《女帅》杂志是个广告平台，真正的利益是杂志后面巨大的广告收入，海外加上北京淞市广州深圳珠海等地的培训收入，还有低价购买高价抛出的房地产收入和贵重文物、礼品拍卖收入，价值连城。《女帅》杂志的前身是一张八开大的省妇联机关对外宣传的家庭类小报。1988年向社会招聘主编社长，吴一钊带着一位儿童杂志副主编，一位摄影师，一位部队书刊发行人员，免费三年租用办公室，以每年五万元上缴省妇联的条件，创办了《女帅》杂志。五年后，开始与省妇联利益共享，51%归省妇联，49%归杂志社。在49%中，有10%是杂志社元老四人年利益均分的。在查账中，艾策策看见了这10%，艾策策要的是细水长流，吃穿不愁。

吴一钊社长听了艾策策的要求，说："既然我能让你知道这些，我就不拍你提出要求。你的要求并不过分。我答应你！但是每个人的四分之一利益不能变，你可以在我这里拿到1.5，我只要1.0即可。跟着我打江山的人的利益，万万不可以动摇！"

从此后，艾策策拥有了每年一百五十万元人民币以上的收入。当她看见存折里第一笔百万数字时，她干了五件事。

第一件事，她给向锦书打了十万元过去。艾策策对向锦书说，这是感谢你的鹊桥费。

第二件事，她去了医院，要求将自己一直屈辱的雪藏乳头血葡萄从深陷埋藏提到表面来。手术当然很是成功。血葡萄重见天日，像两颗成熟饱满的红樱桃，突显在艾策策的胸前。她想起自己少年青年时期看不见这两枚血葡萄时的自卑，让自己的春天的生命充满苦涩。现在红彤彤的雪藏葡萄终于出世见天日了，她又不愿意示人了。好东西，珍贵的东西，只留给自己最亲的亲人。男女在人生的路上相遇，就是走一段阳坡地上山，高山顶上是交合的最快乐，然后就是走一段阴坡地，一路下山而去。怀里拥有了新出世的鲜艳红葡萄，艾策策只想在阳坡地里散步了。她用两条长袖甩甩身边无数的好色的男人们，目不斜视，一路前方而去。

第三件事，她把韩小树送到英国去留学学会计专科，她希望家中的财富源远流长。

第四件事，是在西京市东南翠花山脚下"绿水青山"住宅区买了一栋三层带小电梯的别墅。

第五件事，是买了一辆城市猎人吉普车，上驾校学习，领取驾驶证。

向锦书拿到十万就去了韩国，将迷人的丹凤眼整成了杏核眼。艾策策问向锦书这又是何必？向锦书说："丹凤眼现在这个年纪看上去会很刁蛮很凶恶很犀利。年纪越大，这丹凤眼越是立眉竖目。你看，我现在这双眼皮一切换，是不是看上去很慈眉善目啊？"

艾策策看着向锦书弯弯的柳叶眉，又大又双的杏核眼，感觉很自然，很柔和，睫毛突出，像一双毛眼眼会说悄悄话了。一对双眼皮非常好看。艾策策说："这双眼睛看上去，也不像是动了刀片，很天然的模样。"

向锦书说："你就是火眼金睛！我这是烙的印，就是用一把袖珍小熨斗那样的工具冷熨出来的，没有动刀流血，只是微微红肿了两天，等我回来已经很自然啦，如同天生！"

艾策策嘟着巴黎玫瑰的花瓣嘴唇，就为闺密向锦书惋惜不值。艾策策说："丹凤眼多稀罕，多好看。气质非凡，高贵脱俗。杏核眼就俗了。"艾策策扳着手指说："侯宇是，尤茶是，现在你又是……多撞眼啊！"

"气质非凡，高贵脱俗也不顶饭吃。"向锦书神往地说，"我只想要善良诚恳，大众平凡。千万别让我的儿子们孙子们看着我害怕，就是最好的，最美丽的。"

向锦书不想再过写别人冠军或者成功的生活，有了念头，就有了变化。向锦书走进了秦西省体育局机关，开始专注体育管理工作，正式放下了用笔头单打独斗的孤勇者的姿态，开始融入团队。

32

女人一美丽，就会有奇遇，人生的麻烦也就来了。写作已经成为惯性，别人并不知道你不写作了，邀请你去参加笔会的请帖还是会来。许多请柬都会作废，而南都的《好家》杂志邀请最诱人——可以去改革前沿的南京、广州、珠海、深圳、惠州看看春天故事发生地的经济大发展的新浪潮，可以和许多著名作家一起写作开会。虚荣心来袭，向锦书利用年假去了向往的南方。临行前向锦书专门去理发店花了一百八十元，将长达腰际的头发拉丝做卷，让头发汹涌如瀑布一样蓬勃盎然。

这是 1993 年秋天。林天峰在中国火龙电视台当记者，也来南都参加"改革开放看南方"的全国作家记者笔会，向锦书与他相识了。那次笔会上名人很多，默默无闻者也不少，林天峰和向锦书都属于后者。他们的认识，是从一个误会开始的。

报名那天，向锦书刚在南都大白鲨宾馆的房间里坐下，一个男人就拉着行李箱进来，又回到门口看看房号。再次进来就用主人的口气问她："你是在等人吗？"

"没有啊！这是我的房间。"向锦书继续看书。

"啊，不对呀！"那人又开始看房卡，又去门口看房号。回来后很礼貌地说，"你还是回你的房间去吧！"然后开始打开行李箱说："我要洗个澡了。"

向锦书没有动。她说:"你愿意洗就洗吧,我就是这个房间!"

那个人一下急了,立刻站起来说:"那一定是组委会搞错了。我去换房卡!"说着就转身收拾东西,准备离开。

向锦书忽然就想开个玩笑,她站起身来到门口一挡说:"不许去!天意是要考验一下咱们的,我不怕考验,你怎么样?"

"我当然经不住考验啦!让开!"男人已经满面通红,一直低着头要往外冲,嘴里还在咆哮,"我去换房间!你让我过去!"

"喊!好吧。"向锦书莞尔一笑,放过了这个腼腆的男人。随后扔给他那身运动装背影一句话:"你可千万不要后悔哦!"

这个玩笑让向锦书现在回想起来都很快乐。从小到大,她的名字就让许多老师误认为这是一个男生。全班音乐考试,她会和一个男生分在一组。这次组委会也一定是搞错了。"搞错了,就将错就错呗。跑什么嘛,又不是小学生,我会强迫你吗?还逃离,还咆哮,也不会来点幽默风趣。"

向锦书知道那个男人叫林天峰是在第二天的讨论会上。主持人点了他的名字:林天峰。

他发言讲道:"社会发展对文化人的衡量标准正在发生变化,所谓'目不识丁'已成为过去;'目不识T'('T'为英文单词电视的第一个字母)正在成为现实。新时代正在飞速改变着人们的审美目光。比如美女标准,静态传统淑女正在成为过去,而动态健康富有生命活力勇往直前具有创新快乐精神的中性女子正在引领未来。"

哟,他的思想还是很前卫的嘛!向锦书喜欢未来,喜欢新的生活,她开始很感兴趣地望着林天峰。这才看清楚,他是一个身材瘦高戴着一副银丝边眼镜很清秀很恬静很斯文鼻梁很挺的年轻人。林天峰那天穿着一身银灰色含有隐格挺括发亮质地柔软做工讲究的西装,向锦书眼里的他真是新颖超前。旁边有人议论,讲他是毕业于北京大学中文系,在中国火龙电视台工作,妻子出国才走,给他留下了一个刚刚两个月的女儿。

那次南江笔会很有趣。笔会之后去了广州、珠海、深圳、惠州几个地方。到了深圳,她第一次见到港币,面额很大,与人民币比价为1:

10。因为去的地方多，会议开得十分紧张。每到达一个地方，人们都在拍照，一群一群的人大呼小叫合影留念。东道主也很热情凑趣配合。每夜神速冲洗胶卷，第二天就将照片一一分发给大家。于是拍照变为笔会闲暇的主题了。向锦书自知无名，大家聚了散了留什么念呢？所以，向锦书常常避开拍照，避开人群，独自观赏南方的风景。

一天，林天峰突然递给向锦书一张照片，上边竟然是向锦书和他。向锦书身着一身雪白运动衣正背向镜头眺望大海，他则身穿黑色圆领T恤双手抄在笔挺的黑色西裤兜里侧身凝视着向锦书。海风吹起向锦书散落肩头的飘飘长发，也吹起他额前如春风寸草的短发。男黑，深情专注地凝望；女白，泰然自若地静观远眺。黄金般的沙滩，碧蓝的大海，雪白的浪花，红黄紫蓝相间破云似剑的漫天霞光。远处是澳门岛、珠海大桥，有轮船航行其间⋯⋯

这是一张在向锦书不知不觉中拍摄的照片，景色、人物、画面都很不错。向锦书一向喜欢浑然天成的作品，就拿在手里反复观赏着它，无意中看见照片背面写了一行小字："这个女人是谁？"

向锦书一下子笑出声来。大声宣布道："这照片，归我了！"

林天峰还担心地问："你带回家，没事儿吧？"

向锦书翻眼答道："如果一张照片都会有事，这个家庭还有意思吗?！我和丈夫十八岁下乡就认识了，你甭担心，我的这类照片可还真不少呢！"

林天峰说："那底片我存着？"

向锦书说："好呀！"

向锦书与林天峰就此熟络起来，再游览时，他俩开始结伴行走在人群当中。林天峰很少讲话，多数是帮向锦书拎拎包，或上车上船爬高走低时扶向锦书一把，然后就一会儿冲向锦书笑笑，一会儿又很腼腆地低头望路。

南伟也在北大，可是向锦书在北京几年也没有遇见他。向锦书随口对林天峰讲过："你是北京大学研究生，很了不起噢。你认识南伟吗？"

"不认识啊！"

林天峰又淡淡一笑说："好学历并不等于真能干。你看看这些笔会里的知名人士就是最好的证明了。作品被收入《中国文学史研究》的王作家,自由撰稿人,经常出口伤人,你都不敢与他对话。但是,在研究北京新时代语言上,他是有贡献的。北京作家很多,但是在研究北京语言上有贡献的人,能够进入文学史册的人,恐怕要算老舍和王朔。在大学里,文学老师会让我们读王朔的小说。谁比谁高呢?文学要有新的人物塑造出来,更重要的是要留住这个时代的语言。新时代对人的要求不再是拥有多高的学历,而是寻找到知识的能力,把知识变成财富的能力。条条道路通罗马,关键是怎么样最成功!"

在深圳的那一夜,笔会的人们非常忙碌。访亲拜友逛街歌舞喝酒者,各有目标。在那座年轻的不夜城中,所有的笔友都变得神神秘秘而又精精神神。他们各个行色匆匆无影无踪。向锦书只能孤寂地立在十二层酒店客房的平台上,观望霓虹如星河流淌人间似的璀璨的深圳夜景。

向锦书看见远方有一座很高的楼,楼顶上圆积木似的建筑灯火通明,正在慢悠悠地旋转。这是向锦书第一次看见这样旋转着的高楼房顶,感到非常新奇。这时,向锦书身后房间里电话铃忽然响个不停,一接电话居然是林天峰打来的。他说,他很想邀请向锦书上街去走走。向锦书说太好了!就顺手将长发绾起别了个宽片朱红环卡,就穿着白天未换的无袖连衣裙,蹬上轻便的黑布坡跟凉鞋,迅速奔下楼去。

林天峰在大厅里等向锦书,看见向锦书就说:"好快啊。你真是很懂颜色。"他说他十分喜欢向锦书无袖连衣裙子上钴蓝、艳紫、杏黄的变形大色块,还有那么醒目的一个朱红发卡。

他们在大街上漫步,真是很高兴,很自由,很自在。林天峰问向锦书:"你喜欢南方吗?"向锦书说:"我就是江南人,对水和绿色很敏感很习惯,感觉到了南方就很亲近,当然喜欢。"可是走过连街小院,向锦书看见一跨而过的女儿墙和细细窄窄的高楼窗户就说:"在我们西京的天很高,是因为城墙高,窗户很阔视觉也阔。"向锦书说:"我更喜欢我们西京那种开阔高远的大气派古老建筑。"

林天峰沉默地走一段路,忽然说:"在北京有许多人是很喜欢南方来的女孩子。她们讲普通话受了京腔影响,但又保留了南方音细柔软、话语纯粹、气息不油滑、很诚恳的成分,就形成一种很好听的声音。知道吗？你就具有这样的声音。"

向锦书说："我知道。"

林天峰很惊讶地"啊"了一声。向锦书说："小学我一直是讲南方话、客家话。因为父亲母亲的口音、小的时候就讲客家话和'文革'期间跟外婆在余州青山生活的结果，就又是'四'和'十'不分。课堂闹出了不少笑话。到了三年级暑假，我妈妈去北京开会带着我，买了公共汽车的月票，让我天天在大街上、商场里、往来公共汽车中和人对话，问价，很努力学习北京话，普通话。"

"为了什么这么努力呢？"

"就是，我很想当个学校的广播员。"

"噢！"

"广播员也没当成，倒是在校外学工劳动的公共汽车上售票期间，有位北京口音乘客叫我：'小老乡，买票来！'我才知道自己普通话学好了，都有京腔了。"

林天峰仰天张口哑笑，露出一口雪白的牙齿，模样很儒雅。他说："南方北方融合，也就会产生稀有夺目的美丽。"林天峰回头注视着向锦书，目光直投向锦书的眼睛。

向锦书问林天峰："你为什么不和媳妇一块儿去国外？"他说："为了尊重。林天峰认为，为什么一定要去过别人创造好的生活呢？"人应该创造美好的生活，而不是去坐享美好的生活。他说他可以去国外工作观光，但不愿意寄居成无根的人，他相信只要自己坚持努力，就可以在中国做到被世界承认。

这时，突然就有一个十岁左右的小女孩儿手捧玫瑰花跪在他们面前说："先生，您给小姐买朵花儿吧？"小女孩儿就那样跪着乞求地望着林天峰，甚至用一只手拉扯他笔直的裤腿。林天峰从口袋里摸出了一张贰拾元人民币给她，但没要花。

因为这个插曲，他们沉默不语地走了很长的一段路。最后还是向锦书问了林天峰："你为什么不要花儿？"

他说："因为，你不需要花呀。况且是硬塞的，不舒服。"

向锦书觉得虽然他们相识才两天，但是林天峰的确很了解自己。向锦书小时候，有一天艾策策来邀向锦书到院子里玩过家家的游戏，吓了向锦书一跳。她毫无兴趣地强被拉出家门，看着女孩子用瓦片当锅、土当饭、草当菜地满地忙碌，真为自己的年少心老很遗憾很抱歉。向锦书想，自己怎么就会没有同龄女孩子的心情呢？

也许是向锦书家南方北方迁移得太多；也许是城市乡村间，向锦书家落差太大。小小人的心境竟然复杂得风起云涌，童心荡然无存。二十一岁许多人开始提醒向锦书该找对象了，向锦书又被吓了一大跳。向锦书很难想象自己结婚后，到底是当丈夫还是当妻子。向锦书那种已经事事做主不会靠人的性格，让她对自己也十分发愁，一个既没有女孩儿心又没有女孩样儿的人，谁要？

那时候，向锦书真是非常害怕阴天下雨。天一阴，向锦书就感到压抑，感到悲伤，直到王西京的出现。结婚后，向锦书非常喜欢做饭，喜欢与丈夫斗嘴，喜欢雨天散步，更喜欢时时刻刻与笑逐颜开的正在一岁一岁成长中的儿子王一十玩耍。向锦书希望儿子的童年简简单单、快快乐乐。两个男人都不爱花儿，鹤望兰又没有了继承人，花儿对向锦书瞬间就变得毫无意义。向锦书是不是还需要花呢？林天峰他是真的懂自己。

"其实，我在骨子里，还是很喜欢一种叫鹤望兰的花的，但那是祖辈的老观念了。"向锦书说。

林天峰说，他的妻子彩云很喜欢玫瑰花，因为它又名苏醒。彩云去了瑞士，他只能独自带着两个月的女儿点点。他明白了：人在没有从尿布奶瓶子锅碗瓢盆里抬起头来的时候，是不会有闲心爱花花草草的。

"那人在爱什么呢？"向锦书问道。

"爱孩子呀！"他答。

"彩云？无定数，就飘走了。云中谁寄锦书来？"向锦书走着随口在念一个名字，还絮叨了一句。

林天峰笑了，就问："那你丈夫叫——？"向锦书说："他姓王，叫西京。"

"哦，是一座城市啊？好大的气派！就在大地上蹲着，踏实！"

向锦书冲天仰头哑然一笑，开始无言继续漫步。他们默契得如同路

174

灯照耀足下的人影：一个了，又两个了；一会儿重叠了，一会儿又分离了。

他们一直漫步到国贸大厦跟前。向锦书止步抬头欣赏那镶嵌在楼面上二十八层上去下来的观光电梯和高高在上如积木的旋转楼顶，林天峰一步跨上前就要去购买那用大字标价四十八元人民币一张的门票，被向锦书一把坚决地拽住了，四十八元实在是太贵了。

林天峰侧面低头睁圆眼睛很坚决地喝道："怎么，请你陪我上去看一看，你不愿意吗?!"向锦书松开了他。

向锦书和林天峰登上刚才在酒店客房平台上观望好奇了许久的旋转楼顶。林天峰说："这是一座纪念母亲和兄长的高楼。有兄弟两人偷渡香港，母亲托着弟弟上船，哥哥下来帮忙，结果被海浪冲走，母亲去救，双双都没有了。弟弟去了香港后奋发图强，80年代回到新深圳来投资，就在他们偷渡的这里建造了这座高楼，它可以像母亲兄长一样永远遥望着香港和祖国。"

向锦书听着林天峰讲的故事，心里酸酸的。她是第一次看见了夜色中的香港，星光灿烂的维多利亚港湾。向锦书趴在落地大窗户的栏杆上问林天峰："你说1997年香港真的能回归祖国吗?"

"当然!"林天峰肯定地冲向锦书点点头微笑道。他们默默地喝茶，吃小点心，观赏深圳之夜，基本没有什么对话，但感到非常愉快。向锦书觉得，林天峰真是一个很好的伙伴。他默默与你同享客处异地的时光，也不知他在想什么。向锦书偶尔侧目问问林天峰，他就笑笑目不转睛地盯着夜空说："什么也没想啊。"一副头脑干干净净的样子。不像有些陌路男人，客旅他乡为女人花了几张钞票，就满脑子闪烁起歪思想，全身都有动作，非常令人讨厌恶心。这种讨厌恶心的感觉如同鼻涕黏手，甩不利索，擦也擦不干净。

大概过了零点了，他们是最后离开旋转顶楼的客人。11月份深圳的夜晚，很多店铺还没打烊，充满了与西京古城完全不同的非常浓重的商品化气息。一股股海洋小夜风袭来，寒寒凛凛的，让向锦书感到一阵阵凉意侵身。向锦书不由得用手掌轻轻地搓搓双臂，林天峰立刻就脱下西装上衣给向锦书披上，还按按向锦书的肩头。向锦书没有与他再客气。

笔会安排中有一天是购物日，林天峰向朋友借了一辆越野车，带她和天津日报社的刘娜、北京体育报社的樊涛一起驱车几百里地，回到了南方阿兴县城。七岁离去，今天回，多少感慨涌在心中。小东门没有了，大门口的缝纫铺子还在，那时候向锦书她会有趣地拉着房顶上大棉被扇风。阿兴山歌剧团也还在，当年她练嗓子练功比演员还上劲。城镇小学校也在，只是庙门拆了，那棵大树也不见了。门口还是两排好学生专栏，只是中学加了高中部在隔壁一个院子里。县人委还是老地方，电影院已经没有了。走进阿兴山歌剧团，她家住的小院子已经拆除，但是厨房还在，她那三根手指被剁的石台子还在……给他们开门的人自报家门李彩司。向锦书笑了，她说："我是与你开场跳舞的向锦书！"拎着钥匙串已经人到中年的李彩司张大了嘴巴。她开始唱："家有子，才有喜，两心相悦就不用媒引！"

李彩司大笑，拿着钥匙串挥动手臂跳起来："哥哥心爱年轻的人！妹妹心爱年轻的人。花里花朵，花里花朵，一枝花！花里花朵，花里花朵，朵朵开！"

她俩的默契，一如童年。同路人都很感动，也被欢乐感染。

"你怎么还记得啊！"

"童子功，忘不了啦！"

吃炒米粉的时候，李彩司又问起龙琼和艾策策的情况。向锦书没有多言，只是淡淡告诉他，都挺好的！

其实，龙琼与艾部长又复婚了。原因是艾部长他去了秦北青盆湾干校时，是龙琼在日常照顾着艾苹果和老太太，并为老太太送终，将骨灰送回了山西老家安葬的。按照龙琼的说法，她与南义只是在楼道说话，她哭了，南义就拍拍她的肩膀，让她收起想念原配电影院艾院长的眼泪。艾部长就误会以为他们有私情，大怒！一气之下离婚了。把南义也处理降级送回余州青山。朋友的苦难就别再提了，人生本来就不容易，命运多舛，世事难料。

《好家》杂志南都笔会结束的那天，他们许多人都在广州白云机场握手告别。向锦书首先进入安检，林天峰在安检口握住向锦书不松手，他们手拉手僵持了许久，有一些乘客和会议代表都在张望着他们颇有些尴尬的握手。

向锦书只能用玩笑的口吻故作轻松地说："哎，这么多天还不知你摘了眼镜是什么样儿呢，我想看看真正的你。"向锦书猜他一摘眼镜就会松手了。

林天峰盯着向锦书的眼睛一字一句地说："我很后悔没有顺从第一天老天爷的安排，去阿兴县又没有过夜。我在睡觉时才摘眼镜，你真的想看吗？"然后嘴角顽皮地一咧，大手一翻，松开了向锦书，很干脆地转身走了。

向锦书的掌心留下一张汗湿的字已洇晕的纸片，上边写着三四个林天峰的电话号码和家庭地址。还有一行小字："到北京来，一定要给我打电话！"

33

　　以后的岁月他们各自在各自的城市里忙碌。向锦书常常在报刊上看见林天峰的文章，在电影电视中看见他的名字。因为媒体职业，向锦书到处看得到他的足迹：编导《中华文化人物（40集）》了，进入《爱过》电影剧组了，跟随《中国留学生》电视剧组去美国、欧洲了，在天津采访第四十三届世界乒乓球锦标赛了……

　　1996年春天，向锦书利用换休假期，去北京、天津、南京等地发行自己在《女帅》杂志兼职撰写的民俗散文作品集《活在秦西》。到达北京后，向锦书立刻拨通了林天峰给的那组电话其中的一个。

　　林天峰的第一句话就亲近得仿佛你根本从来就没有同他分别过五年一样。他说："噢，是向锦书呀！你快回家来吧！"向锦书说："先干公事，后天来。"等到第三天傍晚向锦书去了那间被林天峰在电话里称为家的房子时，房门锁着。门上贴一字条：

　　向锦书：

　　　　你终于来了，欢迎。可惜，我却要去山西拍片儿了。到家后请来电话！钥匙在门房，你用身份证证明你的姓名就成。我的手机号是13245638018，山西省电视厅招待所的电话0351—8785592转前台找我即可。

　　　　　　　　　　　　　　　　　　　　林天峰留于清晨4时

向锦书与其说是在那里住了一夜，不如说是打扫了一夜的卫生。一个没有女人的男人窝，真是太乱了。那里最干净的是电脑、桌子和被子床单。向锦书看见干干净净的被子床单上边干洗店的名签还挂在那里，松软的被褥散发着阳光香喷喷的味道……

　　林天峰家小客厅的墙上挂着一幅一米高一米五宽的黑白大照片，被一帘尘纱遮蔽。向锦书用鸡毛掸荡去挑起，大照片就真切清晰地露了出来，居然是他们俩在珠海的那张合影：男黑女白。向锦书身着雪白的运动衣背向镜头眺望大海，林天峰身穿黑色圆领T恤双手抄在笔挺的黑色西裤兜里侧身凝视着向锦书。右下角有林天峰用金炭笔草签的题书，像诗又不像诗：

　　　　这是西京的女人，
　　　　如雪花般优雅
　　　　飘逸进入你的眼睛。

　　　　很像运动冠军的她
　　　　在眺望什么呢？
　　　　是目标、爱情，还是希望、前途？

　　　　艳丽霞光照耀你
　　　　如此一个饱满、圆润、喷香的生命，
　　　　让人凝视不归。

　　　　知道吗，
　　　　你从此永驻在我的心中
　　　　很重要。
　　　　　　　　　　　——林天峰

　　向锦书久久地凝视着照片，心潮如风暴骤起。心说："云中谁寄锦书来？当今世界究竟有多少玩笑和奇遇能够造就如此英雄辈出，情感绵长？"

夜半三更时，一切收拾停当。不知为什么屋里只有一只女式红拖鞋。蜗居四处都是亮晶晶的，向锦书环顾四周，用手按住电话在思量：如果没有家，我会不会在这里长住下去呢？

清晨，忽然就有人敲门，那声音是在门下面着急敲着的。打开门看，是一个五六岁左右的小女孩。她眼睛亮亮地问向锦书："我是林点点，你真的就是我的妈妈，彩云吗？"

向锦书蹲下去看看她，很想抱住她。小女孩忽然就挣扎着冲进向锦书身后屋里，窸窸窣窣爬到床下边，从里面拉出了一只裹满灰絮的红拖鞋。她一直把红拖鞋拉到向锦书跟前，对向锦书说："我一直等你呢！没有人穿过，给，你的鞋。"

那是另一只她在打扫卫生时寻找到的红拖鞋。向锦书抱起这个太让人心疼的漂亮小女孩，四下张望。拉开门去，楼廊远处，有一位银发老太太正剪影似的凝望着她们这边的一幕。向锦书忽然感觉心情有些沉重。向锦书扪心自问：向锦书，你可以抱起林天峰的女儿林点点，但是你抱得起一个母亲的责任和他女儿对彩云妈妈的那份期待，那份希望吗？就算可以。那自己的儿子王一十没有了妈妈，他该怎么办？

向锦书放下林点点，走到写字台上，留下一首诗《望乡》："云鹤跃阡陌，不知去何方。悠悠白云心，频频故乡望。"离开了林天峰家。

1998 年初冬，西京下了一场大雪，在向锦书四十岁生日的那天傍晚，向锦书突然被家门口堆放着的巨捧鲜花"鹤望兰"所震惊。数一数刚好是四十朵。

鹤望兰，家乡女儿的花。她想起家中窗台已经开败了的鹤望兰。国家的独生子女政策，让她和姐姐向云雪此生再无生女儿的希望。鹤望兰，稀有昂贵，位居世界名花前列，可向锦书更喜欢的是它那堆别名——天堂鸟、爱情鸟、幸福鸟。它们像一群五彩缤纷的花中鸟、鸟中花，形态相似又各异，只只引颈欲飞，就像向锦书已经度过了的四十年岁月，看上去是那么平淡，那么无奇，其实又是那么吉祥，那么丰富，那么快乐，那么自由，又那么幸福。

它的市价一枝在三十元左右。是谁送的呢？向锦书俯身去拥抱它们，想在它们的怀里寻找答案。它们的怀中果然有一小小的贺卡。上边写着："永远的三十四，你是我生命中最重要的朋友。西京南二环同心结立交桥上，等你！"落款竟是林天峰。

这一刹那，向锦书顿悟了情感的美好，也终于明白了，为什么有人会一意孤行地走出家门。家，那个还你性格里天然，给你生活种种收获，用你的烦恼琐碎智慧勤劳创造起来的家。怎么就留不住你？意外的奇遇，总是魅力无敌的！它的诱惑就在于，你还不知道前方是什么。

前方！南二环，立交桥下。蝴蝶状的桥头有字：同心结。应急辅道的白雪中，林天峰靠在一辆雪白奔驰小轿车边，开着车灯一闪一闪地等向锦书。

他看到向锦书时居然很平静地说："车，是剧组朋友的。花，是剧里的道具。只有我是真的，来祝你四十岁生日快乐！"

他们笑了，开心地大笑，笑得没有距离，笑得十分亲近和轻松。仿佛这几年，他们从来就没有在两座遥远的城市里分别过。

林天峰拉开车门，向锦书弯腰上车坐好。他关上车门，快步绕到司机位上，奔驰车就在蝴蝶状的同心结立交桥上下旋转起来。

向锦书问林天峰："你为什么总这样转啊？"

林天峰他说："因为我已经开不出去了！"

向锦书直直地问林天峰："那今天你是想偷我？买我？还是要我？"

他沉吟了一会儿说："哎呀，向锦书，你自己明白你是一个多么独立的人，谁敢啊？"虽然，他还没有向锦书想得这么透彻，这么明白。"偷是什么？买又是什么？要，我要得起吗？"林天峰思想、心脏此刻受到重重的一击！

在这个世界上，有多少男人真正懂得女人？懂得她心里最真实的感受，还有她生命路程上那么些不为人所知的故事。在四十岁这个生日向锦书才懂得，求新的生命都是鲜活无畏的。向锦书从这一天起，不再希望自己成为谁最爱的女人。一个让别人感觉你是他生命中最重要的女人，能被人永久地在心里惦记着，真的是很幸福的。这种生命成熟的情感和趣味，就是人世间最高级的美味佳肴，无可替代，相当美妙。

林天峰一脚油门，奔驰车忽地一下就冲出蝴蝶状同心结南二环立交桥，跃上了笔直的高速公路。"哎——向锦书！"林天峰目视远方说道，"知道我今天为什么要送你鹤望兰花吗？"

　　向锦书侧望着林天峰摇摇头，她想他肯定是因为这是自己老家的习俗。

　　"不是！因为鹤望兰它是群花之冠。

　　"因为，它已经不太像花了。

　　"还因为，在那些世界名花金榜的四朵当中，只有鹤望兰是唯一会飞的花。"林天峰目视前方细致耐心地告诉向锦书，"排位世界冠军的名花里，红掌如叶，石斛兰如风铃，郁金香像酒盅，唯有鹤望兰很像小鸟和燕子。它很似一只万紫千红中最美丽，最新鲜，最快乐，最勇敢的小鸟儿。是一朵似飞翔状的名花贵草。"

　　小车里响起了音乐，林天峰说："熟悉吗？《望乡》。"向锦书一听，果然歌词熟悉，是自己最后留在林天峰家里写字台上的诗："云鹤跃阡陌，不知去何方。悠悠白云心，频频故乡望。"

34

刚过罢新年，老黎局长已经退休，就传说单位又要换一把手了。去年，来了个三十八岁的鲍利丰，正职副用，是满族人，原在文化厅分管电影处，兼着西京电影制片厂书记，看样子是接班人。他来秦西省体育局第一次看篮球赛就东问西问："为什么有人可以跑几步投球？有人不跑就投球？"体育局所有人都惊呆了，根本没有回音！一个插队提拔的干部，干吗来了？什么都不懂。

向锦书怕他太尴尬，就开了个玩笑说："那是有人喝了红玉米，有人喝着老井水，所以上篮投球都是很不一样的！只要投进去，就是好球！黑猫白猫，抓住老鼠就是好猫。"

大家就大笑起来。《红玉米酒》和《水井》就是他在文化厅任职时拍的电影，获得了国家级和世界级的奖项。可是体育与电影根本不是一回事！现在，他只能一天天地坐在那间从男厕所里不断流水，得踩着一行砖头才能够走到办公桌前的办公室发呆。

宗雄副局长根本视而不见，连基本的办公用品也不发给鲍利丰。向锦书劝宗雄副局长："你不怕过分了他会向上级告你的刁状。"宗雄从鼻子里哼了一声说："不怕丢人他就去说！恐怕他的领导还会批评他无开创能力呢！"

鲍利丰是主管了几个单位，但是那些单位的领导都比他年纪大，也都有多年体育管理经验，宗雄的态度暗示着一种老机关人对鲍利丰的态度，各单位领导就根本不把鲍利丰这个外行领导当回事，倒是常常来机关向宗雄请示工作，鲍利丰也因此只能坐在那冷冷清清的办公室等着上位，这简直就是一个笑话。

这几年间，省体育局机关发生了许多变化，最大的变化就是频繁更换一把手。省体育局，自从"委"变"局"后，这些年已经好像不是什么重要单位了，而是成为正厅级领导再上台阶的跳板、官员外派地市回城的中转站，成为即将退休要提一级的老同志安置点和挂职人员的过渡地带。体育，仿佛不是身体教育的专业科学，而是四肢发达，头脑简单，民风淳朴的荒蛮落后人群提升自我价值的贸易市场。仿佛谁来了，都可以当一把手。但是省政府和全省人民群众都一致要求体育单位要夺取全运会、亚运会、锦标赛、世锦赛、奥运会的好成绩。但这却是一项极其残酷、无情过硬的高指标。多了水的药汤都不苦，效力也差劲。鲍利丰没戏！

组织也不是瞎子聋子。这几天传说更换新局长一把手的风声更大了，都已经像台风了，这无风起的三尺大浪都是从哪里来的？刚刚来到体育局已经一年的鲍利丰没戏，那谁会来呢？向锦书打个电话给省委组织部教科文卫处的苏水桥同学，问她这都是真的吗，她说不方便，咱们下班后说。电话就挂了。

苏水桥在下班后用家里电话回过来说："是啊！向科长，你也太不灵通了。你们胡处长和宗局没告诉你吗？昨天我们组织部的人都已经去你们单位宣布了。好像新局长是半路受伤去医院了。哎，你知道他叫什么吗？他的名字叫呼延麦地，是秦北复姓，可能有匈奴血统吧，是一位很精干利索的人。向锦书，这回就看你是否能跟得上了。跨上副处就是领导，还是很不一样的。等他去上班，你呀，就等着他接见吧。你绝对会意外的！"

呼延麦地局长是从省计划生育办公室上调到省政府担任副秘书长的。他是由乡村小镇镇长推荐上清华大学土木专业的工农兵大学生。你知道他老婆叫什么吗？白棉花！他家那个镇子就叫呼延白镇。

苏水桥在电话里哈哈哈地笑，向锦书也不由得哈哈哈大笑起来。呼延麦地，白棉花。这的确像是千百年来一个穷乡僻壤的农民对丰衣足食的共同渴望，他们真是太像同一片土地上的老乡。估计那个呼延白镇乡里，名字叫成馒头、洋布、洋火、香烟、美酒、罐头的人也少不，全都是新生活的高标准好念想嘛。

"为什么会意外啊？还绝对！"

"因为他和别的领导可不太一样了呗。呼延麦地说他在家排行十一，是最小的一个把把娃，所以身体瘦弱个头不高。母亲怀他的时候父亲居然说，老天哪，你给我一个儿子，还不如给块麦地呢，我拿什么喂养他呀？他母亲就叫他麦地了。母亲说，麦地，是秦北农家的奢盼。我们这里只盛产杂粮，小米荞麦玉米糜子土豆红薯什么的。麦子是白面粉，是细粮，是好生活的标志，是穷家的巴望。呼延麦地也没有生日。他告诉部长，据呼家母亲回忆说，生他时母亲口渴是吃了半个西瓜的。夜里天空在轰隆隆地打雷闪电下大雨，就判断那是个夏天。所以他到镇政府当通讯员后就有鸿鹄之志，是共产党让他吃上了公家饭，他一定要很努力地工作学习。生日也有了，7月1日，和中国共产党诞生在同一天，永远也不会忘记的。他说，他一直记着妈妈的话，是共产党和政府给了咱们好生活。娃娃呀，你可要听组织的话，永远做个好公家人！"

苏水桥说："呼延局长在省计生委当一把手时，他一下乡，农民都害怕。都传说他的奥迪车前有四个全省最大的避孕环。"苏水桥又笑，笑完继续说："他在'环环''套套''条条'中泡了几年。避孕环、避孕套、大幅的宣传标语，这都是计划生育国策执行中最基本最强有力的武器。听说呼延麦地主任在那里工作得很好，是全国数一数二的先进呢。刚开始省计划生育办公室经费还很困难时，他就说，'再困难，大小山川刷条标语总可以做到的吧?!'于是给全省2740多个县下的任务就是每乡两条三米高的白石灰标语。这硬邦邦的指标一压派下去，果然秦西山川大地秦岭山脉、黄河西岸关中平原、秦北黄土高坡，一夜之间'计生'标语铺天盖地。

"前几年，都说他已经是汉山市市长的人选了，但不知怎么就去了省政府，当上了副秘书长兼机关事务管理局局长。他负责重新规划清理拆除了省政府西京皇城大院里所有多年占地为王、划院为霸的陈年顽疾乱象，还给了秦西省政府一个景观美好开阔的清爽环境。奇怪的是他并没有得罪什么人，方方面面对他评价很好。主要是他严厉、敏锐、负责任、有担当，对人也好。

"体育和生育也算相通，一笔总写不出两个'育'字。有生育，总是要养育。终生锻炼，也算是发展，也算前进，他就来了。其实从哪里来的不重要，关键是他很有能力，很有啪啪啪几下子的魄力。你可以向他学习到好的领导本事啊！你就好自为之吧！哎哎哎——钢铁闺密呀，我可挂电话了啊有人来了。我真的忙噢！"

放下电话，向锦书叹了一口气。谁又能说"生"与"体"无关，"育"与"育"不是一脉？再想想苏水桥说的话，向锦书忍不住总想笑。哈哈，原来所有传说的台风都是真的。呼延爸爸求天求地，老天爷还是给他了一个比麦地更强的儿子。呼延妈妈记西瓜记打雷闪电比记儿子的生日都要牢固，可想那时呼延家的日子该有多么渴望麦地啊。西瓜？打雷闪电？怎么就可以7月1日生日了。这个一把手局长，还真有点意思。

上班了许多天，局里一把手呼延麦地还是没有来。宗雄副局长突然在一天下午唠叨起新领导。他说，呼延局长其实已经来了，就是在第一天大门口下车时，踏在进办公大楼在九级台阶上，不慎脚踝崴了进了医院。今天咱们一会儿就去他家里看看吧。

宗雄副局长又嘱咐向锦书，快到会计那里去按规定先借工会的钱去买些活血补药、壮骨粉、豆奶粉、水果、鲜花什么的，再叫上机关的大夫卢佩云、人事处胡小蝶处长，一车三四个人就一起来到了新局长呼延麦地家，西京皇城区街到处都是鸽子的城墙边一幢高层楼下。

宗雄又突然想起了什么似的看了向锦书一眼，不安起来，要向锦书立刻返回机关去，说是有个省外事办公室重要的传真件要过来了。宗雄对向锦书说："你去接一下，还是你盯着更让人放心牢靠。"

外事无小事。跟车来的机关女大夫卢佩云就冲向锦书嫣然一笑，婀娜多姿地跟随着副局长宗雄主任、人事处处长胡小蝶上楼去了。小车司机则送向锦书返回机关去接传真。向锦书没有能够看见新领导呼延麦地。

等到呼延麦地乘着小车来上班那天，正是三八妇女节早上。天上下着迎春的绵绵细雨，仿古式宋朝建筑的围城巷小街正在开膛破肚重新安装着粗大的地下管道。小车就沿着这些挖开的壕沟左迂回右迂回，黄汤泥水稀泥巴四溅，搞得小轿车就像艘英雄无用武之地的小舰艇那样，在黄水泥浆中颠簸摇摆。等小车开到省体育局机关大门口时，已是风度全无。

呼延麦地局长还没有下车，就有人已经在大门嚷嚷开了。嚷嚷者是已经五十多岁头发已经花白的卢佩云大夫。

卢佩云此刻正高举着白花花的十袋塑料包装的东西，很激动地对着正在大门口撑伞迎接新领导呼延麦地的宗雄大声喊道："宗副局长，我今天就是要和你穿一条裤子来解决问题！我就是要比你尿得高！别以为女同志斯文脸皮薄，你就可以大男子主义地乱讲粗话来噎人。

"你告诉我，你为什么还要一意孤行地发放什么卫生巾呢？机关倒有几个妇女在用啊？你糊弄谁呢？我是两个儿子，根本没法用。我总不能去把它卖了吧？干部还不允许经商呢！或者，我也像别人那样去送给你的女儿、老婆、小姨子、大姑子们用吧，啊？

"都说办公室是服务核心。其实你就是为你自己服务。我今天要求：和你们男同志一样，领卫生纸！每个季度领二十卷卫生纸！要不，这堆东西我就送你家的女人们去用吧！明天，明天我会把过去这几年来发放的卫生巾，统统都送给你。现在，今天，我不要这些垃圾！"

卢佩云说完，把那一堆塑料包装的东西带着雨水滴答地往副局长、办公室主任还兼着工会主席的宗雄身上一砸，转身踏上机关大楼的九级大台阶，气都不喘一口就气哼哼地回办公室去了。

卢佩云是机关保健大夫，丈夫也是医生，公派出国留学两年后居然不归国了，还聘请了律师与她离了婚。卢佩云一直就在秦西体育科研所搞体育人体研究，体育业务理论很精通。她的徒弟胡小蝶到人事处的时候，过年拜访，看见自己少年时的卢教练还居无定所，又带着两个儿子很不容易，就劝卢教练来机关，起码有干部福利房子住，有什么困难她在跟前还可以帮忙搭把手。于是，卢佩云就先来机关在法规处、科教处、群体处等处室里转着圈地帮助工作，寻找机会。各处室对卢佩云的反映都是，除了感觉年纪大些，口碑还是非常的好。直到时机基本成熟，这事情提交上了党组会，在人事处设立了保健医生这个岗位，卢佩云才正式进入局机关。

按说，保健医生这个岗位设在办公室最合适。但是，副局长身兼办公室主任的宗雄就是不同意。胡小蝶是拉着卢佩云与宗雄大吵了一顿后，才咬牙把问题拿在党组会上理论起来。

宗雄说："这就是因人设岗，任人唯亲。我不同意！"

快退休的老红军黎局长每天早晚都得到保健医生卢佩云那儿做专业、细心、周到的护理。因为他是快到站才安慰性提拔调来的，平时就时不时有宗雄的工作小鞋夹着，忍着难以言说的脚痛。这时黎老局长就双手压压，息事宁人却又语重心长地说道：

"卢佩云她不单单是个医生。她研究撰写的《还原体育生命本身的快乐》论文，是在联合国教科文卫全球文化发展论坛上得过奖的。体育，再也不是四肢发达头脑简单的事情。体育，是一门科学。

"卢佩云她本来是有一身本领，可以和丈夫一起去美国的。可是，她为什么不去？还辛辛苦苦带着两个的儿子。她就是再穷再难也不愿意寄人篱下，去好地方讨饭吃！我们讲爱国，讲骨气。难道爱国骨气就是标语口号吗？

"爱护职工，不分远近亲疏。和你远的人，就不是你的力量了吗？就要排挤出局，处处刁难？搞团团伙伙，拉山头，立派系？在我这里，这种事决不允许发生！所有人，都是体育局的一份力量。在这个世界上，人才是第一可宝贵的。只要有了干事的人，什么人间奇迹不可以创造出来？！

"我认为，保健医生这一岗位很有必要设！卢佩云不光要为机关领导做日常身体保健，还要组织机关干部们做广播操、眼保健操和因人而异的业余体育锻炼。我们体育局的干部，没有一个好身体，不能在广大人民群众面前率先垂范，一副酒囊饭袋的形象，怎么能适应快速运转的繁重工作？五十岁好像七十岁的人，血液有问题，头发稀疏，三高四痛，见天借病请假。我们就是要用你们生病请假住院治疗的时间和经费，来养卢佩云这么一个懂得身体科学管理的机关大夫！你们，都说说自己的意见吧。"

大家都看着宗雄。宗雄被收拾得颜面扫地，连忙用手指当梳子习惯性地使劲在头上地方支援着中央表态，结结巴巴地说："我太鼠目寸光了。我收回刚才的意见，同意卢佩云进入机关，岗位可以设在办公室。"

老黎领导就微微一笑说："这样吧！用办公室的一个名额，把卢佩云先放在人事处。胡处长，你的意见？"

胡小蝶处长马上站起来说："坚决执行党组决定！我没有意见。"

宗雄因为卢佩云在党组会上丢了一回脸，遭受了一次鞭挞，心中聚积了满满的怨气无处化解。终于到了工会要用会费开始给大家发放卫生纸的时候，工会小干事还没有工作经验，就男女有别想分开供应，递上来一个草拟的分配意见，请宗雄审批。

这个分配意见上标注，男同志每季度二十卷卫生纸，女同志十卷卫生纸五包卫生巾。宗雄本来想改改，但是看见卢佩云三个字，就在分配意见上大笔一挥：同意！

果然，工会福利一发下去，卢佩云就来办公室提意见了。向锦书坐在外屋听见，宗雄对来提意见的卢佩云温和地慢悠悠地说："卢大夫，咱们机关工会发东西就是搞个平均。你们可以自己互相调剂的嘛。不要动不动就来知识分子喜欢较劲较真不会变通的那一套。抓个死理就不依不饶。我们也很难啊！这是给大家办福利，你难道一来提意见，我就不办了？噢，那你是尿得比别人高呢？还是咱们俩好得都穿一条裤子了？你一说，我就无原则地要改过来，办公室整天朝令夕改，威信何在？！我现在就回答你今天提的无理意见，这个方案，改不了！起码是，暂时，改不了！"

卢佩云没有回答，很快出来了，头也没有回，一拉开门，走掉了。好像是含着眼泪走的。向锦书心中有些不忍。平时，卢大夫来办公室办事，都会在办完事后，来摸一把向锦书的肩膀才走。忙了，也会回头给个笑容才出去。可今天——

宗雄很得意，心情大悦。端着大茶杯踱着京戏范儿的大方步从办公室里走出来，看看正在目瞪口呆面色不太好看的向锦书说："你看，我怎么样？对待爱来提意见的人，咱们办公室的同志都要学会'说话占地方'的本领。无理，就要讲得让他无地自容！有理，也要讲得让他怀疑自己的感觉是错了，是自己没有道理！"

向锦书快快然地说："哎呀！宗副局长，你刚才在里面讲话太难听了。卢大夫是个女同志，又是个斯文人，你怎么能用穿一条裤子，尿得高来羞辱人家？现在你还来教办公室的人个个说话都要占地方，那讲话也不能讲不文明的话吧？"

"讲文明？太费时间啦！你看她说什么了，她不是哑口无言立刻就走掉了吗？我要是讲文明，她现在可能还在讲呢。都在联合国得奖了，我文明讲得过她吗？太费劲儿！"

向锦书撇撇嘴，摇摇头，一耸肩，双眼一翻说："那是人家有教养，不和你在小事情上一般见识。君子报仇，十年不晚。卢佩云可不是个平地卧的人物。你惹了她，小心啊，你惹不起的！"

"步调一致，才能共同顺利。你何必总是与卢大夫过不去？一个领导没有胸怀，快快回家卖红薯吧！"

宗雄对向锦书这个得力手下没有办法。一个年轻漂亮的女下属，能在人前乖巧，就够了。她在办公室说上多少难听话，也是感觉距离近，是为了他更好。他宗雄今天很高兴。不与向锦书计较。要是平时，谁敢让他回家卖红薯，他会立马叫你卷铺盖走人。

宗雄说："我怎么不和你计较呢？你也是胡小蝶去大学招进来的人呀！"

向锦书一笑说："宗副局长，你这个人总是集体个人分不清楚。我是国家分配，不是靠山头的主！再说了，我的级别太低了，你犯不着与我计较。况且，你还要来靠我干活儿呢！"

宗雄一听，吓了一大跳。感觉到这个下属可畏，不可小觑。

平时卢佩云也是个斯斯文文安静温柔的人，今天怎么突然间为了一包卫生巾就扬眉剑出鞘了？简直像原子弹在卢佩云的身体里爆发了！

在人前，宗雄弯腰躬身接住了卢佩云砸过来那堆白花花的卫生巾包包串串，尴尬地继续撑高尔夫双层大雨伞，迎向呼延麦地局长那辆让黄稀泥糊了满身的小汽车，就像抱着从天而降大祸临头奔丧的一堆白花。向锦书赶紧几步上前将雨伞一翻，将雨伞面朝地，接住宗雄手里撒下来的那一堆尴尬。

　　这一幕，可把呼延麦地这个走马上任刚刚心情还很不爽的新官逗得在小车里哈哈哈大笑起来。呼延麦地局长迈开长腿跨出车门，举手重重拍打着呆若木鸡的副局长宗雄说："你很不容易，很不容易啊！走，办公室去。"说完，大步流星急匆匆地踏上九级台阶走进机关大楼，奔向他新上任的机关二层西头朝南的那间大办公室，根本看不出他脚刚崴过。

　　向锦书回到一楼办公室，手握茶杯听别人议论着这件事的种种猜测结果，心里也感到很好笑。机关的老妇女卢佩云果然不是平地卧的主，而是只干不说的高知蔫驴踢死人的厉害角色。经验，嘴巴，胆量都是了得。

　　而有的同志就说这是卢佩云典型的更年期症状，还说她在各个办公室帮忙时，冬天，人家说冷，卢佩云却满面潮红地说："开窗开窗快开窗，热死人了。"夏天，人家打开空调，她会过去一把关了空调说，"不冷吗？冻死人了！"眼老花了，看不清了就承认吧。她不，要做实验。还用一片白纸挖个米粒小洞聚光瞄着字说："你们看，只要这样看东西，坚持下去，就不用戴老花镜了。"还自言自语："我这可能也不是老花眼，是散光吧。哈哈哈……"大家就在议论纷纷中哄堂大笑。忽然"嗵"的一声，门开了。

　　"妇女上楼，开会！开会！"是工会的小干事。他探了个头吆喝两句就又一缩头关门走了。又在楼道里咚咚咚地挨处室叽里呱啦地通知吆喝着——"在二楼大会议室啊！机关女同志们开会了！呼延新局长要与机关妇女干部职工同志们开三八茶话会了！快点！快点啊！"

　　顿时，嗵嗵嗵的脚步声和吱呀吱呀咣当咣当的开门关门声响成一片。嘈杂，混乱，像捅了蜂窝。

35

　　向锦书到达会议室时机关的女同志们都已经来了大半。呼延麦地局长的位置在长桌尽头巨大的方钟表下正中，位置空着，人不在。向锦书刚刚找了一个角落坐下，左右两边一两句话还没招呼完，呼的一阵风掀过来又带过去了。抬头一瞧，哎哟，个头矮小瘦瘦的呼延麦地局长已经微笑着，双手按在桌子上，稳稳地落座了。

　　"你们好啊！"他老练地抖下肩上披着的黑呢子短大衣说，"这两天倒春寒，很冷的呀！哈哈哈……你们好！"机关的女同志就愣，就笑，就噼噼啪啪鼓掌，就也随和哈哈哈哈地笑出声音来。气氛很不错，很融洽。

　　主持会议的副局长宗雄开始说话："茶话会，就是随意的，请大家放松。呼延局长坚持说要在三八妇女节这天和大家见见面。文明，就要先从尊重妇女做起。呼延局长非常尊重女同志。他对我说过，女同志就是机关工作稳定的基石。女同志最认真，女同志执行任务最坚决。机关女同志作风好，我们机关的作风就都好。现在我们大家欢迎呼延局长来给我们做重要指示！"

　　机关女同志就笑着噼里啪啦地鼓掌，真心欢迎重视女同志、一来就先接见女同志的新领导。

　　呼延麦地局长双手一抬一压对宗雄副局长说："唉，刚到，讲什么

192

话？你先讲。你就先讲讲，今天大门口发生乱扔什么白花花东西的问题。"

宗雄一听，就很不好意思地低头顺眼地检讨说："唉，我这个工会主席是太官僚了，太不爱护不尊重女同志了。现在请你们会后都留一下，我来登记，看你们谁要卫生巾，谁要卫生纸，我们工会今后会按经费标准和你们每个人的需要来发放。过去，我违背你们的意志，是很不对的，是很官僚的，也是很不人性化很不文明的！我今天在三八妇女节这个伟大的节日里，郑重向你们全体女同志们检讨，道歉，致敬。也请你们原谅我过去糊里糊涂，盲目自大的大男子主义。我会牢牢记住呼延局长刚刚在他办公室对我的谆谆教导：没有妇女，就没有我们。对妇女张狂不是本事，是要遭报应的！请你们原谅，原谅，原谅。"

宗雄是个"身体素人"——体育局把不爱运动锻炼身体的统称为身体素人。结果宗雄素人居然讲完话以后，原地前后左右转着立定，向三面机关女同志手掌合十，点头弯腰，鞠了三个九十度的躬，把机关女同志们逗得哄笑起来。呼延麦地局长还把双手举过了头顶太过热烈地鼓掌，好像是在特别表扬宗雄的精彩讲话和三个特别到位的诚恳鞠躬。机关许多女同志们也就把多年在机关遭遇的轻慢怄气怨气都一丝丝地在笑眯眯笑嘻嘻中消散了。只有卢佩云大夫和胡小蝶处长看着宗雄的表演没有笑。向锦书一扫见这两姐妹的果冻脸，就急忙憋住气，收了笑。

"既然是见面，就是一定要说几句话的。"一把手呼延麦地局长这时才说了第一句话，"我很爱你们，你们知道吗？"

机关的女同志们一听愣了，接着哧哧地又笑了，就有人带头鼓起掌来，又觉着不对，雀雀地一跃而起又一忍再忍，七七八八地坐下来，最后还是忍不住，终于哈哈哈再次地爆笑起来。

"真的，你们不要笑！"呼延麦地局长正色地认认真真地说："我是真的很爱你们！我幼年丧母，青年丧妻丧妹，中年丧女。说起来，你们就是党给我在工作中有缘相遇相亲的姊妹女儿啊。所以，我是真的爱你们！和你们能在一起工作，是我的缘分、福气！我会很珍惜今后与你们在一起的每一天，每一分钟，每一秒！我们一起撸起袖子，干！"

这个三八妇女节，机关的老中青女同志们都很高兴，很开心，也很沉重。她们好像真的迎来了很爱自己很尊重自己的新领导，也像是迎接来了自己失散多年的兄弟叔长，谁还能不为这样的领导和亲人在工作中去拼命呢?! 机关的女同志们攒足了劲头，有决心在以后的行动中辅助新领导，以认真的工作态度，做出成绩给新领导呼延麦地看。

呼延麦地最后掏出一张名单来让宗雄点名并报上职务。呼延局长说："总不能光让你们认识我，我不认识你们吧?"念到在大门口对宗雄嚷嚷换纸的卢佩云时，呼延麦地用托着下巴的左手，伸出食指点点她说了一句话："你很智慧啊! 很有智慧!"

此后，呼延麦地就多有感慨和评点。比如询问了几位年纪均是五十岁以上的副处长、副科长、副科员等人时，呼延麦地就会说："怎么女同志都是副的啊? 你们咋就转不了正啊? 咱们机关人员的年龄是不是偏大得太厉害了? 干部，是我们工作的财富啊。用干部也要培养干部。年轻的干部更要小步快跑，这样才会有大作为啊!"

呼延麦地这些点评，哪一点哪一滴不是党的阳光、雨露和甘泉呢? 它们滴滴答答滋润在这个三八妇女节前已经被轻视良久的干旱的机关女同志心头，就是感动，就是舒服。即使以后这些话都是一阵风吹过没有实现，那她们也认了，还是想想就很贴心，很温暖。

"我很爱你们!""我是真的很爱你们!"什么时候有领导人这样对机关的女同志说话? 还是说在了会议室这样堂堂皇皇的桌面上? 过去，只有许多莫名其妙在桌子底下的踢脚暗示，在明晃晃人前承受摸腰拍腿压肩膀拍背拍屁股，非常不绅士的恶心、屈辱，但是又怕人家认为自己太自作多情就默默咽下的眼泪。

"我很爱""我是真的很爱"——没有! 从来就没有一位一把手这样对机关单位的女同事这么光明正大地说话，没有过的。

待宗雄点到向锦书的名字，呼延麦地频频点头说："嗯，好姓! 好名字! 向姓是中国最古老的姓氏之一。据说，向姓的源流之一就是宋国的子姓，宋国就是今天的余州。你是浙江人吗?"

向锦书说，母亲是，是青山人。现在我们已四海为家，活成秦西人了。

呼延麦地就哈哈哈地笑起来，说："那就好!"接着目光就一掠从向锦书肩膀上飞过去，冲着正襟危坐神情专注认真睁大眼睛听他说话的卢佩云大夫盯了一眼，之后就是一句很干脆的结语："祝你们节日快乐！散会！"

宗雄宣布下午放半天假。就不再像往年惯例让妇女们义务劳动打扫会议室，洗桌布窗帘椅罩沙发罩了。还提醒大家赶快到工会领取二百元妇女节日补助费。又殷勤地一个一个地在门口登记询问，仔仔细细地落实了谁"纸"谁"巾"的枝枝节节。

呼延局长还没有走到办公室，刚刚上到楼梯拐弯处就看见二楼楼梯口正对着男厕所，有人在解小手还居高临下转头看着这上楼梯的他。呼延局长就皱了一下眉头，然后迅速在楼道里跨过从男厕所流淌出来脏水。一坐进办公室他就很生气地让办公室速速打电话，说是要把省城市维修局和省规划建设局的一把手请到办公室，要求他们将街道路下施工与路面铺设快快协调完工。不要让群众从开年到现在一下雨雪就在的黄泥汤里纠结，难走路。他必须让全国城市运动会的指挥中心周边路路通达。

都是兄弟单位，协商还可以，命令他们的一把手来体育局？办公室新秘书东方力很为难。

窗外雨还在下，这个春天就是雨水多。呼延麦地坐在办公室一想起小轿车开在破膛豁肚暴露地下管道的、黄汤泥水四溅的小道艰难行驶的情景，就忍不住下了命令，要求办公室速速打电话。

宗雄就实话实说："这个命令我们办公室没有办法执行。"

"是吗？"呼延麦地局长一听皱了一下眉头，快速下楼来到办公室，他居然要求向锦书："你！就用秦西省体育局的值班电话给那两个单位办公室打电话。"

向锦书想："我向锦书是哪根葱，哪头蒜，他们能听我的吗？"

但是，呼延麦地很干脆，就定定地坐在向锦书对面等电话打通。然后不容对方置疑就发话，请两位一把手一定要在半个小时内开车过来到省体育局开个小会。

呼延麦地在电话里是这样对市街道维修办和市路面规划办的两位领导说的："下雨了，车都这么难动弹。那些步行的人，用自行车送孩子上学上幼儿园上小学的人又会怎样受熬煎？晴天也不行呀！晴天漫天黄土飞扬，灰不塌塌的，我真的还以为回到个秦北黄土高坡咧！"

很快，两辆"泥舰"小车就到达了。城市维修局和规划建设局的两位领导是接到电话，立刻冒着春雨，开着桑塔纳轿车，也如同开着英雄无用武之地的小舰艇那样泥里糊汤地来到顺城巷小街上。体会了一回他们的老农友、老战友呼延麦地走马上任第一天的三八黄河泥水游。两位老农友、老战友一见到呼延麦地是啪啦啪啦一阵道贺握手拍打，连连说，很惭愧很惭愧。表示一定坚决要用实际行动支持呼延麦地的新工作。要支持，先开路，"五四"见结果。怎么样？

呼延麦地仰天大笑说："'五四'好哇！'五四'就显出你们比我们更年青的好本色了。'五四'我可是真没敢去想呀！'五四'好！'五四'就是咱们三个私心全无啊！哈哈哈……好好，那就'五四'吧！我老汉再咬牙坚持上一个月的黄河游和黄土漫天吧！"

向锦书站在一边想，还'五四'，能"六一"就不错了。

还不到4月，崭新宽阔的柏油马路就像黛色地毯一样舒展地铺在顺城巷小街高大的法国梧桐树中间了。街道两边的花砖人行道上，还铺就了鲜艳如飘带般的红色塑胶自行车专用道。包括秦西省体育局机关家属院内从向锦书住的平房后院那座公共厕所起，一条常年泥泞的炉渣黄土石子道路，也借东风重新用水泥浇筑成了具有国家一级公路水准的康庄大道，直通大门口。

当年在美国和日本外事考察时，向锦书曾经遥想西京，还为围城巷小街没有散步的地方扼腕遗憾悲哀过，但是现在仰头看看茂盛的法国梧桐树，它们在顺城巷小街上已经挺立了二十年。它们其实一直都很高大，很绅士，如篷如伞，却从来没有像今天向锦书看到的它们，如此美丽，如此优雅。

更没想到的是到了5月，高大绅士美丽优雅的法国梧桐树下又安装了绿色紫色蓝色白色橘黄色的彩灯装饰。夜幕落下，绿树荧荧，骑车散步心情都是很愉悦、很平和、很舒坦的。想想，谁摊上这么一个接地气的好领导，有着良好人缘的好领导，又幽默风趣，公开宣布很爱女同志的好领导，那可不就是一方百姓们的幸运和幸福吗？

196

这年的5月，向锦书无论是走在路上，还是回到家属院里，就是这种幸运和幸福的感觉。那一天，呼延局长要向锦书给两个局打电话时，无意看见了玻璃板底下的照片。他指指那个长着尖鼻子，注目看向锦书唱歌的人说："咦，这不是我吗？那个唱歌的年轻人，就是你吗？"

啊呀！向锦书大惊！在心里追溯到十几年前，第十一届北京亚运会，在首都那个华灯初上很开心的夜晚——在一个大家彼此还很陌生的北京"大鳄鱼"歌舞厅里，黄球球褐球球的冰激凌，小小的红纸伞，巨大丰盛的冰激凌香蕉船，英俊漂亮背手托盘的轮滑服务生，注目看的有也尖鼻子……还有很单纯好打扮的青年人向锦书，她正在没心没肺无忧无虑地歌唱："不要问我从哪里来，我的故乡在远方。为什么流浪，流浪远方，流浪……为了梦中的橄榄树……"曾经相逢不相识。人世间的许多感觉就是这样的，发生过，却又好像从来都没有发生过。

忽然一个差事，说是让向锦书去东北哈市学习打麻将。秦西省体育局的工作就是好，许多平时在别人是玩耍的事儿，在体育局就是工作。麻将在过去向锦书认为就是赌博，现在却要列入群众体育项目进行研究完善了。向锦书想，古今中外所有的体育项目都是有一个从"玩耍"到"游戏"再到"竞技"这样一个从低级到高级，从无序到有序，从混乱到规范的过程。体育，是对人身体的教育。开发新的体育项目，让人们在静态的环境里开发智力，活动脑筋，体育工作者任重道远。

向锦书不会打麻将。家庭教育里，麻将属于学坏变坏的一类。它过去是属于玩乐的恶习，使人颓废、堕落之类，父母是坚决不允许的。但是，局里现在要求向锦书去学习了，是人间正道了。向锦书喜欢学习新的东西，她感谢这个日新月异的新时代，让一个民间游戏可以名正言顺地变成有益于人民的体育运动项目。

听老师讲，麻将文化起源中国，但是现状是日本将麻将列入了大学课程，开发学生智力，成为民间喜爱的静态体育运动。但在中国，民间打麻将之风很盛，有句顺口溜："十亿人民九亿麻，还有一亿在观察。"可见，麻将文化在中国的根，很深，很壮。

宋代，人们追求吃喝、玩耍、享乐，麻将应运而生，当时是王公贵族的游戏，流入民间后不断发展，到了清朝中期才成熟定型。抗日战争中，它去日本纯属偶然，但是，它有了名正言顺的位置。抗战时期，东北吉春一教师带了一副麻将去日本看朋友，结果星星之火以燎原之势，在日本民间、官场、餐饮界盛行。有官员就感觉这个中国麻将可以用于开发少儿智力，于是教育机关开始试点，并纳入大学课程，每局以记分定级，被称为"麻雀牌"。从此，日本民间酒肆茶舍里遍布麻雀馆，大学大都设有选修的麻雀课，也有了麻雀教授职称。

在哈市学习班上，学员每人得到一本清朝章回小说《白板》。说的是宋朝有个负债累累的商人，把希望寄托在一场大麻将赌局当中。结果停在万字"清一色"的九龙宝灯牌面上，拿到最后两张牌时一个杠上开花，最后一张牌竟然是"白板"。他绝望地不肯相信，紧紧握住那张"白板"大叫："这是九万！这是九万啊！"结果滑倒在桌子底下，去世了。他的墓碑上无字，只镶嵌着那最后一张麻将牌"白板"和一只绝望眼睛里鼓出来一颗血红的眼泪珠子。

后来市面上买不到《白板》小说。向锦书在网上一查只有美国又出了一本很畅销的人性三种类型的书也叫《白板》。那是哈佛大学著名心理学教授史蒂芬·平克"语言与人性四部曲"之一。

1998年的这个春天，向锦书很高兴！她因为工作而学会了打竞技麻将。她在哈工大参观，第一次看见了刚刚研发出来的自动麻将机器。在校展厅优秀学员中看见了大学生时期的焦裕禄书记，也见到了在古阳农村初中那个向往着外面世界天天去空军基地岗哨上碰运气成功的李苞苞，她在哈市一所小学校里教书。

36

从哈市出差回到单位机关，向锦书的新任职公示了。按照向锦书的设想，她是想在办公室干到主任副处正处级别以后再说去其他地方。一个人，总要把一件事干完整才好。但是，这位秦西省政府办公厅空降来的新局长呼延麦地，看了提拔名单和向锦书的简历，说："我很不习惯女同志跟着我天天时时处处在一起工作！你们去协调，给我考察考察，找一个懂政治能讲理论的副教授来当办公室副主任。"比宗雄小一号的小个子，碎企鹅模样、唯唯诺诺浑身没有一点肌肉力量、见人总是点头弯腰的东方力就来了。公示上东方力的去向是，拟任局机关办公室副主任，看年纪比向锦书小三岁。向锦书的去向是，拟任新成立的秦西省球类运动管理中心筹备处副主任。

人与人之间的仇恨来得很奇怪。东方力与向锦书素昧平生，但是这一来机关就插队在她的前面升职，让向锦书很不舒服。先是形体上的看不惯，军队、剧团、农村、学校、体育局、公安局……我向锦书一路走来，搭档谁不是身体肌肉棒棒的？碎碎的小企鹅，你是从哪里摇过来的？你懂体育吗?!

体育，就是对人身体的科学训练。肌肉、力量、速度、耐力、承受力，这是全方位的，别以为上了几天大学就可以搞体育了。训练有素的人肌肉都是如同缎子面，汗珠子都是一粒一粒像珍珠一样从皮肤的毛孔里沁出来的，一粒是一粒。你看东方力的脸，就像一片沼泽地，任汗水漫无目地四溢渗透着。体育，就是对身体的系统工程教育。你受过幼儿园的体育训练吗？你受过小学、中学、大学、研究生、博士的形体训练教育吗？东方力一看就是身体原始人群，也属于身体素人，是一个非常缺乏身体训练的人。身体锻炼，需一步一步来。

但是东方力就是一个当官的料。他只是在办公室见面会发过言，他说他自己将有三个转变："一是从教学务虚开始转变为务实，二是从接受别人的服务转变为给别人服务，三是从单人上台讲课转变为与大家一起凝聚成团队登上新的舞台。"在以后的工作中，他都不和向锦书一般见识，默默做好本职工作，从没有出头露脸发表言论伸手占便宜的时候。领导交代干啥就干啥。下了班，就把裤子后面的口袋当信插，装上一沓大面额人民币，去各个直属单位找人"打麻将""挖坑""飘三叶"。他是逢场必上，上场必败，散钱扎根是目的。花些小钱，只为有口皆碑，混个好人缘。东方力后来就是靠了好口碑，靠了从不越雷池一步给领导们的好印象，而平平稳稳抵达升迁到二级巡视员正厅级位置后退休回家的。后来向锦书和新一把手呼延局长熟悉了，老局长呼延麦地在离开时，对他亲自调教的助手东方力也有个四字评价，那就是：心中有数。

提拔东方力其实也没有什么。向锦书感觉最生气的是为了这次提拔，局里居然使用了调虎离山计，派她去哈市学习打竞技麻将。要不是想去哈市见见初中同学李苞苞，向锦书还真不明白，办公室学习打麻将是要干什么？难道又是像跳舞一样是办公室干部必备的一项素质技艺不成？

到了哈市，向锦书才知道，这次打麻将，还真不是为了发展跳舞这种小技术，是为了准备发展这项中国人民群众喜闻乐见"十四亿人民十亿麻"的静态脑力麻将运动举办的行政管理、裁判员培训班。当麻将变成工作，也是很费力需要好好学习的。这次教程，基本上按照日本大学教程里麻雀科的专业教育课进行的。结业考试，就是学员们车轮大战打麻将。什么一条龙，杠上花，大元宝，小四喜。向锦书在结业大赛里打出了一副条牌"九龙宝灯"，技压四座。可是一回来汇报工作时就看见了非常令人扫兴的干部任用公示。

原来这次派出任务也是领导们给她出的一道考题，如果按照向锦书的个性，她是会对办公室学习麻将提出异议的。如果她不去，就继续在办公室当科长。不成熟！但是，很奇怪的是向锦书没有提出异议，她很爽快地去了。如果麻将学习还颇有成绩，就说明向锦书适应新工作能力很强。那么，组织上重用她的时机就成熟了。她能服从组织安排了，就要被提拔——不是就地提拔，而是从机关里出去，到基层去接受新的锻炼，腾出位子来提拔。

向锦书很难过。她去问副局长宗雄。宗雄说："全国城市运动会在即，一把手需要一个方便日夜加班的男同志。他要个男同志当办公室副主任兼秘书的要求很合理。何况，他认为你太靓丽，会招摇来不必要的是非。紧张的工作期间，是非越少越好！不是你的工作不好，也不是你不好。原话领导是这样说的：'啊呀！这个女同志太好了！不行，不行，使不得！她有能力，就让她去干些具体组织群众体育活动的事情吧！'"

向锦书更生气了！这是什么话？向锦书噔噔噔跑上楼去，她居然径直推开了呼延局长的办公室大门。她要去讨个说法！

呼延麦地可不是什么善茬。他来到秦西省体育局背负着筹备全国城市运动会的重任，他的省政府副秘书长的职务并没有免掉，是兼职下沉到最关键的岗位来完成任务的。

呼延麦地来的第一道指令居然就是将向锦书去欧洲考察外事工作的报告一笔"不批"，宣布了"死刑"。原话是顶头上司宗雄传来的。他实话实说，新的一把手呼延麦地在翻看第一批签字的文件时就很惊讶。他说，咱们体育局机关居然如此，才三十多岁的年轻人就已经是第三次出国了，还已经是美国日本都去过了，现在还要去欧洲？

"哎呀，"呼延麦地看了看文件又自言自语，"还要三万元呢！这三万元可以干多少事情啊！"然后，就神态凝重地拿起毛笔在呼延麦地局长阅示的批字上一圈拉出了个尾巴来到文件空白处，用粗壮的颜体很坚决地顿下两字："不批！"还抬头对副局长宗雄征询意见似的问了一句："你看，就这样吧。好吗？"

副局长宗雄摸不透新局长的脾气，垂目默然，无言良久。呼延麦地又说一句："就先这样，再说吧。"任宗雄只有执行命令的份儿了。

向锦书听听就感觉很好笑。体育界的对外关联很大，就是要多走出国门，去与世界各国的优秀国际运动者拼搏较量。两年一次出国，对向锦书这个办公室专管体育外联的干部来说，简直就是惯例出差。两年一次，已经是很节约了。像有条件的省文物局、省经贸委、省纺织局、省航空局……那可都是一年两次去学习都不敢怠慢的。世界变化多快，开放就要多快适应这些变化。体育，这些年也已经是出国交流极多的大户了，三十多岁去了三个国家有什么可惊讶的，两年不去看，难道四年后再去？谁敢说四年后他就能把握得了世界体育正在日新月异飞速发展的新形势、新情况，谁能保证不出现的新的问题？出了问题，出了外事大问题，那就不是三万元能解决的事了。哎，他到底是从哪个老土思想得到的结论呀，向锦书就奇怪了。

他来了，大刀阔斧了。这呼延麦地当新官的第一刀就让向锦书给挨上了，也许这就是天意。可是副局长宗雄干吗要"垂目默然，还无言良久"呢？他难道不知道外事无小事的严重性和后果吗？这不是节约三万元钱的问题，而是三万元钱是否能创造出三十万元的观念。"落后的秦西省更需要咬牙舍得花钱去文明的地方买观念！"这是被压下来副局长鲍利丰说的一句实实在在的话语。

哎呀，这只能说呼延麦地是一个只知道了计划生育需要下乡下乡下乡，但还并不知道体育必须要出国出国出国这个客观现实。

"好，好，同志，不知者不为过。"胡小蝶处长用手心轻轻绵软地摩挲着向锦书胸前，仍旧笑嘻嘻缓声缓气地安慰着愤愤不平的向锦书。

"嗯——唉！俗话说，换人如换刀。今天他呼延麦地当新官刀不劈我，明天他也会砍别人的。这都是命！"向锦书长长地呼出一口气，释然了。

新局长，他究竟是个什么样的人？

呼延麦地来后的第二道指令更凶了。机关家属院是个巨大的"肿瘤"基地。各家各户恨不能在狭小的空间做出家庭大发展的新篇章。今天的鸡窝就是明天的柴棚，明天的柴棚就是后天的厨房，后天的厨房就是未来的卧室……过去几代体委领导人，都无一人敢动"群众的利益"。结果

202

机关家属院每届换领导反而就是一次"肿瘤"滋生季。每届一次，每届一次。到呼延麦地任局长时，更已经是个人主义由个别"肿瘤"变"土豆"，变"花生"，变"葡萄"，变"蟑螂"——滋生出许许多多了。呼延麦地不慎脚崴的消息，更是让"肿瘤""土豆""花生""葡萄"们雨后春笋般呈星火燎原之势地春风吹又生，拾翻出了更多的新花样。一丛丛，一堆堆的"积木""蘑菇""古堡""教堂"都从小家附近的空地、小花园，旮旯拐角里冒出来了。

这个消息一传到新领导呼延麦地的耳朵里，他就勃然大怒了。宗雄劝呼延局长要谨慎，这里面有许多是群众，是人情，惹不起。

呼延局长说："我还真不信就无法无天了！谁的空间？大家的！什么人在捣鬼？这都什么人的利益哦？老虎的屁股摸不得了？'肿瘤''土豆''花生''葡萄''竹笋'统统要除！'积木''蘑菇''碉堡''教堂'要坚决拆掉！我就不信，在共产党领导下还有拿不下来的事，还会有没有觉悟的群众，还会有破不了的人情？这些私私心心的脏东西，怎么就会拿不下来了！谁个拿不下来？拿不下来，就不要当国家干部！滚蛋去！"呼延局长的语言都回归到初级阶段，看来是真生气了。

呼延麦地的第二道指令就在这样一个背景下诞生了。秦西省体育局党组文件两开纸大的通知，盖着红章子大印地赫然公布在每幢楼门口和楼梯口的醒目之处。通知说：

> 凡是在机关家属院盖违章建筑者，包括阳台上窗户在原建筑上改造凸出的部分，请你们于一个月内彻底拆除恢复。拆除恢复时间具体规定如下：厅局干部一周内；处级干部两周内；科级和一般干部三周内；职工、遗属、临时工、租房户，以及已经外调还占房者等等，请于一个月内拆除。违时者将严肃惩处，决不姑息。请广大共产党员、优秀运动员、高级教练员，特别是机关的各级干部率先垂范带好头。欢迎院内广大群众监督举报，及时通告。特此通知。

接着，落实各处室、各单位拆除户的领导小组人员名单，也迅速到达了各直属单位负责人的案头，张贴在所有楼层住户门口。

此通知、文件和领导小组人员名单一张贴，各类非法建筑真就统统在一月内消失得干干净净，彻彻底底，无影无踪。

接着大院规划小组诞生。民工们就进入家属院东忙西忙起来。他们将十幢家属楼过去每幢楼的独立围墙拆除。代替的是果树、花草、石山、喷水池、小桥、健身曲径，门球、羽毛球、篮球、健身房，以及离退休干活动室、卫生室，开阔地带还建立了许多蓝蓝绿绿黄黄红红、种类齐全、功能繁多、很气派的健身锻炼器材。

各幢楼的看门人和已经退休还能工作的人员被组织起来，培训学习，还发了保安服装开始轮班分组地在家属院内巡夜。机关家属院顿时旧貌换了新颜。院子开阔了、美化了，建筑统一了，敞亮了。大家在美好的生活空间里，一起享受到了公平和愉快。于是人们纷纷夸赞，说这个新来的呼延麦地局长好！

第三把火，是第一次召开中层干部会议，呼延局长问完处长们年龄，经研究，就宣布撤了机关六个处室主任的职务，让他们回家休息，等待新任务。所有的副处长在四十岁左右的一夜升职，各科室的科长、科员们顿时干劲冲天。只有办公室，因为主任是宗雄副局长兼任，副主任待定，所以没有变化。局党委班子里没有女同志，胡小蝶是年轻、高知，是女同志的代表，提升为兼任人事处处长的副局长，分管竞技体育项目单位。三把手宗雄明确任命为常务副局长，分管办公室和财务室工作，负责体育设施建设，只是党组记录交给了新来的政务秘书东方力担任。最奇怪的是本来呼声高的、要当一把手且已经排位在二把手才四十一岁正局副用的鲍利丰被排在了第三位，分管了一些短期不能见效的文史馆、少儿体校、印刷厂、科研所、体育医院、体育空间杂志社、体育器材库房等群体、社团、俱乐部单位。

到后来，向锦书才明白，高级领导干部对每一位干部的前途排布都不是心血来潮，不是动动笔，拍拍脑袋那样随意，都有他很深的缜密思考在里面。其目的就是坚决完成全国城市运动会在秦西省西京市的顺利举办。要做到举省一致，举市一致，聚所有体育人的智慧和力量，同心一致干好这件事。你老了，有私心了；你搞矛盾，涣散人心，怎么办？

那就先换人。呼延麦地来到这里最缺的就是时间，缺的就是干劲冲天、可以日夜加班加点的人！

然后几天里，呼延麦地局长就带着新班子成员和人事处、监察室、办公室人员，到秦西省体育局管辖的三个副局级单位，二十四个直属事业单位一个一个地调查情况、考察领导班子。凡是告状、扯皮、闹矛盾的班子，领导无一幸免，一律回家停职反省一周后到人事处交思想汇报。但是，过去位置已经没有了，闹矛盾，都是一个巴掌拍不响。你闹，在领导岗位上闹，就要付出代价。党的威信，人民的利益，良好的工作秩序，都会在你的闹腾中，大受损失。你停职了，后来者当然就上位开始工作了。对你要以观后效，再待重新分配工作。

第四件事，呼延麦地叫来宗雄和向锦书，让他们快速拿出机关装修方案，不明白可以去省政府机关事业管理局长和省规划建设局局长寻求帮助。老宗，你去省政府；小向你已经见过规划局局长，你就去规划局。省体育局机关每间办公室一下子都配有了除书架以外带玻璃镜子的立柜，里面可以放被褥和简单的衣服。所有沙发都换成一大两小成套的布艺沙发。呼延麦地说，这样，有助于以后工作紧张起来，大家可以加班休息。厕所移到楼道尽头用两间办公室改造出来、楼道尽头可以改成水池，大家打扫卫生，上厕所，都可以用。

你看呼延局长这一开始抢修街道，坚决批文改造院落，撤任机关直属单位干部，装修局办公楼办公室，这几件事，哪一件不是快刀斩乱麻?！这么厉害的主，就是个真猛虎。

向锦书今天真疯了，她是明知山有虎，偏向虎山行。宗雄副局长和胡小蝶处长，包括鲍利丰各个副局长都紧张得要命。他们坐在各自办公室里，竖着耳朵，为向锦书操心着后路。

37

　　向锦书噔噔噔跑上楼，东方力俨然已经上岗在熟悉工作环境，他端端地坐在呼延局长的外屋像个政府秘书。看见向锦书，他站起来想问事由想阻拦，但是向锦书一把就将他掀到一边去了，那样子是有画外音的："什么东西？敢挡我的路！也不看看姐姐我是谁！"东方力无措地搓着手跟着怒气冲冲的向锦书，眼睁睁看着她居然径直一把就推开了呼延局长的办公室大门。她今天不是要破釜沉舟，绝地逢生，就是要鱼死网破。

　　呼延局长正在看报纸，听见大门外的动静不对劲，就放下报纸向门口看，一眼看见大步流星进来脸色很不好看的向锦书和紧跟其后脸色非常紧张有些慌乱的东方力。他就笑起来了，说："啊呀呀，气恼得很！我给你杯倒茶。你想喝甚？红茶，绿茶，还是白茶？"

　　"我还是喝块冰吧！你有吗？"

　　东方力慌慌张张跑到饮水机跟前，准备给向锦书倒水。呼延麦地挥了几下手，并快步走过去小声对东方力说："你快去省政府文教处，找处长，就说我要秦西省球类运动管理中心的批文，你把它取回来。"随即关上门。

　　"还真的有！"呼延麦地局长并不生气，"请坐！"他说完伸出手，手掌朝上指了一指桌前的位子，自己快步去小冰箱里拿出一瓶矿泉水，加上冰块，倒在高高的玻璃杯子里。然后坐回椅子上，从对面看着向锦书。

向锦书没有坐。她已经越了三级，没资格坐下。她对呼延局长说："你要提拔什么人，我管不着，但是你要对我十年来的工作有个说法。办公室五个岗位，我全部轮完岗，十年来，我连上厕所都是一路小跑。两部电话，三个记录本，主编《秦西体育情况》内刊百期，上下内外接待、政务秘书、外事专办……我没有偷过一小时懒，没有请过一天病假，没有犯过错，误过事儿，从来都早到晚归，没有休息时间和节假日。就因为我是女的，你就有权力说一句：不行，使不得?! 让我走，可以! 但是，我不能这样走! 我没有强硬的后台靠山，工作就是我的靠山! 我这十年生命最好的时光，不能被你一句话就全给废了。"

"小向啊! 小向同志。先不要生气，你听我说。你看看你，模样长得这么斯文赢人，这么温柔喜人，我怎么跟你出差嘛! 按规格，我可以住套间，东方力，男的，我们就可以在一搭里将就。你女同志能将就吗? 很不方便嘛! 我半夜想起个事儿，就可以和他去商量办理。我和你去，半夜摆布事情能行吗? 火车软卧，飞机头舱，动车商务舱，人来人往地看着，看看咱们干部出双人对是成什么样子了嘛!"

向锦书说："工作，讲什么男男女女? 您把我当成个男同志不就行了吗? 我的革命意志没有问题! 难道你的革命意志还不胜我?!"

"啊呀呀! 小向同志。说真的，我也是个活生生的男人。我不行，我真的不行! 我会瞎想事儿的，很不利于工作。你坐下，让我给你慢慢说嘛。"

这句话把向锦书给说得喷笑出来了，呼延麦地也为自己的话惹笑了，向锦书感到甚是欣慰。他又继续说："你看，小向同志。实话实说，男女搭配干活不累! 其实，舆论会让人很累，甚至更累! 秦西地区经费紧张，不可以人为地太过浪费，这是现实! 你的委屈，我记着!

"在党组会上，你的工作是众口一词地说好得很! 要换你，很多人都不同意，怕这个全国城市运动会，新来的东方力对各种关系不熟悉，协调不好! 但一个干部，要积累经验，工作岗位要多轮换，不是换岗，是换个角度工作。你今天在办公室协调大家，联络上下左右，你明天去球类中心让办公室为你服务，你去服务人民大众。这种感觉完全不同。办公室工作就是万金油，这你自己也体会到了，根本没有自己的时间。我也是干办公室工作这么一路走过来，有一个心得和你交流一下。

"工作就要人，从，众。明白吗？你单独一个人不好开展工作，就是一个单人。你要先跟着一个人一个人去学，叫从。这个从很被动。然后你就可以与众多的人融合起来了，叫众。你服众以后，就有人又跟着你，你才能变成一个能干的人。这一次的从，你是主动的，你就会变成一个有益于人民的人。我个人理解呀，国家公务员的人生就是：人从众，众从人。你升一级，就是组织对你的肯定。从科级到处级，多么不容易！这十年，你在办公室看到的职场风云一定是不少的，对不对？

"我很欣赏你这样的干部。你没有去找人哭闹诉苦，拐弯抹角骂领导，而是直接来找到我问清情况，说说心中委屈，这很好！这说明你是信任我相信我的，非常好！我就喜欢你这种性格！你好好干！我会全力以赴支持你的工作。我也相信，你在任何岗位，都会干得很好。我看好你咧！

"我要送你四个字——绵中藏针。当个好领导，走上新的岗位，去发挥你这十年来的工作经验，干什么事情，都要沉得住气，不要随意恶意揣测领导的心理。没有哪个领导会对自己的下属使坏心，动恶念头。下属的区别只有成熟与不成熟：成熟的好干部，人人都喜欢！不成熟的，找不到北，当上领导干部也会落马。干部不能拔苗助长，也不能压住不用。我们掌握干部升迁的权力，最好的办法就是小步快跑，让好师傅带徒弟。

"当了领导，就要注意下属的需求。他们来到这里工作，你就是他们的兄长、大姐，你要知道每一个人心里的渴望。知道了，工作就容易做好了。"

这是一次心与心的交流。陌生人一天就变成了一辈子的好朋友。今后他们不只是上下级关系了，他们之间所有的语气、眼神、心灵的相通，都超越了男男女女那俗套的关系，变得纯净，互信，心灵里有了特殊的默契。

向锦书的任命是一把手呼延麦地、三把手宗雄和副局长兼人事处处

208

长胡小蝶一起去隆重宣布的。这个秦西省球类运动管理中心还是个筹备处。主任并不是向锦书，而是由一个还有三个月就要退休的竞赛处老处长廖海担任，向锦书任命的是常务副主任，括号里是财务主管，并拥有盖章签字权。

她和廖海主任的任务就是寻找新的项目。体育，是三驾马车——竞赛比赛、群体活动、场馆建设。要在秦西省财政资金以外搞这三样都很艰难，特别还要搞群众喜闻乐见的体育运动。体育由行政管理转向体育市场经济的气息已经迎面扑来。

就在这时候，南宏从珠海经商顺利回来了。他回来开着皇冠小轿车，来到秦西省球类运动管理中心筹备办公室。

"南宏，你现在做什么生意？"向锦书问。

"这次回来，是想搞足球的。"

"足球？"向锦书来了兴趣。

他们谈好，要让秦西省足球借鸡下蛋。

廖海主任听来听去，感觉似乎是可以的。于是秦西省体育局三人组出发去邻省晋西看一看。这一看，就把飞龙队引进秦西来了。飞龙队是全国甲A队。当年就衍生了秦西红鹏乙队，来年秦西红鹏队成为足球甲B队，正式在省委省政府支持下成立了。久违了足球的西京赛区，久违了赛场的秦西球迷，像久旱逢甘露的禾苗，像看见太阳的向日葵，千家万户寻票忙。第一场的比赛一票难求，黄牛党更是将十五元的学生票炒到一百五十元、二十五元的成人票炒到一百八十元。人们奔走相告，欣喜若狂只为足球。

38

距第四届全国城市运动会召开还有两年，国家体育总局领导和方方面面的官员们就来基层看看各方面准备的情况，了解还有哪些问题和困难需要研究落实解决。

国家体育总局一把手是战争年代的红小鬼，他是西京人，父母都是大革命时期红色电台创始人，他想借此机会重回秦北看看，来西京看看，所以先从北京直接飞抵秦北。他在讲话中曾经深情回忆说，那时候总在唱抗日歌曲："黄河在咆哮！黄河在咆哮！我只有六岁，以为歌曲里唱的是，黄河在保小！黄河在保小！就跑到第一保育小学看看，没有看到黄河。"新局长呼延麦地带着办公室调研员卢佩云、组委会分管宣传部的副局长胡小蝶一行人就从西京赶往秦北迎接，并一起陪同考察宝塔山点燃火炬的这个全国直播点。这是一场新战斗的起点，谁也不敢马虎。

有经验的副局长宗雄，则带着办公室副主任东方力，赶到银鸡市，因为总局二把手是著名的国际功勋教练员，他要乘火车从北京直接抵达全国城市运动会闭幕式地点考察，解决困难和问题。

最后，这两路人马，都要来西京四城会组委会会合，一起看看开幕式的地点，并汇集问题，解决问题。而组委会驻地，就由还没有离开办公室的向锦书陪着正职副用的副局长鲍利丰，留下坐镇，在组委会指定的领导驻地国际四季春四星级宾馆等待两路人马归来。向锦书还有另外两个任务，一是接收从秦北传真过来的总局领导讲话稿《在体育工作中发扬精神》，整理好，装订成册，准备在联席会上传达，下发。二是准备好会议室以及相关会场布置，配合鲍利丰副局长负责车辆和食宿接待工作。

向锦书在酒店大堂的商务室忙着对稿件修修改改，去会议室指指点点。鲍利丰坐在酒店大堂独自孤独喝茶。向锦书就走到鲍利丰身边问："你不忙吗？"

鲍利丰说："接待有什么好忙的？何必亲力亲为，浪费体育局资源？我都交给酒店了，社会服务，他们比我们专业，没什么可忙的！你也可以休息休息，别对谁都不放心！"

鲍利丰毕竟是向锦书的领导，向锦书也不是个势利眼。而且，鲍利丰的话有道理。她忙完了工作就拿着领导讲话稿先请鲍利丰看看。

鲍利丰不看稿件。他说："你看看就行，我就不看了！"态度很傲慢。

向锦书就坐在鲍利丰对面开始认真地检查稿件。她要对得起领导的信任。稿件看完了，她就不断起身给鲍利丰倒茶，添水。鲍利丰很受用。他说话了，话里话外都好像是在讽刺人："你是体育局的名人，还是个社会的名人，我都不知道怎么来领导你。"

向锦书一边恭恭敬敬地续水一边说："那你是对自己特别不自信呢，还是认为我这个下属不懂规矩呢？我在社会上可以天马行空。但是，在本职工作中，我应该还算是个懂规矩讲原则的好下级吧？而且咱们都是倒霉蛋，应该同病相怜哦。"

"省体育局没有规矩，完全没有！"鲍利丰挺愤怒的。

"那是你不懂体育，并且还傲慢得很，给你个下马威，也是应该的。就像咱们俩今天，在体育行当里，我就是前辈，你就是后生。你给谁傲慢呢？傲慢是要付出代价的。你有多少好时光可用来懈怠？让满肚子蝴蝶飞不出来，还要为傲慢买单？"

这个鲍利丰咬咬嘴唇，态度开始好转，还站起来给向锦书这个体育前辈加了杯子，询问喝红茶绿茶，续了水。

向锦书笑了，她说："看在你还会放下架子的态度上，我就来关心关心你这个体育局后生，给你指一条体育行当的明路，免得你两眼一墨黑，还傲慢得很，瞎耽误工夫。"

　　问过鲍利丰的经历，向锦书说："在体育行当里，现在是三驾马车在奔跑：一是竞赛体育，去奥运会夺金牌的，你不行！二是群众体育，到基层去，组织社团、俱乐部，开展种种群众喜闻乐见的活动，显然你与群众有距离，也放不下已经正局长待遇的身段，也不行！还有第三项，你算是有点基础，在原单位盖过八栋职工宿舍。那就是——体育设施建设工程和财务管理这驾马车。如果你足够聪明，如果你绝不贪心，一把手给你多大的签字权，你还是要每一笔账都让一把手清楚放心。但是你还是要放下身段，别老端着。最好是俯下身子来担起正局长的责任，干起牛马一样的工作，还能两袖清风，你就成了，可以算是个体育人了。因为，机关处室的财务和基建工作目前并没有副局长亲自抓。我估计，一把手呼延局长回来就会向你试探，只要你态度坚决地接过来，别拧次。而且要让他放心！我感觉，呼延局长是个重视培养年轻人的领导，有公心，人不错，很真诚！"

　　鲍利丰使劲点点头，开始叫向锦书为"我的体育前辈先生"。向锦书很高兴！用手指敲着桌子说："我再告诉你一个办法，用毛主席的人民战争战略战术叫——到敌人后方去！别在办公室里闻臭粪水，搬到工地上去办公，在核心圈消失。让所有的人感觉你没有野心，准备在体育局干到退休养老。这边，全国城市运动会举办在即，我还暂时不会离开。有我给你每天通风报信，你就安安心心在工地上干活儿。节约经费，做大块文章，出体育场馆的精品！"

　　这次四届城运会组委会工作重要会议，国家体育总局一、二把手，省委、省政府的一把手、秘书长，省市体育局党组所有成员都来了，大家群策群力，一起商议全国城市运动会的筹备工作。并做出决定：

　　硬件——改扩建省体育场为主会场，并配套建设体育文化广场和两座二十四层的体育工作者和文化单位工作者家属楼。原来的秦西省体工大队搬至尺八路，省上拨给了五百亩地，彻底满足西京市人民群众对体育活动日益高涨的愿望。借城运会东风给秦西一个竞技体育发展的良好环境，让秦西省体育在硬件设施上，真正上个新台阶。

软件——举全省之力，全市之力，省市体育人之力，凝聚全省全市人民群众的力量，办好这一届综合性体育盛会。

这次接待工作结束后，鲍利丰变了。他真的被委以重任，担任场馆建设的执行总指挥，开始长达两年的日夜辛劳。他吃住在工地，天天戴着安全帽，与总工、工人、体育局管理者们共同奋战在场馆建设一线。他还带领着分管的那些闲杂不起眼的单位年轻人，去各市县调研秦西全省体育现状，每人回来必须讲课，讲体会，实事求是找体育发展落后的原因。然后再带着这些年轻人去大城市，看看先进的体育单位是什么样子，找差距，找榜样，找精神。回来还是要讲课，讲体会，写出调研报告。

鲍利丰还提出一个观点："我们要舍得花钱为年轻干部换思路，朝前看。"向锦书就积极为鲍利丰出主意："咱们可以三方面出经费，让基层的年轻干部尽量都走出国门去看一看！这三方面经费就是，局里经费出一部分，基层单位出一部分，出国学习的个人出一部分。"两年中，鲍利丰所管辖的单位科级以上年轻领导们都全部争取到公务出国机会，回来就为全系统干部讲国外的见闻心得体会。这些青年干部们开阔了体育眼界，也提高了工作能力。

鲍利丰在体育局也真正扎下根来和大家融为一体，树立起一心为公，清正廉洁，全心全意，扑下身子努力工作的良好领导者形象。

这次接待工作后，呼延局长也在鲍利丰的工作中，想出了一个培养年轻干部的新方法。他认为，干部不是仅仅给他一个位置，而是要他有学习的环境。借着全国城运会的东风，一茬子小步快跑的干部还要快速成长！全国城市运动会组委会的各机构就是一次省市局干部大交流，大融合。每个部门，每个处，都是由省、市、地县、省市体育局干部抽调而来。大家齐心协力，互相学习各自长处优势，等运动会结束，一批经过实践锻炼的年轻干部也成长起来了。而且，全省各个委办厅局地市县的干部都有了密切的关系。这让以后的工作开展更加顺利，效率更高，与基层联系更加紧密。

向锦书在这次全国城市运动会担任的职务是组委会办公室礼宾票务

处副处长。办公室主任由省委秘书长担任，处长是省政府文教处处长，向锦书和市体育局办公室主任担任副处长。在工作中，她看到了省委干部严谨且尊重下属意见的工作作风，她看到了省政府的工作细致与快捷，看到了市体育局努力学习谦虚谨慎的态度。

当分配主席台票务中，呼延局长与鲍利丰副局长产生意见分歧。鲍利丰坚决要给体育场馆建设者在主席台留一席位置，但是主席台位置有限。带着这个问题，秘书长、处长、向锦书和市体育局副处长一起到现场看情况。

向锦书听到各种意见后就向秘书长大胆提议，将乐队放在主席台下面，用钢管搭建一个一尺高的新台子，铺上红地毯，这样一是乐队更加壮观好看，二是可以在主席台腾出二百个座位以答谢建设者们。

秘书长说，好！马上电话请示主管副省长，主管副省长居然就来到现场了。他还拿过处长手中的卷尺，站起来，蹲下去，与大家一起在大风乱卷中丈量乐队台子的大小高低。风，吹散了副省长头上那一撮地方支援中央的头发，它们花白着摇摇摆摆地搭在副省长头上，简直是无情地横扫了领导往日神情健硕的雄姿风采。但是副省长此刻不管不顾，只把那一撮没眼色的头发往耳朵后面一捋说："来！小向，你拉住卷尺，咱们量量！"这个画面，像雕塑一样刻进向锦书的脑海，让她非常感动，永远都不会忘记！

谢顶，其实就是血液黏稠，缺乏维生素，缺乏锻炼，肌体氧气不足造成的。加强锻炼，多吃蔬菜水果，完全可以重现茂密丛林！向锦书一边拉着卷尺，一边就给了副省长一个建议。

副省长说："好！听说你去了球类运动管理中心，那我可以去打篮球吗？"

向锦书说："当然啦！非常欢迎！每位领导都应当去加强锻炼，你们就是一面健康的旗帜！那时候，您头上的这一把不听话的'挂面'就可以退休啦。"

副省长哈哈哈大笑起来。实际上，副省长是直到退休后才来打篮球的，一打就是十年，身上掉了五十斤肉，头发又焕发了青春。那是后话。

全国城市运动会礼宾票务处，要负责开幕式十万人的票务分配——各个看台的指标不同、礼品是统一的，由赞助商提供——太阳帽、扇子、毛巾、汗衫、T恤衫、饮用水、节目单。布置主席台是一项复杂而艰巨的任务。市体育局的副处长，就用节目单当尺子，把长长的主席台面上的茶杯、节目单、饮用水……布置得好看而整齐划一。在选择贵宾胸前鲜花一件事上，她不知跑了多少鲜花市场，在上、中、下三种花系里，选中了鹤望兰。

礼宾票务处所有同志加上志愿者们一起，吃住在办公室，每个人铺几张报纸休息，只要醒着就是装袋子，累了就地睡觉。睡醒了，就干活儿，没有人抱怨，偷懒。大家都是代表各个单位走到一起来的。谁也不想因为自己而给单位丢脸。

那天的开幕式前，组委会后勤部送来的午餐是饺子。大家真的饿了，狼吞虎咽吃到最后剩下两个饺子，才发现向锦书一口也没有吃，都惭愧得不行。省政府的文教处长就说，今天是场硬仗，我和小向都希望大家守好各自岗位，圆满完成开幕式！我和小向，一人一个饺子，很好了！

开幕式，隆重而成功。向锦书远远地看着省长、副省长，他们整齐、庄重地坐在主席台上。还有呼延麦地、鲍利丰、胡小蝶、宗雄、东方力、廖海，以及那些场馆建设者代表，各个看台上，秦西省西京市的工农商学兵机关单位都有代表参加。这是一次秦西全省人民的盛会，是西京市古城的节日。红色，绿色，蓝色的主调，代表着秦北红区、发展山区、西京科技在中国的历史，今天和明天的主旋律。

在秦西省委省政府对全国城市运动会庆功表彰大会上，向锦书被大会组委会办公室的礼宾票务处同人选为城市运动会先进工作者。向锦书记得，这个荣誉在全处是推让来推让去的，向锦书怎么也不能接受这个荣誉。在两年的时间里，处长才是最辛苦、最模范的！但是，省政府文教处处长说，女同志在行政岗位进步很不容易！大家一致鼓掌通过了。向锦书明白，一张奖状在这个时代，并不一定会让一个女同志真正进步，但是大家的情谊，大家在工作中获得的收获，会让她在今后的工作中更加踏实。后来证明，当向锦书退休时还是个正处级别，而那些把荣誉给了她的礼宾票务处全处同志们，都纷纷走上了各自省市厅局级正职副职的领导岗位。

全国城市运动会后，鲍利丰在呼延麦地的鼎力举荐下晋升为秦西省体育局一把手。不久，胡小蝶又在鲍利丰的鼎力举荐下当上了他的接班人。后来，鲍利丰又被国家体育总局在全国体育局海选干部里中标，去了国家体育总局体育彩票管理中心担任司级主任。没有后台，只有两袖清风是鲍利丰中选的最硬后台。

中国体育又将进入新时代，已经是四驾马车在奔腾：竞技体育、群众体育、场馆建设、文化经营。体育开始全面市场化。体育彩票为群众体育助力，它来自人民，回馈人民，体育健身锻炼器材小广场如雨后春笋，遍布全国的乡村城镇，社区里，广场上，校园、军营、工厂、公园中都有了健身设施。局机关行政岗位人数从向锦书进入时的二百名公务员到现在即将离开时的四十七人，规模缩小了许多。但是，省市级体育项目综合管理中心、省市级体育项目单项协会、省市级社会热爱体育有经济实力的人，创办的各类体育俱乐部，如星火燎原之势，遍及中国大地。

鲍利丰局长到北京上任那天，他带着向锦书走上那两座二十四层家属院的楼顶，俯瞰自己亲手建立起来的秦西省最大的体育文化广场全貌。

鲍利丰局长问向锦书："壮观吗？"

"当然！"向锦书说，"现在再看电影厂的那些家属院八栋楼房，是不是有一种小巫见大巫，集装箱见火柴盒的感觉？等你去北京，等咱们国家再举办奥运会，你再回头来看看这些你亲手建设的体育文化场馆，是不是可以说它们就是一堆儿童的积木玩具？人生在不断飞跑，你去了北京，还会记着我吗？"

鲍利丰说："我今生都不会忘记你的！你是我的朋友，你是我走进体育领域里的前辈。"

向锦书由衷地大笑起来。她想起鲍利丰刚来时的孤独与傲慢。工作就是教育！她说："忘记是很自然的。我们每一个人都是独立的人。哪能记住所有过去一起并肩战斗的人？"

鲍利丰说："我会！"

向锦书没有再说什么。别人记住不记住，其实并不重要。但是此刻，向锦书明白了一个道理。也许人生有一种男女友谊就是可以万古长青的。那就是：危难之中见真诚，困难之中，一起并肩作战，去想方设法赢得胜利！

人一生的男女交往，床，才多大一点气象与天地？天高任鸟飞，地阔任马跑，海深任鱼跃。男男女女，思想交锋，真心真诚真实才是一条人间康庄大道。这样的友谊，走得更远更远，更加情深谊长。

男女在社会上的最好的情感就是——不论年纪，彼此尊重，心心相印，默契出手，灵魂战友，有这样的人在身边伴你走过，你才会不畏浮云遮望眼，从容登山看日出。人生的温暖，点点滴滴，渗透在你的生活里，不是谁都可以品味到这种细水长流的友谊的。

一年后，向锦书去北京开会，来到国家体育总局体育彩票管理中心看望鲍利丰。一楼的办公室有人踩着高跟鞋过来阻挡说："鲍主任现在正在二楼会议室开会，不方便见客人。"

向锦书说："是吗？我来自秦西老区，在北京时间很紧，你就带我在会议室门口开个小缝，让他看见我来过了，我即刻就走！"

高跟鞋看拗不过老区同志，就前边引路上楼。到了会议室门缝开启的那一刻，鲍利丰主任正举着两根手指在说："这个第二点嘛"，他一侧头看见了向锦书，接着说，"这第二点就是，讲话稿要点下午发到大家邮箱。散会！"全场人都举着记录的笔，愣住了。

鲍利丰已经快步跳下讲台，来到门口对向锦书高兴地说："你，别走！中午就在我办公室吃盒饭。"

办公室的高跟鞋带路人急忙一个后退跳步让开走廊里的路，高跟脚的六寸后跟被狠狠地顶在墙角上，断了。她狐疑地看着鲍主任和这位不速来客向锦书的背影，不太理解这是一种什么关系。

39

南三军又走丢了。南三军六十五岁以后，就表现出阿尔茨海默病前
期丢三落四的症状。先是有两三个月去领工资的时候，总是没有能领回
来，回家后她总是在各个口袋里寻找来寻找去；再就是去打门球，会将
球打进对方队的门里去，落下本队队员的许多埋怨。到后来会走着走着
找不到家，会从城里走得很远，走到木寨，找到过去的西北局二宿舍，
那个叫德善寺东街 5 号的老院子，在里面兜兜转转找不到西平房。人家
告诉她，这个院子里没有西平房，只有新建的高楼。到了晚上，她只能
坐在秦西历史博物馆门前的石台阶上发呆，被出租车司机发现，送她去
市公安局。与报了警的家人会合，才回到家中。按照哥哥向和平媳妇吴
粉娥的话来说，向云雪和向锦书都是女儿家，是向家已经泼出去的水。
所以，离了婚的向云雪每次回家都要受到吴粉娥话里话外的凶恶训斥。
吴粉娥认为，向和平是独子，向家的一切，都应该是他们老大家负责。
但是，南三军在他们的管理下，又一次走丢了。

向红旗过去就经常来老三向锦书家吃饭。他总是说，银鸡人吴粉娥
总是做饺子、面条、面疙瘩、馒头，他很吃不惯。动不动，向红旗还会
给向锦书几张存折，告诉她密码是 075570。每次临走，王西京都是将
存折还给老丈人向红旗，告诉他，有哥哥姐姐在，这些钱就给他们吧。
你尽管来家里吃饭，来家里坐坐，也可以住在这里，这里就是你和妈妈

的家。向红旗就不想回自己家，总是带着战友来向锦书家里喝茶，逗留，等向锦书下了班给他做江南口味的饭菜吃。现在南三军丢了，他更是伤心地住在向锦书家里不走了。身上装满了全家的钥匙，一走三晃，叮叮当当的，把衣服口袋都快坠裂了。贴身的裤衩里缝着口袋，藏着他和南三军这些年来的所有存折、工资卡、身份证、革命军人残疾证。他孤独无助的样子，让向锦书很痛心。尽管向锦书一再拒绝，向红旗还是执拗地要将身上的这一切交给她。向锦书说："万万不可以！交给哥哥有什么不好？你这样沉重到底是为什么？"向红旗说："交给你，你会给他们分。交给你哥哥，他不会分给你们姐妹俩的。"向锦书说："我们根本不需要！我们有自己的工资，可以很好地生活，他作为兄长不给就算了。起码你可以轻松啊！"但是，向红旗坚决地摇摇头，他其实更加担心已经离婚独自带着儿子的大女儿向云雪今后的生活。

这个夏天最热的三天里，向锦书心如刀绞。电台、电视台，各个传呼机台、省市各大报纸上，都有寻找南三军的消息和照片。终于在第三天，从古阳一个派出所传来消息，找到了。等向锦书和向和平冒着大雨赶过去的时候，南三军已经东倒西歪，昏昏沉沉，嘴角裂开了血口子，全身上下湿漉漉的。口袋里装着揉碎了的面包和一瓶娃哈哈。向锦书放声大哭，深深感到南三军太可怜了！老人老了，太可怜了！不仅如此，南三军的大腿居然还骨折了。

在医院调养了半个月，向锦书下决心要彻底接管已经痴呆的母亲南三军，带她回自己家里赡养。向和平同意了，吴粉娥也同意。兄妹几人都还要工作，两位老人，特别是这位看不住总要往外跑的老人，实在是没有办法照顾好。毕竟三个孩子里，只有向锦书与母亲生活在一起的时间最长，最了解她的生活习惯。这样，向红旗就要被向和平和吴粉娥领回他们的家去。向红旗哭了。这是向锦书从小到大第一次看见父亲痛哭流涕的样子。可是家里只有一间二十平方米的房间，显然住不下这么多人。以后，应该还有保姆进来。为了让向红旗宽心，这个晚上，王西京、王一十、向锦书睡在地上，大床上睡着向红旗和骨折打着石膏需要照顾的南三军。

到了第二天下午，向红旗独自打出租车走了。他知道，小女儿家这里真是住不下这么多人。他也心疼小女儿，他想让小女儿回娘家住。但是，向锦书认为这是一个原则问题。她对爸爸向红旗说："娘家，结婚那天就家宣过，早已经没有了我的床，我二十多年，也已经很不习惯在娘家住了。况且，每次周末或者过年回家吃饭看望你们二老，大嫂吴粉娥话里话外都是在宣布，我们姐妹就是泼出去的水。覆水难收，我不会回去的！"

吴粉娥与向和平真是太不像一家人了。当初，向和平下乡与同小队女知青谈恋爱。向红旗、南三军一听对方是父母参加过国民党和三青团的教授家庭，就坚决不同意这门亲事。南小金台湾归来事件让他们吃尽苦头，那是没有办法的血亲关系。现在，哪里还能自己找个麻烦让儿子吃二遍苦？没有办法。向和平就问二老，那你们到底想要个什么儿媳妇才满意呢？

向红旗不说话。南三军就说了几个条件：第一，家庭成分要工农兵苦出身；第二，本人是中国共产党党员；第三，大学生学历；第四，有一点文体爱好；第五，身体健康，品行端正。

两年后，向锦书还在读高中，向云雪在下乡插队，向和平刚刚进入国营大工厂研究所工作，吴粉娥就走进家门来了。两条又长又粗的辫子摇在屁股后边快达到腿弯。两条极其粗的眉毛搭在细细的眼睛上面，额头很低，地包天的嘴巴，嘴唇的轮廓没有边界，由字形的大脸盘，皮肤麦色粗糙。但是，南三军一问，吴粉娥的五个条件都很符合。工人家庭，祖辈是海边贫苦渔民，自身是个工厂子弟，中共党员。这次就是工厂推荐来西京市建筑学院读大学的，准备毕业了就和向和平结婚。在工厂她还是宣传队独唱领唱的女高音。她说，她是 O 型血，从小到大就没有生过什么病。她还拎着一张大学生体检表给南三军看，那身体肯定健康。

工厂子弟？那就是城市不城市，农村不农村地区嘛！农村根深蒂固的传统她没有，城市里的见识洋气也和她不沾边。向锦书在旁边听着，感觉哥哥向和平找这么个女人，就是在和妈妈南三军较劲儿。

女高音？唱唱吧！吴粉娥就大大方方唱起电影《闪闪的红星》里的女高音插曲《映山红》："夜半三更哟——盼天明，寒冬腊月哟——盼春

220

风，若要盼得哟——红军来，岭上开遍哟——映山红！岭上开遍哟——映山红。"吴粉娥矫揉造作的演唱，把向锦书乐得直捂嘴。家里其他人，都没有表情。

晚上，向红旗和南三军只能在床上一声一声地叹气。辗转反侧，不断地吃着安眠药，还是睁着眼睛到天明。早餐时，向锦书看着南三军问："妈妈，你一夜没睡？你在盼红军呢？"

到了周末，向云雪接到妹妹的来信，就急匆匆从农村回家来看看哥哥的对象。晚上，吴粉娥一进门就说今天要住在家里。家里就两间房子，两张大床，一张小床。一个姑娘，还没有进门，向和平又不在家，她就要和向家姐妹挤一张大床，向锦书很不高兴，向云雪也很不习惯。

吴粉娥她还带了作业要做，好像大学生很用功的样子。那教室里不是更可以好好学习嘛，装什么呢！结果吴粉娥刚一做题，她就为难了。原来她就根本不知道三角函数是什么。一向学习全优的三好学生向云雪只好在当天的《西京晚报》空白处，为准嫂子耐心解释，演算了一大篇，可准嫂子满脸云雾，还是不懂。再问她："那你知道四则运算不？"吴粉娥摇摇头。向锦书真的替哥哥向和平绝望了。真不知道，她这三年理工科大学要受多少熬煎。向云雪干脆给她全部都做了，准嫂子就又一个雀跃，紧紧拥抱着向云雪。

向锦书差点要吐了。向家人就是亲人之间也没有什么肌肤之亲的。从小分床睡，个个从幼儿园起就很独立。哥哥向和平第一次领着吴粉娥来家里让家长见面，刚刚走在大门外看见向锦书，向和平就大叫了一声："向锦书！"吴粉娥立即就像只兀鹫似的飞扑过来，给了向锦书一个措手不及大大的拥抱，把向锦书给恶心坏了。他们兄弟姐妹与人交往都喜欢慢慢地来，淡淡如水。这种一见面就亲如蜜的感觉，很假啊！

更让向锦书不可理解是，第一次见面，吴粉娥就把向锦书放在桌子上的爸爸向红旗送给她的生日礼物——一只精巧的小罗马手表戴走了，说是借着戴一戴。吴粉娥拿去在大学里到处炫耀，说是她对象的妈妈稀罕她，送给她的。四面八方有风言风语传过来，向锦书一听说，就不要了！

南州从青山到秦西路过淞市，就给两位姐姐带来了两双淞市黑布鞋，五包大白兔奶糖，还有两件铁锈红的中式亚麻布罩衣。整个周末，吴粉娥都在哭天抢地怒吼号叫，搞得南州很不好意思。把衣服给她吧，她又胖又矮，穿不上！穿鞋子试试吧，没有想到她的脚居然是 39 码。向云雪的 36 码，向锦书的 37 码，她都穿不上。说起来妇女放了脚，可是这么大的妇女脚难道是渔民遗传？向锦书真为哥哥向和平难过。同父母赌气，怎么也不能这样。向锦书知道，哥哥是 AB 血型，对女人自有很浪漫很精致又很高的标准和要求。而吴粉娥……这下我哥哥可怎么过日子呢？

到了向和平结婚，南三军没有了兴致。给了一些盘缠，让他们去南方旅行结婚。结果，向和平包着头上的白纱布回来了。战友们来信说，南三军和向红旗的心头肉宝贝儿子向和平，在淞市老战友高老板家，被吴粉娥用小木凳子，为不买什么东西而打得头破血流，被高老板的几个儿子将他们驱赶出门了。

太丢人了！从此，向红旗再也没回过淞市和老家。教子无方父之过，向红旗一世英名，就因为这么一个儿媳妇，再也无颜见江南父老。

不久，向和平的女儿向小星出生。受着封建思想家庭教育的吴粉娥在家里的嚣张气焰才偃旗息鼓。更可笑的是吴粉娥的母亲，一大早来到向家，挎着一篮子鸡蛋，一推门就弯腰鞠躬说："我女儿粉娥不孝。没有给你们向家生下儿子。我替女儿向你们向家道歉了。"向锦书更恶心了，那难不成是要向和平离婚再娶，找个人来生儿子？亲家母是来抱孩子回去养的，生怕女儿在向家受气。

但是，一打架，一吵架，吴粉娥就会找到向红旗南三军老两口，又哭又闹。南三军想想总是很伤心，总是睡不着，就只能不停地吃安眠药。

向锦书看不起这个嫂子吴粉娥，甚至非常憎恨。一粒老鼠屎，害了一锅汤。这个家，因为她而变味儿。向锦书从心里把她从亲人的名单里开除了，也从不叫她什么称谓和名字。向和平还是与过去心仪的女知青来来往往，向锦书也不会在家里给父母姐姐透露一星半点消息。她看着哥哥向和平很是心疼，她为哥哥难过。婚姻不要赌气，赌出来的气，你要自己承受一辈子，也给后代带来生活的疑惑与失望。

因为吴粉娥，向云雪、向锦书也都很少去哥哥家。改革开放以后，向和平还没有到退休的年龄，就停薪留职去了深圳工业园一家家电器玩具厂当厂长，与已经离婚也去深圳看看风景透透气的女知青，再续前缘，租住在民宿里，安度晚年。

　　向小星也与新婚丈夫去了西南贫困山区当起村干部，他们决心当个丁克家庭，不生孩子，度此一生。

　　吴粉娥在向红旗、南三军仙逝后，就抱着那堆钥匙和一沓存折，独自开了一家小门脸的饺子铺，入不敷出，五十岁就白雪满头，孤独生活，最终在七十二岁生日那天刚刚开店门，竟因脑溢血倒地而亡。这是后话。

40

呼延麦地局长风风火火了两年后的一天，忽然任期未到就被平调走了，去了秦西省汉山市任市委副书记一职。大概原因是秦西省民间武术体育队出国比赛竟然夹带了几个私自出境的人，结果在上飞机检查时露出了破绽。一些人无孔不入找机会从各种渠道出境也是当年的新情况。在秦西省外办那次去欧洲学习考察的各委办厅局外事专办员都重点上过这一课，在工作中都会非常注意这个新动向。但是秦西体育局没有人去，根本不知道有这种情况，办事员看见直属单位领导签字盖了章子，人事处有政审意见，就给这个团办理了因公出国护照。

调查结案时，秦西省公安厅、省纪委、组织部、外事办、体育局等等单位联合调查小组长语重心长地对所有相关人员说："新的国际形势对我们外事工作管理干部的要求就是要不断学习新知识，洞察新形势，发现新情况，研究新问题。否则差错难料啊！我们政府外事管理就会形同虚设。你们单位专办员的那次出入境管理学习为什么不去呢？领导有责任，主管有责任，干部也有责任。"

大家哑言，东方力专心低头记录什么，分管办公室工作已经退居二线的副局长宗雄更是沉默，呼延局长就站起来说："是我决定的。与他们没有关系！我在批文件时，刚刚到达新单位，不了解情况，宗雄同志当时并不是很认可我的意见。"呼延麦地局长还让东方力从文件夹中找到了那个去欧洲学习批文，指认给小组长看。他继续强调："是我想节约经费，坚持没有批的！"

但是结果还是给了宗雄一个行政处分，原因是"了解情况，又是主管，没有坚持给出正确的意见"。但最后从苏水桥那里的说法，那番"了解情况，又是主管，没有坚持给出正确的意见"原话则是你们宗雄副局长对小组长讲的。小组调查后情况确实，就此结案。

送呼延麦地去汉山市走马上任的人是组织部文教处处长苏水桥。路途气氛沉重，苏水桥就对呼延麦地说："我认识你们单位的向锦书，我们是常宁中学同校的同学，算发小、闺密，也是老朋友。一直是非常投缘的好朋友。"

呼延麦地局长，现在是呼延副书记一听就话多了几句，说："我认识向锦书也很早了，十几年前在北京亚运会上，小向同志她唱歌的样子多么单纯。我是上任那天恍惚看见她上车出门，就从台阶上踩空，结果就失足脚踝崴了。卢佩云那时来家里照顾我，我只对她提起过，以后就再也没有对同人讲起。你别不信，这些年向锦书对组织、对领导、对部下、对群众，从不讲假话。向锦书一向都是诚实真诚的。不让她出国去欧洲学习的就是我，后来还把她调到球类管理中心，结果……结果……"呼延麦地局长他就再也没有结果地说不下去了，慢慢地摇头低头去转捏着手指头。

后来，苏水桥给向锦书打电话说："呼延麦地说他在秦西省体育局工作时，就在两件事上很遗憾吧，一是没有让你去欧洲，二是过早地免去了局机关许多老处长和直属单位老主任的职务，让他们晚年伤感。不过这倒是让许多年轻干部得以迅速成长。当然最可喜的是，他获得了夕阳红婚姻。我送他去上任的时候，卢佩云在车上一直拉着他的手。他们倒是很般配，实在令人羡慕！"

听着苏水桥打来的电话，向锦书茫然良久。"出师未捷身先死，长使英雄泪满襟。"忽然间，向锦书感到自己的青春，自己的歌声，都随着呼延麦地局长的离任而远而消散，而飘向秦岭深处山水之间的三国古栈道。向锦书自己曾在那里出差，写的汉山市创体育先进市的通讯登在《中国体育报》的头版头条。联想宋代王安石的《浪淘沙令》："伊吕两衰翁，历遍穷通。一为钓叟一耕佣。若使当时身不遇，老了英雄。汤武偶相逢，风虎云龙。兴王只在谈笑中。直至如今千载后，谁与争功！"向锦书感觉，今生能遇到一位好领导，就是自己的福气。只是人生的最大遗憾就莫过于，你可以做到，但是没有做，没有去完成。宗雄如此，呼延麦地也如此，谁步他们后尘？

与许多人相遇，在别人注意怎么树立好自己威望威信的时候，向锦书只想保存好他们的联络方式。经过在体育局的体育空间杂志社，局机关和下属单位磨炼，向锦书已经成为是一个眼里有风月、心中有风云的体育管理干部了。

不久，向锦书被调到省社会体育管理中心任主任。按领导在欢送会上哼哼哈哈说的最动听的一句话，就是向锦书光荣地走上了更高一层的领导岗位。

宣布那天，省体育局办公室主任卢佩云陪同局长胡小蝶一道来送向锦书走上新岗位。东方力已经参加省上向社会三公开报名考核，通过笔试、面试、政审三关后，被录用为省体育局的副局长。而卢佩云已经从人事处分管调配岗位的副处长成为办公室主任。

当初呼延麦地局长的第三把火就是坚决调整局机关那拨还有三四年才到站退休的所有正处级干部，让他们退居二线，为机关所有的年轻干部们空出位置。同时，他还推出了一个新观点。呼延麦地说，他认为，医生是最称职的人事和最理想的思想政治工作及心理安抚干部。卢佩云就在呼延麦地的鼓励中放弃了高级职称评聘，破格进入公务员序列，两年间就成为人事处副处长。呼延麦地走后，胡小蝶将卢佩云提拔在办公室任主任。

呼延麦地来的这短短两年，究竟让多少人热血沸腾过？人心就是体温计，血热与心凉只有干部们自己知道。办公室卢佩云主任送向锦书时，拉着向锦书的右手说："你本来应该是从办公室里提起来的。但是，唉！其实，是块好钢，在哪里都一样，这可不是客气话。也许今天的机关好，明天就是各个运动项目管理中心好。世界上的得失获得都很奇妙，你好好工作，还要常来看看我们呀。记住！"

老同事卢佩云又轻轻地拽拽向锦书的耳朵，很亲近的一个私密的举动，使向锦书的心就感觉有泪水像米粒疙疙瘩瘩地渗出来，好在是堵在心口的血管里，外人当然是看不出来的。向锦书咽下一切，点点头。

局长胡小蝶与向锦书告别则是一个重重的握手，好像是四百米接交棒交过来的一棒重托。

胡局长说："省社会体育管理中心这个事业单位更加适合你，更加适合年轻干部锻炼。现在咱们是委变局，局变社会。也就是体育社团协会化、民办非企业单位俱乐部化，这是中国体育逐步走向国际体育市场发展的必然。"她忽然又笑笑说："你没听说过吗？如今处长小了叫部长，主任大了叫局长，部长降了叫主任。我们上任当官不是来安放一个两个位置看风景的，而是要你们来调集最普通的人民群众力量，举国一致，举省一致，一飞冲天。让我们的人民人人都有强健的好身体，让我们的体育事业发展得更快、更高、更强！社会体育管理中心，就是奥运会项目以外的发展中体育运动项目，中心举手一拳，就是力量。今后你当了领导，就没有了自己，要踏踏实实一步一个脚印地去做好工作。记住我送你的话——当领导永远不要在台上表演，群众的眼睛是雪亮的，我相信你能做好！"接着就是一个重重的握手。如今的胡小蝶，已经是千锤百炼的领导，也是秦西省体育局第一位女局长。

刚去新单位走马上任，就有人"向主任，向主任"地称呼向锦书，并且要大家鼓掌请向主任讲讲话。这种称呼和举止让人心情沉重。主任，并不是你能干的标志。干部还是要稳当点才好。而这个稳当，也不是你真的做到杂念私心全无就可以了。干部，既然是干部，就让我们埋头努力苦干吧！胡小蝶局长是怎么说的？"永远不要在台上表演，群众的眼睛是雪亮的"。讲那么多话干什么？向锦书只想问，你们谁能告诉我，麻将赛是怎么回事？还有钓鱼、象棋、桥牌、围棋、信鸽、风筝、登山、轮滑，冰雪、体育舞蹈、电子竞技……都是怎么回事？

向锦书在办公桌前坐下来，玻璃板底下再也没有了那张有音乐厅背景的旧日照片，代替那些闲情逸致小情调的是各个运动项目协会和俱乐部地址、联络方式。代替它的是自己用钢笔写的话："如果你还能做，就决不放弃！"向锦书没有时间再重温少女的青春浪漫。四十五岁，向锦书已不再年轻。向锦书将面对全省近百个社会各类小型体育项目协会和体育俱乐部的生存壮大发展管理，面对 2008 年北京奥运会以后体育社会市场的巨大潜能，去做新的拓荒者。

当领导不再是向锦书的追求。一个人，无论在什么岗位上，都要做好那个鼎的支点，你会发现，职务高低大小都不重要，只要努力对头了，这个支点，就可以最大限度发挥自己的作用。

41

　　不久，向锦书工作又有调动，到了正式成立挂牌的秦西省球类运动管理中心。向锦书在上任会上表态："一定要大力发展体育运动，多打比赛，使秦西省大球小球运动上一个新台阶。"

　　足球、篮球、乒乓球、网球、高尔夫球俱乐部相继参加了全国比赛。每到周末各体育场馆都有体育比赛。球迷协会组织起来了，他们不再是家中个体的那个张三李四王麻子，而是秦西省足球协会的张三李四王麻子。其实，秦西省球类运动管理中心只有五名管理干部，还有两名是刚刚从西京体育大学毕业的大学生。但是，发动群众是革命的良好传统。只要有了人民群众的支持与高涨的热情，千难万险都无所畏惧！

　　向锦书说："没有车！"球迷们说："我们有！要什么车？"

　　向锦书说："场地广告牌还空着，怎么办？"球迷们说："由我们来办！"

　　向锦书说："比赛场地上的横幅要讲文明。球迷就组织起巡逻队，纠察那些不文明现象的横幅，坚决取缔。"

　　有国家级比赛，售票窗口拥挤不堪，球迷们自发组织起来维持秩序。

　　秦西省球类运动管理中心那时一声令下，全秦西的球迷们的回应排山倒海。

向锦书也有了工作中的真心感动与体会，人民群众才是真正的英雄！依靠他们，你就会有无穷的创造力和有无穷的动力！他们就是你的工作资源。于是向锦书开始给球迷造册，登记职务、电话、地址，以备工作中一呼百应。

最头痛的还不是其中的困难。而是要培养那两个刚刚走出了校园的"工作小白"——茫然无措的大学生。男学生很老实，女学生很奔放。奔放到你很头痛的地步。这个女大学生名字叫葛韵。

葛韵是来自东北龙阳的女孩子。眉清目秀，皮肤很白，个头很高，一米七六，长胳膊长腿，是西京体院排球队队长，共产党员。但是不会开车，英语还行。要求她晚上没事熟悉业务，白天就拿她当打字员用，她很聪明，一个月后可以独立工作了！到了节日，或者工作空当，找上几个球迷去教这两个"小白"开汽车，也就两个月拿到了驾驶证。这些都不是问题，问题是，葛韵这个女孩子太奔放，你让她来主席台值班，她居然认为着正装太热，她会穿着裤腿剪成毛边的牛仔背带短裤，踢踏着没有后跟的拖鞋，露肩露胸槽的黑背心，撂着大长腿，大大咧咧地挂着全国足球赛工作人员工作牌，准时来主席台上岗。向锦书回头一看这个非常醒目的年轻女孩子，差点气晕过去。她对主席台执勤负责人说，你把那个冒牌的工作人员驱逐出主席台，把工作牌交给我。

只要开赛，时间就很宝贵。葛韵莫名其妙就被执勤人员拉出了主席台。向锦书听见她在大叫："向主任，向主任，你快来救我！告诉他们，我是工作人员，我不能回去。"

向锦书回头看见葛韵正死死抱住主席台的栏杆在向她呼救。

向锦书说："那是谁？我不认识她！"葛韵就被执勤人员三下两下扭拉了出去。向锦书感觉太丢人了！主席台怎么说也是个庄重的地方。你是来上岗工作的，又不是逛夜市，去歌舞厅，穿成这个样子，你想干啥？！

回到单位，葛韵就发起牛脾气，开始绝食。向锦书就说："你的行为像不像一个共产党员？像不像一个省级体育工作的管理人员？你以为你是谁？绝食？很好！你这条命，我担着！到了法庭，我还要问问在座的人，是你穿对了，还是我把你害死了！独生子女，你少来这一套！不相信你父母就是这样教育和培养你来给我绝食的。不要给她水，不要给她饭，直到认识到自己的问题再说！”

三天三夜，没有人理会葛韵。向锦书倒是接到了葛韵父亲的长途电话。电话里葛爸爸对向锦书说：“你也有孩子。如果你孩子绝食，你会不管吗？”

向锦书毫不客气地说：“如果是我的女儿，我会当场打死她这个丢人坯子的！”

电话那边许久都没有了声音。电话断了。

下午，葛爸爸又来了电话。他说：“孩子知道错了，就是开不了口。”

“是吗？自己犯了纪律，还开不了口？你隔山隔水，就是这样准备代替她一辈子吗？让她自己来说！”这次是向锦书坚决地挂断了电话！

晚上，葛爸爸又来了电话。他说：“向大妹子，我和她妈都是老三届的，是工厂大老粗，不会教育孩子。你能不能把她当成你自己的女儿，救救她？教育她。拜托你了！老妹儿。”

父母相隔千里，有这么一个出众漂亮的女儿，该是多么牵肠挂肚。

老三届，她想起那些老三届的哥哥们。

女儿，她想起自己一直想要一个女儿而今生再也没有可能实现。

向锦书心软了。她对葛爸爸说：“把她当女儿没有问题！以后，再做什么狠心的事儿，你和嫂子都要放心！我这就去看看她。”

向锦书去了二十四小时都亮着灯的凉皮店，买了一碗皮蛋瘦肉粥，一碗南瓜粥，来到局机关的宿舍。其实，同屋的人都是天天给葛韵送饭送水的。但是，葛韵很执拗，不吃也不喝，就是要见向锦书。现在向锦书来了，葛韵居然哭了。哭完了说了一句话“向主任，我错了。”接着又号啕大哭起来。

向锦书开始给她喂粥，看她吃完了一碗粥，拍了一张她吃粥的照片，给葛爸爸发过去，就离开了葛韵的宿舍。

以后的葛韵像是换了一个人，对向锦书无话不说，步步相随，工作出类拔萃。在秦西省球类运动管理中心担任党支部组织委员。穿衣服也只穿红黑白灰几个纯色服装和运动服。出行的皮箱也是黑白红三色，气质庄重，极具品质。那些小女孩子的天真梦幻装束，成为往事。下了班后，葛韵就是真的变成为了向锦书的女儿。很贴心！

国家体育总局为了大力发展群众体育事业，成立了体育彩票管理中心。为了体育建设发展资金灵活使用，又成立了一个体育产业上市公司。体育产业上市公司邱老总到西京了解市场，对向锦书说："我们公司现在缺一个接待员。月薪八百元。你看看你们这里有没有长相端正的男女高中毕业生愿意来的。"

葛韵就积极地毛遂自荐说："我愿意去！"

北京到东北龙阳是比西京离家近得多了。邱总说："大学生似乎屈才了。"但是，葛韵还是很想去。

向锦书就说："那你们先调用三个月，不行她就再回来。如果行，北京天地更大，对她个人发展会好些，况且离家近了八百公里。"

邱总就点头说："保证管理好这个孩子，您放心！"

42

当初，向锦书以为钟大海只不过是她在接待工作中的一个匆匆过客。没有想到，这个人居然和她有了七八年，甚至更加久远的情谊。

人与人的相遇，都是奇迹。

接待过四轮国家级以上的足球裁判员，向锦书终于明白了全国足球甲B联赛赛区的裁判组一行五人中，由中国足协派往的裁判监督很关键。那一次，钟大海他就是五人中的裁判监督，是中国足协派往赛区监督裁判和竞赛的官员。其他四人有裁判员主哨；第一助理裁判巡边员，就是靠近主席台的边线上举旗手；第二助理裁判巡边员，是主席台对面边线举旗手；第四裁判员，是坐在中线记录，举换人牌，查看电视回放，举最后时间牌者。第四裁判员还要维持主客队及场外秩序，是可随时替代主哨出场的裁判员。这个第四裁判员，他其实是个裁判员里重中之重的角色。过去几年的裁判监督分别由两个中国足协官员担任，一行是六人组。而新的一年改革，为了减轻各地足球俱乐部的负担，就合二为一了。足球的市场经济，也在不断的遇见新问题解决新问题中得以改变。

通常星期六的足球比赛，中国足协是明令要求裁判员们星期五到达各个赛区，而要求裁判监督则必须星期四就要先期到达。这个星期四，不知何故，中国足协的裁判监督并没有按时到达西京赛区。这样一来，客房、监督、陪同、司机加一天伙食及汽油费，俱乐部节约了人民币上千元。这对向锦书负责的西京赛区来说，也不是一个小数目。

星期五的下午有了消息：裁判监督钟大海与四个裁判几乎间隔十分钟，分头由南方北方一批到达西京古阳国际机场集中。这让向锦书窃喜。一趟接到，与三趟接到的心情和体力负担是很不一样的。从酒店到飞机场，四十五公里路程，向锦书创过一天来回接四趟的纪录。辛苦是辛苦，但不敢怠慢裁判员们，也是为了给客人留下初见被重视且很温暖的印象。其实，中国足协是要求裁判员自己抵达酒店的。经费已经含在他们的出场劳务费里了。但是，各个地方的赛区，都约定俗成，一定要接送，主人盛情，客人难却。

司机已经熟悉程序，当汽车去接这帮足球大爷们的时候，向锦书就去各房间摆鲜花、放音乐、布礼品、放水果盘、压早餐券，再将自己撰写的散文集《活在秦西》一个房间一个房间地摆放在桌案上。然后，就握着所有的门卡轻轻松松地在酒店门口踱步等待。

西京城堡大酒店门前是一片绿地花园，这是西京市政府为群众办的好事之一，非常环保，非常开阔，非常现代。

向左望去，是夕阳映照下的青灰色古朴壮观的南城墙门，外国政要来到中国的入城欢迎仪式都是在这里举行的。西京的这座明代城墙，全长为十四公里，是目前世界上最大最完整最古老保存最好的古老城墙。它像一串古香古色的稀世项链，吸引着万千来客，成为过往历史的见证。向锦书觉得，南城墙门就是这串古老项链上的主坠明珠。西京赛区选择西京城堡大酒店，就是选择了这幅历史与现代交相辉映的风景画面。

向锦书想：我们赛区的接待用心，裁判组的客人们悟得到吗？

手机响了，是上一场来过的裁判监督曹维康打来的。他的到来为向锦书这个西京主场带来了好运气，3 比 1，秦西红鹏足球队胜利了。在此之前，有人就说咱们红鹏主场的不利是因为女人接待了裁判所致。足球，忌讳女人！是 3 比 1 的胜利，冲刷了那些迷信的邪言恶论。向锦书对曹维康充满感激。

曹维康是南方人，在中国体育大学足球教研室任主任，是有口皆碑的优秀博导，是中国足协的第一技术专家。他虽退休了，但是大学还是不放他，中国足球改革市场化以后，他被聘为裁判监督官员组的组长，在技术上把好关，培养国际级国家级足球裁判员。

曹维康说，他这一场是到达了广州，他来电话只想告诉向锦书，她寄的照片都收到了。还说给裁判寄照片这比什么都好，也是全国各赛区从来没有的先例，裁判们反映非常好！又问向锦书一切都好吗？并告诉向锦书，这场的监督钟大海是个三十岁才出头很有原则的古板人，人小架子挺大。你接待时要注意方式，要提醒你的俱乐部，切记不可像其他俱乐部那样胡来，去递钱递物当中间的贿赂黑手，做违纪乱纪的事情。钟大海他可二得很，曾经在宾馆房间门口甩出过上万元钱呢！

客来客往，相遇如风。一句匆匆过客的提醒，更胜似千金万银！

向锦书从不相信钱是万能的。向锦书想：人心总有一条路可以相通，但这条路一定不是用钱铺垫的！钟大海，你这个关键人物的架子到底有多大？人到底有多二杆子呢？向锦书关闭手机举目望向西京南城墙，心中无底。她多么希望南城墙这个古老的文化遗迹能赐予自己一种神奇的力量！接待足球裁判，这可真是另一场看不见的赛事，是和平年代的新战争！

天色黑尽，8点钟时，秦西红鹏足球俱乐部的赭红色公爵王小轿车出现在向锦书的面前。下意识间，向锦书感到前窗有一双眼睛像断了油的灯"吧嗒"灭了。

谁呀？为什么？这是向锦书心头的一闪念。

钟大海是从前门迈下车的，后门又下来两位。"公爵王"不远还尾随着一辆红色的"夏利"出租车，另外两位裁判在上边。

客人到齐了，向锦书的接待开始了。向锦书迎向五位足球执法官微笑握手，先道声问候："一路辛苦了！"

"我是钟大海，本场的裁判监督。"

"你好！我叫向锦书，在本赛区负责接待你们。"握手时，向锦书看清了钟大海。他是一个肤色古铜，剑眉星目，身高体健的精干人。大概有一米八二吧。

"向锦书，"他对向锦书笑道，"你在全国甲B赛区的裁判中已经是

235

有口皆碑了，都说西京有位大姐，又会做人，又会做事，我可是慕名而来哟!"

向锦书很惊诧钟大海恭维陌生女人时并不呆板的神态。

"我是不是已经让你失望了?"向锦书问。向锦书开始试探着初见时那双断了油的目光。钟大海没有回答，只是惊异地用目光飞掠过向锦书的眼睛，然后扭头随人流在向锦书的引导下，走进五星级西京城堡大酒店。

西京城堡大酒店标准间每天的对外价格是近千元，但对接待交流外事任务的单位是协议价，并根据客流量来定价，特别优惠。六年前，这座首个由区政府建造的大酒店刚刚开业，客源非常清淡，向锦书在办公室负责国内国际外事接待工作，就一直把国际高级体育外宾客人安排在这里。现在它红红火火起来，自然不会忘记老朋友。一块足球场地广告牌作为赞助宣传，就解决了裁判组全年的住宿经费，汽车也由大酒店提供。

酒店内部别具一格，仿古简约，清幽空阔的大堂令裁判组客人们欣然悦目，笑逐颜开。向锦书心里顿生得意。

客人鱼贯进入感应玻璃门，顺左侧的长梯拾级而上至二楼。西京特色的红纱灯笼边垂吊着橘色的招幌，格外醒目。

向锦书招待客人的第一顿晚餐都是西京特色名吃，每位人民币二百三十元。甲B对裁判有伙食标准，每人每天二百元。向锦书安排的晚餐丰富且清淡，一天就餐只用一百五十三元，再加点水果，一般来说不会超标准。

向锦书希望这种安排能在中国足协、俱乐部、裁判客人三满意的基础上，比其他赛区更独到。现在中国富有的人已经很多，但是品尝过西京名吃的可谓稀有也。

烫酒，上汤，原汁的山珍新菜，鲜嫩肥美的牛羊肉。洁净秀气而年轻的小师傅将炊具把玩成演示艺术了：食物拼成图案摆布在仿唐三彩长条托盘上，一块面团抢来抢去，一会儿就变成一把细细的面条。客人边品尝边观赏边聊天，很有情调。

裁判们赛前是不允许沾酒的，为了保持工作严谨和形体，许多出自

236

酒乡的海量裁判都戒了酒。钟大海任裁判监督，可以在欢迎晚餐上小酌三杯。钟大海几次冲锦书举杯却又独斟独饮着温热的醇酒。酒多了，话也就多了。

向锦书问他："你是哪里人"

"淞市！"

向锦书看了钟大海一眼，她看到了一双探究的目光。向锦书避开这目光说："北京、东北、内蒙古、秦西等东北西北的男人，都高大健壮。淞市人比较精明！"

"那么女人呢？是北方的女人好还是南方的女人好呢？"裁判们很年轻，都是才二十七至三十六岁啷当的毛头小伙儿，就纷纷凑趣。

"北方和南方的女人也有区别！"向锦书说，"北方女子大大咧咧、不拘小节，南方女子娴雅清秀。"

钟大海开口了："向锦书，你点评还挺到位啊！"

向锦书抬起酒杯笑道："谢谢你，干！"

钟大海低头喝下这杯酒，又举杯敬向锦书："大姐，传说你还会拐弯骂人呢！"

钟大海指的是有一次比赛后晚餐上，向锦书或因为平或因为输而酒后吐真言："裁判还是足球场上的总灵魂、总调度师、总法官呢！输平赢的结果我不管！但公平的环境，你们裁判员总得保证吧！向锦书代表秦西人民能为你们提供良好的工作生活条件，你们为什么就不能给我们主场一个公平竞争的保证呢？"

向锦书向钟大海解释道："我那不是骂人，不过是在喝了酒以后撒撒气儿。那不代表任何地方单位，只是我自己狭隘浓重的地域心理作祟，在责备小弟兄们没有给大姐面子而已。请你原谅我，啊，我喝了！"向锦书仰头干了一杯酒，又说："我们西京人就是这样，喝了酒就是朋友，就是兄弟姐妹，就可以肝胆相照，直言不讳。"

"这次，我丑话说前边，"向锦书凭借酒力，"明天如果我们红鹏主场因裁判不公输了，你们就自己直接从赛场往机场赶。没有汽车，步行四十五公里路程一夜足够了，不会误掉明天的任何一班飞机！"

裁判们面面相觑异口同声："大姐，你别吓唬我们。千万别这样！

也太狠了点吧！"

"那你们就把酒一干，让我也放下这个世上还有公道在的心。"这三杯酒叫高山流水！向锦书倒了三杯酒夹在手指间，让三杯酒在空中合一，倒入口中，动作极其洒脱优雅。

裁判们还真的不约而同地仰脖干了杯中酒。

又倒又干，三三四四，反反复复。酒落人心头烧起时，钟大海要求自己上台案玩一回厨艺，向锦书如同踩在棉花上一样为他拍了许多照片。

镜头里，望着钟大海笨笨拙拙的动作，向锦书就想：他在家一定不做饭！

22时，晚餐结束，向锦书飞奔出大厅招"的士"就往南郊的高新区音乐学院录音棚奔去。那里有向锦书的一帮热心球迷朋友们在等待向锦书录歌呢。那是向锦书请发小艾策策写的歌词，向云雪的前夫郗山先生谱的曲，歌名叫作《足球，是我们的希望！》

43

周六的清晨 8 点半，在西京城堡大酒店大堂恭候裁判们下楼上车时，向锦书会惯例地问一句："昨晚休息好了吗？早上的自助餐吃得惯吗？"上午 9 点钟，将在体育场召开足球主场组委会联席工作会议。乘车途中，钟大海对向锦书说："我昨天一夜都没有休息好。4 点就立在窗户前望着古城墙和南城门，睡不着。"

"哦？这很严重。你们做客西京只两夜一天，这头一夜就睡不好，为什么呢？"

"为你。"钟大海说，"我在看书，也在想，你这个淞市人怎么会来到西京的，还那么热爱生活。"

哈哈，原来是向锦书那本《活在秦西》的散文书惹的祸！向锦书看了他一眼，然后上车坐下含笑不语望着窗外，他也笑笑转过头去。

向锦书发现，钟大海从一见面就一直在与自己开玩笑。这些玩笑，也许在北京出发时他就下定决心要到西京来说了。向锦书断定，钟大海不是一个古板的人。在那过分严肃庄重的外表下，一定有颗活泼跳跃的心。

那本书在书舌上是怎么样介绍向锦书的呢？向锦书，女，50 年代生于淞市。这就成淞市人了哈，这不会让他睡不着的！那是什么才引起他的匪夷所思呢？

的确，你说女人是什么？女人就是大海！1997年，向锦书到广西南宁开全国体育外事会议，会址设在银滩。一个清晨，向锦书起了个大早，独自坐在银滩上观望大海。向锦书忽然发现了一个真理：女人就是大海！——有人爱看着她欣赏她，有人来到她的身边玩耍嬉戏，有人在她的身上打捞生活，有人利用她作航道达到他们的目标，但她还是非常宽厚地养育着所有寄生于她和寄希望于她的人们。中国足球冲不出去，根本就是阴阳失衡。足球不该拒绝女人！

　　向锦书在车上望着窗外，脑子里一派胡思乱想。在组委会惯例召开的联席会议上，向锦书一直是眼发花耳轰鸣。歌曲录音搞到夜里2点，向锦书一放松下来就困倦了。

　　钟大海在主持联席会议，他好像是在讲："足球比赛就是各方合作，主客队和所有工作人员都要全力以赴配合，保证球赛正常进行！"

　　向锦书想起了去年与江南维佳的那场停赛，的确是触目惊心。如果真停了，秦西红鹏队1比0的胜绩将作废，移地重赛。上万球迷愤怒极了，愤怒客队仅仅为几个矿泉水瓶就罢赛的行为。

　　比赛是恢复了，但九十分钟停赛，让秦西省体育局忙了整整三个日日夜夜：传真传真传真，电话电话电话，从中国足协到国家体育总局，从秦西省体育局到秦西省政府、秦西省委，都卷了进来。西京足球赛区组委会还遭到了三十万元的处罚。

　　钟大海讲话完毕，拿出一个密封的信件，庄重地撕开封口宣布了本场的主哨、巡边一、巡边二、第四裁判员排位名单。然后，检查主队客队的服装深浅颜色；倾听场地、公安、赞助方、宣传、球迷代表等等方面的意见；最后，他还宣布了裁判今年开始交纳个人所得税的一个通知。

　　下午3时比赛，按规定裁判应当提前九十分钟到达赛场。

　　裁判们用餐后要休息，于是进餐速战速决。钟大海就安排他们先走，自己留下来陪向锦书。他问向锦书："咱们不急吧"

　　"不急，不急，不急。"向锦书连忙摇头摆手，"在这儿等着和在酒店里等是一样的。"向锦书已把客房让给了司机。

　　钟大海埋头吃饭，无言。

怪事了！这和昨晚玩笑不断，今早大讲失眠的他，对比也太鲜明了。

是赛事压力大吗？向锦书是第一次陪客人这样在沉默中闷头无味地吃饭。真够累的。

距离出发去赛场的时间还有五十分钟。向锦书说累了想靠个地方歇一会儿。他说："那就去我的屋里吧！"他们在电梯门口对视了一眼，向锦书从他的眼睛里看到了坚决，于是尾随他上了电梯。

他们喝了许多茶，是汉山毛尖，清香。

他们聊天说了许多话。他的运动员生涯、在军队外语学院上学的经历、浪漫的 AB 血型、中央电视台体育记者的生活，留学德国足球的孤寂滋味儿，还有他下半年将要到北京体育大学在曹维康麾下进修足球系研究生的计划。

他讲，向锦书的书让他看到了一个女人的内心与前半生。他讲，他合了书后最遗憾的就是自己还没有一个孩子。书中的许多细节让他感到了孩子的可爱。他讲他妻子生了场大病，以后也不会生育了。

他说，昨晚他是真的没有睡好，也在想向锦书——想向锦书在裁判员中的各种传说，想向锦书的酒量，想向锦书的书，想向锦书讲的那么些话，以及在接待时处处的精细直白，表现了西京人特有的一种豪爽气质。"你呀，"他说，"已经完全不像个淞市人，都变成杨贵妃了！你过去是搞什么项目的？"

的确，一方水土养一方人，包括性格体态。不是唐朝杨贵妃丰腴，而是西京沃土造就美女。向锦书说："其实，本杨贵妃也当过赵飞燕的。我少年时是干体操的！"

钟大海惊异地睁大眼睛摇摇头不相信地说："你就没证人地胡吹吧！"

向锦书起身在地毯上踱步，然后双手朝下一按竖立成"蜻蜓"，翻眼看钟大海，直看到他连连点头。

向锦书说："这是童子功，二十五年没玩了。"又说，"我也一夜没睡实在。"本该讲"昨晚是录歌迟了"，但向锦书竟然冲口改变内容说道："我也在想你！"

向锦书看钟大海是一副惊吓到了的样子，便说："我想，你为什么让裁判员一起来，为我们节约经费；想你为什么不喜欢上万元钱，要在门口胡抛乱甩；想你一下车就玩笑不断的话……什么慕女人而来，有海量，骂人话，夜不成寐？还想，我怎么样可以打垮你的架子，让我们西京红鹏队晋级。让我们的队歌在央视《足球之夜》传播！我还想，也许每个关键岗位上的管理者就是中国足球的新希望。"

钟大海大笑起来，中间几次起身来为向锦书续水，情绪变得激昂，表情变得亲切。他说："别提保级晋升，我怕闲言碎语！关照你是应该的，甲B唯一的女足球领导嘛！"

"我也不是不爱钱，君子爱财取之有道。一万元毁谁呢？那不是害人嘛！给钱的人总是追出门就不见了。去他的！我只能甩在门外，爱谁谁拿去。你说有一首什么歌？这个我可一定得帮你！因为，它也是足球文化，是我们足坛共同的孩子。"

向锦书强调道："你要不要听一听？"

他笑了说："当然！"

向锦书用手在桌子上开始拍打过门，并告诉他歌曲是由银鸡市一位嗓音极其粗犷的土著原生态歌手来领唱的，歌名叫《足球，是我们的希望》：

第一段：

领：嗨——谁甘心旗帜倒下

　　　杀条血路！

　　　西北狼啊！

齐：嗨！嗨！！

领：生就不屈的性格，

　　　坚韧不拔才有希望；

　　　生就不屈的性格，

　　　坚韧不拔才有希望！

齐：西北狼，冲呵！嗨嗨！嗨嗨！

　　　西北狼，必胜！嗷嗷！嗷嗷！

242

西北狼，冲呵！嗨嗨！嗨嗨！

西北狼，必胜！嗷嗷！嗷嗷！

快快进球！快快进球！

快快胜利！冲向前方！

领：足球，是我们的希望！

（过门是现场万人观众的击掌声）

第二段：

领：嗨——好容易树起大旗！

杀条血路！西北狼啊！

齐：嗨！嗨，嗨！

领：胜利是永恒的目标，

齐心创造今日辉煌！

胜利是永恒的目标，

齐心创造今日辉煌！

齐：西北狼，冲呵！嗨嗨！嗨嗨！

西北狼，必胜！嗷嗷！嗷嗷！

西北狼，冲呵！嗨嗨！嗨嗨！

西北狼，必胜！嗷嗷！嗷嗷！

快快进球！快快进球！

快快胜利！冲向前方！

领：足球，是我们的希望，嗨！

钟大海说："怎么这么悲怆还有血腥味道？再改改？"

向锦书与钟大海变得无拘无束起来。讲到他认识的许多大龄单身年轻人，聚散随意的经历。向锦书讲了自己从未对人讲过的初恋暗恋对象，并恨恨地发誓道："此生就是遇见战争把自己给予全世界的男人也不会给他！"

钟大海笑起来说："恨，就是爱。你还是爱他的，别骗自己了！"

向锦书顿时尴尬地转移话题："刚才，你吃饭时，为什么不说话？"

243

"那是我在专心想着，怎么约到你呀。就怕你不来！"他的话锋像剑一般朝向锦书刺来。还好，他起来转身进了洗漱间，里面传来漱口的声音。他是想吻我吗，还是讲卫生的习惯？向锦书看看手表，该是去大堂等待专车去赛场的时间了。

抬起头，钟大海正立在门口用毛巾擦拭嘴巴观察着向锦书的表情。他扬扬剑眉冲着向锦书说："你怎么了？"

我怎么了？人是要不断狠斗自己"私心"一闪念的。比赛，紧张繁忙；晚餐，一醉方休；明早，直奔机场。我们就此拜拜了！接待的经验告诉向锦书，比赛就是这样一个紧紧张张一环扣一环的时程表。向锦书低头慢慢地拉开房门。钟大海试着伸手拉住向锦书。

但是向锦书抬起头望着他一字一句地说："今天主管省长要来看比赛，别误点。秦西的足球要发展，公正就是关键，比赛不是演大戏，是我们秦西人民群众的节日狂欢。真的，真的，我拜托你了！"

钟大海一愣，松开了向锦书。向锦书感到他也是一个讨厌私情与公事搅和在一起的人。

这场全国甲B足球赛场设在秦西朱雀文化广场国际展览中心，现代化的足球场，气派而美丽。全国城市运动会于金秋9月将在此举行开幕式。绿草茵茵，就像少年的毛发，新新鲜鲜，蓬蓬勃勃。

钟大海拿出国际足联统一的黄底蓝图以示"公平竞赛"的旗帜，从入口处教那6个球童们举旗进场。一回又一回，还挺认真。他蹲蹲跪跪了几次，示范来示范去比画着标准动作。他那正当年的健壮身体，干净利落的表现，让向锦书联想到了西班牙斗牛士。

向锦书觉得，钟大海和曹维康都是挺难得的足球官员。西京这个赛区从去年至今就一直没有"公平竞赛"旗帜，连一份秩序册也没有。赛区不是受批评就是遭罚款。怎么就不认为它也是个需要百般呵护关照的西北唯一球市，中国足协不扶持不给政策也就算了，怎么还像后娘养的呢！中国足球和中国女子足球队的发祥地都在秦西，忘掉秦西就是忘本！向锦书是把这几句话说在了上一场的监督曹维康老先生面前的。这一场，在曹先生专门叮嘱下就让钟大海把"公平竞争"旗帜给带来了。

向锦书想，以后的每场足球比赛开始，六个球童就会扯着"公平竞赛"旗登场。"公平竞赛"旗象征着公平公正，意味着在接下来的比赛中，两支队伍都将在规定的九十分钟时间，在规定的地点进行一场对等较量，一个小省可以生吞活剥一个大省，一个经济弱省可以爆冷踢败一个经济强省。这简直就是一段传奇，一个梦。

向锦书趴在主席台下边的栅栏上望着钟大海工作，就像在欣赏着一个尽力完善我们西京赛区工作的人。向锦书很感动。钟大海并没有看向锦书，但向锦书感觉他很在乎向锦书的注意力。向锦书看见了胡小蝶，连忙让她叫记者拍下"公平竞赛"的旗帜，还有旗帜边的球童们。她一举手就帮了向锦书。还问："几寸？"

"呵，十寸吧。"

"行！"胡小蝶是个干脆人。"噢，对了。"她迈了两步回头问向锦书，"你不是说还有一首足球歌要放吗？快拿来吧！"

向锦书连忙翻包交给她。不一会儿，主赛场地上空就响彻云霄地反复播放着《足球，是我们的希望》那粗犷摇滚的乐曲声。向锦书喜欢这首歌的气势磅礴。喜欢"西北狼，冲呵！"的呐喊。无论是过门的万人击掌声，还是主唱辅唱的"嗨嗨！"声，向锦书都喜欢。因为，这是向锦书和秦西球迷们自己的歌曲，尽管生涩，狂野，向锦书还是非常地爱它。

曲作者郗山先生是怎么样评价这首歌的呢？他是这样说的："这首歌是因为粗犷而美，因为激情而动人。它是个在秦乐民歌与进行曲间欢笑舞蹈的孩子。"

创作这首歌是一个缘分。向锦书与音乐并不搭界，在一次《女帅》杂志为欢度新年举办的歌曲大赛上，向锦书被聘为评委。晚餐，和姐姐向云雪已经离婚的郗山先生就被安排坐在向锦书身边。郗山还是很礼貌很客气地说："虽然我和你姐离婚了，但是如果有谱曲的事儿，请你千万别客气，找我。"

向锦书立即从通讯本里取出一页已卷毛了边的歌词递给他。郗山问，这是你写的？看到年月日，他更惊奇地问："你就这样在身上装了三年？"

向锦书说："是的。我在找一个与它有缘的人。"

前姐夫郗山先生把纸片装进上衣口袋说："我愿意就是那个人。"

问问生活，才知道郗山先生已经又结婚了，还有了一个女儿。这个女儿来得很迟，是他们结婚后五年才生的。女儿的母亲一直有心理障碍，看了很长时间的心理医生，也吃了许多中药才好的。郗山说："其实离婚，我的心里也不痛快。"

其实，人生的许多追求也如此歌一样：因为生涩狂野自然而美，因为感动激情而动人！独特即美。向锦书为姐姐难过。为什么人生一定要在一棵树上吊死？和其他人为什么就不可以开启新生活？女人的一往情深，会折磨到精神混乱。生活里找对象，其实就是找自己。你找到了自己，与谁一起生活都是一样的。人的一生真像爸爸向红旗在青盆湾草地上放牛时说的话：师古人，师天地，师自己。

向锦书很清醒。她现在只希冀这首歌能被秦西球迷们接受。让硬汉子们更硬更坚强。大浪淘沙，只追求一个目标。那就是：胜利！

赛前裁判开会由钟大海主持。他讲到了主场的深情厚谊，讲到了秦西省省长来看比赛的面子，讲到了足球在秦西的火爆程度是因为西北人已经把足球当成了假日里的狂欢节，强调了再强调公正是赛场的生命与灵魂。钟大海又说了一遍："一定要公平，保证绿茵场的纯洁！"

向锦书在心里笑了起来。举目窗外，是色彩艳丽红蓝黄对比鲜明的五彩看台。这里有鲍利丰三年来日日夜夜在施工现场的辛劳汗水与艰难。现在已经变成了众球迷的制高点。钟大海还很年轻，让他专程由北京赶来指挥这个有着最狂热球迷的战场，压力的确太大了！

比赛无儿戏。钟大海坐在高高的主席台裁判监督的席位上，被省市领导名人们所环绕。而向锦书坐在场地下的竞赛席位，关注裁判，负责主队客队需求，随时做好后勤保障。

比分倒很有趣：上半场 2 比 0，下半场 8 比 1。秦西红鹏队超南州白云队！这是球迷万众欢呼、主球队齐心协力、官方民间球迷赞助商四面八方万众一心协调一致的结果。

在最后两分钟时，秦西红鹏队又大举进攻进了一球，主裁判鸣哨三声，秦西红鹏队主场胜利了！

站立在裁判员休息室门口，迎候着他们的归来。钟大海先到，他的眼里闪耀着邀功请赏得意扬扬的顽皮，向锦书觉得这胜利中他的确有很大的功劳，刚想握住他的手时他却扬眉收住笑容说："别激动！别拥抱我！赛场不允许。"

向锦书狠狠瞪了他一眼走向裁判员们。钟大海又在背后补充道："裁判服和警服、军装一样庄重。你在下边怎么样都行，就是别拥抱！"

谁也没有想到要去拥抱谁呀！这人真是的！向锦书满面臊红，转身拉开裁判室的门，再也不去正眼看他们了。反正已经胜利，向锦书的接待任务基本完成。爱咋咋去！

登记成绩、取录像带、擦拭更衣、开总结会，钟大海一直在讲话。看台上已人去台空，纸屑彩条空瓶小喇叭也被席卷，足球赛场南大门已经慢悠悠地关闭。他还在讲什么呢？

向锦书踱步门外就想，他真是人小话多！前几次，人家曹老先生任监督都是回大酒店吃了晚饭后才开裁判员总结会的。他倒抓得紧！

44

　　洗澡、洗澡、洗澡，一回到西京城堡大酒店，人人都是这个目的。19时下楼聚餐，只有向锦书没有房间可以洗澡。

　　晚宴设在西京市中心的钟鼓楼广场老盛家泡馍馆二层头间的包间"喜盈门"里。才放开喝了几杯酒，钟大海就示意裁判员们把目标对准了向锦书。向锦书说："我不喝！"

　　钟大海就起身冲出门去，站在外边抽烟，等着向锦书喝。还不时地从门缝探个头进来看看向锦书的杯子。他说："你今天不喝，我就从这古楼上跳下去！"

　　裁判员们绷不住了，他们一起劝向锦书要给钟头儿个面子。

　　向锦书的心情忽然变得异常复杂："凭什么嘛！你们才三十来岁身强体壮人多势众的，我都四十岁了，干吗非要这样一杯对五杯地喝呢？"

　　"高兴嘛！大姐。我们现在也不必步行星夜赶机场啦！"

　　啊呀，这真是！向锦书想起赛前自己在欢迎晚餐上的话，就让服务员拿来九只小酒盅，把酒斟满。然后从门外请钟大海回到酒桌前。向锦书提起一盅酒递给他，对裁判员们说："来，我八他一，为了红鹏队今天的胜利，高高兴兴，干！"

　　"好！"裁判员们齐声欢呼起来。每人都在啤酒中加了一杯白酒来助兴。

向锦书取了一只方脚的果汁杯子，用手一次夹了四只小杯，往高脚杯里倒酒。倒了两次，大杯就满了。她一边倒一边还说："这叫'高山流水'，咱们喝一个知音酒。"钟大海说："那我的水杯也'洱海'一下吧。"洱海就是说酒要满到杯面凸起来的意思。他喝了。向锦书也一口一口地喝了。

钟大海喝完酒后掏出二百元人民币说："酒费算我的，不想让你们赛区组委会负担！"

他这人可真古板。向锦书只能一手撑着桌子，拼命摇头，不敢动，也说不清话了，眼前也是一片模模糊糊的。

"撤！"钟大海挥了一下手。向锦书就什么也记不得了。

一阵凉风吹醒了向锦书。向锦书看见了眼前那一串红红黄黄耀眼的仿古宫灯，黑黑的夜空，时代金花广场、西京城堡大酒店、新世纪广场隐没在远处的夜色里，霓虹灯缤纷耀眼，显得格外灯火辉煌。向锦书靠在城墙南门外桥边的铁栅栏石磴上，钟大海在旁边望着向锦书。

"怎么回事？"向锦书一边吐一边问。

"你难受，要在这儿下车的。"钟大海用小拇指拨开遮挡在向锦书眼眉上的长发说："叫你回城堡大酒店，你不回。叫你回家，你也不回。问你到底要去哪里你就是说要下车下车！谁也劝不住你呀。"

向锦书清醒过来，抬起手腕想看表几点了，看不清楚。

"10点半了。我看了会儿新闻就急忙来找你，找了半天你还趴在这儿。还跟个乞丐在聊天，太危险了！是不是还想吐？"他刚想扶住向锦书，向锦书一把推开他站起来就朝西京城堡大酒店奔去。向锦书边跑边说："哎呀，还有照片要发给裁判们呢！"

钟大海连忙跑上来扶向锦书，被向锦书用力推开，眼泪也随之夺眶而出："喝酒！喝酒！这下把我的脸面都丢尽了，工作也耽误了，你满意了吧！"

钟大海使劲拉住向锦书，怕向锦书摔倒。然后，用双臂紧紧地将向锦书拥入他的怀抱说："都怪我，都怪我！"最后，他拉起向锦书的手，把向锦书带回酒店他的房间。他说："照片在前台我负责去取！你先洗洗澡吧。"向锦书摇头瞪他。

他点燃一根烟说："你也别想得太多了。人的生命很脆弱，说完就完了！相信我，还不会迎合你的狼歌。"

他夹着烟蒂，趿拉着拖鞋，哼着"西北狼，冲呵"的歌词进了卫生间。一会儿，走出来后蹲在向锦书面前，一边为向锦书脱鞋一边对向锦书说："去吧，水调好了。洗一洗，提提神儿。"

向锦书走进卫生间，看见马桶盖合着，上面铺垫了浴巾。向锦书把衣服脱在上边，拉起浴帘，开始洗澡。

"你真是个胆识过人的女人！你和多少人洗过澡呢？"他好像是就靠在卫生间的门外边在同向锦书说话。

"很多！"

"噢，后来呢？"

"什么后来？没有后来！"

"为什么？"

"没有为什么，家里有了浴室后，就不去公共大澡堂呗！"

"呵！哈哈，哈哈，哈——"他在那里独自笑了半天。向锦书也在浴室里被自己逗笑了，本来就是嘛！瞎想什么？

洗完澡，他们在标准间的两张床边面对面各自很松弛地坐下来聊天。钟大海用欣赏的目光注视着向锦书，伸手来拍拍向锦书的腿，然后为向锦书点燃一根烟递过来，停了好一会儿才说："你这样的女人，我还从来没有见过。真可爱！"

向锦书说："是人生可爱。"

他们抽烟，相对无言了许久。

他问："你丈夫就是西京人吗？"

"他是秦北人，也算是中国的名牌人种吧？据说，秦北人是汉代至唐代的少数异邦民族和皇室军队繁衍而成的。其间蛮夷匪帮与皇室边防军事融合的族群曾进犯中原遭阻，就截掳了一批十五至四十岁的女人北退在荒无人烟的沟壑地带——现在的秦北，等待时机。中国的农民起义军李自成，还有红军、八路军都是出自秦北，这不是偶然的。一支当地土著，一支外来的泥腿子，不甘心就是心底的力量，万众一心就有排山倒海的力量。还有那秦塞腰鼓，打的是军阵的威风。酸曲、信天游，却是民众在苦地生活下来的情感发泄和乐观精神。"

他们又抽烟，无言。

钟大海好一会儿才说："人面对死亡，就更想求生，更要胜利。死在面前，你不会再怕什么。你，你这些年来有情人吗？"

向锦书想了一下说："当然有！精神的，生理的，长期的，短期的，还有瞬间即逝的。但小我十岁的，没有。三十岁前，我的生活目标就是，玩。东张西望地玩！三十岁以后，我的生活目标就是干事情了。一件一件地干。和许多人一起干，干好它！体育，就是必须靠协作的团队活动。男女遇见是一种缘，自然就好。过程很重要，结果没有啥。我喜欢的，我从来不碰他，为了永久地拥有他，不让他远去。在感情的路上，你要不断问心无愧，向自己学习！你看我，现在还可爱吗？"

"可怕！"钟大海看看手表："12点了。你怎么样了？"

"睡吧。我不回家了！"向锦书掐灭烟头拍拍手，关闭了所有的灯。

钟大海没有走。拧开了床头的地灯，拧开了音响，是萨克斯的一首日本曲，邓丽君唱的《漫步人生路》。他拉起了向锦书，说现在正流行四步舞。钟大海的脸是冰凉的，他的嘴唇是火烫的，向锦书是真的醉倒在他的怀里变成纯粹的女人了。

过了一会儿，钟大海说："我要出去了，为了影响。你明天别去机场送裁判了，睡个懒觉，洗个澡，精精神神地回家去。"

钟大海走了。结果是给向锦书留下了一个长长的失眠的夜晚。

最后一个清晨，在西京城堡大酒店大堂，向锦书收到总指挥胡小蝶留存前台的磁带，为裁判员们洗好放大的照片是钟大海给的。向锦书看看，很好。还没有离开的，向锦书就立即一一送到照片主人们的手中。

主哨要请向锦书题几个字。向锦书拿过照片想了想，在背面提笔写下："当主哨握住巡边1的手，用目光向巡边2示意合作即将开始的时候，他们怎么也没想到，他们的这次相遇合作会创下个1999年中国足球甲A甲B赛场上的奇迹。西京是一个出奇迹的地方，不仅仅有最火爆的球市，还有汉帝陵、秦帝陵、古城墙，许多许多。西京，秦西，欢迎你们再来！锦书于中国·西京"。

主哨裁判很满意，钟大海瞪了向锦书一眼。

9时的飞机，钟大海要求裁判全部走。他不愿意加重向锦书他们要分批送机的负担。

7时，该发车了。"歌呢？"钟大海一伸手。向锦书想起了关于足坛"我们共同的孩子"的戏言。还有，他们这两天一夜的每个细节。

天啊——风，这5月的风。人在春风中，他们是否会再如风而遇？再如风而去？

前台送来一本书给向锦书，是英国著名国际优秀足球裁判员杰克·泰勒自传《论足球裁判》。扉页写着："向：我会努力，做一名中国金哨！大海。"

这本书讲了一个优秀国际裁判员在他行当里的人生感悟，他说："希望我当值每一场精彩的足球比赛结束，人们会说，哦，我并不记得今天的主裁判是谁。"

这是一种多么高尚的足球裁判员职业道德操守。只有你的公平正义，没有你的彩花风头与贪腐。

经过这一年全国足球联赛，向锦书对来过西京赛区的裁判员每一个人做了一个问卷调查。比赛结束后，她将一份《中国足球裁判员调查报告》寄给了中国足球裁判技术组组长曹维康。报告中有一条建议：培养大学生研究生博士生组成中国足球国家级、国际级裁判员队伍，让新型讲道德，有尊严，有原则的青年人来扛大梁。

第二年，中国体育大学开办了六十人两个班的国际足球裁判员本科班，分别由曹维康，钟大海担任班主任。全国六所体育学院也相继成立了国家一级足球裁判员本科班。三年后，一批新型的国际级、国家级年轻而朝气蓬勃的大学生裁判员们逐步走上了中国足球甲A级甲B级和乙级联赛、U15、U17、U19和女子足球赛场。

钟大海有一天寄来一个体育专科学校的招生简章，询问王一十是否愿意选择来北京当体育特长生，以后上中国体育大学？

向锦书说："可以！就看孩子爸爸和他自己是不是愿意。"结果，王一十去了北京。

此时王西京已提拔到市刑侦缉私局任教导员，第一项任务就是去云南抓捕贩卖毒品的嫌犯。

此行危险，去执行任务的公安干警都留下了遗属。王西京写得非常简单："我坚决完成任务！如果我没有回来，请组织照顾好我的家属和儿子。"

向锦书看了"遗书"，修改成"我坚决完成任务！如果我没有回来，请让我的家属接过我的枪！"

王西京坚决不同意，又改了回来。对向锦书说："照顾好老人、弟弟一家和孩子！"向锦书说："你太小看我了。我是一个需要组织照顾的人吗？我会不管你们全家吗？"

等王西京再完成任务回到家，他闭口不讲在云南的危险。其实，那天的枪击战，王西京随行的侦察员们都差一点全员覆灭，是云南警方的再包围，解救了他们。从此夫妻俩生活的每一天都变得珍贵起来。向锦书天天都在想，这也许就是我们夫妻生活的最后一天。

45

当注意力集中在自己的生活与工作中，美丽女人就更加会散发出一种气息，如有魔力，招蜂引蝶。2001 年 2 月 14 日，天黑尽时，向锦书坐在家中。拧暗了灯，点燃一根细细长长的香烟，打开音响听音乐，听一些的怀旧老歌，最好听的还是含笑的那首《飞天》。去北京挂职的小女同事葛韵没有电话来。二十三岁，真是一个太过梦幻的年龄。

情人节，好洋的节日！给女人算是一个安慰。女人们是有信仰的。她们的"宗教"，其实不叫耶稣，不叫上帝，也不叫佛祖或神仙，仅仅是得失都要令人烦心的男人！

有朋友问过向锦书一句话：你是什么时候意识自己是女人的？

是六岁，在阿兴县认识艾策策的时候？她那电影院栏杆上的红气球理论？还是十一岁？在神牛村碾盘上那群好事的大娘婶子说"这娃娃年纪太大了，嫁不出去"的时候？也许是十六岁？在公共大浴堂被一个女画家突然间抚摸腰背叹为"希腊女神"那太令人发怵的目光？还是二十岁怕遇事剪了太短的头发，在当知青回西京市的火车上被一男子色眯眯地问"你究竟是男还是女"的时候？

向锦书的女人心，应该是在农村时萌发的。那时，父母向红旗南三军分别下放到秦北青盆湾干校和古阳县立元公社神牛村，向锦书随母亲南三军，忽然就变成了农民。村里人看见向锦书都是很惋惜地对南三军说："你女子太大了，怕定不上亲了。咱这搭的风俗是七八岁定娃娃亲，'下放'是个啥成分？没人敢要啊！"

南三军很担心，村里人就安慰道："还可以找那些当兵见过世面想悔婚的人呀。这女娃子相貌倒是心疼，就像电影《英雄儿女》的王芳！"

生活很残酷地告诉你：十一岁，你就嫁不出去了，是个老女人了！在此之前向锦书还一直以为自己是祖国的未来栋梁、外交家、共产主义接班人呢。真好笑！

向锦书学会了烧炕、担水、绣花、做鞋、纺线、织布，向锦书做梦都盼望有一个当兵的回村后肯与她定亲，娶了自己。

是在农村，向锦书还原成了纯粹的女人。

向锦书在常宁农村看校长王尊彦娶媳妇，很恐怖！头夜全村人无大小，耍媳妇耍得新娘子从炕上栽下了，头破血流，衣撕袄裂，新郎官王尊彦却被捆在院子里的树干上干着急。闹腾疯了，乘热就动起看热闹的老媳妇们的手脚来。向锦书算明白了，即使十一岁定上亲，王校长那新媳妇的惨剧就是向锦书自己将来的命运。向锦书吓坏了，一心要好好学习，要参加工作，要回到大城市里去。

有了女人意识，应该是结婚以后，更应该是生了孩子以后。但是这还远远不够。女人心，天上的云，它会飘忽在女人的一辈子里。许多人工作了许多年，还觉得工作岗位不是自己的想要的。天天看报纸上的招聘广告，还想象着能去一个自己满意的岗位。到底什么能让自己满意？自己也不知道。许多人结婚了许多年，也是不满意自己现在的丈夫，好像天鹅没有栖息对孵化窝。也是天天看征婚广告，在报纸缝里寻找那个令自己最满意、条件最好的人。向锦书结婚前后也是经历了许多男人的了，但是当她又遇见了南伟大哥，又糊涂了。南伟莫非已经更名为费锦皓了？

丈夫王西京破案去了，细豆芽样的儿子王一十上英语课了。想起刚才下班前同事们在办公室开的玩笑话："今晚，平日里不老实的人都乖乖回家了，没情人的都上街傻逛去了。"

向锦书当记者后总是熬夜，就开始抽烟。此刻她吐出一道长长的烟雾，在烟雾弥漫中，向锦书在想一个遥远的男人，是亲人，还是朋友？向锦书觉得自己的亲人和朋友很多，可是此刻就只想那个人，他时时往你心里蹦，往你眼前扑。他应该算是你的什么人？

向锦书记得，那时正在柳絮飞花，搞体育相关的法律宣传活动。向锦书给这位总局司长费锦皓预订的是秦西饭店四星级宾馆的大套间。

费锦皓不愿意这么安排，觉得住个标准间就可以了。他在电话里说："不要按什么规格来，简便，就挺好！"

等见到费司长时，向锦书就傻了，这不是童年少年的大哥南伟吗？只是谈吐、气度、高度都很不一样了。费锦皓仔细听了向锦书的认亲话说："小向啊，你肯定是认错人了！"

费锦皓把向锦书客气地让进房间，请她坐下。他亲自给向锦书削梨倒水，谈摇滚音乐，讲体育电影，查阅电脑，也聊他的经历——我不是烈士的孩子，我父母都健在啊。我当过雪域高原的工程兵，当过装卸工人，在工厂被推荐上了北京体育大学运动系，在淞市复旦大学读政法系研究生，分配到国家体育总局工作。费锦皓和向锦书还聊了《廊桥遗梦》、戴安娜王妃悬案和著名女作家池莉的小说《来来往往》《生活秀》，还有他的理想——普天之下城市的空地莫不是人们的运动场，中国率土之滨都有奥运会顶尖众强臣，以及渴望世界体育冬夏奥运会都能来到中国举办的种种梦想。

向锦书恍惚了，她需要将费锦皓司长与南伟大哥分离。她记得，最初她好像是为了费锦皓的一根手提电脑连接线，带着费锦皓司长跑了西京市东街北街南兴路几条主街的电器商店。当看见对上型号的手提电脑连接线，向锦书正要掏包交付二十元货款时，费锦皓压住了向锦书的手说："我买东西，为什么要你掏钱呢？我自己来！"

向锦书第一次真切地看着费锦皓明朗的大眼睛，再看进去就又深刻又冷峻，容易激起人探究的欲望，产生好奇心。向锦书回答："因为你是客人嘛！你想自己交？好！"接受要慎重，谨慎点好。向锦书笑笑，扭身走出了电子商店。

记得林天峰曾对向锦书讲过，你知道中国人和西方人在合作上的区别吗？中国人是知根知底的才来往，了解比合作费时费劲，心里太复杂。而西方人是，唯有可取就交往，求同存异合作很简单，所以快捷。费锦皓司长是体育人，自然经常出国工作，思想早已经国际化了。

那天，向锦书和费锦皓司长从秦西饭店走廊里并肩往外赶着赴宴，费锦皓接了一个电话，好像是妻子在催办他们儿子高考的事儿。费锦皓温和地说："你别急。不怕啊！等我回来会解决的，你别着急。啊？"

向锦书侧目仰望着这个胸有城府，表情庄重，须美发茂，潇洒整洁，肌肤健康，衣裤品牌讲究，身高在一米九的英俊男子费锦皓，就有点心动。他不是南伟又如何？

多少年来，向锦书她靠过谁？费锦皓感觉到了，一扭头，目光正好落在向锦书的头顶。向锦书刹那间头顶就感到很烫，仿佛有一大块糖稀，忽然就从头顶上化开来了。糖稀温热着流淌开，如电似气一波一波层层地朝着后背、手指、脚心麻过去……这是一种很异样的生理感觉，绝不是因为他仿佛是南伟大哥才会有的感觉。

吸一口烟，吐一口气，向锦书开始从书架上翻阅出认识费锦皓以后的工作日记。2000 年，关于费锦皓的记载的确有趣，向锦书与他又见过三次面。

第一次是 4 月，海宁市全国体育竞赛工作会议。一张集体合影，作为最高官员的费锦皓，呆若木桩、表情僵硬、双手很大、双臂很长地立在代表最前排的中央。那些会议标准像中人们的站姿真像"秦兵马俑"方阵。

日记上有几笔对费锦皓的速写：他很英俊又很冷漠。点评费锦皓倒是个疑问般的感慨：人，怎么能长得如此优质，俊朗、智慧，才华横溢？

那天上午，费锦皓做会议总结，他的发言很开阔，像飘在天空一般。领导的讲话能力有两种，一种是将复杂繁乱的事情，言简意赅，清楚明了地一二三四五，理顺理清楚；另一种，就是把清楚的事情讲到云里雾里去，稀泥巴糊墙，一通乱抹，占着时间，等着人，拖腔拿调。向锦书喜欢充满激情，赋予表情，完全深爱自己工作的讲话者。过于空洞是讲话吗？那就是嚼蜡。嚼蜡，太痛苦了！这一次见面，费锦皓总是离她很远，结果只能是向锦书眼前闪过去的一道领导风景，并不是自己心中暗恋的南伟大哥，多言也无益。午餐与兄弟省市同行——喝过告别酒，走人了！

第二次，是 5 月底，一行人陪着费锦皓司长来秦西卫星城关渭市看一场国际篮球比赛。秦西省体育局宗雄副局长要求省球类运动管理中心主任向锦书订好秦西饭店一间四星级宾馆的大套房，并说这是司长待遇，这是规格。向锦书想说，不用，但是不敢违抗宗雄的指示。

在机场迎接时，宗雄副局长用手指指向锦书介绍道："省球类运动管理中心小向主任。费司长，你们还不熟悉吧？"

费锦皓司长却对向锦书亲切地笑笑："我们早就是熟人啦！"

哦？宗雄副局长很惊讶。

费锦皓司长解释道："在海宁，一个午餐就豪饮数十杯烈酒的女同志，谁会印象不深刻？"

哈，原来如此！

从机场开往西京市区的高速公路上，司机放了一段古埙乐吹奏的《废都》。费锦皓感叹道："好听！"

向锦书回头对费锦皓说："如果在月光下的西京古城墙上听这个曲子就更美了，真正的天曲合一。"费锦皓顿时兴致勃勃地问："那，什么时候去听呢？"向锦书笑笑，没有回答。许多男女之间的废话，如果落实，那只有老天爷才知道应不应该。

吃过西京城堡大酒店的西京特色晚餐，费锦皓一直保持着司长应有的形象，吃得很礼貌，很拘束。向锦书猜测，他是太矜持太自尊了。喝着烫热的西北醇酒时，费锦皓只是蜻蜓点水。小同事葛韵在很优雅很有情调的环境中为省球类中心拍摄着工作接待照，费锦皓又是一再地躲闪镜头。

第二天，费锦皓在观看比赛后上车时，对向锦书客气地邀请道："上我的车吧？！"那语音很轻，又很坚决，就像磁场，令人身不由己。向锦书竟犯了工作之大忌，越位地上了宗雄副局长的红旗车。宗雄副局长的表情是再一次地惊讶，只能由小同事葛韵陪同国家体育产业上市公司的邱总坐着向锦书的随行车跟在后面。

日记里的道别还有非常认真的一笔："费锦皓说，再见！然后与大

258

家——握别，只朝向锦书抬手挥挥，就走了。"向锦书捂着日记在想，我当时这样的记载，是在为没握住那只"公共大手"而发出的遗憾吗？

以后就是两次长长的长途工作电话，像两个快乐的老朋友。空隙间，向锦书说附带传真给他一篇可以笑破人肚皮的小说。费锦皓开玩笑埋怨向锦书把传真机的纸都用光了。向锦书就派在北京挂职的小同事葛韵去给他专程送传真纸。费锦皓讲："他喜欢公私分明又认真的人。"

向锦书回复："共产党员最讲认真！"

第三次是秋高气爽的11月，秦西省汉山市正举办国际女子排球邀请赛，费锦皓司长再来西京已经是老朋友了。宗雄副局长在电话里说，向主任，你快快来西京海滨大酒店！有人要见你啊！电话接过来，是在北京挂职的葛韵，她说："我是和费司长一起来的。"

在西京海滨大酒店的欢迎宴会上，费锦皓司长对向锦书邀请着："跟我们去吧？跟我们一起去汉山市吧！"宗雄副局长说："好啊！去吧，去看看！"

向锦书还没回答，费锦皓司长就又说："你管全省球类运动项目，不看来到家门口的国际比赛怎么说得过去啊？"

宗雄副局长说："那当然不行！我派你，现在就陪同他们去汉山市看比赛！"

费锦皓露出笑容，开始埋头吃饭。向锦书连忙给家里拨打电话告知立刻要陪北京的领导出差的消息，让王西京把炉上正煨的排骨汤端开。

谁料到费锦皓听完向锦书的话竟说："以后不要被动地说，陪谁陪谁。应该说，我今天要去汉山市看一看国际比赛！"

一顿晚餐，招来三天毫无准备的公差，他还教育我！向锦书忽然想起一个社会上流传的笑话，就告诉葛韵说："哎！你知道有人在北京城问路，你们北京人怎么说？同志，你们北京这个天桥怎么走？那人就指指点点了。问路者谢过刚转身。慢着！指路人呵斥道，以后别再说什么'你们北京'，应当说'咱们北京'。得了，走吧您那！北京人好为人师，如同美国人好当国际警察。"

葛韵听了哈哈大笑。费锦皓听完不笑，瞪着向锦书。

就这么几次的工作交往。向锦书看到这里笑起来，烟咬在牙齿间，灰飞烟落……

以后是这样写着——上火车后，向锦书在四处活动补票。费锦皓司长却在穿针引线缝补皮衣挂口。好不容易补上票，向锦书又开始为洗漱更衣化妆等一些未带全的女性必备品发起愁来。

在车厢连接的地方，向锦书对着黑黑的玻璃描眉画眼，涂着口红。正巧费锦皓司长去洗手间路过就站在向锦书身后说："一个人自然才最好看。你四十多岁，深更半夜，乱抹瞎画地给谁看？"

向锦书太尴尬了。急忙去洗手间洗脸，素面回到软卧车厢里。

向锦书从那以后就不再化妆了，素颜到底。出差也可以简单到拔腿就走。是费锦皓，让向锦书又一次蜕尽浮尘，素面朝天，更加真实。如果说过去的经历只是向锦书女性觉悟，那么，这回与费锦皓司长的相遇，就是向锦书由女人到知性人的一次大大的进步。

做个知性的人？让心让情只在身体里翻滚，淬火成钢，成石头。成熟的人就可以做到非我之情而不取。

向锦书继续看，这一次工作日记是清清楚楚地写着：费锦皓他把向锦书挡在停车场边急急握手转身，匆匆奔向软席候车室入口处，奔向久违的北京城。

"电话！你的电话号码！"向锦书在对着那个急匆匆的背影在喊叫。

"看全国体育系统电话本，打办公室的号码给我！"

"哈，原来我们的握手居然这么迟！我还没有要到他的电话号码？"向锦书看着工作日记，心中充满着遗憾。

向锦书在家里的地毯上，将与费锦皓司长拍的照片翻出来，一溜排开。还取来放大镜，将群照、单照、两人合影仔仔细细地反复地欣赏。向锦书自己在集体照里也很呆板，谨慎。

台灯下，向锦书一会儿看看费锦皓，又一会儿看看自己，如同在丈量着一段段远近亲疏遗憾的距离。

向锦书放下放大镜，叹了一口气。原来，我们的走近，不过如此几次。开全国体育竞赛工作会，东看一场篮球比赛，西看一场国际排球比赛。

46

是憋了一冬才降落成好雪的那个中午，费锦皓突然打来办公室电话，说要给向锦书他的手机号码。不是不给的吗？又不怕影响了？

向锦书开始东拉西扯些单位里工作的事儿。费锦皓说："向锦书，我和你的同事葛韵在请你儿子吃饭呢。"他还在电话中亲切地说，"小向，别谈工作了。人，总还有些别的话吧？可以谈谈其他嘛！"向锦书沉默不语。

春节到了初三，向锦书突然地想去见费锦皓。上学的儿子就得提早返回北京。当了六年野战兵、五年交通警察、三年人事干部、五年刑侦大队长的丈夫王西京很平淡地说："你想去北京？那就去吧！"并不问理由。然后，买了票、水果和食品，将他们母子送上火车。

初五，费锦皓约向锦书，过年出门居然没有带着夫人和儿子。他在北京著名的老店"无名居"里请向锦书、王十一、葛韵一起吃饭。

费锦皓捧着向锦书途中没吃的一桶西京市"孙家"方便羊肉泡馍笑逐颜开："好，君子之交淡如水！家里没出什么事儿吧？大过年的，你们为什么来北京呢？"

"想来看看你！"向锦书实话实说。

费锦皓很明白地点头笑笑："都说平安是福。你来，我很理解。人生别留下太多的遗憾。我特别高兴的就是——你能来北京，过年！"

随后几天，向锦书陪儿子买了些学习和生活用品，费锦皓有空闲时，也来陪着他们走走。

临别，随行的女同事葛韵闹着叫着："巴西礼！巴西礼！"随之就伸出双手去捧费锦皓的面孔，欲把一种向锦书刚从巴西带回来给亲朋好友试用过的异邦礼节"响吻双面"施敬于费锦皓，贺新辞旧。费锦皓突然间就本能地显露出官员的台面脸色，坚如石雕，巍然屹立，人人都挺尴尬。

向锦书从未给费锦皓打过手机。女同事葛韵，她在北京之夜悄悄说的心里话深深震撼了向锦书："老向，费锦皓这个人就是我的梦想。我要同他一起，走遍世界！"

向锦书闭上眼睛说："费锦皓，他的确很好。但你要小心！"

小同事葛韵是个秀丽健康清爽聪明贴心乖巧的人，她的青春要在自己的路上经历磨炼，磨刀石是否优秀，能不能成大器，那自有她的造化。向锦书明白政治残酷，风云变幻，险象环生。那可真不是浪漫梦幻，可以想象得到的皆大欢喜。向锦书只期望小同事葛韵，不是得到他以后奔赴世界各地的开心，而是经过他之后的情感成熟。

遥远的西京古埙乐！幻梦中徘徊了无数次的古老城墙！在北京，在春节，向锦书熄灭了再想见到费锦皓的渴望。他刹那间就从向锦书的思念中跌陷进了心灵深处，雪花化水。就像北部春末疯狂的流沙一般轻姿曼舞，随遇而安，下落不明。

有个现象，也许有人终生也不一定真正懂得：很多泪水，是流不出眼眶的。它是干的，是涩的。却一滴滴，一串串，一片片，只流淌在怀念思想中的男男女女心底，撞来撞去。

今天是情人节？向锦书想想满街盛开的鲜花就在纳闷：究竟能有什么花朵，什么色彩，可以替代得了那此时此刻苦铭心底的记忆和情感？

向锦书咬牙抖着齿间的长烟，吸了一口香气，吐了一半咽了一半，任其缭绕，蜷缩在沙发里听着看着含笑唱的那首《飞天》。最中意的还就是那些西北风情，远古战场，红日卷黄沙，狼烟冲霄汉的画面和贴心的歌词：

262

如果沧海枯了，还有一滴泪，那也是为你空等的一千个轮回。蓦然回首中，斩不断的牵牵绊绊，你所有的骄傲只能在画里飞。

大漠的落日下，那吹箫的人是谁。任岁月剥去红装，无奈伤痕累累。荒凉的古堡中，谁在反弹着琵琶，只等我来去匆匆今生的相会。

烟花烟花满天飞，你为谁妩媚。不过是醉眼看花花也醉。流沙流沙满天飞，谁为你憔悴，不过是缘来缘散缘如水。

向锦书慢慢合住工作日记，轻轻打开手机，删去一个号码，至少他的名下还有一个办公室电话。向锦书知道，这将是她与费锦皓今后唯一的联络方式。

2001年又是春天，向锦书去北京开会，葛韵开车来热心接站，她容貌体形酷似港台影星舒淇，居然长胳膊长腿蜘蛛舞蹈般地横车截道，坚决不让她去应该报到的宾馆吃饭。女同事葛韵说："晚上，费锦皓司长说了，他要在'云庄'请咱们吃饭。你让他白等可不成！"

葛韵还说："他一定要我接到你。你要不去，是不是不想让我在北京混了？"

向锦书被葛韵强制赴会。餐毕，天空下起了小雨，费锦皓并不放向锦书回宾馆。他开着一辆雪白的"别克"轿车，带向锦书她们去看深夜雨中的北京。

向锦书在车上观赏窗外的雨，突然间就想起了当年，那个十一岁在古阳神牛村饲养室里无助的小女孩在雨中向她走来。向锦书，面对曾经无助的小小的自己，流下了眼泪。她知足了！

霓虹灯闪烁在如墨般的大道上，一条一条一道一道划出五颜六色的曲线来……远处，大街上荡漾起情人节里蔡琴《花天走地》的歌声和那首缠绵的《你的眼神》："像一阵细雨洒落我心底，那感觉如此神秘……虽然不言不语，叫人难忘记，那是你的眼神明亮又美丽，啊——有情天地，我满心欢喜。"

坐在费锦皓的背后望他开车是件特别痛苦的事情。咫尺之距，远不远，近不近的，向锦书是否有贪心了？"高山上盖庙还嫌低，而对面坐着还想你。"脑子里蹦出一句爱情诗句。窗玻璃同雨水浑然淌成了一幅闪烁光怪陆离的印象派油画。

向锦书被拉到北京著名的"飞石城"里唱歌跳舞。这歌舞把向锦书拽回到青春的时光。让人又回到了刚工作时对一切都充满着巨大热情的岁月；回到了刚上班为搞好接待工作、外事活动刻苦练歌习舞的日子。向锦书在局办公室组织的舞蹈班学习了两届才毕业。不是笨，是太抵触。抱着陌生人算怎么一回事儿？副局长宗雄说："你不要把客人当人抱嘛！你就当他是大树！他是木桩子！"这个启示很好。向锦书再跳舞就放松多了。反正他们都不是人。

年轻真好！向锦书坐在角落里，费锦皓不断地给向锦书递啤酒。他还邀请向锦书合唱《小路》《请跟我来》《年轻朋友来相会》等老歌儿。向锦书让葛韵去唱。葛韵说："唱歌不会，跳舞我行！"费锦皓他就脱下外套又唱又跳。连葛韵都说，一向古板的费锦皓，他今天真是突然间变了个人。

他为谁变呢？向锦书心酸地低下头，心境趣味淡然。费锦皓一次次邀请，还很强硬地将向锦书拽起来跳舞。向锦书脑海里浮出电影《苔丝》，那个为了抱苔丝过河而不惜先抱几位他并不想抱过河的农妇的男主人公。就当是大树，就当是木桩子。

费锦皓一边舞一边问向锦书："你还狂喝烈酒吗？"

向锦书答："已经不那样喝了。正在戒！"

春天过了，是北京天气最好的 5 月，向锦书到北京陪着儿子参加体育大学初试。费锦皓就对向锦书的儿子王一十说："男孩子要坚强，必须很坚强！"他要将一对自己珍爱了多年，浅橘色名为"霓虹灯"的高档法国白兰地酒送给向锦书，并邀请向锦书全家人中午在"秦北老面馆"聚餐。他还说，一笔写不出两个"锦"字，咱们就是锦字辈人。

仿佛是天意，在"秦北老面馆"下车时，儿子王一十竟将书包遗忘在出租车上。离上飞机回西京还有三个钟头，向锦书必须在去见费锦皓和寻找书包二者之间，选择其一。

想到儿子回到西京还要参加大学统考的复习，向锦书只能放弃费锦皓的邀请，拉起儿子在北京市茫茫公路上寻找那失落的书包。

母亲，一定都是侦缉天才！凭着出租车票，两小时后，向锦书在清远轻轨高速公路上，找到载着儿子书包的出租车，出租司机正在公共大澡堂洗澡。看见书包，向锦书没出息地抽泣起来。儿子王一十也为母亲的惊吓奔波，流下了惭愧的眼泪。

费锦皓一直十分钟一个几分钟一个地在用电话问及此事进展。葛韵却在电话里撒娇喊叫着说："啊呀——饿死我了！"

"这是天意要让我绝他。"向锦书这么想。

回西京后，向锦书用英法对照字典翻译着那对高档白兰地酒瓶上的法文产品介绍。那上边印刷字这样介绍道：

> 这是一款霓虹灯一般闪耀着红色弧光的白兰地，你要用全新的目光去看待它的趣味、随意和时尚。
>
> 它完全区别于以往那些陈旧严肃的同类，用独一无二的透明色泽显露出真诚、健康，又充满活力和创造力的美好气息，表演着当今世界的生活方式。
>
> 永久地收藏起它，就能调配变幻万千芳香可口的鸡尾酒珍品。
>
> 示范三例调酒步骤：
>
> 1. 迟暮黑美人：低脚高杯，加冰、可乐、柠檬汁；
> 2. 热情咖啡雪：加热咖啡、方糖，挤奶油打蛋清封顶；
> 3. 四喜霓虹灯：用茶勺依次加石榴汁、薄荷油、苏打水、白兰地。
>
> ——因为它的产地著名，购买区域有限，又仅供应在机场或专卖店里，所以，它对于你和你的亲朋好友都将是一件不同寻常的礼物。你可以带着它回到故乡去津津有味儿地品尝，消磨闲暇的时光，并回忆人在旅途中，那些令人难以忘怀的见闻。

费锦皓从日本东亚运动会会场发到向锦书手机的电话留言是："那

对白兰地美酒好吗？祝你快乐！"

葛韵从北京给向锦书手机发来短信息叫苦："我爱的人名花有主，爱我的人惨不忍睹，不是在放纵中变坏，就是在沉默中变态——情人节有感。"

人们，不知何时起开始用手机信息对话了。在北京，他们到底发生了些什么事情？

不久，费锦皓的一个大侄儿来西京市旅游，带来他大伯的问候，并在晚餐时大谈特谈他大婶娘的风度美貌，并展示照片向锦书看。

向锦书笑着望着这位二十三岁长得太像费锦皓的大个子大眼睛的男孩儿，很难对他再说什么。一个人没有结过婚，没有生过孩子，没有走南闯北高高低低的经历，就无法对话。

爱屋及乌。向锦书想到那些感触费锦皓的种种情景。就有了成熟男女的体会——美若天仙的女人又如何？相恋的人根本就不在乎年纪，而在乎心与心敲击时的节奏是否一致。向锦书慈爱地按了按费锦皓大侄子的手背，也暗许了一个诺言。向锦书像一只火中的凤凰，变成了中性人。

"阿姨，您喝点酒吗？"大男孩问道。

"不！我戒酒了。"

中国申办奥运会成功。费锦皓成为竞赛部副总指挥。2008 年，北京夏季奥运会成功举办，运动会结束后，向锦书收到一盒北京闭幕式上的红色玫瑰花瓣。那个场景是闭幕式最后结束时一个小女孩在田径场跑道上，将一封寄给远方的信放进邮筒里，从天而降的玫瑰雨红色花瓣将闭幕式天空映得鲜红。

玫瑰花又名苏醒。太美丽了！太珍贵了！2008 年北京奥运会的成功举办，预示着中国与全世界爱好和平的人们，对于体育对自己身体教育的苏醒！

每个人的一生，也是一场自己人生的奥运会。到达终点，你会呈现什么样结果，全在于你自己对自己的认识程度，努力程度。也许有人到老，甚至离开这个世界时也还是没有认识到自己，更不知道这个世界上的老师其实不是别人，而正是你自己。

47

　　向云雪下乡后，乡亲们感觉是仙女下凡来了。在村里的学校安排了教师岗位。向云雪对孩子们很有耐心，这里面有着对老乡们的感激。向云雪一天庄稼地里的活计也没有干过，就被众乡亲推荐去上了大学。上大学许多人都是争夺一个名额，但是，向云雪却可以在医学院和音乐学院中二选一。医学院是实际的，毕业后整天与病人打交道。音乐是什么？你能看见音乐的身影吗？无形无影，而神秘就是浪漫，向云雪喜欢浪漫，喜欢让思想在天上飘飞，于是她就去了音乐学院。

　　十九岁的向云雪漫步在学校就是一道风景。到了大学毕业，根本也不用找熟人帮助，就被留校任教了。到了结婚的年龄，闺密艾策策早已不见了踪影，艾苹果没有上大学，业余文艺青年也好像不太般配了。忽然有个作曲系大龄男学生对她表白，向云雪感觉很浪漫，很是专业对口，目标一致，就同意了。

　　音乐学院校方其实看上的还是向雪云的亲和力，组织决定让她到人事处。这是个炙手可热的部门，以后当个副处长、处长，在社会上应该还是很有脸面的事情。但是，向云雪死活不愿意干行政，她就要干业务！妈妈南三军想不通了。行政可以统领业务，每天按时上下班轻松自在，下了班就不用再操工作上的心，小家庭也可兼顾，其乐融融。爸爸向红旗却不太高兴地说，干行政有什么好？万金油！人家说让你走，请你离开，你就得走。谁都可以代替你。行政干部的苦头，我们老一辈可是受得够够的了，不想让下一代再受这种苦。搞业务好！一技之长，可以走遍天下。

向云雪的那位作曲系追求者叫郗山，生长在秦西兴玉镇板胡世家。他爱看金庸小说，向云雪感觉郗山与那些音乐学院里家境优越的学生非常不同，也更加幽默机灵，大方英豪。郗山的西北黄土摇滚乐作曲很为学校和全国各地音乐人所称道。加上他正在与一枝独秀的老师向云雪谈恋爱。

郗山同学年级低但是年纪很大了。刚一毕业，他就与向云雪急急忙忙结婚。结婚不久，儿子郗湖光就匆匆降生了。郗湖光圆圆的大头，眼睛很大，眼睫毛很长。非常可爱！但是这让小眼睛单眼皮的郗山心中忐忑，感觉这个孩子很像艾苹果。加上向云雪生完孩子也不愿意去人事处工作，生活能力又很笨拙，让女人伺候惯了的郗山就给火了。两口子吵架打架，直闹到离婚。郗湖光也被潦潦草草送给新西县一家县办小工厂一对不能生育的工人夫妇。

向家一直蒙在鼓里。结婚不被通知，就结了。离婚不被通知，又离了。儿子生下来在娘家坐月子回去后，就再也不见抱回来了。追问再三，可把南三军给气坏了。连夜拉着向锦书、王西京和大儿子向和平，追到那个收养的工人家，把可爱的才三个月的郗湖光抱了回来。就在将郗湖光的户口迁到外公外婆家时，更姓为向，叫向湖光。

向湖光真是老天爷眷顾的好孩子，长相好，身体好，学习好，性格好。但是研究生毕业工作后，就是不结婚。他说，怕了！

郗山又找了一个文艺女大学生做老婆。向雪云就总是找事儿找碴儿，在校园里、在大澡堂、在学校食堂……遇见郗山和那个女学生就是一通谩骂。向云雪甚至还不断写信恐吓那个无辜的女学生，害得女学生不管怎么吃中药就是怀不上孩子。郗山无奈，只好和女学生老婆迁到四川省去生活。那里山清水秀，耳根子清净，女学生老婆也总算是怀孕了。可惜，一次大地震，两口子正在震中，听说是双双去世了。向云雪一听到这个消息，不吃不睡地拍了两天手，狂笑了几天后，忽然失心疯，得了精神病，天天在校园里寻找郗山……

向锦书多次劝外甥向湖光找对象。

向湖光说："找对象干啥？每个女朋友都是新欢。不结婚。"

问多了，向湖光就还是说："真是，怕了！怕家族有精神病遗传，怕结婚了自己也会莫名其妙地把亲生孩子送人。小姨，我就单身一辈子算了。不然我妈怎么办？我每天早晚都要给她吃药，我不可能和别的女孩子一结婚就搬出去单独居住的。"

向云雪的病，也是一阵清楚一阵糊涂。她把工资卡和劳保卡都自己拿着，不给儿子向湖光。而她的日常用药很贵，向湖光的工资只够给妈妈买药用，生活过得紧紧巴巴。

有一天，向湖光忽然来电话问向锦书："我妈妈是不是在你那里？"向锦书就紧张起来，各方打听，才知道她去了江南余州青山南义的家。半夜 11 时半，南媛让已经是建筑工程师的小弟弟南州开车去火车站接人。向云雪回到南家花园别墅，吃了米粉，洗了澡，全家休息。结果就听见向云雪在屋子里砰砰砰地砸东西。第二天早上去看，屋里的所有的电话线电脑线电视机线统统被剪断，一切可以放东西的瓶瓶罐罐都被踹倒摔碎，而窗户大开，向云雪不见了。忽然就有几位警察上门来询问，你们家是不是杀外国人了？

没有啊！

这是举报电话记录。

原来向云雪离开家时没有带每天必吃的药品。一路紧张，又没有吃好休息好，精神病犯了。她似乎又在一切都是陌生的恐怖世界里，于是她一大早就去到派出所里报案，说南州家里杀外国人了，随后去了火车站，准备返回西京市。

南媛和南州都很难过，在火车站拜托了列车长多多照顾。谁会想到，淞市繁华大街上，那个在照相馆大玻璃橱窗里笑靥满面如花似玉的女孩子，都以为她上了音乐学院就是艺术家，谁知道她怎么会变成这样一个穿着花花绿绿，头发染成了红黄绿蓝紫的老太婆呢？

也许人的命运，会有许多个如果，但是每个孩子都是父母一手栽培出来的成果。活好，活糟，自有源头。当年向云雪的聪明，漂亮，乖巧，曾经赢得父母、老师、同学、众乡亲、全学院、社会上男青年的钟爱与抬举，虚荣心都飞上天了。忽然有人嫌弃她，抛弃了她，向云雪没有心理准备，她调整不过来。她越想维护自尊心，自尊心越是伤痕累累。都说丑女自带福气，其实是百炼成钢，万毒难侵。

48

　　七十六岁的南三军得了阿尔茨海默病后，就屡次在西京市区的东街、北街上连连失踪，让老伴向红旗和向锦书心痛不已。自向锦书最后一次将南三军从医院接回到自己的家里已经十四年了。这十四年间，向锦书曾与四位农村保姆相处。通过她们，向锦书一直与农村息息相通命脉相连。

　　那是十四年前，南三军半夜从床上摔下来，胯骨粉碎性骨折，向和平与吴粉娥找到家政公司，在向红旗家里由才十八岁的小保姆齐小霞照顾南三军的日夜起居。齐小霞说南三军没有排泄意识很麻烦，吴粉娥就搞来一张黑塑料布垫在床上。齐小霞还是感觉麻烦，喂饭困难，致使南三军饥饿至昏迷僵死，腰间还整出两个拳头大的褥疮，脓血流淌。那天周末，向锦书和丈夫王西京回家看看。老门卫说，你嫂子和小保姆带向书记洗澡去了。他们进门后才发现，南三军已经昏死过去了。随即拨打120，将南三军送进秦西省大众医院干部楼紧急抢救。三天三夜，南三军就如去世一般昏迷不醒。医生很气愤地质问向锦书："你是她的女儿吗？你怎么可以把她饿昏了呢？太不像话了！"之后等三兄妹到齐，医生反复问三位儿女："是放弃，还是继续抢救？"

　　当然是继续抢救！

　　南三军才七十六岁，向家南家的家族老人们没有意外都是活到九十岁以上的。向锦书握着那张薄薄的"病危通知书"，仔细倾听医生介绍病情好转的可能性，看着床边的监护仪，心里非常难过，眼泪无法抑制地流下来。一个老革命，生命的最后几年居然是这么悲惨。这么没有尊严。太不应该了！

到第四天的夜里，一直打吊针的南三军脚指头动了一下，不一会儿，眼睛睁开了，监护仪上所有的数据都正常了。南三军醒来看到了向锦书，但是她的舌头如一个干裂的小核桃缩顶在喉腔里。向锦书用手指去按，硬如龟甲壳。有经验的病友说，只能用香油不断浸泡，再拿耳勺一点一点挖，等着鲜粉的舌头露出来就好了。

那时接近年关了，三兄妹日夜陪护守候，以后怎么办呢？新的保姆一定要尽快找到。小保姆齐小霞是坚决不能要了，她是来城市里找幸福人生的。而艰难困苦，她在城里是不想再多吃一口。没有结过婚，没有生过孩子的女人，对人的认识和照顾都很肤浅，还是要找有经验的中年人来，更放心一些。

南三军住院的第五天，在艺术路已经人员稀少的劳务市场里，向锦书和嫂子吴粉娥看见路边风里雪里立着一位硬朗高大，手提帆布袋，头发灰白却傲然挺立很自尊很自信的壮年妇女。向锦书立即拨开叽叽喳喳急切渴望在城市淘金的农村姑娘、少妇和壮年妇女们，径直来到她面前问："你想干活吗？"

硬朗高大的壮年妇女点点头。

嫂子吴粉娥强调说："很麻烦的，是个近八十岁的老太太，老年痴呆症，不能下床的，骨折了。啥人也不认识。"

壮年妇女她居然说："白不咋，咱走！"

那些名字，身份证，价钱，时间，一切一切条件都还没说呢，这个硬朗高大的壮年妇女她居然就说"白不咋，咱走！"

"走？你叫什么呀？"向锦书失笑了。硬朗高大的壮年妇女立定，从容翻开衣服下摆，从里面衣服口袋里掏出一个手绢包，捏出一张身份证。

向锦书看到：刘大禾，女，五十四岁，秦西省长都县曹鼓乡三组。

向锦书问她："为什么来西京找活？"

刘大禾说："就没事呀。农闲着，我就想来看看城里人都活成啥日子了。钱不钱的，无所谓。"

向锦书说："那就一月六百元，吃喝睡觉在家里你随便。不用做饭，看好老太太别丢了就行。"

她说："那我还要做饭的，还是要打扫卫生才能成。"

向锦书说："那你要自觉干活儿可再好不过了。"

刘大禾别过脸抿着嘴笑起来，说："那谁个做饭打扫卫生呢?"向锦书说："我呀!"

她又笑说："那就嫽得很，咱做着看着，一搭里干，咋个都能成!"

一路攀谈，向锦书得知，刘大禾当年还是生产队铁姑娘队队长。白天在艺术路找工作，晚上就在艺术路城中村找个大铺与别人合租，半个床板一块五，两个人租一床被子五角钱，枕着自己的旅行袋睡觉，第二天再来。

南三军还在医院，刘大禾一来，就让向锦书和兄嫂几人不用再轮流值班，都可以回各自家里去置办年货了。向云雪是根本没有指望的，她总疯疯癫癫地问："那我怎么办?"向湖光也想来照顾姥姥，向锦书希望向湖光照顾好妈妈向云雪，不用来了。

在刘大禾的悉心照顾下，南三军恢复得很快。用卫生纸垫床除湿气有了效果，先是背后的褥疮封口了，后是导尿管拆除，大小便自如了。

刘大禾还很会动脑筋，想出很多好办法，帮助南三军拍背增强皮肤恢复，按摩锻炼四肢，加强肌肉的力度和强度。不久，过年期间，医院住院的人少了，医生说可以给南三军安排个小单间，但是要重新用石灰粉刷一下。冬天屋里清凉得很，医院就用一个大电烤炉烘房间。

一天医生查房来问："你们怎么还没有搬进去?"

向锦书说："新粉了还有点儿凉。"医生是向锦书的中学同学，很熟，他就甩下一句话说："凉? 那炉子不行! 得你人坐那烘才好，才行!"这本来只是一句同学间开玩笑的话。

那天夜里，向锦书回去得晚些，就把南三军的褥子拆洗完回到病房坐下，看着妈妈南三军睡着。但是刘大禾却不见了人影。向锦书是左等不见，右等不见，看书等着还是不见。再到走廊暖气片上翻一下褥里褥面，逢人就问问："你看见我家保姆了吗？"有人用嘴努努向锦书要的那间新病房说："你家保姆正在那儿烘房呢！可是烘了一阵子了。"

那间单独新病房里，六十瓦的孤独黄灯泡下，刘大禾坐在方凳上端端地左手压右手发呆。看见向锦书顿时立起问："老太太没事吧？你回！我再烘一下子，明天老太太住进来就有人气了。"

向锦书过去拉她，握起凳子腿说："你也回！一个人的气息还能烘成多大个气象？"

刘大禾说："那倒也是，人多些就好了！在农村讲究烘新房。"

向锦书夸奖她，感激她，说她真的对老太太很用心。然后一路指指暖气上的褥里褥面，交代明天上午查房前就一定要收回病房里来。不然影响病房整洁。

她们俩回到南三军床前又说了一会儿话，刘大禾很困地趴在南三军身边睡着了。向锦书回家前走到楼道里暖气片前一摸，褥里褥面都已经干透了。向锦书就收回病房，叠好了，放进柜子，回家去了。

第二天可不得了。向锦书9点钟一进病房，陪护们、病友们和医生护士都纷纷向她告状。说，你家的保姆怎么那么死犟呀！随便翻腾我们的柜子。

原来，刘大禾起床后去暖气片上收向锦书昨夜交代的褥里褥面，结果不见了。她就挨个房间寻找。大家就都很不高兴。这是人品问题呀！被怀疑，还被一个农村保姆怀疑，这是什么事呀？

这个查找还影响了医生护士查房。刘大禾不管她们的叫苦连天大喊冤枉和医院秩序。她就是要找到向锦书临走时对她的交代，等向锦书来时她好交代褥里褥面的去向。

一位病友一路跟着向锦书边走边叫屈，她说："你家保姆也不想想，我都不知道你家老太太抢救了几天是得的啥大病，会不会传染，怎么还会偷拿个褥子回来找死呢？"听了这话，向锦书立即停住脚步狠狠地盯着她。病友立刻捂住嘴，知道自己说错话了，低头灰溜溜地顺墙边回自己房间。

向锦书很后悔今天来迟了。但是对着刘大禾，向锦书还是露出了由衷的微笑。刘大禾见到向锦书，面色难过地下牙咬着上嘴唇喃喃地说：

"褥子不见咧。我查了上下三层楼的所有房间，还是没有的！"向锦书笑着，拉她打开南三军床头的柜子对刘大禾说："你睡着的时候，我已经收回来了呀。""啊呀呀！"刘大禾双手一拍，两眼立刻放出光芒地叫出声来，"我这下子放心咧嗷。"

向锦书知道，刘大禾在西京来寻找工作的每个夜里，床铺都是与人合租的，一夜只花两元还嫌贵呢。一床被子五角钱还要掰成两半花。这个旧褥子，在城里人眼里是"有病菌"，而在刘大禾的眼里就是好生活的装备。好的东西，就会有人想"拿走"。而且刘大禾她还坚决要为向锦书家负责任。所以她固执地搜查了所有病房，强行打开了别人所有的床边柜，大柜子小柜子……真有点搞笑，但是又很暖心。

不久南三军就可以回家了。南三军出院时，向锦书对爸爸向红旗，哥哥向和平嫂子吴粉娥和姐姐向云雪说："妈妈从此由我赡养，你们不必再操心了。"刘大禾很平静地站在向锦书身后，表情坚定。向锦书知道，从此有大禾在，有自己在，南三军的生活就再也没有困难和灾难。

每到周末，全家人由王西京开车，带着南三军回爸爸家，或者到长都县郭镇刘大禾的家里转一转。不转不知道，一转吓一跳。刘大禾有两儿一女，都已经成家。家中有豆腐坊，由老汉和二儿子在经管着，十里八乡很有名气。二儿子常开着摩托车十里八乡送豆腐、豆浆、豆腐干、豆腐皮、豆腐丝之类。大儿子和媳妇看管自留地和大片的苹果园。家中盖有六间屋的两层小楼，刚刚盖好，还没有安门窗。刘大禾出来进城找活干，实际上是来找门窗钱和装修费的。现在全家还是住在四孔地窑里。地窑是秦西特色建筑。就是平地挖个大坑，再箍几孔窑洞，冬暖夏凉。新房子是新农村新规划的全村地上分配的庄基地，八百元的统一门楼规划，国家落实村村通工程新修的柏油路，甚是整齐好看。

王西京问刘大禾，那门窗还差几千元？刘大禾的当家人就说："不多咧，还差四千元！"王西京说："这个钱我们出了！"刘大禾和她的当家人坚决不同意！向锦书顺着王西京话的意思变通了说："那我们就先支付上刘大禾的半年工资，把房子门窗趁冬天先安装起来，夏天就可以搬进来了。"刘大禾说："这个能成！"

刘大禾的女儿听说妈妈回家了，就和女婿从七里以外的婆家赶回家。趁着快过年了向锦书还给刘大禾全家照了一张大合影，准备回到城里放大后装了镜框。刘大禾在看照片毛样时说："怎么我的当家人前门牙掉了一颗？不甚好看。"向锦书就让照相馆在电脑上给老汉种上一颗门牙，还修白了，把刘大禾笑得不行不行的，感觉很好玩！再到下个月周末开车回家看看，刘大禾新家的门窗已经安装好了，大照片挂在大厅电视机对面墙上，很应景！王西京带着老二坚持要表表烘新房子的心意，去镇子市场上买了金属纱窗，要求一定安上，夏天防蚊虫。

有一次，向锦书出差，王西京去外地执行任务。刘大禾出门倒垃圾，风把大门关上了。刘大禾急得叫上邻居在电话里对着在外地的向锦书大哭起来。向锦书说："大禾，你让邻居接电话，别哭了！"一会儿，开锁公司人来把门打开。以后，刘大禾就把钥匙牢牢地拴在内裤的松紧带上，绝不离身。

村庄，对于人的教育不仅仅是识字。那些老传统的口口相传，使得中国文化在乡村源远流长。长都县有大庙佛堂，还有教堂，百姓非常纯朴，为人极其良善，讲究耕读人家，孩子们都很爱学习。等到秋天，向锦书被组织派去北京学习半年时，刘大禾提出要带老太太回家去住住新房子。她说："家乡夏天以后果实品种很多，自留地有各种蔬菜，家里又有豆腐坊，有新鲜的麦面，农村空气新鲜，好过得很。"主要是向锦书不在家，大禾说："王西京一个男人在家主事儿，会感觉不方便。"刘大禾的这句话让向锦书笑出了声，大禾说："你笑甚？我再老也是女人！你放心地去北京，回来你看看老太太，她一定会红是红白是白，身体更加好的。"向锦书想想也是。王西京在公安局日夜加班顾不上，没有自己在身边，守着痴呆的南三军，刘大禾也会感觉诸多不便和孤独无助。

向锦书同意了刘大禾的建议，让她带着南三军回乡下家里生活。在农村生活了六个月的南三军，天天和许多爱与刘大禾拉话的农村妇女们在大门口聊天。南三军会时不时开怀大笑。南三军喜欢走路，她们就手拉着手围着村子转圈圈。刘大禾说："有时候老太太固执得不肯回来，我们就对她说，南老同志，要开会了！就等你讲话呢。"南三军就会说："那，快快走！开会不能迟到。"刘大禾她们才可以牵着南三军回家吃饭。

刘大禾五十八岁时，有一天她穿戴整齐地对向锦书告别，说她这几天很是头晕，可能是患了家族遗传的高血压。她父母都是高血压，摔了一跤就走了。所以，她要回家了。不然哪天她一摔倒事小，南三军老妈妈再走丢了，事情就重大咧！

刘大禾与向锦书相处了四年。这四年，她的工资一直是六百元。每次给刘大禾发工资，她都要很害羞地指指桌子，让向锦书放在客厅的桌面上，等没人时，她才收拾起来。这就是传统，女人家当着人面拿钱收钱讲钱，她都认为是一件很伤脸面的事情。这四年，向锦书从没有给过刘大禾一个节假日。老太太时刻离不开人。刘大禾她的大手就一直紧紧地握住老太太。连上厕所，她都要搬个凳子让南三军坐在门口，门开个缝还拉着手。晚上看电视的时候，南三军已经非常习惯地靠在刘大禾的肩膀上，像个乖孩子那样总对着刘大禾笑个不停。向锦书有时候指指刘大禾问妈妈："她是谁吗，你对着她笑个不停？"南三军会看看刘大禾很认真地说："我知道，她是个好同志！"

49

刘大禾走了以后，向锦书在艺术路劳务市场上又请了第二位保姆叫郭红丫，三十七岁，身材廋小。她只待了一个月，是从东渭县附近赵村乡和丈夫打架跑出来的。

郭红丫模样清秀，天生的三十五码细秀小脚要重新买拖鞋，身材无骨蛇般苗条，且小巧玲珑，穿衣服很时尚，内外周全。她在人劳市场的芸芸众生中的表现是，很沉稳、干净整洁。你问她什么，回答得很简洁。说到价格，她不乐意就不答话；感觉合适了说的话像棉花，像羽毛，全舒服在你的心头，让你满意，让你舍不得她。向锦书雇她是八百元一个月。她如果自己走人就按六百元一个月结账。红丫说："我什么活儿不论，你说怎么干，都能行。"

南三军老太太已经行走自如，吃饭睡觉都很好，所以干净利落模样清秀还是很必要的。向锦书一直看中勤劳。郭红丫就说："农村人要让你们城里讲究干净的人说个好字不易，但是，我很勤劳。不勤劳，就会胖。可我，姨，你看看，多瘦。"

向锦书笑笑说："你瘦是你的心眼子太细密而嘴太刁，这和勤劳没关系。"红丫咬咬嘴唇说："姨，你说的还真像我得很。"

郭红丫很自尊。不要你给她什么衣物，新的也不要。她说："花那钱作啥？我都有呢。"她的内衣很讲究型款和颜色。粉红，大红，雪青、

278

淡蓝、浅灰……

晚上，陪陪南三军老太太在阳台纳凉，郭红丫爱摇着白纱的圆扇子讲过去零零星星的故事给向锦书听。那些故事都很浪漫，都是些男人贱骨头或见心仪女人动心动情动手动脚的故事。这让向锦书惶然要忘记她是位保姆，平地里产生出许多丰富的联想，错以为是在听林妹妹诉说心声，还常常涌起怜香惜玉之意。这让向锦书很是惊讶。突然猛醒警觉红丫她来城里的目的。

红丫坦白说："我就是想来看看女儿未来的女婿。"一个三十七岁的小女人，她居然都有女婿了？那女儿想必年纪很大了？红丫说，二十岁。据红丫讲，她的女儿因为长相俊美，在农村上中学真是遭罪，被男生围追堵截，没办法只能进城到大酒店当服务员。结果老板很年轻，很看好她女儿，还要娶红丫女儿为妻。红丫很不放心，就要来看看这个女婿。她怕自己拿不准事，就想进城选个城里主家人来帮她看看这门亲事，好拿捏准确些。

红丫对向锦书说："姨呀，我就挑了你呢！"

向锦书看看红丫，无言以对。现在的人，是双向选择。你以为你选择了她？其实她在心里笑你，又花钱还要为她办事情呢。

以后，向锦书会看出不在家时，家中有许多人来过的痕迹。周末，红丫理直气壮地请假要求去宾馆看女儿，她女儿也时常来看看妈妈。

在向锦书眼里，这个红丫的女儿既不天仙，也不惊艳。很平淡的一个小土妞。她还没有母亲红丫的精明、身材和骄傲的表情，也没有红丫那过人的胆识、世面感和色彩感。

一天，向锦书中途回家，一推门看见院子里的水电工正在客厅与红丫说说笑笑吃西瓜，可怜的老妈妈南三军正被粗壮的行军绳捆绑在轮椅里，还在对着急急解绳的向锦书朗朗大笑。

红丫很惭愧，水电工也被向锦书电话打到后勤处解雇了。红丫是自己走的，她说："我只要六百元工资。"

向锦书说，别急，等我找到你丈夫，让他来接你回家。你现在就打电话！向锦书把座机电话推到她面前。红丫瞥了向锦书一眼，真的叫丈夫过几天再来接她回家。她说："我要等到主家找到新保姆再走。"她说她想再白干几天活儿，弥补一下自己的过失。

向锦书说："你没有过失，这是你的本性太过爱你自己造成的结果。你绑老人，你知道她是谁吗？她是为你今天幸福和平生活的流过血的前辈！弥补？你干再多的活儿，也弥补不了什么。"

等向锦书找到了贫困县旬川的小芳，红丫真的要走了。临走，红丫对小芳说："姐，我姨人好得很，我是和家里打捶赌气出来的。不然，我会一直干下去的！"

小芳撇嘴别过脸去很不屑地笑了，她说："你才来了一个月。骗鬼呢！你造怪呢吧？是好事，你能留给我？你走就走，虚话少撇。我干是我情愿干，我需要钱。你走你的路去！"

向锦书找来旬川县的新保姆，看看身份证才知道她的大名叫贺雪芳。一个很好听，也很好看的名字。小芳说，因为秦西西府地区风头很硬就把我吹成个红脸蛋了。城里有一起干活儿的人干脆就叫我是"红富士"——一个旬川县特产的苹果品种的名字。但是，向锦书还是感觉叫小芳好，顺嘴。那首歌怎么唱来着？"村里有个姑娘叫小芳……"

晚上，贺雪芳做的第一顿饭是熬稀饭。碾细的玉米糁糁，放了一点点碱面，金灿灿的，黏糊糊的，看着就很香。小芳，四十一岁，她唤向锦书为"姐"，称呼南三军总会忽然变了腔调用半夹生的普通话为"老妈——妈——"小芳说："姐，稀饭冲脑可叫人清醒呢，你多喝些。"警察丈夫王西京本来加班说不回来的，临时任务撤销推门回来了。小芳一见向锦书丈夫王西京进门就着急了，冲口说道："哎呀，哥！我没熬你的稀饭，就三碗。"向锦书笑了，对小芳说："那还是三碗。总不是一碗吧？"向锦书说："把我这碗让出去给他。"小芳忙说："那不成！姐，谁不吃，你也不能不吃。哥，你吃我这碗。"小芳来了绝对是一种家里主人的感觉，让人亲切而且感觉可靠踏实。向锦书点头，端起碗，给小芳分了一半。

贺雪芳的勤劳是真勤劳，手脚不停。对老人护理十分细心，有条有理。晚上9点、11点和凌晨3点、5点的起夜，从来不会耽误。过去郭红丫会睡过去一两次，刘大禾年纪大会犯困，向锦书已经习惯到点还是自己起来帮上一把。毕竟自家老人的习惯还是比她们外来人更熟悉些。

但是小芳不让，总催向锦书说："姐，你去睡。这是我该做的事。"

到了半夜，向锦书在看书或者在电脑上打字，小芳处理好南三军的事，就开始为向锦书做夜宵：或者三个饺子、两个元宵，或者一筷子细面条卧上两个荷包蛋，汤里漂着葱花碎末。每一次都令人欣喜，令人意外，令人惊讶。每一碗夜宵都是精心调做，汤水清爽，颜色光鲜，味道地道，干干净净的，吃得人很舒服，很愉快。向锦书不睡，小芳她也不睡。她很喜爱绣鞋垫，尤其是秦西中部流行的鲜艳的十字绣。花样翻新，很有创意，也很好看。向锦书说："我还是喜欢老式朴素的蓝底白线的袜垫。"贺雪芳会批判道："错！姐，新生活了，不一样了。"

小芳是个有生活观念的人，还很坚持新的观念。有时小芳也拆卸家里的旧衣布头打鞋袼褙，纳些大小不同的鞋底，做几双黑布鞋。陪向锦书熬夜熬眼。可是第二天向锦书起床时，小芳早已起床，家里已经在向锦书习惯的通风中，迎接新的朝阳，一切都是亮晶晶的。小芳从不串门，从不与院子里的人乱搭话，不观察与向锦书家无关的一切人和事。向锦书看见她，就会想到"忠诚""健康"和"精干"。

周末，依然是要了却保姆贺雪芳的思乡之苦。全家开车不是春游，就是夏游，秋游，冬游。一路上，只要是回家，贺雪芳就很兴奋。

她是个秦西西北部最偏僻的贫困县旬川的乡女。当今这一级别的贫困乡村都有世界扶贫组织资金建设到全县每个村庄的长途公共汽车站，一村一座，在黄土高坡上非常醒目，蓝顶白墙，精巧美观，功能齐全。有售票小屋，有可以避雨的小走廊和十人座位。

她说她原名叫何雪芬，结婚时十八岁，迁户口因为方言和表达错误，慌张中把说草头芬就误说成"芳"了。

向锦书说，"芳"挺好听的。比"芬"好，更有质感。还有歌曲"村里有个姑娘叫小芳"。贺雪芳她就笑，问："啥是质感？"向锦书说："就是内容更加丰富有艺术性的东西。""哦。"小芳的脸上就泛起两团红艳艳的红晕，灿烂得很。

贺雪芳说："就是的嘛，在乡里人家不叫我小芳的。都叫我苹果品种里的那个好名字——'红富士'。"

小芳的丈夫禾郎是位乡村戴帽小学的数学老师。向锦书第一次见到他，高大的身材，黑红的脸膛，腼腆沉稳中写给向锦书地址的字和手机号码，是那么飘逸刚劲。她夫家中兄弟三人，有一姐已出嫁。小芳的郎君禾朗排行老二，基本管事的是老大。三兄弟分家没分情，并排的新房子，便于母亲走动。整个旬川县村，环境整洁，门口都有花草栽种。南三军王西京向锦书们周末去时，家中的父母兄弟姊娌都进来聊天，帮忙做饭，陪着向锦书他们。乡亲们闻讯小芳回来，也会送来红薯、玉米、烙饼，很是热闹。

小芳好福气，有一俊儿一好女。女儿长相很俊俏，说话很有礼貌，大眼睛乌黑明亮，正在古阳市一中专读计算机专业，准备早早工作好补贴家里，供弟弟读完高中再读大学，举手投足一副大家闺秀开朗大方的风范。

儿子心气很高。向锦书问他想不想去城里学门手艺，给领导开小车。他的眼睛立刻流露出蔑视说："开车？那不就是和吆马车一样吗？我才不下作呢！"他对母亲进城伺候人显然很恼怒。对向锦书们的到来和照相一律不配合，还用冷言冷脸相抵触。

小芳说："姐，这世界就是活男人的。我，一介女子，活着都是为了他们呢。"这话叫人听了心酸。在向锦书眼里，小芳家恰恰是两个女人比两个男人强百倍。

三年下来，小芳也是老资格的保姆了，家务真是没说的。但是这三年，小芳所提出的种种要求也是很有高度，很难办的。

首先是女儿找工作，然后是儿子的高考，接着就是禾郎先生的民办教师转公办教师。向锦书说："不办公办教师你老汉他还能干啥？"小芳黯然说："那就只有种地育果子。他心能甘？总要一步拾翻到位才好。"

你得一件一件去办理。这全是大事难事。但是为了老母亲的生活，向锦书全家竭尽全力。小芳女儿，去城里当上企业的打字员。小芳儿子，去西京体院争取招考文体特长大学生，文化课就120分录取线，结果他是数学只考了18分。700满分连120都没过，向锦书很愕然。这样代课的数学教师父亲还能转公办教师吗？这要耽误多少乡村子弟？当向锦书在行政学院同桌的县长同学催问向锦书，禾朗民办教师转公办这事

282

有进展了，你还办吗？向锦书沉默良久无言以对。向锦书说："你就别给办了吧。"

小芳的先生禾郎只差一步，公办教师没有批下来。对小芳的儿子向锦书问过他是否还要补习一年再考？他断然摇头，坚决地去西京建材市场学做玻璃工匠，后又转行无数。最后一次见他，他才说："他心里还是很想上大学的，就是想上阿姨你带我去的那所体育大学。"社会，让他明白了生活的艰难和不易，学历对人生的重要。悔不当初没有用心读书！

贺雪芳要走了。她说丈夫禾郎没有转换成公办教师，一急就得了糖尿病，眼睛一阵失明一阵模糊的。她要回去好好照顾他了。小芳说："不然，没了老汉，咱还活着有个啥劲儿呢？"

临走她给向锦书九枚袁大头的银圆和一床三新红缎白里子又暄又暖的十斤花棉被，说是报答向锦书对她家过去的所有帮助，这是她从娘家带来的两件陪嫁，要向锦书一定要收下。她说她知道办事要花大钱，这仅仅只能是个心意。许多感激，钱财物只是代表一种心意。

隔三岔五贺雪芳她还是有电话来问候一下母亲南三军。小芳的声音永远是那么亲切地叫南三军"老妈——妈——"时，还是会忽然变调用半夹生的普通话。这声音让向锦书感动得颤抖。向锦书知道，只要母亲的生命还活在大地上，这声音就将会一直伴随在向锦书的耳畔呼唤。

小芳，一个西北高原上美丽的红富士。

贺雪芳，一个多么好听纯洁的名字。

向锦书常想，不是许多人总会遇见好人，而是你总是用好示人时，人就会对你好；你用恶对人时，人就会对你恶。生活是面镜子，对人的态度，显现的是你的心地和素质。

50

春天过后，向锦书花了五十元去艺术路区人力劳动中心登记，寻找新保姆。农民工进城管理升级了。那里的工作人员很重视，不厌其烦地领来了一群人让向锦书挑选。向锦书是每天试用一下就送回去，试用了七八个均不满意。人力劳动中心很好，说，这五十元可以管一年呢，一定要找到你满意的保姆为止。单位的人还在开玩笑说向锦书，唉，你曾经也是如意花一朵，人见人爱的"立格楞"。现在可是不行了。女人五十炉灰渣，虚、胖、黄、亮、肿的，别再花钱找个二奶回家来，结果再把自己扫地出门了，要警惕呀！

那几天就都这样度过的——下班去领个人回家，把昨天向锦书不满意或者她嫌侍奉老人脏累的送回中心，再领新人回家。给她洗澡更衣，做饭吃饭，安顿床铺同时辅导一下照顾老人晚上起夜晚 9 点、11 点和凌晨 3 点、5 点等该注意冷暖的事宜，然后就在二十层阳台上观看西京夜景，用洗衣机洗她给南三军换下来的衣裤。天天如此，一连八天都是这样。照顾母亲南三军起夜基本是由向锦书来做的。向锦书认为，如果保姆可以长期干，以后自然也会这样干。付给保姆的工资也就变成按天计算的数字，二十元一天。几乎所有的保姆走时都很不好意思，她们的话综合起来说就是，管吃管住，给的钱太多了，不能要钱了。但向锦书还是坚持要给。谁出门在外找生活，都很不容易。

这天是周末，向锦书早上照样去区人力劳动中心转转，区人力劳动中心外面还有许多农民工不进市场在街上游荡。他们想找工作，又不想交场地费，这样乌泱泱人群在街上滞留，很影响街道秩序。赶劳务早市的人潮被市容管理人员干预着，呼啦一下四下散去。

这时有两个农村妇女大咧咧地迎面走来，其中一个微胖的浓眉大眼的壮实者说："我走我的路，他们凭什么赶我走？走路还挑人吗？等撞着了我挡了我，再说。"向锦书停下来问："大姐，你们找工作，你们俩谁愿意到我家来当保姆？"

秀气高挑的乡村妇女一愣，开始东张西望，有些犹豫。而壮实浓眉大眼者则很坚决地说："我愿意！"向锦书讲了老人的情况，讲了这几天向锦书频繁换人烦心头痛的日子。浓眉大眼的壮实者捂着肚子哈哈大笑了说："还有这事呢。我不怕，瘫痪成植物人我也不怕。我老汉那个死鬼就给我平瘫下了七年，今年头上刚走。大姐，我一看，你就是个好人。"浓眉大眼的壮实者大大方方地自我介绍说："我叫余养玲，三十八岁。2月份刚刚丧偶，家里还有两个女儿，十七岁红鱼上中专学电脑，八岁雨鱼读小学是个三好学生。今天我没有带来新换的身份证，所以进不了劳务市场，但是我会叫老乡回去取来交给你的。"

向锦书说："行。月工资讲好，六百元一个月，日工资二十元一天。如果你回家探望要带着老太太走，那就是八百元工资一个月，日工资二十五元一天。"余养玲眼睛一亮。嘿嘿嘿地笑着说："能成么！可以回家六百都行咧！回屋里的吃喝都是现成自己家地里长的，还论什么钱呢。回家，舒心最好。"

五十元钱，还在区人力劳动中心那里生效一年。有养玲在，向锦书也再没有什么可担心的了。八十五岁的老母亲可以走动，夜里只要将她抱坐在马桶上就会自己方便。养玲克服了七年艰苦困难，一边带着刚出世的老二女子雨鱼一边伺候丈夫的经历，使她在向锦书家当保姆变得从容不迫。不久，她的身份证送来了，是新一代身份证，家住在离城里只有十公里路的终南山县丰收村一组。

向锦书到家后安排保姆干什么活儿，养玲总是很茫然地问道："我该干什么？"向锦书说："别让老太太摔倒就可以了。再就是晚上多次的起夜可就太辛苦了。"但是你不要求，养玲她偏要干。做饭，搞卫生，洗衣服，扶老太太走路……力所能及的都干。

晚上起夜，向锦书也就是告诉她时间，然后就是自己按时起来看看，一次，两次，三次；一天，两天，三天。余养玲就愧疚地说："姐呀，你半夜不要起来了，这应该是我来干的事儿。"以后，向锦书就再没有操心过母亲的起夜。养玲敢于担当的个性，让向锦书很欣慰。

五个月以后的一天，余养玲提出来，很想带老太太回家去住一段时间看看。向锦书一家也想看看余养玲的家。向锦书王西京就从城里出发，向南走，一路金秋景色，风光很好。周末有许多进山游玩的车辆，共四十分钟车程，他们走了快两个小时才到达了有水有山的丰收村。

养玲那八岁的二女子雨鱼正跨在小院的门槛上，用手指卷着脖子上挂着的钥匙新奇地张望着停在她家门口的小汽车。养玲下车喊了一声："雨鱼！是妈回家咧。"小姑娘喜出望外，一蹦三跳就"妈呀！"一声叫着，立刻扑上来环住她日思夜想挂念的妈妈。如果不是生活难，谁会就让这么小从来就没有离开过娘的孩子独自在家。

养玲的家真是穷破。一间孤零零的旧式土墙瓦房，在新屋林立的村子里显得非常突兀可怜。但是屋里地面干净，被褥整齐，有一台九英寸飞跃牌黑白电视机，有两台崭新的缝纫机。余养玲说，那时候，老汉瘫痪不能出门，她就给人踏被褥，做衣服，赚些生活费用。土墙上挂满了二女雨鱼三好学生的奖状，有两三个在门口观望的小朋友叫雨鱼为"班长"。雨鱼的姐姐红鱼十八岁，中专刚刚毕业闲在家里带着妹妹，对向锦书一家的到来满脸木然，没有表情，仿佛这些人都是土地天空，并不新鲜，与己无关。但是，脸如玉盘很纯洁天真活泼的小雨鱼还是告诉向锦书说："姐姐是我的偶像！"

向锦书把妈妈南三军留在这里，养玲保证说，她会好好对待妈妈。村里人也来说，你们放心，养玲自嫁到我们村里来就没有对三岁的娃娃大过声。下放过，插队过的向锦书和王西京与村民有着天然的情感，很放心地走了，也带走了余养玲的大女子红鱼。向锦书答应余养玲，要在城里给红鱼找个临时工作。让养玲带好妈妈南三军，还要让离不开妈妈的二女子雨鱼健康长大。

回来的路上，向锦书夫妻开始商量想帮助养玲建座新房子，起码要和邻居们一样有同步的居住水准。为了向锦书的母亲，也为了让好心负责的养玲一家对生活充满新的希望。

红鱼到西京后，工作立刻就有了着落。在一个公司干出纳兼勤杂事务，一月八百元，还管吃管住。等向锦书再见到红鱼时，她红红的脸上眼里都散发着灵动神采的光芒。向锦书才发现原来红鱼的皮肤很白，模样还很秀气，是个很耐看的一个姑娘。她的长发稍上夹着指甲盖子那么小巧的红、蓝、黄、白色晶莹透亮的几只蝴蝶卡子，让乌黑的发质变得生机勃勃。不久，这个单位的保安队长，一个身高一米八六的帅小伙子与她谈起恋爱，后来就在城里安了家，结婚后一连生了两个儿子。

养玲家的新房子，在向锦书和王西京的筹划帮助鼓励下，冬天就落成了。四间大房子，只有一间向南充满阳光，养玲让向锦书妈妈南三军住进去，说是心里实在很感谢。向锦书说："这就是你的工资预付，你应该谢谢你自己。"

过年的时候，九十一岁的老爸爸向红旗已经被向和平接到家里照顾。向红旗想看看老伴儿南三军，向锦书就把妈妈送过去。老两口团聚在一起，健健康康的。吴粉娥就是不住地夸赞自己是如何如何无微不至地照顾老爸爸向红旗的。说到激动时候看还没有人表扬她，就会流露出老爸爸不讲卫生云云琐事。吴粉娥她会说："爸爸吐痰一只眼睛看不见，就在痰盂上面瞄准，可是一吐两不吐就把黏痰甩在了刚刚粉刷好的白墙上，擦也擦不干净！"

"然后呢？"向锦书看着吴粉娥问。

"然后我就请他老人家去厕所吐呀！可是他还是会吐在马桶圈上面。害得我经常会沾上一屁股黏痰啊！"

向锦书气愤地说："哦，这么讲，我爸爸的嘴是没有你的屁股金贵啰？！你不会拿个带盖子的大缸子让他吐？何至于经常屁股沾痰？！你为老人没有动过脑筋吗？"

"啊！"吴粉娥大哭大叫："向和平，你管管你妹妹啊！她在欺负我啊！"

哥哥向和平无动于衷，只是紧紧地皱起眉头。

向红旗则举起手杖要打吴粉娥。自从吴粉娥走进家门，就没有一个春节她不哭闹不叫冤的。她，永远有委屈，永远有不满，永远有人待她不平等！两个妹妹都不尊重她！她不想活了！患心脏病了！乳腺增生了！还时不时想起许多不愉快，一会儿寄信到公安局，一会儿寄信到体育局去申诉。错别字满篇。

那四天是哥哥向和平一家负责照顾老妈妈南三军，但还是在凌晨尿湿了衣裤和床被。单单屎尿这一点，向锦书都会感激余养玲能做好，做好这一点是多么的不容易，何况经年累月。向锦书、王西京什么时候开车过去看望妈妈南三军，床上身上都是干干净净的，屋里没有一点气味儿。

再到来年开春后，一个叫郝武道的精壮端正的中年男人走进了养玲的生活，余养玲很快就同他领取了结婚证。

向锦书才发现，郝武道就是邻村一直帮助养玲家盖房子挖井的人。他还是个村民小组长，人很厚道，已经有两个二十二岁、二十八岁已经结了婚的儿子。养玲总抽空给向锦书讲他们之间好笑的事情，像武道喝醉了酒翻墙进来让养玲推出门去呀，讲他喝醉酒就在房顶上昏头跳脚地乱骂人呀，讲他在城里开摩的收回来的旧家具，大沙发，大镜子……很有趣。

养玲家的二女子雨鱼是个很让人心疼的女孩子。向锦书单位老干处的人来看妈妈南三军的时候都很喜欢她，与她合影。向锦书多次要带她回西京玩玩，她都坚决不去。向锦书的妈妈看见雨鱼会开心地大笑，会对她讲向锦书听不懂的话，还贴着雨鱼的小脸亲来亲去的。如果雨鱼喂饭，妈妈南三军会吃得很安静。老人和儿童是天然的伙伴。

夏天，向锦书到养玲家看妈妈，可以在自留地里干些农活儿，采摘一些新鲜的蔬菜，看树林里各种野鸟振翅飞翔，看终南山塬坝沟的大小红黄樱桃成熟闪亮，在家中三米深的水井里打清水喝，很甘甜，很清爽。因为妈妈，因为养玲，向锦书在终南山农村又有了一个新家。回到丰收村里，村里的人们会很自然地打招呼说，"哦，你回来了！看妈来了！"现在许多城里人周末都要驱车去终南山里住民宿品尝农家乐，而向锦书和王西京回养玲家就有农家乐，就有亲情乐趣无边。

余养玲在她家新房子的大红铁门门楣上挂的字是"天赐百福"。还在大门台阶上刻着四个足球图案。向锦书问她为什么刻足球？她说："姐，你不就是在省城里球类项目中心干事情的吗？还有些啥球我也想不来了，就足球熟悉。你回到家来踏门，看着足球不就亲切嘛！"

　　2008年，父亲向红旗九十三岁，周末全家吃完午饭，走回自己房间午睡时，在梦中去世了，无疾而终。他的骨灰盒送进了西京市烈士陵园。

　　养玲说："姐呀，你们就别回城里过年了。"2009年，向锦书一家就是在养玲家过的春节。小汽车已经可以开进养玲家的大院子。屋里安装了小锅炉暖气墙。秋天晒着一房顶的粮食，向锦书回家可以在房顶上与余养玲和邻居们一起搓玉米。

　　向锦书站在养玲家房顶四处一望，秦岭终南山入画卷而来，闻着飘荡着麦香的袅袅炊烟，这感觉就是向锦书向往的家的味道。妈妈在哪里，向锦书的家就在哪里。向锦书和保姆养玲家已经在生活中融合，是亲亲的一家人。她们谁也离不开谁，谁看谁，都是亲人。

　　八年来，母亲的医疗费没有超过三万元，除胆结石是十年前就有的老病，各项指标都在正常范围内。三年前，去养玲家时，向锦书母亲头发已经雪白，令人惊奇的是，后来在发根还长出了密密的一片灰黑头发。

　　八年来，省体育局家属院里有诸多老人瘫痪、去世。唯有已经八十九岁的老妈妈南三军在2009年的春节，还可以从养玲家那间阳光灿烂的南屋房间走出来，站立在红漆门台阶前，仰望高高挂着的两盏火红的大灯笼，发出会心的微笑，那表情绝对就是个健康慈祥美丽如仙的长者，怎么也看不出已患病多年。二女子雨鱼也上了护士学校，在学校就签订了西京私立的南方妇女儿童医院合同，以后的工作也有了着落。

　　这八年，向锦书一家努力上学和工作。儿子王一十考中专，考北京的大学，毕业后又考公务员，如今已经工作。丈夫王西京一路升职。向锦书去北京进修，回单位工作，美好的心情带来美好的文学作品……全家人从来没有因为家务拖累耽误过什么。更重要的是心情，老人健康了，就是向锦书晚辈们的幸福。这些，都是几位农村保姆的巨大功劳。

2010 年腊月二十五，九十岁的南三军不吃不喝住进了医院，腊月二十九凌晨去世。秦西省体育局党委全体领导班子成员，特别是一把手，带着儿子来灵堂吊唁。大年初一又带着一班人在火葬场召开告别会，党办同志送来党旗覆盖在骨灰盒上，一行人一直将她送入烈士陵园，与向红旗合墓。新来的一把手说："我们今天的过年，都是由这些革命先辈流血牺牲换来的！大年初一，我们当然要来送送革命的老前辈！"

最让人们感动的还是余养玲一家人。腊月二十八，余养玲已经回家过年。向和平对向锦书说："过年就让保姆回去团聚，由咱们两家和向湖光一起轮流来照看老人。"但是第二天，养玲听到南三军去世的消息，还是拉着两个女儿前来吊唁。一进灵堂，母女三人就长跪在灵前不起。两天两夜，直到出殡火化的大年初一。她们相处也就是七八年的情感，到底能有多深？那是人良心的淳厚，民风民俗的教育，与时间无关。

51

2020 年 5 月的一天，向锦书手机里的微信就不断嘟一声嘟一声地显示信息说，这一天是国际家庭日。向锦书躺在床上心里想，我真是太封闭孤陋寡闻了，什么时候还有了一个国际家庭日？

翻身坐起来上网一查才知道，1989 年底第四十四届联合国大会通过一项决议，宣布 1994 年为国际家庭年。1993 年纽约特别会议定为从 1994 年起，每年 5 月 15 日为国际家庭日（International Day of Families），以此提高各国政府和公众对于家庭问题的认识，促进家庭和睦、幸福和进步。

向锦书心想：对于家庭，六十五岁的我还是有许多心得的。比如找对象，其实是找自己。如果你有底气不靠人就能活下去，还可以给别人福利，你就去结婚。结婚可不是找一个比你强的人，而是找一个你可以照顾关照好他的人。这种日子，一天天过下去，不会太差。向锦书在一天的家务里都想自己的生活，从一个人，两个人，三个人，再到四个人，六个人。照顾生养我们的人，再照顾我们生养的人。日子的变化，丰富，艰难，交流，共度，快乐……

年初的新冠病毒疫情开始缓解，这次疫情让全家一起欢聚。最大收获就是儿媳妇罗琦俪学会了做饭。从此的一日三餐，罗琦俪会按一周来调剂早中晚、南方北方人的口味。小孙女也会搬了小板凳站在上面看母亲做饭，还会打打下手，择菜洗菜。这让向锦书无比开心舒畅。

向锦书全家老少又可以轻松地在傍晚的阳台上沐浴着夕阳余晖聊聊天，说些闲话。孙子们在玩水，浇完花草，喂完鸟儿鱼儿，儿媳妇罗琦俪在洗衣机前几次弯腰站直蹲下调试上下滚筒里的衣裤袜儿们，最后坐在小板凳上洗一堆全家人换下来的鞋子……在夕阳里向锦书望着王一十，她的儿媳妇罗琦俪，算算这个罗琦俪进老王家也已经有十二个年头了。

儿子王一十在北京读大学暑假时陪外地同学上华山。两条少年好汉遇见两朵鲜花少女，于是一人牵一只手拉拉拽拽地爬上两千多米的华山主峰，开始往南峰走是一路歌唱跳舞，欢声笑语，在山上住了一宿。晚上回家吃饭，说好老王一家三口约在艺术路"五羊饭庄"，主吃一道大瓦盆的素三鲜老鸹䐈烩面汤——这是秦西一种特色面食，用面片扯的疙瘩汤，里面有龟汤鸡汤肉汤吊着味儿，加了木耳，黄花菜，鸡蛋，葱花儿。饭食次要，见面主要。那天向锦书的儿子留着一头过了耳朵的黄头发，一米八六的体魄，拉着一个女孩进来，说她叫罗琦俪，河北人。女孩子倒是很漂亮，长眉圆眼，一身牛仔衣裤，马尾辫，白白净净，一米七二的细高个子，干净利落。秦北人，河北人，向锦书知道儿子是个执拗的人，家长的意见，仅供他参考而已。向锦书和王西京互相对视一眼后，没有反对。

儿子王一十是十五岁坚决离开家的。他说他要去北京读书，长知识，见世面。向锦书就想起出差去黄山看见徽州有个对男孩子的民间习俗：十三四岁，往出一丢！你以后有出息回来光宗耀祖，没脸回来就在外漂泊永远不再归来。老王全家回秦北安德让儿子认认老家，路过黄河边的嘉县有神奇传说的白云观就顺手为儿子王一十抽了一签。儿子卦上讲的第一句话就是——鸟十四，跃山林，朝东飞……向锦书王西京只能任由初中毕业的儿子王一十自己选择。

王一十考试通过，去北京上了一所体育住宿中专。向锦书陪同儿子去北京报到，在火车上与一位宋姓乘警拉上关系，说好了从此以后每逢寒暑假，都可以电话直接找宋乘警，让孩子先上车再补票。

而王一十的爸爸王西京像个淋透雨的人，在火车站月台上，汗湿发型倒，泪流满面。看来每一个男人对儿子的远走与女儿的出嫁，都是一道心坎里的痛。

从此，儿子王一十开始了他在校园里的地下少年战争。先是在宿舍里打，然后是与隔壁邻舍打，再班与班打，级与级有跨度地打，最后发展到跨过年级的抱团混打……一直在学校监管看不见的地方打打打，打了无数无数的架，直到王一十从体育中专毕业，他地下的少年战争才算结束。其间王一十他也没头没脑地问过妈妈向锦书："我如果打不过一些同学怎么办？"

向锦书告诉过儿子有两种方法：一是用身体硬实力自己打；二是用头脑软实力让厉害的人去打。但是学习，一定不能落课，一堂也不行。哪怕课堂只有一个学生，那也应该是你。

在生活上，向锦书每个月只给儿子王一十五百元生活费。他正在长身体不够吃，就联合了四五个云南、贵州、江西、宁夏、甘肃等偏远贫困地区的同学去东北小饭店包饭吃。每顿四菜一汤，米饭面条馒头管够，有时候老板娘看孩子们菜不够也会很善良地添上一些。

儿子王一十和困难同学们得空也会去东北小饭店帮帮厨，搞搞卫生，给老板跑跑腿儿，逢年过节也会回到西京市买些喜气的红绳同心结和对联带过去送给老板。临走还会专门去西街附近的回民坊上买一些柿子饼，腊牛羊肉，烧鸡，成箱的方便牛羊肉泡馍，带回去送给东北小饭店老板、同学和老师。

遇到节日或者星期六、星期日，他也会在北京同学的介绍下，去剧组当当临时工、群众演员，混个盒饭零钱什么的。

钱再不够就租用同室同学的电脑柜子、衣帽柜，在晚上10点熄灯以后，开始在自己床铺上开了个夜间小卖铺——出售卤蛋，豆腐干，榨菜，方便面，饼干，香烟，打火机，蚊香，饮料，卫生纸，餐巾纸……

儿子王一十的生活在自力更生中开始有了富裕的经费。离开父母时他才是一米六八牛犊少年，三年转眼已经是一米八六高的靓仔青年。

向锦书也去学校问过教导处老师们王一十的在校情况。老师说："你儿子王一十除了爱留长头发染成黄色红色蓝色……言称就是被学校开除也坚决不剪不换颜色以外，学习嘛还是全校公认最认真的。有时候英语课就是他一个学生在上课。代课老师、年级同学、班主任都很喜欢他，是个很有个性很可爱的好孩子！"

2004年高考，王一十中专毕业，他决定报考北京体育大学。

高考那几天，北京各个大学门外的宾馆旅店民宿都告急爆满。钟大海就邀请她们母子住进自己在校园内很小的一室一厅。钟大海对向锦书说："我正在考博士，研究生院有我住的地方。你们不用管其他的事儿，就安心住下。"

高考那三天，王一十坚决不让向锦书像那些家长一样在考场门口守候。他说："高考是我自己的事，我自己会去！外面天气太热，你在这里等我就好。"

住宿在钟大海老师家里。向锦书感觉还是很不好意思。拿出三千元塞给钟大海，钟老师坚决不收。他说："我收了，那就是狗性！您别看不起人！"

曹维康教授得知向锦书的儿子来考他们北京体育大学，分外高兴，在家里与淞市老伴儿一起做了几样南方小菜请向锦书吃饭。并建议孩子王一十可以报考他和钟大海当班主任的两个国际足球裁判班。这让向锦书很意外。没有想到自己的一个工作建议，居然让儿子成为学习的专业。曹维康教授说，孩子周末就可以来我家里吃饭的，我和他师母可以给他做豆皮结红烧肉，炖牛尾汤。向锦书彻底被感动了。还有什么让一位母亲觉得，自己的孩子在异地有可靠的人照顾更让人温暖可心的事情呢！

聊聊天，向锦书才知道曹维康的经历。他原来是东南交通大学电气专业大学生。因为百米速度总是第一名，参加了全国第二届新兴运动会，取得短跑冠军成绩。分配在北京体育大学足球教研室工作。对于足球，他是理论专家，并不是运动员出身。这个教研室有很好的教育传承，一代一代留校教师都很优秀。像他的老师钟大海，东山人，父母都是科技工作者。有个年长他十岁的大哥，是东山电视台的机械管理总工程师，大嫂是东山大学人文学院副教授确，家教非常好。在校期间，钟大海业余时间喜欢客串足球裁判，增强实战经验。教研室一致同意让他留校。他不爱说话，但心里很有数。这一不留神，也是天赋异禀使然，居然让他一步步从足球二级、一级、国家级、国际级裁判，最后登上了中国年度金哨的高峰。钟大海已经是他们足球教研室的中坚力量，还在考博，已是亚洲足联注册的国际级裁判。他的生活里基本没有业余时间，去的都是男人堆，钟大海的爱人因为不能生育就坚决地与他离了婚。一定要让他有后。这让钟大海在生活中很难过，至今还没有女朋友。工作有目标，不懈追求，是好，但是生活更应该好，不能总是无代价地付出。

感动、感慨。向锦书只能在孩子考试期间，把钟大海这个单身男人的一室一厅小家庭简单收拾干净。该换的窗帘被单沙发罩碗筷杯子茶具，该洗该拆的厚被子薄被子，该买的日用品，特别是卫生间发黄顾不上刷洗的四壁亮出光洁的原貌。

她还叫来在北京打拼的葛韵来与钟大海接触接触。可是，他们俩讲话互相叫对方都是，"哎！那个谁，你！""干妈的干女儿，请你……""哎！你你你，干妈的干儿子，请你……"他们俩根本就不来电。兴致不高，相去甚远。

在钟大海老师卧室，向锦书忽然看见了儿子的四个大塑料收纳箱摞在大衣柜旁。儿子说，这几年在北京，我都是在钟老师家里度过的周末。到他家里洗澡，四季衣服被褥放在这里换洗比较方便。周末节假日钟老师回家出差有比赛任务，就会把家里钥匙交给我，让我在他家里可以轻轻松松地上上网，安安静静地复习学习，看电视，有个自由自在的独立空间。

在整理抽屉时，向锦书还看见班主任钟大海老师的工作证、身份证、水电气卡、人民币、美元、欧元、港币和饭票都乱七八糟地散落在抽屉里。向锦书摇头自言自语地感慨，他对我们可真是放心啊！向锦书去便利店买了一小捆橡皮筋，一样一样整理，分类捆好，又用年画纸折叠了一个红色钱包，把散乱的钱分层放进去。

向锦书还买了些面包，鸡蛋，啤酒，牛奶，鱼子酱，凤尾鱼、带鱼罐头，哈尔滨红肠……都放在冰箱里，每顿饭都要召唤一声钟大海，快点回家吃饭吧！

小钟老师经常是打开家门腼腆地站在那里拧着帽子说："向大姐，

这里好像已经不是我的家了，你们走后，我可怎么办？"

向锦书说："进来吃饭！我以后当然会经常来北京给你做保洁、做饭的！"

"从西京到北京来回飞机要上千路费。你真的会来吗？"钟大海老师很惊讶，很认真。

"钱，算什么？许多东西用钱也买不到！快进来吃饭吧。"向锦书已经完全是主人翁老太太对待自己家孩子的模样与口气。

儿子王一十这四年大学到底过得怎么样？谁在他的成长中起了模范带动作用。作为母亲，向锦书对曹维康教授、钟大海的感激之情，又怎能用钱财路程时间来度量？

王一十的大学考试成绩非常好！六十名入选国际裁判班的学生中，他的专业分数和毕业考分数加在一起名列第六位，英语居然还是满分。

向锦书要离开北京的时候举办了一个答谢宴。在北京的朋友——林天峰和已经从国外回来的妻子彩云、孩子林点点，费锦皓和费家大侄子，鲍利丰、葛韵、钟大海、曹维康都来了。

曹维康在答谢宴上说："是好人，才会遇见好人。小向啊，你不要总是感谢我们，你应该首先感谢你自己。王一十在北京，有我们这么多朋友，你还担心什么呢？！"

作为母亲，向锦书很欣慰地在想：我是不用再担心什么的了！有你们在我的孩子身边，就和我在是一样一样的。

林点点已经十八岁，出落得很阳光漂亮。刚刚在北京农业大学读土壤专业，是北京奥运会志愿者。她对钟大海很有敬佩感，这让向锦书和葛韵都吓了一大跳。这十几岁的年龄，是怎么跨越的？

上了大学不久，曹维康教授的电话就不断地打来。他说："你家王一十参加了学校里的春芽话剧社，在一部剧里当男主角了。"这更是大大惊讶了向锦书，不知道儿子还有这个天赋。曹教授说："你家王一十在与各系女生谈恋爱，频频更换女朋友。有一名中学女同学从西京为了他考到北京来找他，还被他拒绝了。"曹教授还说："王一十的小平头发型，剪成寸发了。"后来，等曹教授再来电话说："王一十已经加入中国共产党，成为光荣的预备党员。"

296

向锦书和王西京在家里议论，毕竟儿子八年异地生活，新时代造就的青年人，他们都不认识自己的儿子了。只有强大的红色遗传，长江黄河的中国力量在这里很自然地汇合了。王一十，已经是党的孩子，向锦书、王西京甚是欣慰，彻底放心了。

52

　　王一十大二的暑假，罗琦俪来到二老面前。说心里话，对于相貌是否漂亮，向锦书和王西京是不怎么看重的，但对于能力与前景他们从罗琦俪的身上也实在是看不出来。她只是一个大专毕业生，当然学历不能证明什么，但是感觉她不是思维混乱，就是记忆力不太好，要么就是志向不够高远。否则如今大专生也可以专升本、本转研，再考个博士也就是个决心、志向、时间的问题。

　　向锦书当年结婚时她父母南三军和向红旗就坚决不同意。楼下迎亲的队伍敲敲打打一上楼来敲门砸门要红包还没有几下子，向锦书就自己一把拉开大门走了。

　　向锦书结婚连件红衣服都没有穿上。父亲向红旗给坚决出门的向锦书背后甩了一句话就是：以后这个娘家就没有你的床了！你要好自为之。

　　很久，向锦书与娘家父母亲都不太来往，仅仅是大年初二回家吃个饭就返回公婆家里。现在，向锦书即使再不满意，也不想扫了孩子们热恋中的兴致。

　　向锦书咬着牙根在想："我要相信自己的遗传，我们要相信自己孩子的眼光。"

　　罗琦俪大专毕业后在西京最繁华的东街开了一家青春潮流时装店。

她先是当营业员，后是变成合伙人，最后开始独立营业。儿子王一十大三开始就关闭了床上小卖铺，专心读书。罗琦俪成为王一十的女朋友后就每个月给他寄一千元生活费，直到王一十大学毕业。

2008年，刚刚大学毕业时，王一十应聘上中国人寿保险公司总经理助理的职位，那时候传说一个北京户口是要七万元人民币的，还要等着排队十年以后才能上户口。但是为了罗琦俪，王一十居然又报考一次秦西省国家公务员，回到西京市参加了工作。

儿子归来当然好！但是，为了一个大专商妇罗琦俪，向锦书不知道儿子此举是不是真的值得，真的好。

向锦书也不太放心那个未来的儿媳妇。她的生意能不能养活他们自己。没有铁饭碗，终是不踏实。向锦书就常常上街买菜转来转去看看罗琦俪的商铺。

时尚的店面招摇得很，一色的青春人等，人来人往的，看起来生意不错。店门口摆着一个摊子，五十元一百元一件过时的服装衣裙，路过的行人们随手挑挑拣拣，也是眨眼间在十件八件地走着货。

女孩子罗琦俪对未来婆婆向锦书的到来并不惊讶。平静地去街边冷饮店给向锦书买上一大杯冰镇饮料，说："阿姨，您喝点饮料。"

向锦书吸了一口，问问饮料价钱，三十八元。向锦书顿时感觉太凉就不喝了。向锦书说："三十八元啊？不喝浪费，喝了我会胃疼。"

罗琦俪就说："没关系，阿姨，我喝！不会浪费的。"说完就拿起大杯子对着吸管喝起来。一点也不嫌弃向锦书吸过的口水痕迹。

罗琦俪来到家里，很敬重王一十的爷爷奶奶。捶背，按摩，洗碗，洗脚，毫不见外。罗琦俪来到家里以后，向锦书就再也没有给婆婆雒窗花洗过澡了。王一十的奶奶雒窗花说，有罗琦俪、王一十照顾她，比向锦书这一辈人更细心更贴心更舒服。奶奶爱孙儿媳妇，已经大大超过了向锦书她们妯娌。

王一十、罗琦俪的恋爱一谈就是六年。两个孩子倒是和和气气，商商量量，感情融洽。两个人设了三张卡，每个月王一十进公卡账一千五百元，罗琦俪进公卡账一千元，其余自己的卡自己花。等攒到十八万了，向锦书、王西京就给孩子们补齐了二十万，王一十和罗琦俪他们的年轻朋友们一人包一个凉菜或者热菜，向锦书、王西京包了酒水，王一十和罗琦俪就在向锦书机关的食堂里摆了十桌饭，最后送新娘子到向锦书单位分配的福利旧房子里结婚成家了。向锦书和王西京则搬回到公公婆婆家住，以便照顾老人。

不久，罗琦俪怀孕，流产，再怀孕，再流产……后来干脆怀不上了。亲家母梁小水是来来回回三番五次地从汉山市来西京市照顾着。原来罗琦俪是 O 型血，王一十是 AB 型血，他们在恋爱时，曾经私自做过一次人工流产。溶血本来就难怀孕，流过产就更难怀，加上一侧的输卵管在街边私人诊所里做人流时给粘连了。女孩子为了美丽耍苗条，冬天光着大腿穿大衣还是很凉，甲亢忽高忽低飘忽不定。罗琦俪一米七二的身高，体重还不足九十斤，皮包骨头人瘦宫寒……每次王一十带着罗琦俪去妇科检查归来，都是一篇篇惨不忍睹的病例，噩耗。

向锦书的心在儿子婚后的六年中起起落落，比宫寒更凉，都到了冰箱冷冻室了！儿子王一十的老爸王西京有遗传性高血压，向锦书是南方人，典型的低血压，还不到六十岁的老两口就日日昏昏沉沉的，王一十的爷爷奶奶盼重孙子，更是唉声叹气。王家的前景，一片黑暗。

王一十已经开始上网浏览福利院信息，考虑抱养个孩子的事了。汽车也选择了只能坐两个人的"甲壳虫"，好像准备要过丁克的日子了。

这真是，大地啊！苍天啊！向锦书难过极了，决心和罗琦俪谈谈。向锦书说："我家养你到老，你让王一十再娶一个能生养的女孩子吧。我王家的长子，长孙，可万万不能断了香火啊！"

不管向锦书说的话多么难听，罗琦俪的表情都是完全听不到的样子，她很平静，完全没有要回答向锦书问话的意思。罗琦俪只会很固执地说："妈，我生！我肯定是能生的！"

以后的日子，就是王一十在西京市东西南北的寻医找药，节假日就去郊区、去各区县，走遍全秦西省去拜访神医民间偏方，日子都奔波在求子的征途上。向锦书每次看着罗琦俪精神抖擞，拼命吃饭增肥，提着一串串中药袋子像提着喜气洋洋的一串串红灯笼，满世界进进出出，天天熬药喝，让家里飘荡着苦涩的味道……向锦书总是悲从中来。这一喝两年又过去了。王一十的媳妇罗琦俪，肚子还是没有一点动静。

到了王一十三十岁时，儿媳妇罗琦俪宣告怀上了孩子。儿子王一十兴冲冲地来告诉向锦书时，向锦书并不感觉那是喜讯。向锦书的感觉，就是过山车又来到一个最高顶端，可能没几天，就又是飞速下滑的晴天霹雳！那回小三小四就是对双胞胎，结果三个月就流了一个，四个月又走了一个。向锦书和王西京心疼得都得了急性心肌炎，住进医院抢救了。难道这回小五子，不，加上婚前那个不幸的孩子，这回应该是小六子了。难道小六子的命比谁都更硬吗？！

向锦书呆呆地看着来报喜的儿子王一十和罗琦俪，心里只想祈求儿媳妇干脆离婚算了。一个中药水水泡出来的娃娃，非黑即弱，未伤也残。何况那些过眼烟云的喜讯，已经让向锦书非常非常害怕听到什么又怀孕的消息了。向锦书哭了，她呜咽着："为什么，我们怀孕的那个年代里，电线杆、满街头墙上都贴的是无痛人流的小广告。而现在，满眼看到的野广告都是不孕不育有良方。我抱不上孙子也就算了，再也不想伤心伤神伤身伤寿伤情感，在熬煎的日子里让家变成中药房啊！"

也不知大喜过望，还是害怕失败。王一十的奶奶雏窗花先是一早去厕所站起来后，就突发心脏病去世了。不久王一十的爷爷王承运也查出肝癌和肺癌晚期，仅仅半年就走了。他们这对老人走时都有深深的遗憾。老爷爷王承运只是借助听诊器听到了重孙儿的胎心在咚咚咚地跳动，老奶奶雏窗花连婴儿的心跳声也没有听见过。

六个月过去后，胎儿坐稳了。罗琦俪对向锦书说："妈，这回是真的可以的了！"向锦书狠狠瞪了她一眼，转头去干别的事情了。没有到最后的时刻，谁也不敢想美梦。过了几天，罗琦俪平静地而又犹犹豫豫地告诉向锦书说，这次又是一对双胞胎！向锦书的心猛地跳起来。感觉心脏一点点地温暖起来，冷冻室渐渐进入冷藏室，冷藏室都出冰箱了，融化在自然的天地间。正常的生活，正常的情绪，才算是真正地回来了。

53

2016 年西京的第一场大雪飘得漫天轻柔。向锦书因儿媳妇罗琦俪的双胞胎即将临盆而格外担心。她在忐忑不安中打发时间，每天都是慌神地进进出出。

雪的背景如此美丽，而社区负责人姜婶穿的大衣太厚如北方红枣般圆滚滚的身体，扭着腰捧着一个不锈钢盆拦住了向锦书的路，很扫兴又令人惊讶！姜婶理直气壮地挡在向锦书面前说："你最应该交十元钱了！"

"我为什么应该？还最？"向锦书不明白。

姜婶扭腰用下巴点了一下园区草丛台阶上百只游散的野猫不紧不慢地继续："喏，它们也要过年哦。"

不锈钢盆里已有五角、一元、五元的零票子，啊，是的，快要过年了！新年就要来到！年的气息，怎么不是因为雪花飘飘，而是因为这每天见又视而不见的猫亲们让我听到了那"新年来到"的匆匆脚步声？

姜婶说，猫最有灵性了！说不定你那驾鹤仙去的父母公婆，就附在哪只猫身上天天陪伴你，关心你呢。十元，不贵的！它们也要过年。

"猫们过年就猫们过年，怎么我父母公婆就在其中了？那如果真是这样，姜婶，十元是不是也太少了？我父母在哪只猫身上？新年了，我好歹得做身寿衣让它们穿呀！"向锦书感觉很好笑。

姜婶就笑，用手背使劲捂住厚厚的嘴唇笑。夹杂着吹气声音说："那你看着办吧！"

向锦书掏出十元递给姜婶说："给你。那你可一定要给我父母买最好的猫粮，我这就去宠物店买老人家过年的衣服去。"

向锦书一边走路一边东西南北上上下下地看猫。心想，天哪！原来我父母南三军、向红旗，抑或是婆婆雒窗花、公公王承运、姑姐王玉川，就在我身边如此亲近地游荡牵挂着我的生活呢？哪双眼睛？哪只猫咪？是……是那只乌云盖雪，还是那只夜间在路灯下狐媚妖娆走一字步还频频回头对我恋恋不舍"喵——喵——"叫的黄花狸？或者是那只可爱的长毛雪团绒花、乌鸦焦炭？泪水弥漫在向锦书眼中。她赶紧看看天空，雪花飘，冰凉点点。

晚上是最难熬了。向锦书不是握着电视的遥控器选来选去，就是看看北京卫视的《生命缘》，最爱看的还是东方卫视的《生门》。那些孩子们各式各样出世的艰难险阻，险象环生，足以让向锦书对自己未来的孙子们牵肠挂肚，浮想联翩，睡不整端一个好觉。

雪停太阳升，这个晚上向锦书的梦是与父母南三军、向红旗团圆在有铁烟筒的生铁火炉边。南三军、向红旗在看着向锦书打扫卫生，贴窗花，挂小彩灯；南三军、向红旗在包大年夜的饺子。

妈妈南三军说："咱们过年南方老家的清洗除尘是从上而下，饺子包得首尾相连馅儿有缝隙留住水汽。"

爸爸向红旗说："而这里是北方，过年打扫卫生要由里向外，饺子讲究皮儿紧紧地一挤讲究又鼓又圆。"他还对向锦书说："那些曾经的眉高眼低，鼻嘴胡拧次，出手不出脚，出脚还绊人的所有同事故旧亲戚朋友们，你也都看在一室办公、一锅搅勺、一血脉一骨肉的分上，连同卫生一起过去，一笑泯恩仇了吧。"

突然，电话铃声急促在向锦书耳边响起，向锦书从梦中惊醒，一看表，是凌晨4点。是儿媳妇罗琦俪的声音："妈，妈呀！我破水了！"

啊！向锦书拿上早已准备好的钱包就冲下高层，儿子和儿媳妇已经在小小的"甲壳虫"里坐好了。儿子王一十说："妈，你打的士吧！我们先走了。"该死的单开门狭小的"甲壳虫"开走了，向锦书只能在没有车的小巷子里跑，上了大路打车赶去西京市大众妇产医院。

检查——进行。一位鹤发童颜的老医生说："放心吧。孩子挺好的。因为是臀位，头在上，得剖宫产！"

也不知过了多长时间，老医生来到门口叫向锦书说："祝贺啊！是对龙凤胎！男孩先出来，六斤二两。女孩后出来，四斤八两。祝贺你啊！也感谢你们家，让我赶在明天退休之前，遇见了一对龙凤双胞胎！"

龙凤？龙凤！天哪，我家怎么如此幸运？向锦书想：猫？是父母？是公婆？想到被惊醒的梦。上苍保佑，阿弥陀佛。

向锦书群发微信告知朋友们："老王家英俊漂亮的孙儿孙女黑黑白白于1月11日8时在市大众妇产医院出世。哥哥黑黑六斤二两，妹妹白白四斤八两，合为十一斤。"

对于儿子王一十，向锦书、王西京绝对属于放养孩子类的父母。向锦书说，我绝不会守在儿子身边，再过一次儿童少年的生活，我要我们共同往前走。

从一岁起，老王家中就有一根小竹条的戒尺在儿子的屁股上长记性。儿子王一十四岁，向锦书要他单独去单位食堂买饭，儿子他也会哭一下走一段，也会有人看不下去帮助他。儿子在买饭中学习克服困难和感恩戴德。

期中，儿子的英语考试成绩掉下来了，只考了78分。向锦书说，儿子，我可以抽出时间一周一次帮助你调整学习方法。期末，儿子英语考试得了93分后，向锦书就不再管他。

儿子王一十在向锦书的眼里一直是生性胆怯腼腆懦弱的孩子，在班级里备受欺负挨打。作为母亲，向锦书一贯的教育就是，鼓励他用两种方法战胜邪恶，一种是自己去打；另一种就是，利用更强的人去打。在你弱的时候，你可以用后者；等你身强力壮智谋双全的时候就要自己上去解决！男孩子，要用强壮和智慧面对世界。

大二的暑假，在华山上儿子王一十认识了刚刚参加工作的小姑娘罗琦俪。当晚儿子带她来到父母面前。向锦书过了几天就带了儿子和罗琦俪到著名作家小群大先生的书房去让先生看相。小群大先生一看就说："我王一十娃娃有福得很！"向锦书还不太明白。难道这个女娃找到我的儿子王一十就不是福气吗？但是西京古城有古城的传说。都说十三朝古都西京城里是一城文化半城神仙。小群大先生是神人，向锦书得信。

儿子和未来儿媳从此不问前程，甚至无视异地的现实，只有一心为对方付出。向锦书给儿子王一十在北京上大学五百元的生活费不必给了。儿子王一十也结束了与贫困生拼餐、当临时演员、开床上小卖铺卖小商品零食给同学们挣些生活费的日子。他有了自己的生活来源，罗琦俪已经工作，自食其力，可以每月供给儿子生活费上千元。

神人就是神人。如今得了龙凤双胞胎孙辈，向锦书陡然回想起小群大先生说过的那句话："我王一十娃娃有福得很！"1月11日上午8时，孙儿孙女出生后，向锦书自然要给灵验的预告人选个时间去还愿。还要求个孙子孙女的大名吧。

1月9日是向锦书的生日。儿子王一十给母亲发来语音微信："妈，快过年了，今天是您六十岁的生日。我回家看见您居然把我们的小家打扫得如此干净，感谢！这几天我和媳妇儿都非常高兴。我真要感谢您把我生下来，养大！谢谢老妈。双娃的学名起好了：哥哥王知黑，妹妹王识白。"

向锦书立即将名字给小群大先生传过去。

小群大先生真的很高兴！他说："咦——好得很。你来着，我给咱娃写幅好字！"

"那您的劳务润笔费是？"

"哎，哎——后浪都掀过来咧，劲大得很，你在咻搭说啥呢么，不要钱！"

约好了时间，1月16日下午5时，门叫了半天才打开。在小群大先生的书房，先生他忍着痔疮发作的痛苦，系上吊裆宽大的粗布棉裤子，撅着尻子，给向锦书的龙凤孙儿孙女写下"养只鸟仔成仙鹤，种籽树苗为栋梁。知黑识白留念。小群大书"。

黑黑是阴世界奇数，白白是阳世界偶数。这个世界阴阳平衡，知黑识白，否极泰来。向锦书对儿子王一十给孙儿孙女起的小名大号仔仔籽籽，知黑识白，都非常欣赏。

啊，生日。我六十岁了，向锦书真的很满足。对自己这六十年也很满意。向锦书对儿子王一十说："生下了你，就是上苍对我最大的好！你给了我们千挑万选了一个好儿媳罗琦俪，她又生下一对好龙凤孙儿。要说感谢的是我。谢谢你！好儿子。这个新年咱们真正是苦尽甘来，非常快乐！"

2月11日是孙儿孙女满月，也是新年初一。看看撕下来的去年春联，向锦书也是感慨万千，那时儿媳罗琦俪还没有怀孕，区委文联主席、好朋友诸文安就写来了祝福的词："草肥水甜牛羊壮，人杰地灵五谷香。横批是——福满人间。"儿子儿媳属牛，黑黑白白属羊。可不是预告了老王家会人杰地灵牛羊壮，福满人间嘛！

向锦书贴着新对联流下了喜悦的泪水。王知黑（仔仔）、王识白（籽籽）这对龙凤宝宝，就是新年上苍送给老王家最好的新年礼物。

人其实还是不会满足的。向锦书在生日那天曾经想过："啊，生日。我六十岁了，真的应该很满足。对自己这六十年也应该很满意。"但是生活一旦往前走着走着，你又会异想天开。向锦书心里曾经对自己说过，儿媳妇罗琦俪生完孩子我将对她百依百顺。但是日子一旦继续，儿媳妇永远不变的马尾辫，走路脚重的嗵嗵嗵声，洗碗总是噼噼啪啪碎碟子磕碗，做饭笨手笨脚满台子地下湿湿答答的，水电气毫不知道节约。水管子永远在大开着热水，电永远是天一黑就大开到睡觉，最要命的是丢钥匙如同刮风下雨是经常性的……偶尔还毫无自尊地跪在地上给儿子王一十洗洗脚。

"干什么呢？"向锦书看到此景就会冲着儿子王一十怒吼大叫道："要是人家爸爸妈妈看见，该多么心疼！"

可是儿媳妇罗琦俪居然会抬头对向锦书笑笑说："妈，是我自己要给他洗的。"

向锦书觉得，儿媳妇罗琦俪就不会骄傲。生了一对儿龙凤胎宝宝，应该是儿子给她洗脚才对。婚后初次甜蜜的低头，就是人到中年以后的苦难。年轻人自然不会顾念以后，将来。但是同为女人，向锦书不甚明白儿媳妇罗琦俪的这种与丈夫相处的快乐。

以后是雇了两个保姆刘婆婆、夏婆婆，加上亲家母梁小水，儿子家在三年里的育儿路上，始终是七个人挤在两室一厅的单元房里。他们倒是各司其职，相安无事。

有一次，向锦书想去看看孙子们，刚刚敲开门就被亲家母梁小水在门口挡住，她还将食指竖在嘴巴上说："大姐，娃们都刚刚睡着啰。"那意思就是让向锦书退回去，别再进来打扰。

向锦书说："好！"尽管不太爽快也没有办法。

晚饭后，儿子王一十忽然回来，和儿媳妇罗琦俪一人抱了一个孙儿说是要让向锦书好好看一看。

向锦书当然高兴，心中一天的不快顿时烟消云散，立刻心花怒放了。儿子忽然对向锦书说："妈，今天你去看小兄妹是不是我丈母娘没让你进去？"

向锦书很惊讶儿子怎么会知道的。儿子说："刚才吃饭听说的。"并说："我当时就在家里饭桌上开了一个小会，要求道，妈妈来看娃们，睡着了要叫醒了让看。如果我妈有事一天都没有来，琦俪，你晚上就要抱着娃娃们去让爸爸妈妈看！"

儿媳妇罗琦俪笑着补充说："一十在饭桌上还郑重告诉全家人要摆正自己位置。"她说王一十是这样宣布的："在咱们家，向锦书、我妈她是第一位的，我媳妇罗琦俪是老二，两个孙儿老三老四，丈母娘老五，保姆刘婆婆夏婆婆老六老七，他自己为老八，爸爸王西京为老九！"王一十还补充说："以后生活要按这个位置顺序来满足各自要求和想法。"

向锦书更加惊讶了。可儿媳妇罗琦俪在讲这番话的时候，好像在讲别人家开玩笑事情，并没有一丝丝生气的迹象。

向锦书很佩服儿子对自己的尊重，也不知道亲家母梁小水会怎么想。老王头抱着孙子正高兴，听完儿媳妇罗琦俪的话就说："怎么一不留神，我都成为老九了？都最后一名了？我在家里的地位是不是太低了？你们一生孩子，我们老两口的位置怎么就天上地下了？我哪里是爷爷啊？我是孙子！排什么位呢？不要排序，全家高兴和气最好！"

"就是！"向锦书也说，"我也不要当老大，让你爸当老大，或者让小水当才对！她最劳苦功高。"全家人都笑起来。

等向锦书再去看孙儿，亲家母梁小水一拉开门就一蹦一跳地靠到一边儿连忙让开路，笑眯眯地请向锦书进来。

亲家母梁小水，短小精干，一打眼就能看出是一个可以长寿的人。她来自四川万县深山丛林的农家。在家里兄弟姐妹中排行老幺，位七。因为四川的辣椒，四川的雾气，四川爽朗的民风趣味，这位亲家母梁小水的椭圆脸上红白黑三色极其分明：眉长目黑明亮，面庞白皙温润，嘟嘟的嘴唇红齿白，说话很像火锅翻滚，表情丰富，热情，温暖，好听，心理素质很硬。

梁小水用道歉的口气说起来向锦书看孙子被她关门谢绝的事儿，向锦书笑起来拍拍亲家母梁小水的肩膀说："我儿子你女婿，太强势霸道不懂事！你可别在意。我知道，你都是为了咱们孙儿们着想，我也是一样的。"

梁小水比向锦书小五岁，娇小玲珑，就急忙摇头连连摆手说："男孩子，霸气点好！我没有事儿啊！自小我就排在老七，忽然排成老五，心里还高兴得不得了呢！"

向锦书想起当年梁小水来西京看女儿定亲时，向锦书就带她上了西京的古老城墙，一边在城墙上看城里的风景一边聊天，顺便以家长的身份探探对方求婚的信息。

向锦书这才知道梁小水的身世。当年，儿媳妇罗琦俪的爷爷、一位航空大工厂军代表，因为大儿子在车间当党支部书记带头救火时被大火烧伤毁容，才下决心去了四川大山里，为儿子找来她这么一个非常漂亮的儿媳妇。

梁小水从大山里出来的时候，只有十九岁。因为能够一下子由农村户口转为吃商品粮，又能从大山里飞进城市里生活，她真是心甘情愿，欢天喜地。看见未烧伤时罗爸爸的照片，她那时的心里都飞出春天最好的风景来了。等见到罗家真人，她也是知道应该怎么做事做人的。于是梁小水在国防大工厂的三产小商店里工作了。她用四川人的勤劳、精明、热情、开朗、孝顺，用她的漂亮，善解人意，以及那双骨碌骨碌灵活会说话的大眼睛，很快就在家里家外如鱼得水。梁小水一直都非常感恩公公婆婆，基本在老人家里，都是一进门就手脚嘴巴都不停不住。结婚没多久，罗琦俪就出生了。公公婆婆也非常喜欢这个质朴的大儿媳妇，想让她轻松快乐，照顾好大儿子，罗琦俪三个月就被刚从幼儿园退休回家的奶奶抱回家，在空军干休所里抚养到高中毕业。

二人说起王一十和罗琦俪的婚事，梁小水在老城墙上就是一个劲儿地走路倒不说话了。满脸的狐狐疑疑、犹犹豫豫，默默地低头往前走着。向锦书就停顿下来，笑问："梁大妹子，你再不说话，我就认为你们当家长的不同意，咱们也别在这里浪费时间了，就当孩子们耍了一场朋友好不好?!"

梁小水忽然就连连摆摆双手说："不不不!"然后自己大笑着弯腰，又蹲下来拼命笑。

向锦书站在那里看她真是很奇怪。

梁小水笑完可以说话的时候，向锦书才知道梁小水不说话的缘由。梁小水说："我是来的时候，工友们反复对我讲，女方在谈论婚事面前要矜持，要摆摆架子。我就说那我不会!她们就教我，她们说，对男方家摊牌求婚时，你就要心里数二百下再给他们一个笑脸。然后，他们再问，你再数二百下再点头答应。我才数了五十八下，你就使劲问我，还站住啰。"

向锦书歪歪头，转身揶揄地对梁小水说："那你继续数!我等着你数完给一句最后的话，这娃娃们的婚事儿，你看是成，还是不成?"

梁小水就低头哧哧哧地笑起来说："那当然，是，成啰!"

向锦书说："婚姻大事又不是儿戏!你们工友怎么不让你数二百五十下呢?"

中午饭向锦书很干脆地把装着两万元、两条烟、两瓶酒、两条腊肉、两桶绿茶的红色礼品袋子，让王西京都从车里取出来，交给梁小水说："这叫五福临门，这十样最好的物品是定亲礼。定亲后，孩子们可以去领结婚证啦。"

四川人来了当然就是一顿火锅待客。梁小水边吃边说："这是我这辈子吃得最开心的一顿饭。"

向锦书想：她的心里一定又飞出春天最好的风景来了。

54

　　有了孙子孙女就要全力以赴。向锦书感到最可喜的是儿媳妇罗琦俪的变化了。以前那个慢吞吞脚步很重不是丢钥匙就是抢着洗碗一洗就打碗碎碟子的人不见了。为了孩子她开始闪电般悄悄地好像踩着云朵走路，洗碗筷也是只听水流没有碗盘的磕碰声。长长的马尾辫剪成了短发。胆小不敢开车的小媳妇也敢开大奔越野车了。有时间就给那两个还不会讲话的孩子不厌其烦地对话讲故事。生了龙凤胎也没有骄傲，对着向锦书、王西京妈长爸短地叫着，遇见电器手机上的问题总是很有耐心地反复手把手地教。网购叫外卖，只要是向锦书吩咐的事情，罗琦俪总是第一时间去做。原来娇生惯养眼里没有活计的人，越来越自觉地以一当十去完成家务了。

　　让向锦书最难过的是儿子王一十也变了，变成游戏大爷，变成衣来伸手饭来张口的大懒虫了。除了上班依然严肃认真，下了班不是吆三喝六，就是戴着耳麦在书房里打游戏组织战斗团队，要么就是与三朋四友四面八方来客同学喝酒到三更半夜。王一十他好像是重返了青春少年，开始撒野叛逆，罗琦俪倒好像是他的小妈妈！两个孩子，一日三餐，洗衣买菜，还要送孩子到幼儿园。游戏致死的时代！我们可怎么办？向锦书发愁得很。

　　还好，亲家梁小水会常常抽空从汉山市来西京市看看女儿，她们就结伴到过去的保姆刘婆婆家夏婆婆家去玩。去了才知道，原来家住华山

310

脚下的刘婆婆过去是个乡村教师，一进村问起，乡亲们都说，噢，刘老师家呀。在那里！到了家里一看，刘婆婆家族兄弟们的几十亩良田都土地流转后被人承包种大棚了。刘婆婆自打回到家后，除了悉心照顾老伴儿饮食起居，还天天在自家良田里当个小工，在恒温的大棚里种着郁金香、蝴蝶兰、一帆风顺、红掌、铁树苗等名贵鲜花植物，再挣一份四千四百元工资。家里的二层小洋楼，宽敞明亮。老伴在不远处的秦岭发电厂当保安看大门。大儿子和儿媳妇在福州上完大学后双双毕业留校，现在已经是副教授。他们育有两个孩子，全部自己教育管理着。二儿子从西藏当兵回来，在康南市公安局特警大队任中队长，刚刚谈了一个对象，是康南市医院的一名护士。刘婆婆说："去你们家看孩子，就是想学把手，以后回来给老二看孩子。他们俩，工作太忙，不分日夜。我能帮一把就帮一把。"

黎山脚下帝王陵边上的夏婆婆家，更是几代同堂横向四进大院的阔气，后门一打开就是自家菜园子。她们去自家果园子里看看，桃花、梨花、橘子花、苹果花，石榴花正在相继开放。夏婆婆说："到了秋天，你们再来吃果子。"家中很是安静，夏婆婆说："老人们去世后，家里就空荡荡的。最近，老汉去四川、湖北押长途货车去了。我家其实不缺钱，出车每天的收入就是一万元。女儿在城里读大学，儿子读国际高中，在学校寄宿。我那时去你家，就是为了图个人多热闹，不孤独。每周可以很方便地看看孩子。我其实都不太回家，就在孩子们上学门口的小酒店里，与孩子们团聚。"

谁是穷人？谁是富人？农村与城市的差距正在形成新的反差。梁小水在回来的路上说："我过去在家里对她们是不是过于厉害了？现在比一比，我们好像还活得不如农村的保姆了呢！"

是啊！向锦书没有再说话。她回想起这些年所遇见的保姆们，从照顾南三军开始，齐小霞，刘大禾，郭红丫，贺雪芳，余养玲，刘婆婆，夏婆婆，她们真是中国这三十年来农村妇女生活巨大变化的缩影。还有什么农村和城里之分？我们手拉手，一起走过来，真是好啊！

2020年春节，新冠病毒侵袭人类，从大年初一开始，各社区开始要求居家。向锦书有了机会开始教罗琦俪做饭。南方的，北方的，小吃大餐……三个月后，罗琦俪开始走上安排家中诸事的主导位置。向锦书，终于在家里也正式退居二线，当上了老太太。她的任务只是清晨在房顶的露台上养养花草，喂喂鱼和小鸟，在家里搞搞卫生，用洗衣机洗洗全家人的衣裤床单被罩，外出会会朋友逛逛街打打机器小麻将、挖坑、掼蛋、斗地主……，晚上陪着孙子孙女睡觉。

向锦书看儿媳妇罗琦俪，已经是感觉比儿子还耐看，还亲切，但是她对儿媳妇的口头禅还是："你看你看，你这个败家的娘们儿！"罗琦俪也会幽默了，只要向锦书一定睛看她，她就会说："看什么看？妈，我这个败家子儿的娘们儿。"

到了儿媳妇罗琦俪这一代的女人，她们的人生像长江黄河水一样清丽而流畅了。向锦书对儿子，倒是心里的抱怨比嘴上说出来的多得多了。许多时候，向锦书倒感觉罗琦俪才是自己最知心的女儿，王一十倒像是女婿了。

经过三年抗疫，中国疫情大潮过去了，银行主动来了电话："您有张大额定期存单到期了。"银行的服务很好，向锦书感觉很亲切。去了银行才知道，五万元都已经算是大额了。银行的经理劝向锦书再存定期三年。向锦书想了想，就打电话叫来罗琦俪，把家中的全部到期的大额存款都改存在了罗琦俪的名下。

向锦书在家里彻底什么也不管了。谁来问她事情，向锦书就会叫一声："罗琦俪，你去！"

2020年，王西京也彻底退休了。他在退休前的十五年里当了公安局四个分局的一把手。每到一个分局，他都是把队伍建设放在第一位，把干部培养放在一位。他相信，在这个世界上，只要有了人，就什么人间奇迹都可以创造出来。而个人的提拔，那是组织上的事情。何必提拔自己，让别人不舒服，让工作受耽误。

在他的退休欢送会上，当他工作过的分局，那一个一个警察方阵起立向他敬礼致敬的时候，他感觉很欣慰。王西京的人生追求就是"你在前面走，后面认识你的人会说，哦，这个人还罢了。与你一起走过的人，不骂你，就是人生的最高位置！"

2021年春天，向锦书收到了两个电话，一是南江新四军纪念馆馆长的电话，告之：向红旗是党派去沙家浜成立第一个中国共产党党支部的人，可谓"芦荡火种。"希望家属亲人提供照片。二是乌镇南氏宗亲会的电话，正式将南三军列入南家"优秀儿女"南氏族亲杰出人物榜上。

孙儿们五岁的生日。向锦书在窗台上整理起鹤望兰花，她往一个小方瓶子里倒新收的鹤望兰花籽。孙女识白靠在奶奶向锦书的身上指指点点问："这是什么呀？"

向锦书说，这是你的花籽。奶奶没有女儿，你爸爸又不要这个花籽，我就盼着你将来给我生个重孙女。

孙女识白懂事地说，我要！孙子知黑也抢着说，我也要！我明天就和妹妹结婚，给你生个女宝宝。

向锦书笑了。她想起老家的风俗：

——生了男孩子要种一棵梧桐树。此树意祥，形端，质密，能招金凤凰，能打好家具，能荫佑子子孙孙。

——生了女孩子就会栽一盆鹤望兰花。据说，鹤望兰是世间花中四冠首之一，与孤朵红掌，吊串石斛兰，酒盅状郁金香比肩，它很名贵却最耐活。

鹤望兰又叫天堂鸟、极乐鸟，是四花冠首中唯一鸟状的花形。它的色彩不艳不娇，花香不淡不浓，形状奇特，似仙鹤独立，翘首远望，脉脉含情，又似鸟儿即刻抖羽振翅飞翔去自由的远方。等女孩子长大结婚，她就要抱着这盆花出嫁。待到自己的女儿出生，就要用这盆花的花籽再去栽上另一盆鹤望兰花。世世代代，花开花飞。

2021 年 4 月 10 日写于西安建西街

2021 年 10 月 26 日修改

2022 年 12 月 12 日修改

2023 年 1 月 10 日修改

2023 年 2 月 6 日修改

2023 年 12 月 2 日修改于长安终南山下

2024 年 2 月 14 日修改于泉上花间

人物简介

向锦书——女主人公

王西京——丈夫

王承运——公公

雒窗花——婆婆

王安京——丈夫的弟弟

雒应起——婆婆的大伯，丈夫的大舅爷

雒应忠——婆婆的父亲

雒子华——婆婆的哥哥

王玉川——公公的姐姐

郝恭亮——公公的姐夫

王一十——儿子

罗琦俪——儿媳妇

梁小水——亲家母

艾策策——终生闺密

韩路——艾策策的丈夫

韩小树——艾策策的儿子

向云雪——姐姐

郝山——向云雪的丈夫、作曲家

郝湖光（向湖光）——向云雪的儿子

南老太爷——名义外公

梅虹——南老太爷的妻子

314

南马夫——外公

南马夫的妻子

张玉珠（八县盖）——外婆

南三军养父

南三军养母

南大金——大姨

南小金——二姨

向九鱼
向红旗 }——父亲

南三郡
南三军 }——母亲

向和平——哥哥

吴粉娥——嫂子

向小星——侄女

党利民——侄女婿

南义——舅舅

南媛——舅妈，奶妈

南伟——南义养子

南宏——发小，丈夫战友，大学同学，足球投资人

南州——南义小儿子

高爷——淞市地下党，三联书店老板

黎姐——南三军家在兴县的保姆

余养玲——南三军的保姆，38 岁

红鱼——余养玲的大女儿，17 岁

雨鱼——余养玲的二女儿，8 岁

刘婆婆——孙女龙凤胎的保姆，39 岁

夏婆婆——孙子龙凤胎的保姆，45 岁

老黄书记——阿兴县委书记

315

艾院长——艾策策亲爸爸

龙琼——艾策策妈妈

钟团长——山歌剧团团长

李彩司——山歌剧团小武生

艾部长——艾策策的后爸

艾苹果——艾部长的儿子

丁土改——神牛村哑巴饲养员

丁希水——神牛村大队长

郭新民——神牛村知识青年

王尊彦——常宁中学校长

苏水桥——常宁中学女生，苏蕙织女家族传承人

李苞苞——常宁中学女生

王果子——常宁中学女生，南伟妻子

王友方——城南中学同桌的男同学

马安泰——巴渝公社小坝村党支书、海军复员军人

顾章霖——常宁中学老师，省某科研所所长

尤荼——顾章霖妻子，红十字会医院的骨科专家

侯宇——艾策策单位的后任领导

吴一钊——《女帅》主编、艾策策的领导

何应平——迪村公社书记、县委副书记

马寿山——迪村公社怀村大队党支书

马木生——迪村公社怀村小队长

曾勇——省体校业余体操队教练

郝玫瑰——城南中学音乐教师

体育女老师——胡小蝶的小学体育老师

王峻岭——城西中学体育老师，省田径队教练

胡小蝶——短跑运动员，省体育局人事处处长、副局长、局长

卢佩云——田径专业队教练、办公室主任

黎局长——秦西体育局局长

宗雄——省体育局副局长兼办公室主任

呼延麦地——省体育局局长

鲍利丰——省体育局局长，国家总局彩票管理中心主任

东方力——省体育局办公室主任，党委、政务秘书，副局长

廖海——省体育局竞赛处老处长

林天峰——电视台记者、《女帅》杂志特约专栏作家

林点点——林天峰女儿

钟大海——中国足协裁判组组长

曹维康——中国足协高级技术官员，中国体育大学足球教研室主任

费锦皓——体育总局司长，奥运会副总指挥

葛韵——小同事，中国体育经济上市公司总监

齐小霞——南三军的小保姆，18岁

刘大禾——南三军的保姆，54岁

郭红丫——南三军的保姆，37岁

贺雪芳——南三军的保姆，41岁

王知黑——龙凤胎孙子

王识白——龙凤胎孙女